中国人文社会科学学术集刊 AMI 核心集刊

当代比较文学

Contemporary Comparative Literature

第十一辑　Volume 11

陈戎女　主编

华夏出版社
HUAXIA PUBLISHING HOUSE

图书在版编目（CIP）数据

当代比较文学.第十一辑/陈戎女主编.--北京：华夏出版社有限公司，2023.5
ISBN 978-7-5222-0514-4

Ⅰ.①当… Ⅱ.①陈… Ⅲ.①比较文学 Ⅳ.①I0-03

中国国家版本馆 CIP 数据核字(2023)第 077827 号

当代比较文学 （第十一辑）

主　　编	陈戎女
责任编辑	刘雨潇
责任印制	刘　洋
出版发行	华夏出版社有限公司
经　　销	新华书店
印　　刷	北京九州迅驰传媒文化有限公司
装　　订	北京九州迅驰传媒文化有限公司
版　　次	2023 年 5 月北京第 1 版 2023 年 5 月北京第 1 次印刷
开　　本	787×1092　1/16
印　　张	21.5
字　　数	288 千字
定　　价	58.00 元

华夏出版社有限公司　地址：北京市东直门外香河园北里 4 号　邮编：100028
网址：www.hxph.com.cn　　电话：(010)64663331(转)
若发现本版图书有印装质量问题，请与我社营销中心联系调换。

学 术 顾 问	乐黛云　阎纯德　杨慧林　刘小枫
学术委员会	（按姓名音序排列）陈跃红　戴锦华　高旭东
	耿幼壮　王　宁　叶舒宪　张　辉　张西平
	大卫·达姆罗什（David Damrosch）
	佳亚特里·斯皮瓦克（Gayatri C. Spivak）
主　　　编	陈戎女
编　　　委	（按姓名音序排列）陈奇佳　陈戎女　顾　钧
	贺方婴　胡亮宇　黄　悦　李　玲　李　猛
	李庆本　彭　磊　钱婉约　王柏华　许双双
	杨风岸　云国强　张　华　张　源　周　阅
本期助理编辑	陈秀娟　杨和晴　程　晨　滕芷萱　王雨婷
	林拉拉　刘婉眉

主 办 单 位	北京语言大学
协 办 单 位	中国比较文学学会

目 录

纪念严绍璗先生专栏

3　主持人的话 …………………………………………… 周　阅
6　山高水远 地久天长
　　——怀念严绍璗先生 ……………………………… 阎纯德
13　学之通变 通变之学
　　——与严师严兄论东亚文学书 …………………… 王晓平
30　严绍璗：当代中国海外中国学（汉学）研究的奠基人 … 张西平
42　严绍璗先生小传 …………………………………… 冯佳莉

电影研究

51　影院内外的泪水
　　——跨国情节剧、战事哀情片与《一江春水向东流》… 王　昕
84　电影交流史中的罗马尼亚译制片 ………………… 王　垚

古典学研究

107　历史·第六卷（节译） ………… 波利比乌斯（聂渡洛　译）
125　赫西俄德《劳作与时日》绎读 ……… 伯纳德特（黄怡　译）

学术访谈

161 有关政治与治疗、静止与混合歌舞表演的一场对话
············· 罗伯特·威尔逊、弗雷德·纽曼（惠子萱 译）

比较文学研究

191 论美国汉学家薛爱华语文学研究的特点 ············· 田　语

212 历史发展与研究回顾：韩国比较文学发展70年研究综述
············· 赵渭绒　郑　蓝

经典与阐释

233 斯威夫特关于爱尔兰的政治写作
——以《一个温和的建议》为例 ············· 黄薇薇

252 萨德与现代政治
——《朱斯蒂娜》的政治哲学发微 ············· 熊俊诚

272 运斤成诗
——斯奈德《斧柄》与杨牧《巨斧》中的《文赋》及其超越性
············· 罗梓鸿　肖　剑

书　评

295 走向精神的丰富性
——评《幻想的自由：现代悲剧文体研究》 ············· 孙甜鸽

304 理论建构与现实实证的多维探索
——评《中华文化的跨文化阐释与对外传播研究》 ······ 王同森

| 会议综述 |

317 融通、繁荣与兼容

——"跨文化论坛2022：《当代比较文学》与比较文学学科建设"
综述 ·· 杨和晴

324 《当代比较文学》征稿启事

Contents

Articles

His Nobility as High as the Mountain, as Long as the River, Our Friendship Everlasting as Long as the Heaven and Earth Endure: In Memory of Mr. Yan Shaodang

Yan Chunde / 6

Studying for Change, Change for Continuity: On East Asian Literature with Professor Yan Shaodang

Wang Xiaoping / 13

Yan Shaodang: The Founder of Overseas Chinese Studies or Sinology Studies in Contemporary China

Zhang Xiping / 30

A Brief Biography of Mr. Yan Shaodang

Feng Jiali / 42

Tears Inside and Outside of the Cinema: Transnational Melodrama, Wartime *Aiqing* Film and *The Spring River Flows East* (1947)

Wang Xin / 51

Dubbed Romanian Films in the Communicative Film History

Wang Yao / 84

Selected Translation of Book VI of Polybius' *Histories*

Polybius / 107

Contents

Hesiod's *Works and Days*: A First Reading

              Seth Benardete / 125

Robert Wilson and Fred Newman: A Dialogue on Politics and Therapy, Stillness and Vaudeville

           Robert Wilson Fred Newman / 161

On the Features of the Philological Works of Edward H. Schafer

                 Tian Yu / 191

Historical Development and Research Review: An Overview of the Development of Korean Comparative Literature over the Past 70 Years

            Zhao Weirong Zheng Lan / 212

Swift's Irish Political Writings: An Analysis of *A Modest Proposal*

               Huang Weiwei / 233

Sade and Modern Politics: An Interpretation in Political Philosophy of Sade's *Justine*

               Xiong Juncheng / 252

To Create Poetry in a Whirl of an Axe: The Allusions of Lu Chi's *Essay on Literature* and its Transcendence in Gary Snyder's *Axe Handles* and Yang Mu's *Giant Axe*

           Luo Zihong Xiao Jian / 272

Book Review

Toward Richness of Spirit: Review of Chen Qijia's *Freedom of Fantasy: A Study of the Modern Tragic Genre*

               Sun Tiange / 295

Multidimensional Exploration of Theoretical Construction and Realistic Demonstratione:Review on *Intercultural Interpretation and Communication of Chinese Culture*

Wang Tongsen ／304

Information

Fusion, Prosperity and Compatibility. Cross-cultural Forum 2022: *Contemporary Comparative Literature* and the Construction of Comparative Literature

Yang Heqing ／317

Call for Papers ／326

编者的话

陈戎女

2022年12月3日，北京语言大学比较文学研究所举办了一次线上学术会议"跨文化论坛2022：《当代比较文学》与比较文学学科建设"（详情见本期会议综述）。如论坛的论题所示，会议议程关乎《当代比较文学》的辑刊建设，我们请来了《外国文学评论》《中国比较文学》《国际比较文学》《国际汉学》《中国文化研究》《汉学研究》《中国俄语教学》《文献语言学》《古典学研究》《海峡人文学刊》《文学理论前沿》《中美比较文学》等国内诸多学术刊物的主编、副主编、编辑等专家学者，为本刊的未来发展出谋划策。专家们在办刊特色、刊物质量、专栏设计、寻找突破等方面，给本刊提出了弥足珍贵的建议，并希望刊物能继续坚持多元性、国际性、代表性、双向性、坚韧性、持续性的发展之路。

在论坛上，我作为刊物主编发言。回望历史、展望本刊的发展目标时，我提到《当代比较文学》已经历了五年多的发展，虽然一路走来颇多艰辛，还遭遇了三年疫情，但刊物追求学术高品质的初衷不曾改变，我们也谋求将刊物建设为人文学术和比较文学的有特色的学术平台。以品质和特色获得学界认可，这是五年以来我们办刊的坚持。

值得欣慰的是，会后不久，中国社会科学评价研究院公示中国人文社会科学学术集刊评价结果，并于2023年3月17日正式发布《中国人文社会科学学术集刊AMI综合评价报告（2022）》，《当代比较文学》被评为文学类核心集刊。这个喜讯，我们想与关注本刊、喜爱本刊的作者和读者一起分享！"路漫漫其修远兮"，我们将继续上下求索。

入选"中国人文社会科学学术集刊"（简称AMI）核心集刊是《当代比较文学》发展历史上的一个里程碑，也是值得铭记的一个历史时刻，辑刊建设由此进入一个新的历史阶段。

这一期的首发栏目"纪念严绍璗先生专栏"是为了纪念去年8月间遽然离世的前辈北京大学严绍璗先生而设，由严先生的弟子周阅教授主持，"主持人的话"中她交待了栏目缘起，对四篇论文已有充分的引介。简短地说，严先生的三位生前好友、阎纯德教授、王晓平教授和张西平教授分别撰文回忆了他们与严先生生动的交往细节，高度评价了严先生令人感佩的学术成就。冯佳莉的《严绍璗先生小传》可以让不熟悉严先生的读者一睹先生的"金玉人生"。本刊谨以此栏目，深切缅怀为中国的汉学研究和比较文学事业做出卓越贡献的严绍璗先生！

本期新设的"电影研究"栏目推出两篇别开生面的论文。王昕的《影院内外的泪水——跨国情节剧、战事哀情片与〈一江春水向东流〉》结合了电影类别研究（从情节剧、文艺片到战事哀情片）与中国早期电影接受研究，在满满的战时历史现场的氛围感中，作者展开了对20世纪20年代以来进入中国的好莱坞影片和中国自制哀情片的分析，论文中附有多幅早期电影海报，以这些海报为窗口，可以一窥抗战前后的跨国电影和华语电影早期生态的端倪。王垚的《电影交流史中的罗马尼亚译制片》提出了"电影交流史"的研究框架，并从1949—1994年间的译制片中再内切出罗马尼亚译制片这个独特的"切片"，考察经由罗马尼亚译制片（68部）透射出的后冷战年代中罗之间的外交与独特的文化交流，以及在罗马尼亚默默无闻但在中国得到热映与好评的影片《沸腾的生活》（其美妙的片尾曲给中国观众留下了不可磨灭的记忆）。这两篇电影研究的论文，将某个特定时期的电影现象放在中外交互的接受（包括译制）与影响的关系中考察，电影遂成为我们理解20世纪历史的一种特殊的、甚至不可或缺的"媒介"。

"古典学研究"奉上两篇译文，第一篇是波利比乌斯的《历史·第六卷》（节译），《历史》（或译《通史》）是波利比乌斯名垂青史的史著，汉译不止一种，常译常新，其第六卷残缺不全，此次由聂渡洛从古希腊语译出前18章，内容关于罗马民主时代的政治体制与结构、军事组织。第二篇是伯纳德特的《赫西俄德〈劳作与时日〉绎读》，这篇译文收入其遗著《灵魂考古学》，作为当代最具思想穿透力的哲学家和古典学家之一，伯纳德特依据古典学研究方法，从字词、章句、结构、义理等方面全面阐释了《劳作与时日》，其阐释精细而有力度，应是其思想成熟时期结出的果实。①

"学术访谈"推出的译文《有关政治与治疗、静止与混合

---

① 对赫西俄德的研究，读者还可参考本刊已刊发的三篇译文：第五辑安东尼·爱德华兹的《阿斯克拉的形态》，第六辑安东尼·爱德华兹的《内部关系：作为共同体的阿斯克拉》，第七辑大卫·约翰逊的《赫西俄德对塔尔塔罗斯的描述（〈神谱〉行721-819）》。

歌舞表演的一场对话》，题目看起来偏于抽象，但其实是两个戏剧家罗伯特·威尔逊与弗雷德·纽曼的生动对谈。毫无疑问，这场对谈是威尔逊的主场，涉及他如何做戏的诸多细节，以及他的"先锋戏剧"如何结构戏剧的观念与方法。威尔逊还谈到他从日本戏剧和中国禅宗获得的启发，在中国读者眼中，这也不失为中外戏剧交流中富有意味的一个案例。

"比较文学研究"栏目收入了两篇颇为不同的论文：其一是田语的《论美国汉学家薛爱华语文学研究的特点》，该文提出了"汉学的语文学流派"的说法，并认为很多汉学大家，包括薛爱华，属于这一流派；其二是赵渭绒与郑蓝的《历史发展与研究回顾：韩国比较文学发展70年研究综述》，这篇论文给我们介绍了国内学界还所知甚少的韩国比较文学的历史和发展。不妨说，这两篇论文的共同特点是在已知领域中，或使用另一套概念工具进行探索，或垦拓了一些有待深耕的土地。

"经典与阐释"的三篇论文各有看点。黄薇薇的《斯威夫特关于爱尔兰的政治写作——以〈一个温和的建议〉为例》，关注的是斯威夫特这位讽刺巨匠很容易被人忽略的一本小册子，他以看似温和的策士口吻提出令人咋舌的"卖婴和食婴"计划，以最辛辣的讽刺痛诋18世纪的爱尔兰政治。熊俊诚的《萨德与现代政治——〈朱斯蒂娜〉的政治哲学发微》同样分析的是一部文学作品的政治意图，此乃"恶魔哲学家""被诅咒的作家"萨德侯爵三易其稿的小说《朱斯蒂娜》，萨德似乎热衷于描写各种赤裸裸的罪行，但他也揭示了法国大革命以来罪的社会根源和不再行之有效的价值观念，论文作者从中发掘出萨德严肃的政治思考，还有他与18世纪法国（反）启蒙思想家的对话。罗梓鸿与肖剑的《运斤成诗——斯奈德〈斧柄〉

与杨牧〈巨斧〉中的〈文赋〉及其超越性》从诗歌中的一把斧子出发，在中外古今若干文本之间（包括斯奈德、杨牧、陆机和《诗经·伐柯》）穿针引线，展开了几乎可称为"互文性"的研究，同时，这篇论文还向我们披露了斯奈德与杨牧于20世纪50年代先后师承于加州大学伯克利分校陈世骧门下，遂有这番"运斤成诗"的机缘。

本期的"书评"，孙甜鸽的《走向精神的丰富性》评介了陈奇佳的新书《幻想的自由：现代悲剧文体研究》，另一篇王同森的《理论建构与现实实证的多维探索》评述的是李庆本获得教育部哲学社会科学研究重大课题攻关项目"优秀"结项的《中华文化的跨文化阐释与对外传播研究》。最后是杨和晴的会议综述，《融通、繁荣与兼容——"跨文化论坛2022：〈当代比较文学〉与比较文学学科建设》，也就是我在开篇提到的论坛。

本刊刊发过不少学术译文，近来也收到越来越多的译文投稿，尤其是古典学译文投稿。说实话，古典学译文，对译者和编者来说都不容易。比如，本次刊发的一篇译文，译者根据我们提出的要求，很负责任地细心查找和补充了原文中作者以省略形式给出的大部分文献信息。译者和编者花费时间做这些额外的工作，目的无非是方便读者，当他们看到这篇译文时，能够按图索骥，进一步查找文献。而对本刊来说，译文的审定和编辑流程，比一般的论文要繁琐得多，刊物的匿审专家、主编和编辑处理译文，更为费时且费力——即便如此，本刊仍然非常欢迎高质量的学术译文的投稿！在此，我们也向各位潜在的译者喊话，因各学科有各自的学科规范，若您有学术译文赐稿给本刊，烦请务必按照本刊的格式和要求，提供译文和注释。

本期《当代比较文学》受北京语言大学梧桐创新平台项目资助（中央高校基本科研业务费专项资金，项目批准号19PT06）。一并感谢华夏出版社的王霄翎女士和刘雨潇女士！

2023 年 3 月 4 日定稿

纪念严绍璗先生专栏

主持人的话

周　阅

2022年8月6日，中国著名比较文学家、中国日本学家、古典文献学家严绍璗先生于北京"燕园泰康之家"养老公寓溘然长逝。随后，各大网站及微信平台纷纷推出了众多学者的悼念及追忆文章，《南方人物周刊》第29期还以严绍璗先生作为人物封面，这些都充分证明了严绍璗先生的学术影响力。

中国的比较文学研究，自1970年代后期以来，经过几代学者的努力，已经发展成为具有完整体系的独立学科。其标志是：在大学建立起了系统化的专业研究人才的培养机制；出版了与国际学界接轨的体系性的学术研究论著；形成了具有影响力和权威性的学术期刊；出现了国内外学界认可的学术领军人物。上述四个标志性方面，无一例外地都有严绍璗先生的积极参与和重大贡献。在中国比较文学的发展历程中，尤其是在东亚文学与文化关系的研究领域，严绍璗先生是国内外同行学界都高度认可的学者。

严绍璗先生

　　《当代比较文学》"中外学人研究"栏目本期推出"纪念严绍璗先生专栏",邀请到阎纯德、王晓平、张西平三位学界前辈,专门撰写了纪念文章。

　　在学术研究之外也撰写诗歌和散文的阎纯德教授,以文学家的笔触,从细节处追忆了严绍璗先生对学术的痴迷与关注。同时,他作为《汉学研究》的主编,又以简要精准的文字,总结了严绍璗先生以文献学修养为基础,伸展到日本中国学领域,并深入对象国本体文化与文学的内部,最终形成其"跨文化研究"体系的学术历程。

　　王晓平教授长期以来与严绍璗先生在中日文学文化关系领域有着深入的合作,早在1987年,他们就分别出版了湖南文艺出版社比较文学丛书中的《中日古代文学关系史稿》和《近代中日文学交流史稿》,并合著《中国文学在日本》(花城出版社,1990年)。可以说,无论是个人交往还是学术交流方面,王晓平教授都对严绍璗先生有着非常深入的了解,也正是出于这样一种了解,才有了文中动人心弦的情真意切,以及鞭辟入里的学术阐发。如,针对严绍璗先生提出的文化"变异体"理论，王晓平教授敏锐地指出，"变"并不一定就是"变异"，迅速蔓延的"变异"概念已越来越偏离严绍璗先生的本义。更加难能可贵的是，透过对严绍璗先生的人生追忆和学术总结，可以看到王晓平教授对当下学术生态的隐忧以及其自身对学术的认真严谨和为人的低调谦逊。

张西平教授是《国际汉学》的主编。作为海外中国学研究领域的专业学者，他将严绍璗先生的海外中国学研究实践及成果与当代中国的海外中国学研究之发展历程结合起来，不仅分析了严绍璗先生在这一领域的学术特色和学术贡献，实际上也梳理了这一学科的发展脉络。

本期专栏的《严绍璗先生小传》由北京语言大学中华文化研究院比较文学与世界文学专业硕士生冯佳莉撰写，对于纪念严绍璗先生，也格外具有深远意义。冯佳莉是严绍璗亲传弟子的亲传弟子，可谓孙辈学生。严绍璗先生在天有灵，想必会深感欣慰。

山高水远　地久天长
——怀念严绍璗先生

阎纯德

内容摘要　严绍璗先生以推进学术为天职，一生辛勤耕耘，著述丰赡，功可垂范。他追寻、整理和编纂国内外汉籍善本原典，形成理论上的原创性见解和在方法论上的原典性实证特征，为推进海外汉学与日本中国学的学科建设做出了卓越贡献。故人虽逝，音容笑貌宛在，以此文怀念先生！

| **关键词**　严绍璗　汉学　日本中国学

His Nobility as High as the Mountain, as Long as the River, Our Friendship Everlasting as Long as the Heaven and Earth Endure: In Memory of Mr. Yan Shaodang

Yan Chunde

Abstract: Mr. Yan Shaodang took the advancement of academics as his vocation, worked hard all his life, wrote a lot of works, and made outstanding contributions. He pursued, sorted out and compiled rare Chinese classics at home and abroad, formed his theoretically original insights and methodologically positivistic features, which greatly promoted the discipline construction of International Sinology and Chinese Studies in Japan. Although my old friend has passed away, his voice and smile are still vivid. Miss Yan with this article!

Key words: Yan Shaodang; Sinology; Chinese Studies in Japan

2022年8月6日12点02分，严绍璗教授走了。噩耗是由他的博士生王广生副教授发来的。时隔不久，9月28日，北大李明滨教授在微信里发来我们敬爱的宋绍香教授也远去了。他们都是《汉学研究》的编委和"汉学研究大系"的顾问；他们撒手人寰，弃我们而去，是汉学（中国学）研究学界不可弥补的巨大损失！

严绍璗教授于1964年毕业于北京大学中文系古典文献专业，比我小两岁，算是我的小师弟。当初我们所学专业不同，但往来于32斋，幽游于未名湖畔，我对他的身影还是非常熟悉的。时隔多年，我从巴黎回到北京执教，创办了刊物《中国文化研究》和《汉学研究》，他成为我们杂志的专家级作者。为了向他约稿，我们多次从成府路两端相向而行，在中关村东路和成府路的交叉处相遇，他把稿件交给我，然后我们握手、欢笑，还有一次是热烈拥抱！他也曾在北语文化学院为我们的学子们做关于日本中国学的学术报告，密密麻麻听众的最后一排里，就有最认真听讲的我。

我们是学友，又是朋友，但在学术上也有过数次探讨式的交锋。关于汉学名称的争论——究竟称"汉学"（Sinology）还是"中国学"（Chinese Studies）——可谓旷日持久；我们各抒己见，从1996年直至2020年，长长短短的文章和大大小小的学术会议，我们发表各自不同的看法。

2005年，在我正患上"退休综合症"之时，李杨为陪我散心，便乘公交车来到圆明园东门，进去后前往福海。那天下午4点，当我们走到西洋楼遗址南侧土岗与荷塘中间的小路上，老远便欣见严绍璗夫妇由西向东迎面走来，不由得心中涌来一阵狂喜，因为我们已有多时没见了。我对李杨说，别先主动跟老严打招呼，看他的近视有否改善。当我们走到离他们只有四米远时，老严还没有认出站在他们面前的阎纯德夫妇；他问："同志，您好！这东门怎么走啊？"我当即捧腹大笑，笑得前合后仰，这令他愕然不已。我对他说："老严，不认识了？"这时，他走到我跟前，距离不到50公分，定睛认真看我，这才吃惊而诧异地说："老阎，你怎么在这里啊？"

我说："今日得上帝通知，说你们几点几分要来这里，怕你们迷路，所以专门到这里给你们指路的。"

"真的？"

"是啊！这消息非常可靠，说你携夫人来圆明园，从南门进，东门出；但是，你不知道东门在哪儿，所以，我们就在这儿专门迎候你们呐……"

这个纯粹"戏谑"式的玩笑，逗得他也笑了起来。我说，我们北语的老师喜欢到这里来散步，一是风景美空气好，二是离家近，我退休后也偶尔来这里走一走，算是散心吧。

我们站在荷塘水畔说了一会儿闲话之后，也说了一些《汉学研究》的事。然后，我对他说："往前走，向右一拐，再往东不远就是东大门了；出了大门，往北，上过街天桥，天桥中间有下去的台阶，走下去就是公交车站，从北京体育大学过来的车，可以把你们送到蓝旗营家里。"那时，老严还住蓝旗营高校教师居住小区，还没有搬到北郊的昌平泰康养老院。最后，我还叮嘱他一句："别忘了把稿子发给我！"

这个小插曲，说明严绍璗这个"书呆子"有多"呆"！他似乎真是一位两耳不闻窗外事，一心只读圣贤书的大学者！一个人做学问做到"呆"，能像陈景润"玩"数学"玩"到"痴"，也实为天下太少见了！他可以站在富士山顶，闭着眼睛清清楚楚地细数东京大学及其他日本大学图书馆里汗牛充栋的东传汉籍；现今，他却不知道如何走出圆明园的东门！

圆明园就在北大的北墙根下，只有一路之隔，离蓝旗营也只有两站地，深信每一位北大、清华的师生都可以闭着眼摸进圆明园。而老严在北大读书五年，又在北大工作，几十年如一日，如果不是全身心地做学问，哪能不知道圆明园的东门？哪能写出这么多的专著？如《历代职官表·索引》（与吕永泽、许树安合编；1964年，中华书局上海编辑所）、《李自成起义》（1974年，中华书局）、《关汉卿戏剧集》校本（与陈铁民、孙钦善校著；1976年，人民文学出版社）、《日本的中国学家》（1980年，中国社会科学出版社）、《中日古代文学交流史稿》（1987年，湖南文艺出版社）、《中国文学在日本》（与王晓平合著；1990年，花城出版社）、《汉籍在日本的流布研究》（1992年，江苏古籍出版社）、《中国文化在日本》（1994年，新华出版社）、《日本记纪神话中二神创世的形态：以其与东亚文化间的关联为中心》（1996年，国际日本文化研究中心）、《日本藏宋人文集善本钩沉》（1996年，杭州大学出版社）、《中国与东北亚文化志》（与刘渤合著；1999年，上海人民出版社）、《日本藏汉籍善本书录》（2000年，中华书局）、《比较视野中的日本文化——严绍璗海外讲演录》（2004年，北京大学出版社）、《日本藏汉籍珍本追踪纪实》（2005年，上海古籍出版社）、《日本中国学史稿》（2009年，学苑出版社）、《比较文学与文化"变异体"研究》（2011年，复旦大学出版社）、《严绍璗文集》（5卷；2021年，北京大学出版社）等及编著《日中文化交流史丛书·文学卷》（日文版，与中西进合编，1995年，日本大修馆出版社；中文版，1996年，浙江人民出版社；日文版获1996年亚洲·太平洋出版协会学术类图书金奖）、《日中文化交流史丛书·思想卷》（与源了园编著；日文版，1995年，日本大修馆出版社；中文版，1996年，浙江人民出版社）。他还发表论文一百多篇，并以《汉籍在日本流布的研究》《日本藏宋人文集善本钩沉》和《日藏汉籍善本书录》为标志，对国内外汉籍善本原典追寻、整理和编纂，形成其理论上的原创性见解和在方法论上的原典性实证特征，奠定了他在五十余年的人文研究领域的重要学术基础。

在半个多世纪的学术研究中，严绍璗教授一直致力于以"中国古典学"教养为基础，由对象国的"汉学"与"中国学"研究达至对象国本体文化与文学内在构建的探索，最终进入自己的"跨文化研究"的学术体系，逐步形成"多元文化语境""不正确理解的中间媒体"和"变异体"等内在逻辑的理性观念，并以"原典证实方法"作为实际表述手段，建立自己的学术理念系统。他曾说："半个多世纪以来，生活在北京大学富含生命之力的人文氛围中，秉承数代师辈的学术精神，无论生存状态发生何种的变化，始终以学术立于世界为终生之任，以推进学术为终生之业，以学术甘苦为终生之乐，坚持'刻苦地学习，踏实的学风；实在地研究，独立地思维'，为己之座右铭。"他还说过，从最基本的原始文献材料积累开始，建立并推进"日本汉学"与"日本中国学"的学科建设，成为当今正在蓬勃发展的"海外汉学（中国学）"的一个重要部分。他的研究，不仅是"实质"的，而且是理论的。在这一领域中，他以《日本的中国学家》为代表的"基础性资料编纂"，以对日本中国学者的大量学术论著的翻译为基础，和以《日本中国学史》为代表的学术史研究，构成其独立的研究体系。

严绍璗教授曾任北大比较文学与比较文化研究所所长、博士生导师、中文系学术委员会主任、北大东方文学研究中心学术委员会主任、国际比较文学学会东亚研究委员会主席、中国比较文学学会副会长、全国古籍整理与出版规划领导小组成员、宋庆龄基金会"孙平化日本学奖励基金"专家委员会主任、国际中国文化研究会名誉会长及日本京都大学、佛教大学、日本宫城女子大学日本学部客员教授、日本文部省国际日本文化研究中心客座教授。他退休后，和乐黛云教授一起，被有远见卓识的张西平教授请去，帮助北外创建博士生站点，使北外的学术更上一层楼。

严绍璗教授一生著述丰赡，获得了许多荣誉：北京大学社会科学第一届、第二届、第四届学术成果奖；1990年中国比较文学全国优秀图书一等奖；1996年亚洲·太平洋出版协会学术图书金奖；2016年当之无愧地荣获国际中国文化研究终身贡献奖。

有一年，我和李杨跑到昌平的泰康养老院看望严绍璗夫妇。他鼓励我也到那里养老，还说钱理群教授卖掉原来的房子，整个把家搬到了那里，无人搅扰，可以安心地做学问。他还说，他反对年龄歧视："乐黛云老师的《跨文化对话》、你的《汉学研究》、张西平的《国际汉学》，都在学术界影响很大！你们一定要坚持主编下去，即使到了八九十岁，也不要放弃！"

我知道，老严的身体不算好。2022年春节期间，我曾打电话给他拜年；之后，我隔三岔五地给他打电话，一是问候，同时也向他汇报"汉学研究大系"的遭遇；但是后来，无论是手机，还是座机，一直都无人接听，不知道他是在家，还是在医院。4月，只有一次，终于听到了他的声音，非常弱，非常小；但是，我这个听力很差的人，竟然都听得清清楚楚。他说别人告诉他"西平到北语当特聘教授去了"，他问我是否知道。我说我知道，他在帮北语做"一带一路"的辉煌伟业，大概还是做"汉学"！《汉学研究》开了一个"张西平专栏"，在文后关于他的介绍中，应他的要求，都写有"北语特聘教授"。我还说，当年我主编《中国文化研究》时，就想调他来接班，但当时北外中文学院院长程裕祯不让他来；时隔多年，在他功成名就之时，来到我校做贡献，真是命运的奇异安排。

我们的谈话到此中断，直到王广生博士发来这个令人悲痛的噩耗，才知道，严绍璗教授心静如水地到远方旅行去了。

山高水远，地久天长，人生颇似门里门外。夜里看到一则微信，说我们的老严回来了！我当即开门，在昨夜，是梦里！醒来已是晨光满天，却不见老严！但他分明还在我们之中，依然微笑着，向大家讲述着日本中国学的历史与未来……

2022年12月12日于神州半岛

作者简介：

阎纯德，北京语言大学教授，《汉学研究》杂志主编，主要从事汉学研究、中国现当代文学及中国女性文学教学与研究、文化研究。

学之通变　通变之学
——与严师严兄论东亚文学书

王晓平

内容摘要　严绍璗教授是我国比较文学和海外汉学研究领域的杰出学者，在日本中国学、中日文学交流史以及比较文学理论研究等方面均造诣精深。先生一生治学严谨、人品高洁，德望为学界所共仰。本文为悼念严先生所撰，文中记述了本人与严先生的交往以及亦师亦友的深厚情谊，赞扬了先生在特殊年代一心治学、淡泊名利、守正创新的学人精神，高度评价了严先生建立"变异体"理论、调查日藏善本书籍等，为推动中国比较文学学科和日本中国学研究做出的贡献。

| **关键词**　严绍璗　日本中国学　中日比较文学　日本汉籍

Studying for Change, Change for Continuity: On East Asian Literature with Professor Yan Shaodang

Wang Xiaoping

Abstract: Professor Yan Shaodang is an outstanding scholar in the field of comparative literature and overseas Sinology in China, and he has profound attainments in Japanese Sinology, the history of Sino-Japanese literary exchange and the theoretical study of comparative literature. With noble character and sterling integrity, he has been rigorous in academic research all his life. His virtue and reputation were highly appreciated by the academic community. This article was written in memory of Professor Yan. It describes my interaction with Professor Yan and our deep friendship as a teacher and a friend. It praises Professor Yan's scholar spirit of devoting himself to studying, being indifferent to fame and fortune, upholding integrity and innovation in a special era. What's more, it speaks highly of Mr. Yan's contribution to promoting the development of Chinese Comparative Literature and Japanese Sinology by establishing the "Variant" Theory and investigating rare books collected in Japan.

Key words: Yan Shaodang; Japanese Sinology; Sino-Japanese comparative literature; Chinese antique books in Japan

"一般来说，对古代文化的研究，学者常常会囿于自身设置的文化氛围中而难以实现与现代接轨，更难以与世界文化交汇容通。"[1] 这句话

---

[1] 严绍璗、王家骅、马兴国、王晓平、王勇、刘建辉，《比较文化：中国与日本》，长春：吉林大学出版社，1996，第54页。

您写于十八年前。今天读来，感慨系之。身为中国古代文化研究者，我们和许多从20世纪七八十年代走来的学人一样，将自己的研究紧紧地和未来与世界拴在一起，向往着做一枚小小的石子，为打通中外学术铺路。您，还有您的师友们，一直站在探路者的头排，走在我们的前列，带我们走出自我封闭的藩篱，推开向现代接轨、与世界学人握手的大门。眼下正是雨雪载途，风尘莽莽，不曾想到，您会这么早地丢下一摞未完的文稿，一堆待阅的书本，匆匆飞逝，一去不归！呜呼哀哉！

严师严兄

记得和您第一次见面，是20世纪80年代中期，在北京大学一间小小的会议室里，一个会议的间隙。匆匆忙忙的，没有说上几句话，就决定了一件事情。在此之前，您的《中日古代文学关系史稿》和我的《近代中日文学交流史稿》同被列入乐黛云先生主编的《比较文学》丛书当中，那次还是得乐先生厚爱，让我们合著一部《中国文学在日本》，收入乐先生与钱林森先生主编的《中国文学在国外》丛书。当时，我们只简单说说各自打算怎么写，会散就各忙各的去了。

再见面的时候，就是我捧着一堆稿子，在您家，看您三下五除二地将两个人写的统合一番，合写前言，拼合两个人的稿子，似乎没有多长时间，书稿就挺像个样子了。您的敏捷、睿智、果决，以及我们两个人的默契，毫无涩滞的顺畅合作，都是在边说边做的过程中享受到的。

说来这种默契，在我们两人见面之前似乎就已经形成了。原来在1984年暨南大学中文系饶芃子先生举办的比较文学研讨会上，机缘巧合，我和乐黛云先生同坐一车去吃中饭。没有说太多的话，车上乐先生就说她正在编一套丛书，让我也写一本。她告诉我，丛书还将收入严绍璗教授的一本书，内容是有关中日古代文学的比较研究。当时，我还是一个刚工作两三年的硕士生。我为乐先生的错爱所鼓舞，几乎毫不犹疑地决定，那我就写近代的吧。

虽然原来我的兴趣一直在古代中日文学的交流，近代部分很多是从头学起，但当1987年底，捧着您的《中日古代文学关系史稿》，一遍一遍读的时候，还是十分震撼。稍感欣慰的是，我们这两本书有很多相近之处。简单来说，都是在大量文献资料的基础上，来展开两种文学现象同与异、通与变的分析，有很多一般教科书或时髦文章中见不到的深入思考，而又很少空泛的议论。

多少年后的今天，我仍在庆幸。那是个开放的时代，是个没有那么多对年轻人这也不行、那也不对的捆绑的时代，让我得以接触到乐先生和您这样的大家，得到扶持与提携，才走到今天。与您高效的合作，让我感受到巨大的信任，就像从乐先生那里感受到的一样。乐先生或许只是看了我发表在《中国比较文学》《文史知识》《日语学习与研究》这些"边缘"刊物上的两三篇文章，听了一次我在学术会议上不足二十分钟的发言，就把中国第一套比较文学丛书的写作任务交给了我。她没有问我是不是来自名校，是不是拜过名师，有没有什么闪亮的头衔。虽然当时的"身份标签"还没有像今天这样具有冲击力，但也已经有人拿起了这个"神器"，比如在名片上印上一大堆头衔，这成为当时教授名片的"国别特色"。

与您定稿不久，我就在国外待了不短的时间，所以后来的工作就未能全程参与。那次我归国后，《中国文学在日本》已经出版。有意思的是，那本书封面折页上的作者介绍，关于我的"身份标签"，大都有些不确。这一方面是因为当时的国际电话、电报，甚至通信，都极为不便，少了些沟通的机会，同时是不是也从另一方面说明，那时人们对于"身份标签"的魔力还"认识高度不够"呢？

那些年，不论是在国内，还是在日本，每当我遇到难题，首先想到的就是您。从1980年代末，我就过起了中日隔海两头飞的"海鸥"生活。2005年，我还是帝冢山学院大学的专任教授，由于小泉纯一郎参拜靖国神社，两国关系遇到困难，我们学校与《朝日新闻》社准备召开一个面向全社会的公开讲演会，以"文化能为中日关系做些什么"为题，说明中日关系的真相，在损害中日关系健康发展的各种势力嚣张的局势下，发出我们的声音。会议筹备期间，您正飞往美国，在飞机上为我们起草了贺信，半夜用电子邮件传到大阪。在大会开始的时候，这封贺信和平山郁夫的贺信一起宣读，在会场引起很大反响。听着会场上那热烈的掌声，我心里充满了对您的感激，为在如此时刻能有您这样的朋友支持，感到无限幸福。

对于我在天津师范大学的工作，您从来都是鼎力相助的。2004年，天津师范大学比较文学与世界文学博士点建立，您亲自从北京前来祝贺，为师生作了高屋建瓴的学术报告。2009年，师大文学院举办《东亚诗学与文化互读》国际学术研讨会，开会当日正值中国人民大学举办的国际学术会议需要您主持，于是您一日之中往返于京津两地，为天津的会议作了基调报告《关于文学"变异体"与发生学的思考》，而后马上赶回北京，去主持另一个会议。像这样的事情，几乎每年都有。在没有高铁的时代，京津之间单程也要两个来小时，加上两边市内，所需时间更长，其紧张和疲惫是可想而知的。

严情严理

不管是您的文章，还是您的谈话，特别让人感动的是您对那几位在学术道路上指点、激励、启迪过您的先生们，对支持您走上日本文化研究道路的魏建功等老师，对中外朋友点点滴滴帮助的真心感激。您的那些话常常让我想起相似的场景，引起内心深深的共鸣。

您曾讲起您带着日语版语录上干校的那些事儿，我马上想起自己在大字报栏下翻俄语版语录的情景。那时爱读书的人，都有"明读"与"暗读"的经历。"明读"就是读那些没有贴"毒草"标签的书。"暗读"

则是背地里读那些包括《古事记》《蟹工船》在内的"草"类书。我曾亲耳听著名戏剧研究家吴晓铃先生讲过,钱锺书在干校当售货员的时候也有过"暗读"故事,我想那绝不是虚构。只能暗读的书千千万万,能明读的书就那么几种。《史记》《莎士比亚全集》都属前者。《鲁迅全集》属后者。《鲁迅全集》我翻过好多遍,所以后来读您收入《中国文学在日本》中有关日本鲁迅研究的部分,不由得发出会心的笑。

晴耕雨读,逆境淘书,是古代读书人常见的故事。而到了现代,又有了许多新版本。原天津师大中文系主任、后来担任中国作家协会书记处书记的鲍昌,曾说他戴着右派帽子读完了所有能找到的马克思、恩格斯的书,孙昌武在远放东北农村的时候走出了研究佛经的第一步。《鲁迅全集》一遍一遍地读,就读出了鲁迅的喜怒哀乐,读出了一个有血有肉的鲁迅,一个有骨气和血性的鲁迅。很多话就刻在脑子里,深深的、死死的,到今天,也是狂潮冲不走,狂风吹不掉了。鲁迅的话让人清醒。我研究《诗经》,当然不免偏爱,但我总也不会忘记鲁迅说的"《颂》早已拍马",觉得他说得真不错。鲁迅那些言说中国文化的段落,有些是以在日本的体验为背景的,而他言说日本文化的很多话,又有着中国文化的参照。他绝不是一个主张文化闭关锁国的人。

鲁迅这盏灯在我们心目中是永不熄灭的。在《日本藏宋人文集善本钩沉》一书的序言中,您在回答"你那么费劲地搞这些资料做什么的问题"时说:"回顾学术文化研究的历史,作为文学家的鲁迅,一直在做着中国古文献的整理工作,作为史学家的郭沫若,一直做着古文字的考辨工作。他们始终把人文的研究,与确证的原始材料统一起来,对20世纪中国学术文化的贡献至大至巨。"[①] 在《日本中国学史稿》的第十四章,《日本中国学的当代文化研究——对战前鲁迅研究的考察》引用了

---

① 严绍璗(编撰),《日本藏宋人文集善本钩沉》,杭州:杭州大学出版社,1996,第6页。

吉川幸次郎的话:"对于日本人来说,孔子和鲁迅先生是中国文明与文化的代表。一个日本人,他可能不了解中国的文学、历史和哲学,可是,他却知道孔子和鲁迅的名字,他们常常饶有趣味地阅读孔子和鲁迅的作品,通过这些作品,他们懂得了中国文明与文化的意义。"[1]您用这样大的篇幅来论述日本的鲁迅研究绝非偶然,这当然完全可以看出鲁迅在您心中的位置。

那个年代,《鲁迅全集》和各种粗糙发黄的纸张上面印或写的鲁迅文章,不知道在多少电灯、油灯、马灯、路灯昏黄的光照下被人们默读暗记,有多少戴眼镜和不戴眼镜的双眼在凝视它,有多少人在窑洞土房、田边地头、牛棚马厩、鸡舍羊圈里默念过鲁迅的名字,默诵过他的名言?鲁迅作为那一时代中华先贤的代表,他的智慧、血性和骨气曾经默默地支撑了多少人走过苦涩的日子。想起他,也会想起他谈过的魏晋风骨,想起他对知识者的定义,想起他对"无韵之离骚,史家之绝唱"的赞美,想起他对中国古代文化入木三分的洞见,就会明白什么是真正的中华文化精神,就不怕人忽悠。

上大学时,我的班主任申建中老师一再跟我们说,读作家要读全集。研究生导师温广义先生又总跟我说,古书不要光看注释本,要多去看"白文",学先秦的也不要只看先秦的书,汉魏、唐宋乃至以后的书都要多读,也才能真正理解先秦。这些话,都让我受益终生。在和您议论古代中日作家的时候,听您那些关于原著、原典重要性的话,便感到格外入耳。您的话有着极强的针对性。如果有人最关心的并不是究明真相,认识"真人",而是性急地去找那些可以引来证明自己预先设计的"条条"和"框架"的话,那么完全不用费那么大的劲儿去啃全集,也不用去弥补阅读经验严重不足的短板。如果真想做一个您那样的"纯学人",那也就别无选择,只有"好好去读、好好去想"这一条路。

---

[1] 严绍璗,《日本中国学史稿》,北京:学苑出版社,2009。

20世纪70年代末您发表的那些文章，不少都是逆境淘书的结果。1979年出版的《日本的中国学家》，收入有关学者1105人，辑入他们的著作10345种。这是我国海外中国学研究最早的成果之一，而此书正是在十多年国内资料奇缺，研究工作的物质条件非常困难的情况下完成的。在《中日古代文学关系史稿》一书的序言开头一段，便有着这种逆境淘书后的感慨：

> 双边文学研究或多边文学研究，特别是关于它们之间的相互影响，常常会面临一些危险。这一方面是由于研究者为观念与视野所限，不经意地对一些似是而非的文学现象，振振有词地发表见解，自然会受到饱学之士的讥评，双边文学研究的名声，因此也就会被败坏；另一方面是执着于民族主义情绪的研究家，常常把对揭示不同民族、不同国家之间的联系、排斥、包融和反馈的诸种研究，斥之为意在否定作家与作品的"个性"、试图抹煞文学的"民族性"等等。从事这一研究，有时不得不承担如此重大的责任，岂不让人如履薄冰，胆战心惊。①

这样的话，正是在那特殊时代一位怀着惴惴不安的心情踏上探索之路的读书人的心声。何止是双边文学研究会不得不面对这样的危险和尴尬，就是那些读双边历史、双边文化的人，甚至搞翻译的人，如果他不满足于糊里糊涂扫读而愿意求个究竟的话，都多少会为自己的学力不足而苦恼，也常不免会为自己的认知在多大范围内被认可而显出焦虑。对真知、真相、真情的渴望，或许是极大的诱惑，但也多伴随着无尽的思虑甚至痛苦。

---

① 严绍璗，《中日古代文学关系史稿》，长沙：湖南文艺出版社，1987，第1页。

在《中日古代文学关系史稿》中，您已提出古代日本是一种"复合体的变异体文学"的命题，并且给"变异"下了明确定义，指出文学的"变异"，一般都是以民族文学为母本，以外来文化为父本，它们相互会合而形成新的文学形态。这种新的文学形态，正是原有的民族文学的某些性质的延续和继承，并在高一层次上获得发展。在《日本中国学史稿》的第四编《日本中国学发展中"变异"状态研讨》中探讨的也是日本中国学的"变异"。[1] 从那以后，"变异"一语便逐渐热起来，为比较文学研究者津津乐道，而您似乎有了这一概念被滥用的隐忧。在《国际中国文学研究》第一集《寻求表述"东亚文学"生成历史的更加真实的观念——关于我的"比较文学研究"课题的思考和追求》一文中说：

> 当我从文学的"发生学""传播学"和"阐释学"等多层面的立场上考察学术界关于"东亚文学"生成历史的表述后，便日益感觉到目前所读到的国内外关于这个层面的研讨，不少论说还是过多地局限在"民族文化自闭"的文化语境中，以自己本民族文学的所谓"统一性""单一性"和"稳定化"及"凝固化"为自身的"民族性特征"，从而事实上隔断了"民族文学"与世界文化的丰富多彩和千丝万缕的联系，把本来是由多元组合的民族文化与文明的发展，伪装成七零八碎的所谓具有"单一性"和"凝固化"的"愈是民族的便愈是具有世界性"的。[2]

根据我的理解，在采用"变异"这个概念时，您是有明确界定的，言说对象也很明确，它对于描述"东亚文学"具有切实的意义。有变，并不一定就是变异。意料之中的是，这个概念很快被扩展，有些越来越偏

---

[1] 严绍璗，《日本中国学史稿》，北京：学苑出版社，2009，第373-445页。
[2] 王晓平（主编），《国际中国文学研究丛刊》第一集，上海：上海古籍出版社，2011，第1页。

离您提出这一概念本身的含义,一谈跨文化,便论其变异。我曾经听您说,那不一定都是您所说的变异。20世纪七八十年代以来,新理论、新概念、新词语纷至沓来,很多未经消化的东西一时变为漫天飞絮,对于这一"国产"理论,急于构建理论的人们泛化而用也不足为奇。您并不想陷于争论,这也是那一代学人普遍乐于采用的方法。然而,我总是在等待着,什么时候您再来澄清一下。

在天津师范大学国际中国文学研究中心召开的会议上,我曾以五个一来说明您的学术贡献,这五个一是:第一个全面系统地调查日藏中国善本书籍的学者,第一个从事日本中国学研究的学者,第一个撰著中日文学关系史的学者,第一个培养中国历史上东亚比较文学博士的学者,第一个培养海外中国学博士的学者。这一点也不夸张。这些固然是我尊敬您的原因,但更尊敬的,发自内心向往的,是您那个"纯",那个一心不乱。

严风严雨

《中华读书报》上曾经发表过陈洁写的一篇文章《严绍璗:象牙塔里的纯学人》,文章里记录您讲的话,很能传达您的口吻,您坦率地谈了一些人心目中的敏感话题。题目称您是"纯学人",可算是实至名归,而那象牙塔的修饰语,或许是一个媒体人听完您的故事后的妙手偶得,抑或是一时灵感。如果容许我想一个题目的话,恐怕容易想到的只能就是负笈四海这类的俗词儿了。

不知什么时候,"纯学术"不像有什么好意思,"纯学人"也就只能待在象牙塔了似的。然而,您那些学术,不是躲在象牙塔里做得出来的,更不是与象牙塔外无关的。您在言说东亚文学,其实也是在言说中国文学;您在言说中国文化的昨天,实际上是为了言说中国文化的今天。

纪念严绍璗先生专栏

不止一次听您说过，有些人本来是一心搞学术的，后来看到别的好处，或另有原因，就半心半意了，甚至转身而去。您还谈到过，小南一郎曾经跟您说过，学者就是要专注于学术。您实际上是用几十年的学术实践，树立了自己的真读书人的形象。在各种诱惑、冲击、压力面前，知识分子的道德底线毕竟要自己守护，每个人的行为方式也毕竟由自己决定。一心不乱搞学术，不容易，一心不乱搞您做的那些学问，是不是更不容易？人在江湖，有时候，我们不得不跟着某一种乐曲群舞，能够决定的或许只有我们自己的心境和舞姿。然而，就是这样，我们也还是可以快乐地投入到自己喜欢的学术工作中去的。

您说《比较文学视野中的日本文化——严绍璗海外讲演集》里收入您的讲演文稿，大致可以反映出三十年间您在以"中日文化与文学"为中心的"东亚文化与文学关系"的研究中逐步形成的学术观念和学术立场，"大致可以勾勒出北大一个从事人文学术的教师在数十年间孜孜努力，希望在这个长期被学术界所冷落的领域，能够有所作为，并进而争取与国际学界进行对话的学术发展的轨迹"。这样的轨迹，出在北大，可以由此管窥的却是一个广布北大以外的群体。这是当年的一群由开放时代催生的"身为下贱，心比天高"的年轻人。司马迁用生命的光焰点燃的那句"通古今之变，成一家之言"，曾经把他们年轻的心照得通亮，而当他们睁开眼睛一看敞开的世界大门，便选择了自己的命运。他们学的是中国文化，这已经够他们学几辈子的了，但他们好"狂"，他们不光要知道中国，还想知道世界，他们不光要通古今之变，莫非竟然还想通中外之变？他们梦想把看到的外边世界，一五一十讲给自己的同胞兄弟，也把真实的中国告诉身边的异国友人。他们不止步于"拿来主义"，还想与国外同行当面锣对面鼓，论一论真实的中国文化。就为了这个自己可能一生一世都达不到的目标，他们已过而立之年，还牙牙学语；在异国的书城书海里，一杯咖啡几片面包，死坐不动，不停地抄写，不停地掀起头脑风暴，只因心里坐着个伦敦图书馆抄经的王重民、枯守敦煌石窟的常书鸿；异域大都会的地铁四通八达，而为了多省出一点复印费，他们不在意走破鞋子，晒黑脸子，只因脑子里住着个西行的玄奘、东渡的鉴真；他们在中餐馆里端盘子洗碟子的时候，也会偶尔走神，思绪跑进了构思着的论文，推敲起明天面对异国民众讲演的洋文。您所说的那个长期被冷落的领域，虽然依旧冷落，但还是拥进来一群人，他们中会不会出一些真读书人，我们期盼着。

您说，争取与国际学界进行对话，"这或许是一种奢望，但我的意愿却是真诚的"。您的这份真诚，中国学人的这份真诚，已有很多国际学界的朋友感受到了。唯有对学术的真诚，对文化的真诚，对对话对象的真诚，才能与真知靠近，才能让对话成为平等交流。与国际学界对话，需要一套与关起门来论天下不同的"话术"，说来道理也简单，知己知彼，话就容易说到点子。井上哲次郎和永田广志这样的日本哲学界的大家，都把藤原惺窝当作日本儒学的创始人，而您通过对五山汉诗的深度解读，指出从事汉诗创作的五山僧侣们，在接受中国新佛教禅宗的同时，也接受了中国的新儒学，并逐步确立了宋学的地位。[①]您真诚的态度，有理有据的论述，更新了对日本宋学的认识，也打破了对大腕名家定论的迷信。这样的学术对话，会离双赢越走越近。对话有时也不免会吵架，但吵架并不是目的。双赢很难很难，甚至遥不可及。您和那些真正的对话者一直在思考的问题，就是如何让这种文化学术的对话有取得双赢之效的可能性。我们是不甘认输的实践者，不是空谈家。纵然一挫再挫，我们也找不到放弃的理由。

我们见面，次数最多的还是各种会议。有您在场，就像多了习习清风，多了点点细雨。那是您在讲话，普通的事情，从您嘴里说出来，便变得有了故事性，大家围着您，咂巴着话里的滋味，而我却喜欢默默地

[①] 严绍璗、王家骅、马兴国、王晓平、王勇、刘建辉，《比较文化：中国与日本》，第56页。

坐在一边，享受着倾听的乐趣。

您讲的不是闲话，也不是"段子"，几乎都是学人、学者、学问的故事。和您在一起的时候，我总是一个心情愉快的倾听者。读您的文章，也好像是在聆听您的倾述似的。只要您毫无倦意地说，我就期待着新话题。您很善于和各种年龄的朋友相处，也很擅长处理各种复杂的关系，或许这正是您真诚待人、阔达宽厚的禀性为基础而造就的才能。每次我们见面，我都感到很开心，也很轻松，时间都过得很快。

在接受陈洁采访时，您是大实话小爆发，您说："学术智慧是个积累的过程，人文学者需要积累。'疯狂速成'犹如'异想天开'。"您甚至说到某处的政策："现在的用人政策既很奇特又很愚蠢，教授的调入以50岁为上限，其实人文学科真正的成果大都是长期积累和思考的结果。"环顾四周，能用这样口气说话的，能见几人？若有人只想着长教训，一开口先隐去锋芒，磨去棱角，去找那种于人无伤、无己无损的"话术"，或许会越来越不知道"纯学人"也可以这样说话。纯学人说话，岂能总是雕章琢句，七拐八拐？您的这番话，绝非泛泛空谈。您曾说过，某位教师要调入某校，结果那位老兄没能出生在"正确"的年份。学校上限在45岁的时候，他46岁了，学校上限50岁的时候，他51岁了。当然，可能还有别的原因，总之，那个"身份标签"分量重得很呢！批量生产的学位，不也有"身份标签"在推动吗？有些怪现状就跟这个"身份标签"挂着钩，让人凭空增加了烦恼。您给的药方是避开"利益狙击手"，还说"要有多元文化心态"，真是说出了我这个喜欢远远地坐在角落里看人抢"C位"的人的心里话。读书人总好讲个"学理"，而这个学理在"骨感"现实面前时不时会乏力。

人道是学者如牛毛，成者如麟角，其实能做一根牛毛也蛮不错的。我们这些从事跨文化、跨学科研究的人，地位本来便有些尴尬。要做不同时空的人的探路者、对话者吗？这就不可能只听一方，只看一面，而这一听一看，自然会与很多人看到的不完全相同，就既要通，也要变，通变不当或不时，惹起两头非议的事情就难免发生。您堪称成者，给了我们信心，而身为牛毛，何不心甘情愿地就做那搭桥修路不可缺少的一粒沙一片石呢？人们会忘记那桥上路上下究竟有多少粒沙多少块石，但总会觉得路在脚下，走得很舒服。那就让手底的文字，化沙化石吧。司马迁说过"通古今之变"，而"通中外之变"不也是在铺路架桥？

不止一次听您谈起您的弟子，您对他们每个人的境遇充满关爱，由此我对他们中一些人的故事也多少熟悉起来。您希望他们都能尊重学术研究史，确认相互关系材料的原典性、原典材料的确证性、实证材料的二重性与多重性，希望他们都有健全的文化经验。您总是强调，比较文学者的学术准备和比较研究的艰巨性，对一哄而上的所谓"学术热潮"心怀忧虑。有言道："比较文学是个筐，乱七八糟往里装。"这种装的结果，就出现了既飘又浮，经不起推敲，看起来闪闪发光而很快就充鼠蠹口腹的大批论文。您说，您不明白这样的东西为什么要出那么多，不明白为什么本来明白的意思要说得让人摸不清头脑。您总是说，写完的东西要放一放，"闷一闷"。是的，当一种方法、一种思路成为一种套路的时候，这种学问操作就会变得疲软乏力。

从20世纪90年代起，几次听您谈起您"斗病"的经历。最后一次见面，是在2016年北京语言大学举行的研讨会上，那时您的耳力已不太好，但依然是那样精神矍铄，谈笑风生，以至于我错误地以为，我们还会有很多机会，继续讨论"文化能为中日关系做些什么""东亚文学该怎样表述"等各种各样的问题。相信总会有很多时间，与您畅谈对当下学风、文风和士风的见解。除此之外，我还想到一些小事，比如会有时间，弥补过去做的事情留下的遗憾。比如，《中日古代文学关系史稿》和《近代中日文学交流史稿》，底稿都有详尽的参考书目，这是作为学术著作不可缺少的，而当时因篇幅的原因被删减了，也算是"历史局限"吧。今天想来,既感到有趣,也总想找个机会纠正一下。

再以后便是被各种事情追着,疫情开始,行动更为不便,与您见面的机会就更少了。然而,无论如何,也没有想到您走得这么快。我知道,您给自己还留了很多事,上天为什么不多给您一点儿时间呢?

记得1989年年底,我曾应邀在九州大学中国研究室里做过一次发言,讲《诗经》中的情歌。当时,我一走进那间研究室,就被一幅巨大的油画吸引住了,那张油画高足有一米五,只多不少,那是九州大学中国文学研究室的奠基人目加田诚的半身像,慈祥而儒雅。另一次是在茨城基督教大学的时候,当地汉诗朗咏会会长鬼泽霞邀我到他家做客,一进客厅,也看到一个巨大的画框,那是该朗咏会的创始人老鬼泽先生的油画像,庄重而威严。

写过小说的人,总有睹物联想的习惯,那些联想有时真是奇奇怪怪的。不知怎么,这两幅镜框里的大画像总在脑子里挥之不去。有时不由得就联想起来,在某处,会不会挂起乐先生、您和其他几位比较文学大先生的大画像呢?我知道这种想法很傻,想想而已,然而这样的画像早就挂在我的心里啦。

苏轼谈到文同(与可)时说:"与可之为人也,守道而忘势,行义而忘利,修德而忘名,与为不义,虽禄之千乘不顾也。虽然,未尝有恶于人,人亦莫之恶也。故曰:与可为子张者也。"其《书晁补之所藏与可画竹三首》诗之一:"与可画竹时,见竹不见人。岂独不见人,嗒然遗其身。其身与竹化,无穷出清新。庄周世无有,谁知此疑神。"文同(与可)走了,但他一生画竹的精神没有走,他画的竹依然无穷清新。学人不是画家,也不是艺术家,但他可以用他的学术智慧放歌,用他的学术智慧起舞,用他的学术智慧挥毫。他们的著作依然有着自己的生命。您所从事的那些工作的魅力,也引来了越来越多火热的渴望目光。1992年,您在《汉籍在日本的流布研究》的前言中,就曾经指出:"中国文献典籍在域外的传播，它本身就构成了中国文献学的一个特殊系统。从本质上讲，它是国内文献学在境外另外一种异质文化背景下的延伸。因此，它的研究既具有了中国文献学的基本内容与特征，又具有了文化比较学的意义与价值。"我这些年痴迷的"跨文化新朴学"，则是想再向前迈上一小步，将域外传播的中国典籍与域外其他民族用汉文撰写的典籍放在一起来研究，您所搜集整理的材料以及将比较研究与目录学结合的方法，是重要来源与依据。您的那些著述，让我想起文同留给后人的修竹。

古人把写诗入魔之人、之态、之境呼作诗魔。唐白居易《醉吟》诗之二："酒狂又引诗魔发，日午悲吟到日西。"宋陈棣《偶书》诗："诗魔大抵解穷人，到得人穷句益新。"日本菅原道真《秋雨》诗："苦情难客梦，闲境并诗魔。"朝鲜李朝李奎报效韩愈《送穷文》撰《驱诗魔文》，说诗魔之来，使自己"不知饥渴之逼体，不觉寒暑之侵肤"。[①]诗魔之生，乃东亚汉诗传统的产物。那么，通变的学问传统，是否也会有"学魔"之生呢？我想是有的。就是现代，在我们熟识的朋友中也不乏其人。通变之学孕育了这样的人，也由这样的人薪火相传。一个扣儿解不开，一个表述不惬意，便寝食难安，失魂落魄，岂不就是与学魔约会了？诚然，学魔附身也不一定能成为"成者"，更不一定会挣来金光闪闪的"身份标签"，但那种状态是很值得享受的。看清了"蝇头微利，蜗角虚名"，身子会轻松许多。您说是吧。

严师严兄，您一定还是那样，一心不乱，读您想读的书，写您想写的文章？和您在路上一次一次重逢交结，那路上的跌跌撞撞，踉踉跄跄，那身上的破皮擦伤，暗自神伤，都已变成了永恒的不忘。愿您走好，带着您的书囊。

[①] 卢思慎、姜希孟、徐居正等（编），《东文选》二，东京：学习院东洋文化研究所，1970，第434页。

作者简介：

王晓平，天津师范大学文学院教授，主修先秦文学，从事日本古代文学、中日比较文学以及亚洲汉文学研究。著有《近代中日文学交流史稿》《佛典·志怪·物语》《亚洲汉文学》《日本诗经学史》《东亚文学的对话与重读》《梅红樱粉——日本作家与中国文化》《詩の交流史》《中日文学经典的传播与翻译》《日本诗经要文校录》《日藏中日文学古写笺注稿》等多部学术著作，出版《水边的婚恋——万叶集与中国文学》《唐诗语汇意象论》《日本诗歌的传统——七与五的诗学》等译著。

严绍璗：当代中国海外中国学（汉学）研究的奠基人

张西平

内容摘要 严绍璗先生作为当代中国海外中国学（汉学）研究的开拓者，从比较文学的视角切入海外中国学研究，提出文化语境说、多边文化研究、变异体说、原典实证、以汉籍交流史探究海外中国学等重要研究方法。严先生为海外中国学、中日文化交流、古典文献学、比较文学等诸多领域做出了卓越贡献，树立了从比较文化切入海外中国学研究的典范。

| **关键词** 严绍璗 汉学 日本中国学 比较文学

Yan Shaodang: The Founder of Overseas Chinese Studies or Sinology Studies in Contemporary China

Zhang Xiping

Abstract: Yan Shaodang, as the pioneer of Overseas Chinese Studies or Sinology Studies in contemporary China, starts his overseas Chinese studies from the perspective of comparative literature. He puts forward many important research methods, like the theory of cultural context, multilateral cultural research, variant theory, positivism study of the original text, and research on the history of Chinese books exchange. Mr. Yan has made outstanding contributions to many fields such as Overseas Chinese Studies, Sino-Japanese cultural exchanges, classical philology, comparative literature, etc., and has set up a model for studying Overseas Chinese Studies from the perspective of comparative culture.

Key words: Yan Shaodang; Sinology; Chinese Studies in Japan; Comparative Literature

一、当代中国海外中国学（汉学）研究的开拓者

严绍璗先生对域外中国学的研究，源于1964年4月国务院副秘书长兼总理办公室主任齐燕铭要求北大整理原哈佛燕京学社的材料，了解一下他们留下的这些材料的基本内容，哪些有用哪些没用。他嘱咐北大，确定一到两个年轻助教与老先生一起工作。这样北大确定了向达、聂崇歧和年轻的严绍璗来做这项工作。尽管这项工作因为齐燕铭后被定为"修正主义者"而停了下来，但这件事的确开启了严绍璗对海外中国学的学术研究工作。

1977年7月北大古典文献专业编辑出版了严绍璗编译的《国外中国古文化研究》，虽然并未公开出版，但确是他研究海外中国学的起笔之作。由杨牧之主编的国务院古籍整理出版规划小组编辑出版的《古籍整理出版情况简报》（内部刊物），从1979年第4期开始刊登我国学者编撰的以当代日本中国古典研究为中心的"学术通讯"，1981年，该通讯以特刊形式单本发了"专题特稿"，这就是严绍璗的《日本对中国古代史

研究及其争论》。该书系统展现了1966年至1978年日本学术界关于中国古代史的研究概况，总结归类为十个研究层面的争论。1979年8月严绍璗先生在《外国研究中国》第2辑发表了《日本研究中国的学术机构》，这是严绍璗先生第一篇公开发表的海外中国学研究论文。

改革开放以后，中国社会科学院成为复兴海外中国学（汉学）研究的推动者，孙越生先生编辑了当代中国第一套《国外研究中国丛书》，在中国社会科学出版社出版。这一时期也有一些中国学者发表了关于海外中国学的论文与著作，例如瞿霭堂在《国外社会科学》1978年5月号上发表了《英国中国学研究》，秦麟征在《国外社会科学》1979年第1期发表了《荷兰莱顿大学汉学研究院》，白玉英在第4期上发表了《意大利汉学研究活动》，李学勤1979年11月在《出版工作》发表了《李学勤同志介绍美澳中国学研究情况》，1979年潘世总在《内蒙古大学学报》上发表了《日本蒙古史研究概况》，冯蒸编著的《国外西藏研究概况》1979年在中国社会科学出版社出版。

在孙越生先生支持下，1980年，严绍璗先生公开出版了他的第一部研究海外中国学的著作《日本中国学家》，是书收录了1105位日本汉学家。

所以，无论是从介入海外中国学研究的时间，还是发表论文和著作的时间来看，严绍璗先生都是当代中国学术界第一批展开研究海外中国学的的学者，是这一研究领域的的开拓者。

二、当代中国海外中国学（汉学）研究方法论的创立者

海外中国学是一个极为宽泛的学术领域，几乎涵盖了中国人文学术的所有方面，故开展研究时该以什么样的方法来把握，是一个重要的学术问题。由于研究者的学科背景不同，进入海外中国学的研究方法也有所不同。有些从史学史的方法进入，主要从各国中国学研究发展的历史

脉络出发,对其研究演化进行史学的分析。有些从中国学术立场出发,主要进行对比性研究,以此揭示海外中国学研究在一些研究领域的成就与不足。严绍璗切入海外中国学的视角是比较文学,他从这个角度对如何展开海外中国学研究提出一套完整的研究方法。

首先,他提出研究海外中国学的"文化语境说"。严先生认为任何文学文本都是在一定语境下形成的,"文化语境"(Culture Context)是文学文本生成的本源,从文学的发生学的立场上说,"文化语境"指的是在特定的时空中由特定的文化积累与文化现状构成的"文化场"(the Field of Culture)。海外中国学研究就是要把这些中国学的作品放到其国家文化的具体语境中来加以研究,而不能因为这些汉学家研究的是中国文化,就仅仅站在中国学术立场来评价这些海外中国学的著作,而不考虑这些著作所产生的文化语境。这样,比较文学的视角就显示出了它运用于海外中国学研究的特点。如何理解文化语境呢?严绍璗先生提出:"构成'文学的发生学'的'文化语境',实际上存在着三个层面。第一层面是'显现本民族文化沉积与文化特征的文化语境';第二层面是'显现与异民族文化相抗衡与相融合的文化语境';第三层面是'显现人类思维与认知的共性的文化语境'。每一层'文化语境'都是有多元的组合。"①

其次,他对从事海外中国学的研究者在知识、体验和审美三个方面提出了具体的要求。如果将海外中国学的著作与人物研究放在以上所说的三种文化语境中,就必然进入一种多边文化的研究之中,也就是说,对海外中国学仅仅从中国学术文化立场来把握远远不够。严绍璗提出,从事海外中国学研究的学者"必须具备健全的文化经验",首先就要具备对象国文化的综合体验,例如研究日本的中国学就要充分了解日本的

---

① 严绍璗,《"文化语境"与"变异体"以及文学的发生学》,《中国比较文学》,2000年第3期,第3页。

文化，对其有综合的体验。其二，"研究者必须特别体验本土文化与对象国文化在生活观念方面的差异并把握这种差异"①。这就要求研究者不仅要熟悉研究对象的文化，还要深知两种文化的差异，特别是在生活观念上的差异。其三，研究者"必须体验双边文化中的'语义'差异并把握这种差异"②。其四，研究者"要特别体验文化氛围中的'美意识'经验"③。审美意识在不同的民族有不同的特点，它深刻体现了民族文化的内涵。

第三，变异体说的提出。在刊发于1982年第5期的《北京大学学报》上的《日本古代短歌诗型中的汉文学形态》中，严先生开始提出"变异"的概念。通过对文本的细读，他详尽呈现并论述了在日本古代短歌形成过程及结构中汉文学的因素及影响，从而阐明了日本古代文学形成的多元文化语境以及自身"变异体"的特征。严绍璗的"变异体"理论在《"文化语境"与"变异体"以及文学的发生学》一文中，最后得到系统的阐述，他将其学术的理念与方法统合称为"文学的发生学研究"。

第四，他提出了原典实证的研究方法。海外中国学是在双边文化中展开的，对汉学著作的研究"目的是通过对文本的实证，旨在揭示与命题相关联的文化史事实，从而获得确证的文化语境，达到问题的解析"。④原典实证的方法要求研究者必须从文本出发，从双边的历史事实出发，而不能仅仅从一些空洞的理论出发来展开研究。这点他在批评国内一些研究"汉学主义"的学者的文章中说得十分清楚，因为那些主张

---

① 严绍璗，《多边文化研究的实证观念和方法论》，《华夏文化论坛》，长春：吉林大学出版社，2008，第27页。
② 严绍璗，《多边文化研究的实证观念和方法论》，第28页。
③ 严绍璗，《多边文化研究的实证观念和方法论》，第29页。
④ 严绍璗，《双边文化与多边文化研究的原典实证的观念与方法论》，《严绍璗文集》卷二《比较文学》，北京：北京大学出版社，2021，第50页。

"汉学主义"的学者并没有认真研究海外中国学的基本著作，而只是将赛义德的《东方学》的方法挪用到中国学（汉学）研究领域，按着西方流行的"后殖民主义"理论，来评判国内从事海外中国学的研究成果。严先生非常严厉地指出："人文学术研究中究竟是主义先行、串联观念、造成空口说白话的轰轰烈烈，还是细读文本、原典实证、多研究些问题，从而使思考接近本相？中国人文学术史表明，这历来就不仅仅是方法问题，实在是学者的学风和学品的基本问题。"①

第五，汉籍交流史探究海外中国学的重要方法。以汉籍东传为契入点，展开日本文化史的研究，是严先生的重大学术创造。他通过追踪中华典籍东传日本的历程和版本的考证，研究了由汉籍传入而在日本社会文化多层面引起的"变异"及其对日本"新文化"发生的推进。他的日本藏汉籍研究不像一般研究域外汉籍的学者那样注重版本的考察，而是立足汉籍东传所引起的文化裂变。正如他所说的："依托典籍的流通而创造的文化沟通，则是'文化对话'的主要形态。'汉籍东传'是一个充满生命力的创造性过程，是一种'活形态'。我们从事'汉籍在日本的研究'和'域外汉籍研究'，正是沿着典籍本身行进中表现出的生命活力，追踪他们的轨迹，揭示内含的精神价值，透视其丰富多彩的时代特征。透过'汉籍东传'，在一个层面上展现了中日两大民族共同努力创造东亚灿烂的古代文明的生命过程。"②

三、当代中国海外中国学（汉学）研究的典范

严绍璗先生在海外中国学研究上所取得的成就是巨大的，他创造性

---

① 严绍璗，《我看汉学与"汉学主义"》，《严绍璗文集》卷一《国际中国学研究》，北京：北京大学出版社，2021，第306页。

② 严绍璗，《汉籍的东传与文化的对话》，《中国典籍与文化》，2012年第1期，第38页。

的研究使其在多个研究方面处于学术界的领先地位,他的学术成就也引领着中国当代海外中国学的研究。

首先,他在文化交流中所总结的"变异体说"是从事海外中国学研究的基本方法。严先生在《中日古代文学关系史稿》中创立了他的"变异体"说,他通过严谨的文本分析与考证,说明日本神话这个看似日本最基础的文化并非日本独自产生的,而是与中国文化有关,是东亚诸民族原始观念的复合体。他通过对《古事记》和《万叶集》的分析研究,揭示出:"在世界大多数民族中,几乎都存在着本民族文化与'异文化相抗衡与相融合的文化语境'。当我们从这一文化语境的视角操作还原文学文本的时候,注意到了原来在这一层面的'文化语境'中,文学文本存在着显示其内在运动的重大的特征,此即文本发生的'变异'活动,并最终形成为文学的'变异体'。"①

严先生不断完善自己的学说和方法,他在《中日古代文学关系史稿》(1987年)、《中国文化在日本》(1994年)、《記紀神話における二神創世の形態:東アジア文化とのかかわり》(日文版1995年)、《中国与东北亚文化交流志》(日本部分1999年)和《比较文学视野中的日本文化——严绍璗海外讲演录》(日文版2004年)等一系列著作中开创了中日文化关系研究的新阶段。国际日本文化研究大奖"山片蟠桃奖"决定授予他的时候,其中的一个理由就是,以《中日古代文学关系史稿》为代表的著作中彰显出的研究方法和理念的开创性,给予了中日学界新的方法和视野,重新发现日本的古典和历史。

以"变异体"理论为基础的这些著作不仅仅为研究日本文化提供了新的视角,也创建了中国自身的原创性的比较文学理论,正如他所说的,"当年,当比较文学研究从'法国学派'发展为所谓的'美国学派'的时候,据说是因为一些学者不屑于做'文学的输出输入'的买卖,这

---

① 严绍璗,《"文化语境"与"变异体"以及文学的发生学》,第9页。

当然有其历史的必然性和学术的功绩。但事实上，这一观念的背后，多少也表露出从事比较文学研究的一部分学者十分地缺少像文化史学、文化人类学、考古学、文献学、民族学和民俗学的理论和知识。今天当我们回过头来读一读这些相关的著作的时候，应该说，这是一个不争的事实"。①

对于海外中国学研究来说，在从事对象国的中国学研究时，对对象国文化史的了解应是学者基本功，而中外文化交流史则应成为展开中国学研究的基本途径，中国学的研究绝非仅仅抱住一个汉学家的文本就可以把学问做好，因为，文化现象清楚地表明，在世界大多数民族中，几乎都存在着本民族文化与"异文化相抗衡与相融合的文化语境"。严先生对日本文化的研究，对中日文化交流的研究，以及在这种研究中所确立的"变异体"的理论，是我们从事海外中国学研究所应遵循的学术路径和方法。

其次，域外汉籍的收集是展开海外中国学研究的重要方面。煌煌三大卷的《日藏汉籍善本书录》是严先生在海外中国学研究上的重要成果，这一成果绝非仅仅从版本目录学的角度加以评价，正如乐黛云先生所说："这部书的价值应该更充分地挖掘，它绝对不光是一个文献整理，也不光是一个目录学著作，实际上最根本的，对我们当前最有用的是一个文化关系的研究史……这部书是一个跨学科的研究，这个成果决不光是文献或目录学的，它是关于社会学、文献学、考古学、历史学、人类学……我们要看到绍璗之所以能做出这部书来，首先是他有一个开阔的胸襟，他能够看到日本政治、文化发展的总体情况。"②据严先生估计，中华文化典籍约70%—80%已传到日本，这在世界文化史上是一个奇迹。而中华典籍以这样的规模东传日本，必然在日本文化史上产生持续不断的重大价值后果，催发日本社会文化多层面的"变异"而推进日本

---

① 严绍璗，《"文化语境"与"变异体"以及文学的发生学》，第9页。
② 参聂友军、钟厚涛，《二十余年铸一剑，几代学人梦始圆——严绍璗〈日藏汉籍善本书录〉在京出版》，《中国比较文学通讯》，2007年第2期。

"新文化"的发生。

他举例说,在推古天皇十二年(604),日本圣德太子制定的《十七条宪法》"来源于中国的已经成熟的政治思想,其中有十三条二十一款的文字,则取自汉籍《周易》《尚书》《左传》《论语》《诗经》《孝经》《韩诗外传》《礼记》《庄子》《韩非子》《史记》《说苑》及《昭明文选》等。这些都表明,在七世纪初期,中国文献中的主要典籍已经传入日本,其主要内容已为日本当朝的政治家所掌握"。[①]当时著名的贵族学者庆兹保胤在《池亭记》(982)中叙述自己的生活乐趣时说过一段话,也十分清楚地体现了汉籍在日本的传播和影响:"饭餐之后,入东阁,开书卷,逢古贤。夫汉文帝为异代之主,以好俭约、安人民也;白乐天为异代之师,以长诗句、归佛法也;晋朝七贤为异代之友,以身在朝、志在隐也。余遇贤主、贤师、贤友,一日有三遇,一生有三乐。"

严先生做了一个长时段的历史考证——从日本古代一直到18世纪中期——说明汉籍传入日本在日本每一个时期的文化史中所产生的影响。例如,18世纪中期,中国明清白话小说作品在日本庶民中广泛地流传,并产生了以明清话本为底本,重新编纂日本的中国小说"新三言"。因此,他的汉籍东传的研究,就不再仅仅局限于文献学的范围,而是直接进入了中日文化交流的历史研究之中。如他所说:"'汉籍东传'是一个充满生命力的创造性过程,是一种'活形态'。我们从事'汉籍在日本的研究'和'域外汉籍研究',正是沿着典籍本身行进中表现出的生命活力,追踪他们的轨迹,揭示内含的精神价值,透视其丰富多彩的时代特征。透过'汉籍东传',在一个层面上展现了中日两大民族共同努力创造东亚灿烂的古代文明的生命过程。"[②]

---

① 严绍璗,《汉籍的东传与文化的对话》,第29页。
② 严绍璗,《汉籍的东传与文化的对话》,第38页。

这样我们看到严先生不仅仅将对域外汉籍的研究纳入对象国文化史的研究之中，也为我们树立了一个展开海外中国学研究的重要典范。在目前的域外汉籍研究中绝大数学者从中国文献学角度展开研究，从事海外中国学研究的学者也很少像严先生这样从汉籍在域外文化中的影响研究入手，而这样的研究恰恰是展开海外中国学研究的基础工作之一。

最后，《日本中国学史》（1991年）和《日本中国学史稿》（2009年）是严先生海外中国学研究的代表作，他的日本中国学研究给我们树立了一个从比较文化切入海外中国学研究的典范。

中国学术界所研究的海外中国学绝非仅仅研究汉族文化经典的学问，而是包含蒙古学、藏学、满学在内的整个中华文化的学问。在这个意义上严先生认为"我们应该确立'中国学'的概念与范畴，把它作为世界近代文化中'对中国文化'研究的核心与统摄。'汉学是它作为历史承传，作为'研究'当然可以与'中国学'并行，但作为研究的客体与'中国学'是不尽相同的……"[1]关于"中国学"和"汉学"的名称之争，在学理上我是完全赞同严先生的理解的。[2]

---

[1] 严绍璗，《日本中国学史稿》，北京：学苑出版社，2009，第4页。

[2] 当下《国际汉学》所使用的"汉学"概念既不是 Sinology 的简单翻译，因为在西方的 Sinology 学问中不包括蒙、满、藏的学问，他们将其放到中亚学科中；也不是中国传统所说的"乾嘉汉学"，因为这是中国人自身的学问。我们所使用的"汉学"如李学勤先生所说，指国外研究历史中国的整体学问，而"非一族之一代学问"，"非一族"指包含蒙满藏在内全部中国学问，而并非仅指"汉族的学问"，"一代"指的是这个学问并不是中国自身的乾嘉一代的学问。为何仍要坚持用"汉学"来称谓呢？一是国外对研究中国的学问并非都用"中国学"，例如俄罗斯一直使用"汉学"称谓中国研究，这个"汉学"包括蒙满藏的研究；二是，"中国研究"在国外有更为广阔的范围，包括对当代中国政治、经济、金融、环保等等的研究，为与这样的当代国外非人文社科的中国学问研究有所区别，我们姑且采用"汉学"，那些研究中国金融、环保的学问我们姑且称为"中国学"；三是，语言使用有一个约定俗成的特点，从晚清时中国学界就开始将国外中国研究称为"汉学"，这个称谓使用的时间要比"中国学"时间长得多。这样用久了，就成为一种习惯。

另外，必须将海外中国学研究在跨文化视域下展开，而不能仅仅将域外的中国研究简单看成中国文化在域外的延伸。严先生以日本中国学为例，指出："'日本中国学'首先是'日本近代文化'构成中的一个层面，是日本在近代国民国家形成和发展中构筑起的'国民文化'的一种表述形态，它首先是'日本文化'的一个类型。"[①]这样的关注，就使得对海外中国学的研究与本土的中国本体研究有了不同，展示出了中国文化的世界性意义。

海外中国学的研究还应注意它的发展与世界文化思潮的关系，要放在更大的学术文化背景中加以考察。以日本中国学为例，日本近代汉学家白鸟库吉的研究就直接受到了法国实证主义思潮的影响。在当代欧美文化仍主导着世界文化的今天，严老师的这个视角是非常重要的，例如由于性别研究的兴起，美国中国学的中国古代女性研究开始热了起来。

严绍璗先生已经离我们而去，但他留下的丰富的学术成果是我们今天展开海外中国学研究的宝贵的学术遗产，是改革开放以来，学术界关于如何展开海外中国学研究的最珍贵的学术成果，我们应格外珍惜。

严先生的高足钱婉约曾借用章实斋所说的"义理存乎识，辞章存乎才，征实存乎学，刘子玄所以有三长难兼之论也"来总结严先生的学术成就，她认为："在现代学术语境中，严绍璗先生的学问，以学术独立、理性批判为宗旨，以原典解读、实证考辨为方法，以专业工具书、史论著作为表述，他所追求和成就的，正是一种义理、考据、辞章三者并举的学术实践和学术体系。"[②]

谨以此文怀念严绍璗先生。

[①] 严绍璗，《日本中国学史稿》，第5页。
[②] 钱婉约，《严绍璗日本中国学研究的几点启示》，《中国文化研究》，2010年第4期，第205页。

作者简介：

张西平，北京语言大学特聘教授，北京外国语大学《国际汉学》主编，主要研究方向为中西文化交流史、西方早期汉学研究与中国文化海外传播研究。

严绍璗先生小传

冯佳莉

内容摘要 严绍璗先生一生致力于以原典实证为基础的东亚文化与文学关系研究,在中日比较文学领域著述丰赡,是促进中日两国文学与文化交流的桥梁人物。先生五十余年的学术研究与中国比较文学学科的发展共振。通过追忆先生的学术路径,可以一窥相关学术领域的发展势态。

| **关键词** 严绍璗 比较文学 中日文化

A Brief Biography of Mr. Yan Shaodang

Feng Jiali

Abstract: Mr. Yan Shaodang dedicated his entire life to research on the relationship between East Asian culture and literature based on original empirical study. His great achievements in the field of Sino-Japan comparative literature act as a bridge to promote their literary and cultural exchange. His academic career of more than 50 years resonates with the development of Chinese comparative literature. In reminiscing his academic contribution, we can get a glimpse of the trend in related fields.

Key words: Yan Shaodang; comparative literature; Sino-Japan cultures

严绍璗，北京大学教授，著名日本中国学家，比较文学家。北京大学比较文学与比较文化研究所所长（1998—2014），北京大学中文系学术委员会主任（1998—2014），国际比较文学协会东亚研究委员会主席（2000—2004）。曾在日本京都大学、佛教大学、宫城女子大学、日本文部省[①]国际日本文化研究中心、早稻田大学等高校和研究机构担任客座教授或访学。

严绍璗1940年9月2日出生于沪上富商家庭。祖父为上海知名民族企业家，20世纪30年代在华南地区有很大的影响力。父亲毕业于震旦大学法文系，思想开放，对严绍璗产生了很大的影响。[②]严绍璗中学就读于上海复兴中学，1958年，他的中篇小说《共青团员前进》获得上海中学生鲁迅奖。1959年考入北京大学中文系，1964年从北京大学中文系古典文献专业毕业，并留校任教。

1964年8月14日于北大人事处报到，在魏建功先生的指导下，严绍璗参与启封并整理1948年被中国人民解放军在解放北京时封存的原"哈佛燕京学社"编撰、整理的中国文献资料。由于建议北大开展这项工作的齐燕铭先生被定义为"反革命修正主义分子"，仅持续两个月左右的启封工作被迫中止。但也正是由于这项工作，严绍璗开始了对"海

---

① 1871年日本设立文部省，1956年设立科学技术厅，2001年中央省厅将二者合并为文部科学省，管理教育、学术、文化、宗教、科技等方面的事务。严绍璗先生于1994年在其下的国际日本文化研究中心做客座教授，因此延用当时机构称谓。

② 钱婉约，《严绍璗先生：圆融与超越》，《人民日报》，2010年8月12日第24版。

外汉学"（Sinology）^①的关注与研究。

1967年2月，严绍璗同中学同学邓岳芬结婚。同年秋天，北大"革命形势"逐渐恶化，严绍璗被卷入其中。1969年，与北大其他教职工一起开赴江西鄱阳湖鲤鱼洲北大五七干校。^②在承担繁重的体力劳动的同时，严绍璗时常通过阅读随身所带的日文版《毛泽东语录》和《毛泽东文选》学习日语。1971年7月，随江西鲤鱼洲五七干校首批返校队伍回到北京。

1971年8月24日，严绍璗跟随周一良等教授第一次接待了"日本第十届青年访华团"。在之后的六年中，严绍璗接待了近200次外国人士的参观访问。1973年，严绍璗接受中华书局邀约，为其"历史小丛书"写作《李自成起义》一书，1974年出版，1978年第二次印刷。1974年，受日本京都大学的邀请，严绍璗随"北京大学社会科学访问团"访问日本进行学术交流，由此萌发了调查日本所藏汉籍善本情况的心愿。在之后的三十年间，严绍璗往返日本多次，进行相关情况的考察与调研，甄别并收录文典逾万种。1974年底，严绍璗访日结束回到北京后，被安排至北大锅炉房做运煤工，开始为期两个多月的晚间工作，以此清肃在日本所受到的资本主义思想的污染。^③在此期间的白天，严绍璗仍继续参与外交事务，接待外国人士的访问。1975年，参与接待"日本政府文化使节团"，第一次与时任使节团团长的吉川幸次郎会面。同年，严绍璗与孙钦善、陈铁民两位先生合作，共同编校了《关汉卿戏剧集》（校本），此校本于1976年由人民文学出版社刊行。

---

① "Sinology"与"海外汉学""海外中国学"等概念在内涵上存在差异，参周阅《金玉人生——记我的导师严绍璗先生》（该文即将刊于《国际中国文学研究丛刊》第十三集，网络首发于北京大学"比较文学与比较文化"公众号）中的处理和注释，此处采用"海外汉学"一词。

② 严绍璗，《我的生命驿站——20年北大筒子楼生活拾碎》，见陈平原编，《筒子楼的故事》，北京：北京大学出版社，2010，第121页。

③ 钱婉约，《严绍璗先生：圆融与超越》。

1975年8月16日，在郊区劳动的严绍璗，因"理论水平很高"被突然调入"梁效"写作班子。8月28日，中共中央《红旗》杂志9月号提前出版，发表了由严绍璗主笔的评论文章《重视对〈水浒〉的评论》。三个半月后，严绍璗借故离开"梁效"。1977年7月，严绍璗在向景浩先生的支持下，开始独自编译刊发《国外中国古文化研究》，此刊物为不定期刊发，前后共刊出14辑。1978年，严绍璗接受吉川幸次郎的建议和邀约，决定与前野直彬三人共同合作并编撰《日本中国学史》。此项目即将通过批准进入具体实施，吉川幸次郎却不幸逝世，前野直彬归国后又突发脑溢血。面临此种状况，严绍璗决定独自完成《日本中国学史》的编撰及相关研究（1991年完成出版）。1980年，严绍璗编撰的《日本的中国学家》由中国社会科学出版社出版。这部巨著收录并考察整理了当时健在的1105位日本中国学家的学术谱向。这是我国"国际中国学"领域第一部相对完整的工具书。[1]

1982年，严绍璗发表论文《〈赵氏孤儿〉与十八世纪欧洲的戏剧文学》《古代日本小说的产生与中国文化的关联》等论文。同年，严绍璗参加由《读书》编辑部举办的"比较文学的理论与实践座谈会"。在此次大会上，严绍璗提出要创建独具民族特色的比较文学中国学派的构想。[2] 1984年，经由教育部批准，北京大学建立了古文献研究所，所内设立了国际汉学研究室。严绍璗担任副所长并兼任国际汉学研究室主任。同年9月，严绍璗刊发长篇论文《欧洲中国学的形成与早期理性主义学派》，并在各类报纸上刊发了几篇围绕同一课题但不同表述的文章。1985年，严绍璗受聘于日本京都大学，前往日本担任客座教授半年。1986年，经由学位办批准，严绍璗担任"国际汉学研究方向"的硕士指

---

[1] 严绍璗，《我的五十年的作业：会通学科 熔"义理辞章"于一炉》，《新中国外国文学研究60年》"口述史课题组"采访严绍璗先生谈"五十年的学术路径"，《比较文学与世界文学》2015年第2期。

[2] 严绍璗，《我的五十年的作业：会通学科 熔"义理辞章"于一炉》。

导老师。1987年，其所著的《中日古代文学关系史稿》一书出版。翌年，中华书局香港分局购入版权后在香港刊发。1990年，此书获得中国比较文学研究论著一等奖。同年，严绍璗结束其在日本佛教大学所授的"中日文学关系"和"日本五山文学"等课程后回国。归国后，严绍璗正式转入北大比较文学与比较文化研究所并于此年获得教授职称。此外，严绍璗与王晓平合著的《中国文学在日本》也在是年由花城出版社出版。

1991年，严绍璗所著的《日本中国学史》正式出版。1993年，《中国文化在日本》一书由新华出版社出版。1992—1993年，严绍璗于日本宫城女子大学做客座教授，其开设了26讲的"日本神话研究"系列讲座，得到学生们的积极反应。1994年，严绍璗在日本文部省的国际日本文化研究中心做客座教授。同年11月，日本明仁天皇在京都会见六位研究日本文化的外国教授，严绍璗位列其中。1995年，严绍璗与中西进合编的《中日文化交流史大系·文学卷》和与源了圆合编的《中日文化交流史大系·思想卷》日文版均由日本大修馆出版社刊行。次年，二书的中文版由浙江人民出版社出版。其中，《中日文化交流史大系·文学卷》获得1996年亚洲·太平洋出版协会学术类图书金奖（APPA AWARDS-GOLD PRIZE）。此外，同年（1996）严绍璗所著的《日本藏宋人文集善本钩沉》由杭州大学出版社出版。1993—1998年，严绍璗参与编写《中华文化通志》，撰写完成一卷《中国与东北亚文化交流志》。

步入21世纪，严绍璗先生依然在学术领域勤奋耕耘。2001年，日本文部科学省（教育科学部）聘请严绍璗为"国文学研究资料馆"（National Institute of Japanese Literature）的客座教授，负责组织和主持"日本文学中的非日本文化因素研究班"。[1]12月3日，严绍璗在日本东京大学

---

[1] 严绍璗，《比较文学与文化"变异体"研究》，上海：复旦大学出版社，2011，第14页。

比较文学研究中心发表以《试论从〈浦岛传说〉向〈浦岛子传〉的发展——关于日本古代文学中从"神话叙事"向"古物语叙事"发展的轨迹》为题的讲演,得到平川佑弘的高度评价与赞扬。[1]2004年,北京大学出版社将严绍璗的海外讲演进行收录与整理,出版《比较视野中的日本文化——严绍璗海外讲演录》一书。2005年,《日本藏汉籍珍本追踪纪实》由上海古籍出版社出版。2007年,严绍璗所著的《日藏汉籍善本书录》三卷本由中华书局刊印出版。2008年,国际日本文化研究中心在京都专门为这部孕育了二十余年,380余万字的皇皇巨著举办了出版祝贺会。这是日本国家人文研究机构首次为中国人的著作举办出版祝贺会。[2]2009年,严绍璗获得"教育部人文社会科学研究成果一等奖"。同年,学苑出版社刊行严先生的《日本中国学史稿》。2010年"山片蟠桃文化奖"评审委员会全票通过授予严绍璗先生第23届"山片蟠桃文化奖",此奖为日本设立的国际日本文化研究的唯一奖项。2010年8月,"中国三十年日本文学研究的成就与方法国际研讨会"在北京大学举行。恰逢严绍璗先生七十华诞,在会议召开的同时,北京大学出版社刊行《严绍璗学术研究》一书,就严绍璗在学术领域的成就和相关成果进行探讨。2011年2月10日,严绍璗在日本大阪历史博物馆大讲堂接受授奖,并发表以《Izanaki与Izanami创世结婚的文化学意义——我的〈古事记〉解读》为题的讲演,日本《朝日新闻》等报刊争相报道,听众反应积极热烈。同年,其《比较文学与文化"变异体"研究》一书由复旦大学出版社出版。

2015年,严绍璗获首届"中国比较文学终身成就奖"。2016年,国际中国文化学会授予严绍璗"国际中国文化研究终身成就奖"。2021年,《严绍璗文集》五卷由北京大学出版社刊行。2022年8月6日,严

---

[1] 严绍璗,《我的五十年的作业:会通学科 熔"义理辞章"于一炉》。
[2] 严绍璗,《我的五十年的作业:会通学科 熔"义理辞章"于一炉》。

先生溘然长逝。随后，《南方人物周刊》以严绍璗先生为第29期人物封面，发表文章《严绍璗去日本调查汉文典籍》，记述与追忆先生的学术贡献。

严绍璗先生毕生在比较文学领域辛苦耕耘，开创了以原典实证为基础的文学与文化的发生学研究和关于理解东亚文化的"变异体"理论，为后辈学者的研究提供了科学的方法论指引。[①]严先生以日本中国学为中心的"海外汉学"的学术研究，切实促进了中日两国的文化交流，也为我国的"海外汉学"研究积蓄了强大的发展能量。先生已逝，但文泽流远。

作者简介：

冯佳莉，北京语言大学中华文化研究院硕士生。通讯地址：北京市海淀区学院路15号北京语言大学；邮编：100083。

[①] 周阅，《金玉人生——记我的导师严绍璗先生》。

电影研究

影院内外的泪水
——跨国情节剧、战事哀情片与《一江春水向东流》

王 昕

内容摘要 作为经典好莱坞的基石，情节剧这一"美国式的电影形式"同时也是最重要的跨国"熟悉体"，在中国最初是在"哀情片"的框架下被理解与接受的。这些舶来的战事哀情片在上海孤岛时期和战后时期回应着不同的观众期待，发挥着不同的社会功能。本文以《乱世佳人》与《自君别后》的比较揭示这一脉络的内在变化，并以中国人自制的有别于战后好莱坞的战事哀情片《一江春水向东流》为例，展示对于20世纪40年代的中国电影系统，好莱坞于何种意义上是国片汲取的资源，在特殊的时代氛围里国片又完成了怎样的发展与超越。

| **关键词** 情节剧 哀情片《乱世佳人》《自君别后》《一江春水向东流》

Tears Inside and Outside of the Cinema: Transnational Melodrama, Wartime *Aiqing* Film and *The Spring River Flows East* (1947)

Wang Xin

Abstract: As the foundation of the classical Hollywood movie, melodrama, the "American form" of cinema is at the same time the most important "transnational familiarity". The melodrama films were first understood and accepted in China within the framework of *Aiqing* films. These imported wartime *Aiqing* films responded to different audience expectations and served different social functions in Shanghai's Isolated Island Period and the Post-War Period. Through a comparison of *Gone with the Wind* and *Since You Went Away*, this paper reveals the inherent changes of the melodrama, and takes *The Spring River Flows East*, a Chinese wartime *Aiqing* film different from the post-war Hollywood, as an example to show in what sense Hollywood was a resource for the 1940s Chinese film system, and what kind of development and transcendence the Chinese film accomplished in the special atmosphere of that time.

Key words: Melodrama; *Aiqing* Film; *Gone with the Wind*; *Since You Went Away*; *The Spring River Flows East*

1939年8月28日，昆明的两家电影院同时被人投掷了催泪弹。事件发生之后，当地的青年改进会发表了一封公开信，说明此事是有意为之，意在警告于国家作战之时仍去看电影的醉生梦死之徒。[①] 此时昆明

---

① 《昆明两影戏院 有人抛掷催泪弹》，《申报》，1939年9月6日，第7版。

影院中放映的已基本是好莱坞影片，深受从京沪等大城市迁移至后方的民众的喜爱。然而这种观影看剧的繁盛景象和全面抗战的时代氛围存在着巨大反差，为救亡而心急如焚的一些组织因此不惜动用催泪弹，以武器/物理的急迫手段催醒民众对安逸的沉湎。①我们很容易还原或想象这样一个场景——在影院的黑暗中为好莱坞情节剧（melodrama）流下泪水的观众，被催泪弹的浓烟呛出了另一重泪水，急忙奔逃而出，残留在视网膜上的好莱坞离合故事在昆明的阳光中消散，战争阴云下的现实重新凝聚降落在这群观众的身上。

当然，即使是全面抗战时期，这种茫然无措奔逃街头的景象也并非常态，大多时候在影院中催泪的仍是影片本身。而在这样一个非常时期里，好莱坞给走进影院的观众带来的也不仅仅是一份"醉生梦死"的逃避，更多时候，它所引发的泪水是观众对自身处境的分享、领受与超越。好莱坞以南北战争、一战和二战为背景的家庭离合故事，与影院里中国观众辗转飘零的时代经验相激荡，产生着今天难以想象的共鸣与共情。而这主要联系着好莱坞最重要的一种形态（情节剧）及其在战时与战后中国的不同影响。

一、跨国情节剧（哀情片）的发生与演变

"Melodrama"是一个难于转译的概念，今天的主要译法有"情节剧"和"通俗剧"。前者突出的是该形式的叙事模式、情节强度，后者则侧重于它的流行程度、受众组成。近年来随着电影研究重心向观众移转，"通俗剧"这一译法开始更多地被采用，但本文仍然沿用总体上使用更多的"情节剧"一词。原因在于"情节"不光可以指涉叙事中的因

---

① 同一时期，有剧团想在昆明上演《茶花女》，被报刊批评不符合现下的环境，又遭受硝镪水和催泪弹的威胁，只上演三天，被迫草草收场，亏损严重。参见野波，《茶花女昆明蒙难记》，《力报》，1939年10月25日，第1版。

果事件，还可以有"情义节操"的意涵，而这在一定意义上正好契合好莱坞"melodrama"在中国"归化"与发展的历程。

1. 情节剧、文艺片与哀情片

情节剧虽然始于18世纪后半期，19世纪便在戏剧领域获得主导地位，[①]在电影诞生不久后就占据相当比例，但对于情节剧电影的研究却一直较少。直到20世纪70年代情节剧研究被一些理论家视为关键议题，这一曾经无人问津甚或被评论者鄙视的形式（用于批判某种倾向的词汇）才开始在理论场域中占据日趋重要的地位。对情节剧的探讨也从个别电影作者（如道格拉斯·瑟克）向上延伸至整个影史源流。研究者从人物特征、结构和主题特点、环境设置等方方面面对情节剧影片进行了总结和归纳。在六七十年代所有理论工具（精神分析、意识形态批评、性别研究等等）的洗礼下，被定位为"美国电影的中心"[②]"经典好莱坞的基石"[③]的情节剧，成了一个极其复杂多义的场域。

在近年来的研究中，琳达·威廉斯（Linda Williams）以"盲人摸象"的比喻回顾了以往的情节剧分析。在她看来无论是托马斯·埃尔塞瑟（Thomas Elsaesser）、彼得·布鲁克斯（Peter Brooks）20世纪70年代奠基性的分析，还是80年代中期女性主义者的视角，抑或大卫·波德维尔（David Bordwell）、汤姆·甘宁（Tom Gunning）、本·辛格（Ben Singer）甚或她自身围绕"经典"形式、意识形态、文化源流的种种论述交锋，都只把握了情节剧这头大象的局部，而忽略了整个动物的庞大尺寸与多样性。她引述格莱德希尔（Gledhill）的分析，指出："作

---

① 迈·沃克尔，《情节剧和美国电影》，陈梅译，《世界电影》，1985年第2期，第49-69页。

② 迈·沃克尔，《情节剧和美国电影》，第49-69页。

③ 琳达·威廉斯，《改头换面的情节剧（上）》，章杉译，《世界电影》，2008年第2期，第4-20页。

为一种模式，情节剧与现实主义、悲剧既有重叠又有竞争，保持着复杂的历史关系。它不仅是一种审美实践，更是一种观察世界的方式。"①将情节剧视为一种"观察世界的方式"，所要"解绑"的正是以往种种分析范式为情节剧施加的限定与压缩。而其中很重要的努力便是将情节剧从一种"美国式的电影形式"中解放出来。情节剧的勃兴得益于特定的历史时刻和社会环境，但它的全球流通及与各种在地资源的结合、激荡与回响，却要求更为广阔的跨国分析空间。

这种更大的视野也让之前难以言说的中国情节剧问题获得了新的诠释可能，因而为华语电影研究者所重视。张真的相关研究是最典型的例子，她在《跨国通俗剧，文艺片，以及孤儿想象》中引入了叶月瑜对"文艺片"的分析。在叶月瑜的观察中，源于日文并联系着欧美文学及其译介的"文艺"，在发展中成为一个核心术语，从文学扩展至其他艺术门类，启动了文化融合机制，在中国电影系统中形塑了"文艺片"序列。在张真看来，这种"文艺片"与"通俗剧"是有着"相似形式和特色的模式或语域"，并有着交互渊源，"都与西方文本在东亚的流传、嫁接和跨媒介相关"。因而虽然各自有着具体的时空，却是跨国的"熟悉体"。此外，张真还援引黄雪蕾通过《林恩东镇》的文本旅行，将欧洲通俗剧、好莱坞电影、日本现代剧、中国新剧、哀情剧的交叠联结，总结为"文化生产长链"的分析，进一步将"通俗剧"定位和解释为"'全球媒体景观'内不断交融的多种类型"。②这种重新认知、重新界定的思路，让我们摆脱既有的术语，将原先局限于美国的情节剧分析移转

---

① Linda Williams, "'Tales of Sound and Fury …' or, The Elephant of Melodrama", in *Melodrama Unbound: Across History, Media, and National Cultures*. eds. Christine Gledhill and Linda Williams. New York: Columbia University Press, 2018, pp. 205-217.

② 张真,《跨国通俗剧,文艺片,以及孤儿想象》,应婕晓译,《北京电影学院学报》, 2019年第1期,第70-79页。

到中国场域。杨槃槃对于浪漫情节剧的好莱坞到中国之旅的分析,也延续了张真引入"文艺片"的思路。①

然而将"文艺片"视作"情节剧"在中国的某种对等物、"熟悉体"、文化生产长链的在地形态,本身可能存在着一定的简化和偏差。事实上,"文艺影片"的名词与概念相对较晚才出现,在当时的电影系统中也并非一开始就是高频词汇。叶月瑜通过鸳鸯蝴蝶派跨越文学和电影的实践来勾连与形塑的这一论述,对于解释"文艺片"一词至今仍然含混暧昧的意涵有重要参考价值,②但却并不是对好莱坞情节剧最初在中国的归化视域的准确还原。

正如好莱坞冒险动作影片在中国视域中是以"欧派武侠片"之名被认知与观看的,好莱坞情节剧(激情类情节剧③)最初则是在"哀情/苦情"的命名与框架中被接受的。1915年上海爱伦活动影戏园上映的外国短片《情天缺憾》《情天惨劫》就已被称为"哀情新片""苦情新片"。④用"情"作为关键字来意译片名,以"情"归纳与划分电影类别,凸显了"情"这一前现代中国的重要思想资源,在为现代中国归化、吸纳新的文化现象、艺术形式中扮演的重要角色。1921年《申报》为汪秋凤主编的《古今戏剧大观》所做的广告里,列出了所收戏剧的分类,其中最多的便是被冠以"情"字的类别,侠情戏、哀情戏、苦情戏、冤

---

① Panpan Yang, "Repositioning Excess Romantic: Melodrama's Journey from Hollywood to China", in *Melodrama Unbound: Across History, Media, and National Cultures.* eds. Christine Gledhill and Linda Williams, pp. 219-236.

② 参见谭以诺,《华语文艺片的百年流转》,《电影艺术》,2017年第1期,第9-14页。

③ 迈·沃克尔指出情节剧可以分为两大类——动作类情节剧和激情类情节剧,我们通常讨论的情节剧都是激情类情节剧。参见迈·沃克尔,《情节剧和美国电影》,第49-69页。

④ 《爱伦活动影戏园 头二三本 情天缺憾》,《申报》,1915年3月26日,第9版;《爱伦活动影戏园 头二本 情天惨劫》,《申报》,1915年5月1日,第9版。

情戏、忏情戏、殉情戏都有数十出之多。①换言之，宋元戏曲中的苦情元素、明清小说对"情"的强调、清末"写情小说"的兴起（从吴趼人到鸳蝴派），乃至戏曲戏剧的相关分类，都让中国观众在电影系统尚未形成的时刻，便习惯以"哀情/苦情"的框架来认知侧重女性、有关冤屈与昭雪、泪水与团圆的影片。（直至今日，我们描述情节剧时使用的"煽情"一词，也可以视作这一框架的延伸。）

需要指出的是，中国传统观念中并不是只有"情"在电影系统中得到了这样的重视。根据赵晶对当时好莱坞影片译名及译介的文化机制的分析，"仁义礼智信忠孝悌节恕勇让"等儒家价值/语词都深度参与了好莱坞影片的归化。②然而，只有"情"等极少观念俘获了相应的电影形式。可能的原因在于自晚清"写情小说"以来，对痴情女性的塑造，以一种"情感拜物教"的强度，③将原本维系/润滑/填充前现代社会关系的"情"推举到了一个空前重要的位置。事实上，"爱情"一词也是在这一时期才逐渐发展为现代个体自由恋爱的含义。④换言之，联系着"爱情"的"哀情/苦情"本身就是一个既传统也现代，跨越传统与现代，从传统中翻转出现代的概念框架。

此外，与最初联系着西方文学作品的"文艺"相似，"哀情/哀情剧"本身也是一个"天然"的跨媒介概念。1924年《申报》上一则为却理斯马克（Charles Mark）主演的《逼走》（Driven）所做的广告，正好比较了哀情剧在不同媒介转换中的异同："哀情剧在舞台上演之，演员可以剧中人之苦衷，由口中说出，能使观者心动，所谓声泪俱下

---

① 《古今戏剧大观》，《申报》，1921年4月2日，第15版。
② 赵晶，《1920—1949年沪映美片中文片名研究》（硕士论文），中国电影艺术研究中心，2010年。
③ 参见刘堃，《晚清文学中的女性形象及其传统再构》，天津：南开大学出版社，2015，第203-246页。
④ 刘廷元，《"爱情"词源小议》，《道德与文明》，1989年第1期，第27-29页。

者是也。哀情小说以笔墨形容书中人之悲境，亦能使读者泪下。惟影戏既无声，又无详细之说明，其能使观众有动于中者，惟演员之表情而已。"①透过这则广告，我们可以发现哀情剧这一跨媒介形式的要旨在于让观众"心动、泪下、情动于中"，舞台戏剧以口白达成的任务，小说依靠笔墨说明完成，而电影则凭借演员的表情。在这里，广告者突出了演员的表情/面孔对于哀情影片的重要性。而这要求的较近的拍摄景别在当时的中国影像市场上恰恰由好莱坞持续大量地供应着。正是在这种现象对观念的塑造、观念对现象的撷取中，特定的好莱坞情节剧成了哀情影片的实体。

2.从家庭哀情片到战事哀情片

正如在好莱坞情节剧发展史中，格里菲斯占据着第一个重要位置，在哀情片的中国发展历程中，《赖婚》（*Way Down East*）及后续的"格里菲斯热"也起着奠基性的作用。教导世人"当这样讲爱情"，以生命的强度去完成想象性团圆的《赖婚》在相当长的时期内都是各种冠以"哀情片"之名的影片的比较对象。例如上文提到的影片《逼走》，在进行广告宣传时采用的就是和《赖婚》比较的策略。②

也许无需赘言的是，在《赖婚》等影片中，格里菲斯已经实践和示范了情节剧的所有核心特征。琳达·威廉斯将之总结为五个方面：1.起始并结束于一个清白无辜的空间；2.突出表现受害的主人公并确认他们的善；3.因借用现实主义手法而具有现代特征，而现实主义则被赋予了情节剧的动作与激情；4.包含激情与动作的辩证关系———一种"过迟"和"适时"的互动；5.善恶分明的人物性格，角色有着明确的道德定

---

① 《卡尔登影戏院 哀情名剧 逼走》，《申报》，1924年6月12日，第21版。

② "我人常以《赖婚》为哀情影片中之杰作，不知舍《赖婚》外，尚有本院今晚开映《逼走》一片。诸君不信，请来一看便知。"《卡尔登影戏院 哀情名剧 逼走》，第21版。

型。①如果稍加推敲，我们会发现除第三点外，其余的方面和元杂剧《窦娥冤》这样的中国传统戏剧完全吻合。在京剧《六月雪/斩窦娥/羊肚汤》中窦娥甚至最后得救，拥有和《赖婚》一样的团圆结局。比较而言，哀情片对此类戏剧的"添加"，主要在于现实主义手法和情节剧模式之间激荡的某种张力。

20年代初，在中国最具影响力的哀情片大多坐落在家庭框架之中，其矛盾和冲突往往爆发在家庭内部（例如《逼走》中女主角的杀父仇人是恋人的兄弟），这些也被称为家庭伦理片的影片以现实主义的手法将更大的社会引入了原本狭小的家庭关系和家庭空间。这股以"格里菲斯热"为中心的家庭哀情片浪潮，直接影响了最初的一些国产长片，经常被提及的《孤儿救祖记》（"明星影片公司新摄之家庭哀情影片"）②就是极为典型的例子。

在《孤儿救祖记》的女主角王汉伦主演的另一部家庭哀情片《好寡妇》（1926）的广告文章中，王汉伦被明确视为莉莲·吉什（Lillian Gish）在中国的对应者，文章如是写道："丽琳甘熙以《赖婚》一片出名，王汉伦以《孤儿救祖记》一片出名。《赖婚》写玉洁冰清之村女，受恶社会引诱后之苦状。《孤儿救祖记》写中国旧家庭之恶习，小寡妇为环境逼迫之苦处。现在丽琳的芳名已经满播全球了，电影观众都称她唯一电影悲角。现在王汉伦的艺才也大进了，远东各大都会多能晓得王女士在银幕上的本领，所以也称她中国电影的唯一悲角。"③这段话里，时人已经清楚地指出，《赖婚》《孤儿救祖记》的家庭个人的苦情戏码指向的是"恶社会"的"环境逼迫"。而丽琳甘熙、王汉伦饰演的女性角色则是这种环境悲剧的最适合的演绎者。

---

① 琳达·威廉斯，《改头换面的情节剧（下）》，章杉译，《世界电影》，2008年第3期，第4-19页。
② 引之，《〈孤儿救祖记〉之又一评》，《申报》，1923年12月26日，第17版。
③ 《家庭哀情国产影片 王汉伦女士 好寡妇》，《申报》，1926年3月16日，第18版。

迈·沃克尔将激情类情节剧划分为相互交叠的四组——女人情节剧、传奇式情节剧、家庭或小镇情节剧和哥特式恐怖情节剧。① 这种划分虽然有着一定的任意性，不过却提示我们可以对跨国情节剧内容的演变做一点辨析。总体来看，1920年代初期哀情片主要重叠着女人情节剧和家庭或小镇情节剧，但到20年代中后期开始以战事为背景的情节剧大幅增多，这些影片虽然很多仍可以视作家庭或小镇情节剧，但在中国视域中与之前的情节剧已有了显著的不同，按照当时的说法我们应称之为"战事哀情片"。

最早在中国产生影响的战事哀情片，也许可以追溯至1923年10月在上海放映的格里菲斯的另一名作《乱世孤雏》(*Orphans of the Storm*)。影片的时代背景虽然不是战争，但却是同样酷烈的法国大革命，一对姊妹花的哀情故事被放置在这一背景下，串联起大革命的起落，结尾断头台上的"最后一分钟营救"，更让这一故事凝聚了整个时代的残酷和强度。在战事哀情片渐成风潮的1929年，重映的《乱世孤雏》也被明确标识为"法国革命历史战争哀情名剧"。②

事实上，战事哀情片开始占据主导位置是在1920年代中后期，好莱坞在此前后拍摄了大量以欧战（一战）为背景的影片。以1928年4月为例，4月5日在上海奥迪安大戏院首映"世界著名空前战事爱情巨片"《时势造英雄》(*The Patent Leather Kid*)的同时，百星大戏院正在重映"全世界最伟大之战事哀情巨片"《战地鹃声》(*What Price Glory*)。③ 而稍晚的4月25日，"世界著名战争哀艳巨片"《战地之花》(*The Big Parade*)则在中央大戏院迎来了一年来的第十轮放映。④ 以上三部影片都是以一战为背景，讲述参战军人的爱情/哀情故事。

---

① 参见迈·沃克尔，《情节剧和美国电影》，第49-69页。
② 《乱世孤雏》，《申报》，1929年6月13日，第25版。
③ 《奥迪安大戏院 时势造英雄》《百星大戏院 战地鹃声》，《申报》，1928年4月5日，第28版。
④ 《战地之花》，《申报》，1928年4月25日，第21版。

图1 《时势造英雄》和《战地鹃声》广告①

在这股潮流中，中国电影人也进行了自己的尝试，早在《玉梨魂》中就有男主角参军的段落，而最具意味的例子则是张普义执导的"战争哀情历史电影"《洪宪之战》。②该片原名《再造共和》，以"讨袁护国"为背景，云南督军唐继尧赞助并亲自参与演出，在唐下野去世后，也得到了继任者龙云的支持，③号称"调拨军队十余万人，借用飞机数十架"，④"中有翱翔空中之飞艇，勇往直前之军队，以及炮火连天之战争"。⑤由于是唐继尧最初促成该片，发行也需要借助名人效应，《洪宪之战》的上映广告中主演皆为"前云南省长唐继尧将军"。然而作为战

---

① 《奥迪安大戏院 时势造英雄》《百星大戏院 战地鹃声》，《申报》，1928年4月5日，第28版。
② 《世界大戏院 洪宪之战》，《申报》，1928年9月2日，第35版。
③ 《朗华公司摄制洪宪之战之始末》，《新银星》，1928年第3期，第7页。
④ 《中央大戏院 明天开映 洪宪之战》，《申报》，1928年7月24日，第23版。
⑤ 《电影新闻》，《新闻报本埠附刊》，1928年7月29日，第1版。

事哀情片，影片真正的主角其实是因战争被迫分离，好不容易团聚却又因地雷共同遇难的宋秋帆、佩钰夫妇。然而该片奇特的性质，让饰演宋秋帆、佩钰的马徐维邦、陆剑芬极少出现在宣传中，最多只是署名"助演"。

这里或可引申的是，在跨国情节剧——战事哀情片的本土自制的最初时刻，战争作为一种真实/现实就以超乎想象的力度主导了电影的制作和接受，压倒或者说边缘化了虚构的哀情故事。更准确地说，在战乱作为日常的中国，情节剧"过火"（excess）的手法，消融在了战争这一"过火"的现实中；而战争作为一种"过火"的现实，则借助情节剧"过火"的方式将自身转化为叙事。

30年代初，好莱坞开始将异域的具有当下性的战乱作为情节剧的背景（即将其他空间的"过火"现实生产为美国故事），仅仅玛琳·黛德丽主演的影片中含有这类因素的就包括《摩洛哥》（Morocco）、《忠节难全》（Dishonored）、《上海快车》（Shanghai Express）、《金发爱神》（Blonde Venus）、《乱世情鸳》（Knight Without Armour）等等。① 这些与美国观众隔着距离的故事，很大程度上正是中国观众的近距离体验，由于想象和代入的方式不同，中国观众对这些影片的拥抱和拒绝程度也都更为激烈。这里颇为纠缠的是，随着民族危机的日益深重（从东三省沦陷到上海成为孤岛），有意识的国人一方面强烈拒绝好莱坞拍摄的中国题材的影片（《上海快车》等影片被指认为"辱华"），一方面仍渴望在银幕上看见战争状态中的情感/生活故事。而这在孤岛时期和战后又有着不同的表现。

二、从《乱世佳人》到《自君别后》

孤岛时期影响最大的情节剧/哀情片无疑是根据玛格丽特·米切尔

---

① 这里使用的都是当时在中国上映时的译名。

（Margaret Mitchell）小说改编，费雯丽（Vivien Leigh）、克拉克·盖博（Clark Gable）主演的《乱世佳人》（*Gone with the Wind*）。值得一提的是，这部以南北战争为背景的影片，原本准备按照英文译作"随风而去"，在决定中国首映日期的前几天才更名为"乱世佳人"。①

而"乱世佳人"这个片名却非首创。早在1937年张石川导演就已经筹备了一部由洪深编剧、胡蝶主演的《乱世佳人》，讲述一个青年寡妇不甘在旧礼教下牺牲宝贵青春，却出于对已故丈夫的爱和抚养女儿的责任，牺牲幸福，陷入痛苦境地的故事。明星公司原本准备在袁牧之拍完《马路天使》后便行拍摄，②但最终因为是"描写五四运动到近代的妇女解放运动过程中的故事"，涉及服装和布景问题，而搁置了。③同样是以丧偶女性为主角、有着大时代跨度的哀情片，*Gone with the Wind* "继承"这个片名确实颇为合理。当然这里更重要的原因其实是，战事哀情片在中国已然形成了该类别的片名构词法，如果是四个字的话，前两个字往往表示战事/战争，后两个字则传达哀情/爱情。我们可以随手举一些例子：乱世孤雏、乱世情鸳、战地鹃声、战地之花、沙场泪痕、塞外征魂……④熟悉此时电影系统的观众，可以一眼从中获得观影预期。

1940年6月18日《乱世佳人》在上海大华影院首映，前期预告中称这是该片在远东第一次献映。⑤事实也确实如此，这部荣获八项奥斯卡的空前巨作，在美国本土到1940年7月还在采用预售路演的方式在有限影院中上映，到1941年才以平价的方式公映，而上海的放映时间仅稍晚于英国首映，早于南美等地区。（北京真光和天津大光明则是在

---

① 韵，《〈随风而去〉改译〈乱世佳人〉》，《申报》，1940年5月30日，第12版。

② 《明星杂志》，《申报》，1937年3月11日，第25版。

③ 古拔，《〈乱世佳人〉服装成问题，张石川先导演〈掌上珠〉》，《社会日报》，1937年3月27日，第3版。

④ 其中"战争恋爱哀情片"《沙场泪痕》（*I Accuse*，原名 *J'accuse!*），"北非战争哀情伟片"《塞外征魂》（*La Bandera*）为法国影片。

⑤ 《乱世佳人》，《申报》，1940年6月4日，第14版。

1940年12月3日开映该片。①）大华的宣传部门为了迎接这一盛事颇费心思，《大华影讯》发行的创刊号便是"乱世佳人特刊"，整本刊物都是对于《乱世佳人》详细的介绍和多角度的赞美。

图2 《大华影讯》"乱世佳人特刊"②

《乱世佳人》"直观"上的特别之处在于这是一部"全二十四本"的"五彩哀情片"，③它给观众的惊喜在于这是一部真正的豪华彩色影片，而带来的挑战则是"从未有过这么长久的映片时间"。

尽管在无声电影向有声片变革的同期（甚至之前），就有过彩色影片的浪潮，也有过相当数量的讨论（例如《电影月报》1928至1929年

---

① 金匀，《〈乱世佳人〉：北京真光与天津大光明，于本月三日起同时献映》，《游艺画刊》，1940年第1卷第16期，第12页。
② 《乱世佳人特刊》，《大华影讯》，1940年第1卷第1期，第1页。
③ 《大华 乱世佳人》，《申报》，1941年5月24日，第11版。

间连载的沈诰的《影片的彩色问题》），但直到1938年12月"华德狄斯耐"（Walt Disney，今译华特·迪士尼）的"五彩卡通片"《白雪公主》（Snow White and the Seven Dwarfs）上映，①色彩才引起了广泛赞叹。虽然未能像声音那样成为一个突出议题，但色彩作为一种特例，已然存在于电影系统之中。《乱世佳人》体现了真人电影彩色技术的新突破，是第一部荣获得奥斯卡最佳影片的彩色片，在相当程度上作为一抹奇特的色彩，留存于中国观众的印象里。

近四小时的时长与这种从未有过的丰富色彩产生着相似的效果。出于资本、技术、拍摄条件、时局的影响，中国电影人不但相当时期内无法制作真正的彩色电影，拍摄三四小时的史诗长片也有很大困难。实际上，《乱世佳人》刚上映不久，金星影片公司就准备模仿它的方法，将张恨水小说《秦淮世家》拍摄成长达二十余本、三个半小时的影片，"为中国电影界作新尝试"。但最后因为成本太大，营业上没有把握，变更了计划。②《秦淮世家》最后的成片虽然仍号称"哀情巨片"，但长度应该只有两个多小时。

也就是说，与在美国一样，《乱世佳人》最先以其外在形态（色彩、长度）震撼了中国电影系统。然而诸如《电声周刊》这样的刊物会将之列为从未有过的"甲上片"，③则不仅是因为技术和体量的奇观，更是因为该片以四个小时的时长，充沛足量地再现了作为日常的战争与战争中的日常（情感），"此片之情节颇多高潮，且变化极多，

---

① 《丽都光陆 白雪公主》，《申报》，1938年12月1日，第13版。

② 《金星拟仿〈乱世佳人〉摄制长片〈秦淮世家〉》，《中国影讯》，1940年第1卷第24期，第185页。

③ "本刊对于西片批评素主严格，尤以代表一般观众之心理而言，但九年中，本栏之批评，西片得列入甲等者仅有三次：摩登时代（卓别林主演），叛舰喋血记（却尔斯劳登主演）及战地笙歌（珍妮麦唐纳主演）三片是也，但由本刊列入'甲上片'者，以《乱世佳人》为第一次，诚荣誉之作品也。"《本刊特评 乱世佳人 甲上片》，《电声周刊》，1940年第9卷第19期，第386页。

更以美洲南北战争为背景，反照近代之战争，深觉其十倍惨酷，异常现实，且描少女之情，与家庭生活，及环境变化之苦痛，更足动人心弦，是固不愧为文艺巨著"。①进一步说，中国观众和批评者从《乱世佳人》中看到的并不是八十年前的美国内战，而是正置身其间的"近代之战争"，美国南方庄园的历劫遭难，让中国观众想起了自身被侵略毁坏的家园。银幕成了镜面，美国南北战争的景象反照出的是中日战争的惨况。而在残酷环境中成长、努力去爱、努力生活的斯佳丽（Scarlett，当时译作史嘉兰、郝思嘉，由费雯丽饰演），则是身处孤岛甚或沦陷区的观众自我想象的无缝投射。1940年3月汪伪国民政府刚在南京成立，身处孤岛的民众在多重的幻觉、欺骗和清醒里，同时代人和体验着斯佳丽在影片中不同时刻的心路。因而对费雯丽的狂恋，也是绝境中的自怜。也就是说，情节剧／哀情片的悲情调子与身处山河破碎的观众的情绪相吻合，也因为唤起了真实的情绪，而让人觉得"异常现实"。而一旦情节剧可以吸纳银幕外的现实，这种互文激荡，就让它成了某种"现实主义"。

当时少有的对该片的批评恰好忽略了《乱世佳人》在中国的接受语境。洒治、舒芒、兆良在《好莱坞》和《电影》杂志上发表的集体影评，指出影片"在序幕的字幕中，曾提起林肯解放黑奴的事情，'他不能允许一个国家中一半是自由的人民，一半还存在着奴隶'（大意），可是事实上，这些史实以史嘉兰一个人的性格上展开是不够的"。②在他们的分析中，以个人罗曼史为经纬的哀情片，无力负载战争时代的大历史，两者间的落差造成了情调上的不可调和。这一看法本身有一定道理，然而1940年花三到八元的高昂票价在影院中观看该片的中国观众，需要的恰恰是一个个人可以穿越战乱的时代、重整生

---

① 《本刊特评 乱世佳人 甲上片》，第386页。
② 洒治、舒芒、兆良，《乱世佳人集体影评：在众口交誉中一无宣传作用的忠实批评》，《好莱坞》，1940年第81期，第8页。

活和家园的故事。

值得一提的是,《乱世佳人》著名的结尾台词"明天是新的一天"（Tomorrow is another day）,也是1930年影片《大男孩》（*Big Boy*）[①]中阿尔·乔尔森（Al Jolson）演唱的一首插曲的歌名,1931年时在上海就极为流行。[②]而在孤岛时期不确定的阴云之下,这种将希望投掷到明天的渴望就更加迫切（不论是逃避还是坚韧）,《乱世佳人》正是充当了这样一个镜中的当下与明天。

当然《乱世佳人》能够在上海取得巨大的成功,也和充当该片后景的南北战争在言说战争的同时,恰好规避了极其复杂的国际和中国时局有关。除1944、1945年外,从1940到1948年《乱世佳人》每年都在上海进行了多轮放映,跨越了孤岛时期、上海全面沦陷初期以及战后,为抗战、二战时期在中国并立的多种政权和审查机构接受（或接受了相当时间）。颇为惊人的是,1943年1月上海全面禁映好莱坞后（《乱世佳人》于1月9日进行了全面沦陷期的最后一次放映）,苦干剧团由黄佐临、姚克根据原著和电影编导了同名戏剧,时长跟电影相同,也是四小时,由石挥、上官云珠等主演,[③]从1943年10月初一直演到11月底。1944年时还有别的剧团排演了同名戏剧。

这里需要补充的是,在太平洋战争爆发、美国参战之后,好莱坞拍摄了大量和正在发生着的二战有着深度勾连的情节剧,然而日本扶持的汪伪政府已经收回了租界,在相较之前严密得多的控制下,

---

[①] 由执导了《爵士歌王》（*The Jazz Singer*, 1927）、《民族精神》（*Massacre*, 1934）的艾伦·克罗斯兰（Alan Crosland）拍摄。

[②] 林泽人,《Tomorrow Is Another Day》,《玲珑》,1931年第1卷第14期,第531页。

[③] "编导主任黄佐临·姚克。技术主任吴仞之·舞台监督孙浩然。演员石挥·史原·王骏·白文·白穆·陈平·金刚·乐遥·丹尼·沉敏·上官云珠·莫愁·林榛·林彬·马笑侬·蓝闲·英子·庄严·孙竦等。"《苦干剧团不日返沪 为本报助学金义演》,《申报》,1943年10月2日,第3版。

这些影片自然无法进入上海。而上海作为好莱坞远东发行的重要一环（分公司和代理的所在地），也限制了中国其他地域好莱坞影片的流通（仅在大后方重庆、成都、昆明还有新片输入）。1942、1943年拍摄的直接以二战为背景的情节剧，例如著名的《卡萨布兰卡》(*Casablanca*)、《忠勇之家》(*Mrs. Miniver*)、《吾土吾民》(*This Land Is Mine*)、《莱茵河的守卫》(*Watch on the Rhine*)都是在战后的1946年才得以在上海放映，①这个巨大的时间空档及错位，让《乱世佳人》、《魂断蓝桥》(1940版)等以南北战争、一战为背景的哀情剧成为二战期间中国观众主要可以调用的影像资源，而好莱坞在二战进行中拍摄的激励人们必胜信念的影片，则在抗战胜利后的中国观众视域里成了一份对于胜利的确认和怀念，旋即又成了对正在发生的国共内战的"映像"。

到二战末期，同盟国已胜利在望，好莱坞情节剧的基调开始从振奋士气转向创伤疗愈。战争再度变为后景，家庭创伤的展示与修复被放置在最关键的位置，而这批影片与上述战争中拍摄的作品几乎同时到达中国。相较而言，二战末期和战后的好莱坞情节剧，更接近中国观众之前就熟悉的战事哀情片，也产生着更大的影响。其中颇为著名的是1944年拍摄的《自君别后》(*Since You Went Away*)。该片由同样操刀了《乱世佳人》《蝴蝶梦》(*Rebecca*)的大卫·塞尔兹尼克（David O. Selznick）编剧、制作，影片的场景设置在一座美国小镇，讲述二战中丈夫自愿参军离开后，留守的妻子和两个女儿面临的战争时期的种种问题。因为都是大后方（home front，直译为"家庭前线"可能更准确）电影，该片后来常被拿来与威廉·惠勒执

---

① 雨辰，《先睹卡萨布兰加》，《世界晨报》，1946年4月29日，第4版；《本市简讯》，《申报》，1946年4月5日，第3版；《大上海今天荣誉献映吾土吾民》，《申报》，1946年9月19日，第12版；《莱茵河的守卫》，《申报》，1946年2月22日，第4版。

导的英国伦敦郊外故事《忠勇之家》相比较——今天无论是在英语还是中文世界看过《忠勇之家》的观众都远多于《自君别后》，但在1945年的重庆、1946年的成都、1947年的上海，《自君别后》则引起了更多的回响。

图3 《自君别后》在成都上映的广告①

图4 《抗战夫人》在成都稍晚于《自君别后》放映②

《自君别后》首先于1945年10月下旬在重庆的"新川"和"唯一"两家戏院献映，③继而于1946年6月在成都的新明电影院上映，④当时就被宣传为可以媲美《乱世佳人》的巨作。除了接近三小时的鸿篇体量，有秀兰·邓波儿（Shirley Temple）这个刚长大的最著名童星帮忙吸引眼球外，该片更重要的特点在于这是一部丈夫/父亲/家庭的男主人从

---

① 《新明下期独家隆重献映 自君别后》，《时代电影（成都）》1946年第新1卷第13期，封面。

② 《新明 自君别后 抗战夫人》，《时代电影（成都）》，1946年新第1卷第14期，第6版。

③ 《新川、唯一二大戏院明天荣誉首轮献映联美公司不同凡响巨制〈自君别后〉》，《时事新报（重庆）》，1945年10月25日，第1版。

④ 《新明 自君别后 抗战夫人》，第6版。

头缺席至尾的影片。虽然好莱坞情节剧或者说中国视域中的哀情片本身就偏向女性，女性往往在其中占据着最主要的角色，但像这样将传统核心家庭的中心完全排除，专注呈现男人离开后的女性战时生活，仍是颇为罕见的。1946年6月30日刊登在《星期影讯》上的一则影评以零聚焦和第三人称内聚焦转换融合的方式，极为用情地描述了影片所再现的女主人破碎的生活感："残忍的战争，带走了她亲爱的丈夫，留下二个年轻的女儿，家里又没有产业，一家的开支全凭她自己想办法得来，东借西凑，看人长脸，月底付不出账单，又得说人好话……生活是挺逼人的，它不会饶恕你，它的无情的巨手会直向你紧紧地抓来，你不向前奋斗，它就会结束你的生命……"①

如果我们看过《自君别后》，可能会发现这一描述的哀情程度超出了影片本身所能给出的。在很大程度上，中国观众/评论者身处的抗战，已经不自觉地渲染和强化了他们对战事哀情片的观看和接受。实际上，美国虽然最终参与二战，但毕竟本土从未遭受袭击，因此造成的贫乏和困窘，远无法和中国普遍的生存危机相比。而这里更重要的历史则是，《自君别后》在成都上映之时正是国共内战爆发之际，刚刚走出十四年抗战阴影的人民，又再度面临血与火的命运。对于好莱坞，战争是一块已然结痂的伤疤，《自君别后》末尾对"魂兮归来"的丈夫/父亲的期盼，预示着即将团圆的一家人。但中国观众从这一场景中获得的并不是同样的喜悦，而是与自身处境的对比，激发的是对内战更强烈的拒绝："再也没有比战争更残酷的事了，在疆场上断送了无数犹是'春闺梦里'的人，在后方抛下了无依无靠的父母妻子，明知会有那么多悲剧——仅仅为了战争而展开的，为什么还要掀动战争呢？难道这次流血的玩意儿还不够警惕吗？这种血的教训还不够深刻吗？战争摧毁了多少文明，毁灭了多少房屋，葬送了多少人命，增加了多少人间惨剧，快不要再战争了

---

① 王春，《自君离别后》，《星期影讯》，1946年第1卷第4期，第2页。

啊,这般洁白无瑕的人民实在负不起这个重担了啊!"①这段由《自君别后》引申的关于中国人民命运的感慨,正是这种接受语境的清晰展现。

也就是说,"自从你走了之后"(Since You Went Away),这个关于缺席/缺失将被重新填充/圆满的讲述,在中国却联系着新的分离、新的缺席。"可怜太平洋畔骨,犹是深闺梦里人"的慨叹,②正是观众为自己掬的一把辛酸泪。

作为当时经常被拿来比较的"战时生活绘卷",③孤岛时期的中国观众从《乱世佳人》中获得的是关于明天的希望和勇气,但解放战争初期④的观众从《自君别后》里联想到的却是新战争的苦痛。此后,好莱坞为修复二战创伤拍摄的情节剧——如《黄金时代》(The Best Years of Our Lives),则与中国的现实有着更大的落差,很难再像以往一样被流畅地分享与调用。面对与美国和欧洲极为不同的现实——国民党的"劫收"和新的战争,中国社会、中国电影系统急切需要一种有别于"战后好莱坞"的情节剧/哀情片/文艺片。中国电影人领受了这一责任,以对好莱坞情节剧的改写,完成了中国早期电影史上最恢弘的章节。

三、溢出影院的泪水:《一江春水向东流》

抗战胜利后,好莱坞影片从大后方重返上海等沦陷区(恰如国民党

---

① 王春,《自君离别后》,第2页。
② 马博良,《新片漫谈〈自君别后〉》,《申报》,1947年2月9日,第10版。
③ "从《乱世佳人》映后,我们就又有好久不见这类以某个时代为背景的纪述家庭生活的影片了,《自君别后》的上映,不仅是爱好文艺巨片的观众们一个福音,抑且《乱世佳人》不至于擅美影坛了。"一飞,《自君别后:战时生活的绘卷》,《和平日报》,1947年2月18日,第8版。
④ 1946年6月到1947年6月国共内战主要发生在解放区,《自君别后》是1946年6月在成都、1947年2月在上海首次放映,它的观众处于听闻战争的消息而尚未被卷入战争的状态。

政府），对于这个名义上获得统一的市场，好莱坞开始投入更大的关注。根据1946年8月的报道，好莱坞各总公司计划自行为所有美国影片配上中文片名和中文字幕，不再像以前一样依靠各公司的上海办事处或戏院方面。在计划中，好莱坞希望改变原先按照中国视域"再创作"的翻译思路，让片名和明星译名都采取直译。①

这一想法虽未及实施，但可以窥见在更明确的民族国家意识下，好莱坞影片正在成为中国电影更为清晰的外部。也正是在这样的时期中，在原先由好莱坞情节剧填充／形塑的战事哀情片、文艺巨片脉络中，也终于出现了由中国人拍摄的更契合中国现实的杰作。其中最为出色、最具影响的便是"哭垮了国民党江山"的哀情片史诗《一江春水向东流》。

1. "抗战夫人"与缺席的丈夫

《一江春水向东流》缘起于一种特殊的抗战／战后现象——"抗战夫人"。由于全面抗战的爆发，南京、上海等地很多家庭的丈夫／父亲出于为国工作的需要，随国民政府迁移到大后方，在重庆、昆明等地结识了新的女性，成为战时伴侣——即所谓的"抗战夫人"。按照陈雁的研究，仅重庆官员有"抗战夫人"的就达两三万人，而全国各地前线的临时夫人则多达几十万人。②日本投降后，这些男人在沦陷区的原配（"沦陷夫人""蒙难夫人"）才发现自己已经置身于何种尴尬乃至绝望的境地。（为国民政府服务的）丈夫的残酷有甚于战争。

更为令人感到无奈的是，因为现象涉及的男性大多为有权势之人，在战后出现了大量为"抗战夫人"现象的辩护，将之视为"情有可原"，甚至将这一"一夫多妻"状态合理化。1945年10月一篇驳斥这种论调的文章，激愤地写道："战时男子为国家多负工作，女子离去丈夫之爱

---

① 天，《美国片·中文字》，《大众夜报》，1946年8月15日，第4版。
② 陈雁，《"抗战夫人"及其他》，《协商论坛》，2015年第10期，第54-57页。

护而坚守，都是非常艰苦的事情，岂能因有事变而相负，若战时夫人所说，无异是一种卑鄙的供状，现在的战争既为公理与强权的战争，则吾人应亦以公道视女子，除非不以女子为人类，而为玩物、奴隶与泄欲器与生子器……"① 在这里，作者将为了公理而与强权展开的战争（抗日战争、第二次世界大战），与给女性公平、公道（赋予女性作为人类的权利）联系在了一起。在这一朴素正义的视角（情节剧/哀情剧视角）下，丈夫对沦陷区妻子的背弃，是如同日本侵华般的非公理、非公义的行为。

图5 《申报》上以"抗战夫人"为题材的漫画②

作为战后上海家庭的普遍现象，《申报》甚至在1946年5月、7月刊载过以此为噱头的国货连环图画（上海机联会联合广告）。③战争时期婚恋关系的随机与混乱，也为好莱坞所再现，但和广告连环画一样采用的是轻松方式。普莱斯顿·斯特奇斯（Preston Sturges）执导的神经喜

---

① 更生，《来一个'战时丈夫'试问亦能谅解吗？》，《立报》，1945年10月30日，第3版。

② 《抗战夫人与蒙难夫人》，《申报》1946年7月13日，第4版。

③ 《抗战夫人到上海》，《申报》，1946年5月11日，第4版；《抗战夫人与蒙难夫人》，第4版。

剧 The Miracle of Morgan's Creek（直译为"摩根河的奇迹"）就是著名的一例，影片讲述一个小镇女孩在经历了和军人们的一夜派对后，发现自己结婚并怀孕，但不记得丈夫的名字，害得一直恋慕她的本地男孩为了帮助她差点上了绞架，最终生下六胞胎而成为世界新闻的荒唐故事。军人在后方不负责任的行为——女孩认为他们使用的都是假名，让一个姑娘差点成了没有丈夫的妻子、一群婴儿很可能成为没有父亲的儿子。The Miracle of Morgan's Creek 在上海、成都先后于1946年5、6月上映，[①]有趣的是使用的中文名恰是《抗战夫人》，乍看与中国语境里的"抗战夫人"风马牛不相及，但仔细想来是片名译者洞穿了喜剧/笑剧的外衣，看出了这正是一个战争中的"临时夫人"故事。

在蓓蒂·荷顿（Betty Hutton）、埃迪·布里根（Eddie Bracken）主演的这部《抗战夫人》热映不久，上海联华电影制片厂也开始筹备一部名为《抗战夫人》的影片，计划以十本一万余尺拍成普通长片，但在蔡楚生、郑君里完成分幕分镜头后，却发现有一千多个镜头，需两万尺以上才能完成。由于联华的全体编导不赞成删除任何场景和镜头，因此最后改名《一江春水向东流》，分成《八年离乱》与《天亮前后》两集。[②]这里颇为有趣的是，联华一开始只是"步好莱坞的后尘"，[③]想以当下热门的社会现象制作普通长片，却在剧本完成后，发现该片会是"中国电影划时代之作"，为了不再与其他跟风影片混同，而扩充易名。而将之分为前后两集，则是比照和对标着《乱世佳人》。仅在读完剧本后，联华全体便相信该片"将来上映，其国际地位必在美片

[①] 《蓓蒂赫登 抗战夫人》，《申报》，1946年5月19日，第8版；《新明 自君别后 抗战夫人》，第6版。

[②] 《蔡楚生郑君里伏案四月〈一江春水向东流〉改名》，《海燕》，1946年第新8期，第5页。

[③] 吴俊范，《舆情、消费与应对：抗战胜利后上海的"抗战夫人"问题》，《史学月刊》，2017年第4期，第37-48页。

《乱世佳人》之上"。①

值得指出的是,"抗战夫人"一词本身很符合战事哀情片的片名构词法("抗战+夫人"对应"战事+哀情"),然而"抗战夫人"现象却是一种典型的战后现象,一个在战后才得以显现的战争中的背叛和无耻。也就是说,这并不只是私人诉讼、小报八卦里的轶闻,也不仅关乎妇女对自身权利的主张,更是对当时社会合法性的深刻质疑。将"抗战夫人"更换为"一江春水向东流",带出的正是影片拍摄和上映时刻全社会的"愁绪"。这种"愁绪"并不为好莱坞所分享,美国此时已处于真正的战后疗伤期,战时的婚恋风波、伤残军人的归家问题已经可以在"后法典"好莱坞的希望、团圆乃至喜剧的调子中消解。

当然,"抗战夫人"还联系着一个更重要的议题"缺席的丈夫"。丈夫因参军而离开,留下妻子苦苦支撑家庭,是战事哀情片的常见设置,前面讲到的《自君别后》便是如此。但在《自君别后》中,从头至尾缺席的丈夫,其实是为观众放置的一个必然会回到的时间原点,一个在他归来后一切都会恢复如初的承诺,寄托着观众击败和扭转时间的信念。②而《一江春水向东流》中缺席的丈夫却是始终在场的,他在另一个时空的所作所为,摧毁了所有战胜时间、重整乾坤的希望,全片最悲情、最具控诉力的一幕是妻子素芬的时空和丈夫张忠良的时空碰撞的时刻,观众早已洞悉的背叛,在仍不知情的素芬眼前显现。"八年离乱"中缺席的丈夫,在"天亮前后"显露为狰狞小人。也就是说,《一江春水向东流》将"缺席丈夫最终归来"的情节剧模式,改写为"缺席丈夫被确认为永恒缺席"的场景。

戏曲《铡美案》中有为秦香莲伸冤的包拯包青天,1950年使用相似模式的《海外寻夫》(谭友六导演,王丹凤、罗维主演)里也有金融

---

① 《蔡楚生郑君里伏案四月〈一江春水向东流〉改名》,第5页。
② "情节剧最大的冲动在于扭转时间。"参见琳达·威廉斯,《改头换面的情节剧(下)》,第4-19页。

资本的力量在最后惩罚了"负心汉",但《一江春水向东流》中张忠良却没有受到任何惩罚,本应由缺席丈夫回归而完整的家庭,因素芬的投江自尽而更加破碎、无以为继,影片最后时刻留下的巨大悲愤和缺口,迫使观众必须以自己的道德判断、政治判断来介入和缝合。也就是说,这个由"抗战夫人"现象发展而来的"缺席丈夫永恒缺席"的故事,并没能在影片中履行情节剧"把不可调和的东西调和起来"①的任务。相反,这一使命被交付给了观众,在泪水之中,观众必须自己回答片尾"这到底是怎么回事?!"的悲痛与诘问。

2. 素芬之死:电影作为通向现实的伤口

从结构来说,《一江春水向东流》和《乱世佳人》一样跨越了战争和战后,并大体按战争时期和战后生活分为上下两集。作为两部影片背景的战争——美国南北战争以南方战败告终,抗日战争则是中国迎来了胜利,然而无论战胜或战败,作为女主角的斯佳丽和素芬都在战后遭遇了巨大的灾难——前者最终失去了孩子、丈夫出走,后者则亲眼确认了丈夫的背叛。斯佳丽有着打不倒的韧性,素芬却以投河结束了生命。

素芬之死,是《一江春水向东流》给出的巨大问题,也是理解全片在当时的中国的意义的关键节点。这个问题至少可以拆分成两个不同层次,一是素芬之死达成了怎样的效果,二是素芬是否必须死,是否还有别的出路与可能。

对于第一个问题,当时连篇累牍的评论,可以让我们直观感受素芬之死在当时观众心中投下的震撼弹。影院"虽然灯光亮了,可是驱不去内心的阴暗。那茫茫的江水,那痛哀的呼号,始终盘旋在脑海中。'没有情感,没有意志的人,猪狗也不如。'一般类似的话,都在观众愤愤的心中,发泄了出来"。这是善珍在《新新新闻半月刊》上记述的观众反应,她自己则认为哪怕是影片上集里的张忠良也会痛骂下集里

---

① 琳达·威廉斯,《改头换面的情节剧(下)》,第4-19页。

无情无义的张忠良,甚至会"拿起石块砸碎了银幕"。[①] 化名"李后主"的观众则这样描绘看完影片的时刻:"'问君能有几多愁? 恰似一江春水向东流!'问谁? 问我, 问观众吗? 观众们流着泪从椅子上站起来了, 这泪, 是善良灵魂的严肃的誓言, 不是悲哀, 因此, 流不完的愁恨, 该是属于那个人民的叛徒张忠良的。"[②] 即使比较平实和克制的记录也是"那不再是戏, 那是真实的写照; 中国人民抗战以来的遭遇的缩影啊!"。[③]

所有这些对观影现场、观影情绪的还原, 都极为清晰地表明,《一江春水向东流》以"素芬之死"击穿了电影与现实, 这绝不是一部在影院的特定空间里让观众以符合某种社会规范的方式激动一下、娱乐一下的作品。目眦尽裂的愤怒、溢出银幕和影院限定的泪水, 在影片结束时刻便已点燃的身体(站起来)和语言(咒骂), 都意味着"素芬之死"作为一个伤口, 超越了电影系统, 成为观众的记忆与现实。在上海, 首轮六周内就有近52万人观看了该片, 占全市人口的10.39%。[④] 在华北地区也打破了历史上的所有观影纪录, 因而已然在形塑中国的现实与未来(历史)。

而第二个问题, 素芬是否必须死, 则关系到编导到底出于何种目的设计了这一结尾。较早将"素芬之死"视为谜一般的矛盾的广州观众斯因, 认为这样处理的原因是, 如果让素芬投奔上山打游击的小叔张忠民、婉华夫妇, 就无法通过国民党的审查, 出于通过的需要, 剧作者才忍痛"处死"了素芬。他援引陶金(张忠良的扮演者)关于审查制度逼死素芬的话, 指出如果不是审查制度, 素芬会选择可以重新开始的另

---

① 善珍,《我看〈一江春水向东流〉》,《新新新闻半月刊》, 1947年第1卷第5期, 第17页。
② 李后主,《看〈一江春水向东流〉》,《中学时代(上海1947)》, 1947年第7/8期, 第6页。
③ 小民,《谈〈一江春水向东流〉》,《金声》, 1947年第21-22期, 第3页。
④ 系子,《初步统计:"一江春水向东流"上海观众纪录: 首轮六周内观众计五十一万九千五百十九人, 占上海全市人口百分之十·三九》,《昆仑影讯》, 1947年第8期, 第1页。

一个地方（解放区）。创作者"杀死"素芬去通过审查，是为了让影片被看见，帮助"今日观众的所有的'素芬'们站起来，在两个不同的世界里，选后一个"。也就是说，影片里的"素芬之死"是为了影片外的"素芬之生"。①

这一解释虽符合某种历史现实，但却以过于"想当然"的方式想象了电影创作，我们可以想象如果素芬未曾投江而是带着婆婆和儿子抗生去投奔解放区的张忠民、婉华，那么《一江春水向东流》的整个形态都会与现在完全不同，两相对照的结构和线索也必须做出重大调整，是否还能达成同样的感染力则更成问题。

实际上，如果从电影系统内部来看，我们会发现《一江春水向东流》继承了30年代初的"前法典"好莱坞"中断与开放"的传统，②沉寂八年重组的联华影艺社和昆仑影业公司作为新生的电影力量，接续和拓展了30年代左翼电影对这一方法的发挥。如果将《十字街头》的结尾（大学生小徐投江自杀的报纸新闻和众人口中刘大哥在前线的奋战的对比）进行视角调整，我们会发现《一江春水向东流》在很大意义上重复并强化了这种对比——素芬的绝笔信正写在小叔张忠民寄回的与婉华合影的背面。对于绝大多数1947年观看《一江春水向东流》的观众，素芬念信时以叠加的插入镜头交待的理想空间（解放区）并不确切，相反，只是进一步映衬出素芬所处的世界的不公义。

这里耐人寻味的是，1937年的《十字街头》纵使面对最艰难的处境，末尾还是说出了"世界上不会多我们四个人"的乐观话语，1947年《一江春水向东流》的结尾却是婆婆跪下的哭诉："可怜是我们还活着，活着受这无穷无尽的罪！"全面抗战刚爆发的时代，却比抗战胜

---

① 斯因，《论素芬的死——观〈一江春水向东流〉后感》，《联青季刊》，1947年第2卷第3期，第15-16页。

② 王昕，《前法典好莱坞与三十年代左翼电影的耦合：〈亡命者〉在中国》，《北京电影学院学报》，2021年第3期，第80-90页。

利的时刻有着更多的希望。影片下集的标题《天亮前后》颇值得玩味，"月亮已经下去，太阳还未出来的'天亮前后'"，正是最最黑暗的时刻。①这也不由得让人想到《申报》一则名为《去年，今年，明年》的苦味笑话，说1945年是鸡年，"鸡啼天亮，所以天就亮了，皆大欢喜"。但1946年是犬年，"鸡年与犬年一连起来，变了'鸡犬不宁'，以是'劫收'在前，'舞弊'在后，子弹横飞，物价乱跳，乱七八糟，昏天黑地。明年如何？拭目俟之"。②

图6 《一江春水向东流》在《艺文画报》专版的部分截图③

在胜利/重逢/相爱后反而陷入绝境，在情节剧中并不罕见，甚至可以说是某类惯例程式，然而在《赖婚》和《魂断蓝桥》（1940版）中女主角都被外在力量、社会偏见所"玷污"，她们以死（寻死）完成的是对自身无辜、忠贞的证明。然而《一江春水向东流》中即使最恶劣的环境也未曾让素芬有过半分妥协，她的自杀并非为了证明自身的忠贞，而是对这个容忍、生产不公义之事的世界的拒绝。也就是说，在《一江春水向东流》中女主角的哀情之死，不是要赎回一个纯洁的个人，而是在抛弃这个没有是非的世界。《一江春水向东流》颠覆了好莱坞情节剧

---

① 斯因，《论素芬的死——观〈一江春水向东流〉后感》，第15-16页。
② 《去年，今年，明年》，《申报》，1946年12月28日，第12版。
③ 《一江春水向东流》，《艺文画报》1947年第2卷第4期，第21页。

"不是针对实际的恶，而是针对那种恶产生的后果"[1]的指导原则，将矛头直接指向生产恶的源头。

3. 可修复与不可修复的岔口

一个不大被提起的巧合是，"一江春水向东流"很大程度上正是"Gone with the Wind"的中文意译，以"一切的一切都付诸东流"对应"一切的一切都随风而去"。

相比《自君别后》《黄金时代》等聚焦于战争创伤的情节剧，《一江春水向东流》和《乱世佳人》都更关注于战后生活本身，描绘了某种更大的沦丧和消亡。然而，《乱世佳人》后半部分的情节推动，很大程度上依靠的是俗套的情感纠纷和接连的意外死亡，命运的捉弄接手了故事的最后部分。南北战争的时代背景渐渐褪色，成为氛围和不再显眼的景片，故事的最后是个人与神话式家园的连接。也就是说，从具体时代具体情境转变为抽象和普遍的寓言。

相较之下，《一江春水向东流》采取的是始终与时代紧密共振的编织方式。张忠良投入抗战夫人、劫收夫人[2]的怀抱并非出于爱情/情感的困惑，王丽珍、何文艳在影片中始终是权力/金钱/欲望的化身（正如她们名字暗示的贵重与香艳），当张忠良在她们之间游刃有余地游戏时，表演和再现的正是劫收大员们的"非人"与无情。这里的无情不光是对朴素家庭伦理的破坏，更有着清晰的阶级维度。在影片插曲《月儿弯弯照九州》中，与"几家夫妻团圆聚"对位的正是"几家高楼饮美酒"，张忠良与情人们的欢宴，对位的是妻子作为用人的受辱挨饿。在宴会现场戏剧性重逢和带着婆婆再去指认的两场戏中，观众看到的不仅是后来妻子对原配的凌辱，更是有权有势者对无权无势者的践踏。"不要脸贱骨头的女用人"的称谓，将战后正直生活的好人

---

[1] 琳达·威廉斯，《改头换面的情节剧（下）》，第4-19页。

[2] 抗战胜利后，国民党官员从大后方回到原沦陷区接收（"劫收"）时寻获的新伴侣，在《一江春水向东流》中即上官云珠饰演的何文艳。

的最后尊严摧毁殆尽。

这里不妨回到张忠良在重庆转变时的一场戏，拉着龚科长喝醉了的张忠良，直面镜头痛苦地袒露心声："家庭、父母、兄弟、妻子，什么希望、前途、奋斗，一切的一切都付诸东流了！"继而狰狞大笑："也许有一天我会变得我都不认得我是谁！"在这场因幻灭而准备跳入染缸的戏中，张忠良爆发的激烈情绪，只有片尾素芬在宴会上重新见到、认出张忠良的时刻可以比拟——在特写镜头中观众看见素芬的看见，分享同一份幻灭。然而在影片上集，张忠良幻灭之后，紧接着的场景却是素芬在另一个时空照料难民收容所里的孩子。前景是在等待打热水的素芬，后景是老师在教小孩子们认字——"我是中国人，我爱中国"，一遍遍的重复和跟读。

这个后景里的"中国"，曾经是张忠良在补习学校里讲授给素芬们的，然而在乌云蔽月、醉生梦死的后方，这个"中国"被丢弃了。与和二战战场隔着太平洋、与南北战争隔着八十年时光的好莱坞不同，《一江春水向东流》的制作者生活在这个被丢弃的中国，生活在抗战刚刚结束内战便要开始的中国，创作者、剧中人与观众体认着同一种现实，在非常题材与非常时代的短路中，情节剧向现实开放，在容纳现实的同时，将现实以一种更有力的方式进行了讲述。换言之，《一江春水向东流》仍然吻合着好莱坞情节剧的道德框架，但却展现了现实对这一框架的无情毁坏，达成了现实涌流进银幕，又从银幕爆破开去的效果。而这与当时中国影像市场上，那些颇为温馨的疗治战后创伤的好莱坞情节剧形成了鲜明对比。

如《中国电影发展史》中所说，创作者到最后也没有将张忠良等同于庞浩公之流，[1]但这恰恰说明人物直到最后依然是更可怕现实的提线

---

[1] 程季华主编，《中国电影发展史》第二卷，北京：中国电影出版社，1980年，第220页。

木偶。①

在张忠良母亲跪地对天哭诉的近景镜头之后，是从背面拍摄的试图跪地扶起母亲的张忠良，然而尚未扶起母亲，远处小轿车的喇叭催促声又响起了（里面坐着"抗战夫人"和"劫收夫人"）。影片在张忠良掉头回顾、左右为难的慌张中结束。这个中国电影史上最重要的戛然而止，将观众抛掷在素芬死后公义仍未出现的世界，她负心的丈夫仍在接受腐败世界的指令和拉扯，这里没有惩罚、没有悼念、没有1940版《魂断蓝桥》那样的追忆，只有滔滔江水。

习惯于给出想象性解决/修复的电影，这次将空白留给了分享和素芬相似战后处境的观众，现实的伤口在这种情节剧的观察方式中更加疼痛。没来得及启动的"最后一分钟营救"（片中虽有大家赶来的景象，但在此前镜头已经交代了素芬投河，交叉剪辑尚未启动），被交付在了现实中。在可修复和不可修复的岔口，中国电影人以与现实的高度共振，完成了对好莱坞的超越。

结　语

本文从中国情节剧影片发生史入手，引入张真等人对于跨国情节剧与文艺片关系的相关研究，分析了跨国情节剧是怎样和哀情片视域相互容纳结合的。由于20世纪上半叶中国长期处于战乱之中，战事哀情片从20世纪20年代中后期开始在中国影像市场上获得了较为凸显的位置。以在孤岛时期和战后时期产生过巨大影响的《乱世佳人》和《自君别后》为例，我们梳理和分析了这种前景离乱、后景战争的故事是怎样和电影院外的现实发生关联的。而这类三四小时的极具影响的巨片，也为

---

① 出于现实环境，《一江春水向东流》并未对腐败的上层社会展开描绘，这保证了该片通过审查，甚至还获得了"中正文化奖"。

国片带来了一股迫切需要追赶的史诗风潮。在抗战结束之后,《一江春水向东流》出色地回应了这份期待。

尽管《一江春水向东流》中依然含有大量的好莱坞情节剧元素,但与意在疗愈的战后情节剧有着根本不同的取向。通过改换情节剧模式的侧重点,《一江春水向东流》发展了"前法典"好莱坞"中断与开放"的手法,让泪水溢出影院,冲垮现实与电影的界限,走上了和美国战后情节剧不同的道路。中国观众对于该片空前热烈的反应,让我们可以断言此时中国左翼电影人已经创造出了更契合中国社会和时代氛围的情节剧形态。好莱坞开始显影为中国电影系统的外部,不再被中国观众体认为内在和自然的。

作者简介:

王昕,文学博士,北京师范大学艺术与传媒学院讲师,主要从事电影与媒介研究。

电影交流史中的罗马尼亚译制片

王 垚

内容摘要 电影交流史是一种在全球电影视角下考察中国电影史中"译制片研究"问题的有效方法。将译制片对中国电影的影响纳入中国电影史的研究范围，可以打开中国电影史研究的新领域。本文对新中国译制片中非常特殊的罗马尼亚译制片进行电影交流史的考察，以《沸腾的生活》等影片为例，讨论了这些影片对新时期"社会主义工业题材电影"和"文革反思题材电影"的深刻影响。

关键词 电影交流史 罗马尼亚译制片 新时期中国电影 行动者网络理论

Dubbed Romanian Films in the Communicative Film History

Wang Yao

Abstract: Communicative Film History is an effective method to examine the issue of "Dubbed Films studies" in Chinese film history from the perspective of global cinema. Incorporating the influence of the dubbed films on Chinese films could open a new field in Chinese film history studies. This article examines the Dubbed Romanian Films, which are really unique in Chinese film history, with the method of Communicative Film History, taking films *Zile fierbinți* (1976) etc. as examples, to manifest the significant influences from these films onto the Chinese "socialist industry themed films" and "introspection of Great Cultural Revolution themed films" in the New Period.

Key words: communicative film history, Dubbed Romanian Films; Chinese films in the New Period; Actor-Network theory

为了在中国电影史论域中处理译制片研究的相关问题，笔者在既有的专题史研究、影响研究和文化研究路径的基础上，结合电影史研究中"中外电影交流"的史料和"电影传播史"的研究框架，将译制片问题放置在"全球电影"（global cinema）①视角下，提出了"电影交流史"的研究框架。电影交流史引入了"行动者网络理论"的研究范式，并结合"新电影史"及媒介研究的方法，可以较好地在全球电影视角下，呈现以译制片研究为核心的、中外电影在多个层次上相互影响的复杂关系。近期笔者在文章《电影交流史的问题、方法与实践》②

---

① "全球电影"在全球语境中思考和分析具体的电影文本和电影现象，将不同国别和不同时代电影看作一个相互联系、相互影响的整体，认为电影从诞生伊始就是全球性的，具体的电影文本皆是"全球本地化"的表征，并将电影史分为"普世阶段""民族国家阶段""同盟阶段""世界电影阶段""全球电影阶段"五个时期。代表理论家如达德利·安德鲁（Dudley Andrew）等。参看 Dudley Andrew. Time zones and jetlag: The flows and phases of world cinema. In Nataša Durovicová, Kathleen E. Newman (eds). *World cinemas, transnational perspectives*. London: Routledge, 2010, pp.59-89。

② 王垚，《电影交流史的问题、方法与实践》，《电影艺术》2022年第4期。

及《阿伦·雷乃与新时期初年的中国电影：一个电影交流史案例》中均使用了这一方法。本文将聚焦于新时期在中国产生巨大影响的几部罗马尼亚影片，讨论电影交流史的研究方法能够为中国电影史研究带来的新思路。

一、电影交流史的问题与方法

1949—1994年间的译制片是新中国特定的电影工业现实、国际国内政治环境和文化逻辑所共同造就的独特现象，经由配音复制，广泛传播的译制片在相当大的程度上脱离了原有语境，成为中文语境中"被驯化"的文本。译制片不仅深刻地影响到了电影创作，其庞大的放映事实和广泛的影响力，也都成为中国内地的电影文化中的显著现象。译制片等外国电影的放映活动，是需要放置在中国电影史的论域中进行研究的；这些影片不应仅以专题史的形式存在，而是需要将这些影片译制、发行、放映的事实，在观众中产生的影响，以及它们对中国电影产生的影响和与中国社会文化的互动关系纳入考察，这就需要建立一种新的分析框架。

具体而言，笔者结合了李道新教授的"电影传播史"框架[①]和"全球电影史"方法中写作中国电影史的构想[②]，参考马赖克·德·法尔克（Marijke De Valck，又译"玛莉·德·法尔克"）电影节研究的思路[③]，在电影交流史中，借用科学知识社会学（Sociology of Scientific Knowledge，SSK）的主要理论家布鲁诺·拉图尔（Bruno Latour）的行

---

① 李道新，《中国电影传播史：1949—1979》，北京：中国电影出版社，2021。
② 李道新，《全球电影史里的跨国民族电影——冷战全球史与20世纪50—70年代中国电影的历史建构》，《当代电影》，2019年第5期。
③ 玛莉·德·法尔克，《电影节作为新的研究对象》，肖熹译，《电影艺术》，2014年第5期。

动者网络理论（Actor-Network Theory）[①]，提出了"电影交流史"的研究方法。电影交流史将译制片及中国电影对外交流的内容纳入中国电影史的研究范围当中，同时处理"影响研究"和"观众研究"的问题，并对除影片、影人外的电影机构、相关机构、电影伴生物、理论与历史的研究等科学知识社会学意义上的"行动者"进行深入考察，揭示多个主体之间的复杂关系。就效果而言，电影交流史引入的全球电影视角，能够解决国别电影框架难于处理的问题，并且提供一种对中国电影史研究中具体影片和现象进行新阐释的思路。

笔者对阿伦·雷乃与新时期初年中国电影关系的研究便是对电影交流史方法的一次应用。文章中详细考察了雷乃的两部代表作《广岛之恋》《去年在马里昂巴德》以及与之相关的"左岸派"成员玛格丽特·杜拉斯和阿兰·罗布-格里耶的电影及著作被译介到中国的过程，并以之为线索揭示了新时期初年电影界和文学界的互动关系，进而发现雷乃等人的作品在新时期初年"电影的文学性"和"电影语言现代化"讨论中具有重要的思想资源意义，并影响到《小花》（1979，张铮、黄健中导演）、《见习律师》（1982，韩小磊导演）等新时期初年的电影名作。[②]这项研究的启示性意义在于，即便是在电影学界目前研究已经相当充分的如"电影语言现代化""电影文学性论战"等领域中，仍然可以在引入电影交流史方法后，发现新的阐释路径，如上述研究中对思想

[①] "行动者网络理论"是科学知识社会学学者提出的一种理论和方法论，认为社会和自然世界中的所有事物都处在不断变化的关系网络中，事物是由关系网络构成的，不是事物先于关系，而是关系创造了事物。同时，在创造社会环境的过程中，物体、思想、过程以及任何其他相关因素（非人的因素）与人类同等重要，皆可看作"行动者"（actor）。代表理论家如布鲁诺·拉图尔（Bruno Latour）等。参见布鲁诺·拉图尔，《科学在行动：怎样在社会中跟随科学家和工程师》，刘文旋、郑开译，北京：东方出版社，2005。

[②] 王垚，《阿伦·雷乃与新时期初年的中国电影：一个电影交流史案例》，《电影艺术》，2022年第4期，第145-151页。

资源的梳理，以及对译介过程中复杂路径的梳理。同时，引入电影交流史的方法，将这一中国电影史"内部"的问题与全球语境联系起来，既成为对法国电影新浪潮全球影响的补充，又突破了中国电影史的"国别电影"框架的既定结论。

由此，在中国电影史的研究中，必须纳入对译制片等外国影片，以及相关现象的考察，才能更为充分地解释特定的电影现象及其生成机制。使用电影交流史的方法，至少可以打开中国电影史叙述中看似不言自明的国别电影前提，揭示出中国电影史研究中经常被忽视的层面。总之，电影交流史旨在倒转"刺激—反馈"模式的叙述，把传播史中的主客体关系推进为多个主体之间的关系，并放置在全球电影的语境下进行考察。

二、罗马尼亚译制片的特殊位置

新中国自1949年就开始译制外国影片，到1994年《亡命天涯》（*The Fugitive*, 1993, Andrew Davis 导演，上译1994年译制）开启"十部大片"的新体制为止，长影厂共译制682部影片，上译厂共译制738部影片，[①]此外北影厂、八一厂自文革后期也开始译制了一些影片，另有一些影片由中央电视台等机构译制并在电视台播出。就绝对数量而言，苏联影片占据了其中的多数；就影响力而言，除去一些文革期间反复放映的译制片，产生迷影文化效应的还要数由上译厂著名配音演员们配音的影片，如《追捕》（君よ憤怒の河を渉れ，1976，佐藤纯弥导演，上译1978年译制）、《简·爱》（*Jane Eyre*, 1970, Delbert Mann 导演，上译1972年译制）、《虎口脱险》（*La grande vadrouille*, 1966, Gérard Oury 导演，上译1982年译制）等。

---

① 谭慧，《中国译制电影史》，北京：中国电影出版社，2014，附录，第137-215页。

罗马尼亚是1950—1990年代间唯一一个有影片持续被译制到中国的国家。自1952年《为了美好的生活》(*Viata învinge*, 1951, Dinu Negreanu导演，长影1952年译制）开始，到1992年的《珠宝迷踪》(*Zestrea domniței Ralu*, 1970, Dinu Cocea导演，上译1992年译制）为止，共有68部罗马尼亚电影译制上映（不含纪录片）。[①]造成这一现象的原因与外交气候息息相关。20世纪60年代，中苏交恶直接影响了苏联电影在中国的传播，1965年之后相当长的一段时期内，中国不再引进苏联电影；中苏论战所引发的中国和波兰、捷克斯洛伐克、匈牙利等国关系的中断也直接影响了国家间的电影交流。"文革"时期，除了少数几部苏联电影如《列宁在十月》(*Lenin in October*, 1937, Mikhail Romm与Dmitri Vasilyev导演，长影1950年译制）、《列宁在一九一八》(*Lenin in 1918*, 1938, Mikhail Romm导演，上译1951年译制）之外，一度只剩下朝鲜、越南、罗马尼亚和阿尔巴尼亚等少数国家的译制片可以在中国放映。新时期以来，在大量译制西方国家电影时，仍然有几部罗马尼亚电影来到中国，如"神秘的黄玫瑰"系列和"警长"系列，在中国观众中产生了巨大影响力。

中罗两国之间的电影交流，在冷战年代是两国文化交流活动的重要组成部分，由政府部门及外交性质的"友好协会"主导的一些大型的电影周活动，尤其是1978年和1979年的两次罗马尼亚电影周，均与两国领导人的互访等外交活动有着高度的配套关系，此为电影作为"文化外交"的交流方式。而面向全国观众的译制片发行放映，尤其是文革后期及新时期初年的几部广受欢迎的罗马尼亚影片，在相当程度上塑造了非常独特的译制片迷影文化，则可称之为"大众文化"的交流方式。

[①] 根据谭慧《中国译制电影史》、《中国电影年鉴》(1981—1993卷）相关内容统计。

在后冷战年代，中罗关系和中罗文化交流的方式发生了巨大变化，加上世界电影进入了"全球电影"阶段，罗马尼亚逐渐采用了明确的"小国电影"（minor cinema/cinema of small nations）的框架，① 并更为明确地将国际电影节作为主要的制片、发行和流通渠道，在这种背景下，中罗两国间的电影交流，除了冷战年代"文化外交"方式的延续之外，更多地借助国际电影节的"网络"（network），以国际电影节上流通的影片为主要的内容。特别是在"罗马尼亚新浪潮"电影风靡国际电影节十几年以来，国内大大小小的电影节展活动都对罗马尼亚电影保持了密切的关注，而在国际电影节上流通的中国电影，也在罗马尼亚的电影节展上受到了关注。这里就出现了第三种交流方式，也就是"全球电影"的方式。

这三种交流方式并非先后出现或截然对立，而是经常处在一种"共存"或者"合作"的关系中。如2009年、2015年有两次罗马尼亚电影周在中国举办，2014年中国电影周在罗马尼亚举办；与之同时两国的国际电影节会各自选择国际电影节体系中的对方国家影片，"文化外交"与"全球电影"交流方式可谓并行不悖。2021年11月11日，罗马尼亚故事片《医者仁心》（Să nu ucizi, 2018, Cătălin Rotaru与Gabi Virginia Sarga导演）在全国艺术影院放映联盟（全国艺联）专线发行，这是自1992年以来，时隔29年首部在国内影院上映的罗马尼亚影片。虽然影片作为"2021年中东欧国家优秀影片播映活动"之一，具有明显的"文化外交"性质，但也要看到，影片的发行方——全国艺联，则是在

---

① "小国电影"是丹麦学者梅特·约特从德勒兹的"少数电影"（minor cinema）概念出发，提出的对丹麦电影的一套分析框架，并进而被学者们用于国别电影的讨论。"小国电影"分析框架适用于人口规模较小、官方语言为非通用语、美国电影占据主导地位的国家，这类国家通常会制定电影扶持政策，并更加依赖国际合拍和国际电影节来进行电影的制片与发行。详见王垚，《从"民族国家电影"到"全球电影"：再论"少数电影/小国电影"》，《世界电影》，2022年第1期，第34-47页。

中国电影产业飞速发展的2010年代，因市场细分而产生的艺术院线的一种目前看颇为行之有效的方案：由商业影院提供加盟影厅和一定的排片场次，主要放映低成本艺术影片或文艺片，以此形成同一时段上映影片的更多差异化选择，而这正是"大众文化"的交流方式。同时，《医者仁心》本身则又是一部"电影节电影"，入围过2018年的圣塞巴斯蒂安国际电影节新导演单元，由中国发行方数梦文化（DDDream）代理版权并分账发行。这种通过国际电影节网络及国际发行公司分区发行并进入影院的方式，正是"全球电影"阶段典型的电影流通方式。在这个例子中，虽然"文化外交"仍是主导的逻辑，但在其主导下，上述三种交流方式产生了合作关系。

罗马尼亚译制片在新中国电影文化中的特殊位置，与中罗两国关系密切相关。对于中国，罗马尼亚占据着一个特殊位置，它曾一度试图扮演中苏论战中的调停角色，并且在中苏关系破裂之后，依然保持了与中国的良好关系，甚至还成为"文革"中经常见诸报端的"阿朝罗越"几个少数与中国保持密切关系的国家之一。随着1980年代国际局势的变化和中国外交政策的调整，中罗两国关系也逐渐降温。[①]反映在电影交流领域，在两国关系最为密切的1968—1982年，几部罗马尼亚电影，如《多瑙河之波》（*Valurile Dunari*, 1959, Liviu Ciulei 导演，长影1960年译制，1972年上映）、《爆炸》（*Explozia*, 1973, Mircea Drăgan 导演，北影1973年译制，1974年上映）、《斯特凡大公》（*Stefan cel Mare*, 1975, Mircea Drăgan 导演，长影1976年译制）、《奇普里安·波隆贝斯库》（*Ciprian Porumbescu*, 1973, Gheorghe Vitanidis 导演，长影1978年译制）、《沸腾的生活》（*Zile fierbinți*, 1976, Sergiu Nicolaescu 导演，北影1977年译制，1978年上映）等在中国产生了巨大影响。更为重要的是，

---

① 更具体的两国关系史料，参看刘勇，《百年中罗关系史：1880—1980》，北京：时事出版社，2009。

这些影片不仅深受中国观众喜爱，而且对新时期中国电影创作产生了影响，甚至参与到重大历史事件的进程当中，成为某种思想资源。这就需要采用电影交流史的方式进行考察。下文将着重分析其中最具代表性的影片《沸腾的生活》。

三、"社会主义工业题材"与《沸腾的生活》

罗马尼亚译制片《沸腾的生活》在罗马尼亚本是作为导演塞尔久·尼古莱耶斯库（Sergiu Nicolaescu，又译赛尔玖·尼古莱耶斯库，赛尔裘·尼古莱耶斯库等）"因为前一部片子被毙了而随手找了一个剧本"的无心之作，在本国默默无闻，却在新时期初年的中国获得了热映与好评。①这部影片恰好是中罗电影交流史的绝佳案例，可以提供一种讨论新时期初年电影的全新视角。

1. "沸腾的生活"与《沸腾的生活》

《沸腾的生活》一片由北京电影制片厂译制，而北影厂的电影译制业务，又是"文革"期间电影译制活动重新配置的结果。② 影片并没有参加1978年和1979年举行的罗马尼亚电影周，而是于1977年末到1978年初全国上映，这一安排与1978年围绕中罗两国最高领导人互访的一系列相关文化活动密切相关。《人民日报》于1978年1月24日发表《沸腾的生活》影评③，此后《光明日报》《电影艺术》等报刊也先后发表文章

---

① 关于本片在罗马尼亚的相关背景及影片传播的讨论可参看罗马尼亚学者的研究文章：Lucian Tion, "The Socialist Leader in Film: Sergiu Nicolaescu's Hot Days in Romania and Post-Maoist China", Comparative Literature Studies, Volume 59, Number 3, 2022, pp.468-486。

② "文革"开始后长春电影制片厂、上海电影译制厂业务相继停顿。八一电影制片厂于1969年，北京电影制片厂于1973年开始进行内参片的译制工作。

③ 基宇，《他们热爱沸腾的生活——罗马尼亚彩色故事影片〈沸腾的生活〉观后》，《人民日报》1978年1月24日第5版。

进行介绍。①

《沸腾的生活》影片原名"Zile fierbinți",直译是"炎热的日子",被翻译成"沸腾的生活",这个译名,本身就带出一条极为有趣的线索。首先需要联系的是一个很重要的文本,1984年5月31日,时任中共中央总书记的胡耀邦委托中共中央办公厅,转达他对正在济南举行的第四届"金鸡奖"、第七届"百花奖"授奖大会,以及不久前荣获文化部1983年优秀影片奖的同志们的祝贺:"愿同志们再接再厉,精益求精,努力再现四化建设沸腾生活,塑造勇于创新、积极改革的社会主义先进人物形象,不断开创我国社会主义电影事业的新局面!"②

中文中"沸腾的生活"这一说法的出处,目前最早可以追溯到的是列宁在俄国共青团第三次代表大会上的《青年团的任务》:"学习、教育和训练如果只限于学校内,而与沸腾的实际生活脱离,那我们是不会信赖的。"③斯大林也使用过"沸腾的生活"这个提法,如《人民日报》关于《斯大林全集》的介绍文章中就引用了其表述:"党应当自觉地走上实际生活本身所不自觉地走着的那条路,党应当自觉地表达沸腾的生活所不自觉地提出的那种思想。"④

可以确定的是,"沸腾的生活"是苏联文艺界一句常用的表述,这在许多苏联文艺理论著作中都可以看到。如布哈林在苏联第一次文代会上《关于苏联诗歌、诗学和诗歌创作的报告》中评价谢尔文斯基的诗作时就提到:"他所渴望的是通衢大道,是各种群众场面。在那里可以听

---

① 陈漱渝,《迎着朝阳前进——罗马尼亚故事片〈沸腾的生活〉观后》,《光明日报》1978年2月20日第4版。俊小胤,《为繁荣"特技"呼吁》,《电影艺术》,1979年第4期,第40页。

② 《胡耀邦同志对电影工作者的希望:努力再现四化建设沸腾生活》,《当代电影》,1984年第1期,第4页。

③ 中国艺术研究院,马克思主义文艺理论研究所编,《马克思主义文艺理论著作选读》,北京:文化艺术出版社,1990,第372页。

④ 胡绳,《关于斯大林全集第一卷》,《人民日报》1953年10月25日第3版。

到各种呼声，那里有群马奔腾，那里有豪放的歌声，那里在和敌人战斗，那里有沸腾的生活，而那里历史正在发生着剧烈的变化。"① 索洛维约夫在《车尔尼雪夫斯基的艺术观》中就引用车尔尼雪夫斯基的表述："在那些精力充沛、朝气蓬勃的民族那里，在那些充满沸腾的生活、真挚的情感、人的尊严和高尚精神的民族那里。"② 当然，在更加内在于新中国文化内部的、家喻户晓的名著《钢铁是怎样炼成的》中，也能看到这个说法："那个大城市以它雄伟的力量、沸腾的生活、川流不息的人群、汽车和电车吸引着、召唤着他……"③ 实际上，俄语中"沸腾的生活"原词是"Бурная жизнь"，直译是"波涛汹涌的生活"，用来描述生活内容丰富跌宕起伏。这个词不过是俄语中一种普通的修辞方法，但是在翻译成中文的时候产生了陌生化效果。④

在中文里，"沸腾的生活"与社会主义建设和社会主义生活紧密地联系在一起。《人民日报》数据库中能找到的最早的表述，来自1948年一篇介绍苏联《真理报》的文章⑤："充满新事件和苏联人民英雄事迹的日子每天在到来。《真理报》街二十四号大厦里准备日报和杂志材料的人们，总是最先知道这些事情。在这巨大的建筑物里，不论星期日，不论重大的节日，沸腾的生活一分钟也不停止。"1953年的文学工作者第二次代表大会上，茅盾在报告中也提到："我们作家从祖国丰富的，沸

---

① 布哈林，《关于苏联诗歌、诗学和诗歌创作的报告》，参见刘逢祺译，《苏联作家第一次代表大会文献辑要》，北京：首都师范大学出版社，2004，第42页。该报告在1934年8月17日至9月1日举行的第一次苏联作家代表大会上宣读。

② Г.索洛维约夫，《车尔尼雪夫斯基的艺术观》，参见中国社会科学院文学研究所编，《现代文艺理论译丛》6，北京：知识产权出版社，2006，第324页。原文是1958年出版的《车尔尼雪夫斯基美学论文集》的序言。

③ 奥斯特洛夫斯基，《钢铁是怎样炼成的》（全译本），刘军译，芜湖：安徽师范大学出版社，2014，第201页。

④ 初金一，私人采访，2021年12月26日。

⑤ Z.海林，《真理报》，草婴译，《人民日报》1948年2月2日第2版。

腾的人民生活和斗争中，吸取了各种各样的新的题材和新的主题，创造出各色各样新的人物的形象，通过他们反映了我们国家各方面新的面貌和其远景。"①1954年《人民日报》刊发的《进一步发展人民电影事业》中，明确提出："因此，提高故事片的质量，首先就要求我们的作家和电影工作者勇敢地扩大自己的视野，研究我国人民各方面的活动，从各方面来反映我们祖国的沸腾的生活和生动的面貌；揭露生活的真实矛盾，表现各方面生活中蓬勃的新生力量，并给那些阻碍生活前进的垂死的落后的东西以痛烈的鞭笞。"②这个提法在1956年开始在《人民日报》上大量出现，尤其是1958—1960年，如1960年一篇对长春电影制片厂的报道也称赞长影的作品："这些影片都及时地反映了轰轰烈烈的社会主义建设，表现了我们这个时代沸腾的现实生活，创造了一些充满革命热情和共产主义高贵品质的人物形象。这些影片的出现，为现实题材的创作敞开了大门。"③

总之，"沸腾的生活"在转译过程中被赋予了新的意义，成为一种能有效描述社会主义的话语，一方面它堪称"革命的现实主义"（"生活"作为中心词）与"革命的浪漫主义"（"沸腾"这一意象）相结合的典范，另一方面，它又恰如其分地迎合了大跃进的时期的话语，传达出一种比蒸蒸日上更为激荡的意象。而这一话语经由文艺界的发扬光大，成为一种与社会主义建设高度绑定的描述。所以也不难理解为何在翻译过程中，罗马尼亚电影"炎热的日子"被恰如其分地翻译成了《沸腾的生活》。这一并非直译的片名，一方面指明了影片是现实题材，其"类型"有关社会主义建设，另一方面也表明了本片的基调是积极、正

---

① 茅盾，《新的现实和新的任务——一九五三年九月二十五日在中国文学工作者第二次代表大会上的报告》，《人民日报》1953年10月10日第3版。

② 《进一步发展人民电影事业》，《人民日报》1954年1月12日第3版。

③ 柏生，《歌诵吧！歌诵沸腾的现实生活——访长春电影制片厂》，《人民日报》1960年4月2日第4版。

面和向上的。这部"社会主义工业题材"影片也正因为这个片名的翻译，与一系列历史奇妙地产生了耦合。

2.《沸腾的生活》在中国

中央电视台《电影传奇》栏目的专题节目里，谈到了《沸腾的生活》受到欢迎的原因："我们因为那样的音乐，那样的生活，对这部电影念念不忘"，"我们关心的是那个有魅力的科曼船长"，"我们对影片最大的好奇就是这样的曲子是怎么写出来的"，"时间又过去了三十年，人们还记得那段奇妙的旋律，想必是还记得那时的心情，充满希望等待沸腾生活到来的心情"。①

关于这部影片的背景，尼古莱耶斯库在《电影传奇》的采访中说："我大概是从1975年春天开始拍这部影片的，而在这之前，我已经拍过20多部电影，但是从来还没做过一部现代片。当时的文化部长把我叫去说，赛尔裘，你来做一部现实题材的片子吧。我说，要看什么题材。那时，一位编剧蒙坦亚努写了一个有关工厂的剧本，我研究了这个剧本，并做了修改。我组成了一个剧组，就去康斯坦察港拍片了。"尼古莱耶斯库也提到，为了让自己被禁映的《惩罚》（即《判决》[Osânda, 1976]）得以上映，他同意《沸腾的生活》按照电影局的要求"随便怎么改"。演员格伊坦也谈到："当时都是上头下达拍什么电影的，都有明确的主题。"②

实际上，这是与罗马尼亚电影当时提倡写现代题材的政策密切相关的。如时任罗马尼亚影协书记卡洛泰斯库（Virgil Calotescu）在访华时与中国电影界的座谈会上就提到："罗马尼亚电影当前的主要问题是如何拍好现代题材；如何处理好观众与评论界的关系。"③程一虹在对罗马

---

① 电视专题片《奇妙的旋律》解说词。中央电视台《电影传奇》栏目，2007年10月27日首播。

② 电视专题片《奇妙的旋律》解说词。

③ 维尔吉尔·卡洛泰斯库，《罗马尼亚电影导演维尔吉尔·卡洛泰斯库在北京小型座谈会上的发言》，《外国电影动态》1981年第1期，第27-29页。

尼亚电影的综述文章中也提到："由于罗党政领导近几年来的大力提倡，表现罗人民现实生活的影片已占首位，并已取得一定成就，艺术质量上也有一定提高。"[①]

在电影交流史的框架中对《沸腾的生活》这一电影文本进行考察，首先要将其看作彼时整个社会主义阵营中社会主义工业题材电影创作的一个"全球本地化"（glocalization）的例子。《沸腾的生活》在一系列社会主义工业题材中，一大优点是塑造了富有魅力的人物，即片中导演亲自扮演的业务型厂长。并同时把影片中的反派设置为官僚主义的政工干部，而这种情节配置在当时的中国电影中还未出现。彼时国产的社会主义工业题材影片佳作不多，而《沸腾的生活》中"民族共产主义"[②]与新中国"独立自主建设社会主义"的话语产生了奇妙的耦合：影片中的核心事件，是厂长坚持要在轮船上安装罗马尼亚自行设计生产的螺旋桨，而不使用来自日本的进口产品。此外，影片的主要场景又是中国观众熟悉的国有大中型企业，片中许多细节都反映了基于计划经济的生产和生活，加上彼时各类报刊对罗马尼亚的介绍，中国观众理解起来毫无障碍。这一类矛盾关系对此后一些中国工业题材影片，如《血，总是热的》（1983，文彦导演）、《T省的84·85年》（1986，杨延晋导演），很有可能起到了相当大的启发作用，该片的主要矛盾就是在锐意改革进取的厂长和保守怕事的书记之间产生的，一些对官僚主义的表现，也跟这部影片有异曲同工之处。王炎谈及这部

---

① 程一虹，《前进中的罗马尼亚概貌》，《电影创作》，1981年第1期，第94-96页。

② 民族共产主义（National communism）指20世纪60年代初至1989年期间在罗马尼亚社会主义共和国推行的一种民族主义形式，也是彼时罗马尼亚的主导意识形态。它最初被用来推行罗马尼亚独立于苏联且更为自主的国内和外交政策，进而形成了对罗马尼亚民族主义的强调。更多可参看：罗伯特·拜德勒克斯，伊恩·杰弗里斯，《东欧史》下，韩炯，吴浩，柴晨清等译，上海：东方出版中心，2018，第797-799页。

影片的时候指出：

> 而罗马尼亚的《沸腾的生活》（1975）就带点艺术范儿了。虽然题材、情节、人物也大同小异，但价值取向不一样，主人公是业务厂长，政工干部却是反角，好坏颠倒，很"修正主义"。在阵营里算得"豪华"工业片，突出个人英雄主义，还有个"小资产阶级的含情脉脉"的尾巴。这种片子得等到粉碎"四人帮"，1977年末才能与中国观众见面，成为改革开放的先声。①

另一方面，《沸腾的生活》在工业题材之外又用了许多篇幅表现爱情。片中的厂长既怀念去世的妻子，又与另一个倾心于他的女子保持着暧昧关系；而他妻子的妹妹既崇拜厂长，同时也在他的撮合下与工厂的年轻工程师谈起了恋爱，这恰好又与新时期初年在观众中大受欢迎的爱情片潮流异曲同工，②加上影片中厂长的妻子（与其妹妹由同一个演员扮演）身穿泳装在海中嬉水的场景在当时国产片和译制片中十分罕见，影片一上映就吸引了大批观众。

第三则是需要从跨媒介的角度进行分析的一个细节：影片中对电子合成器音乐的使用，尤其是片尾的海滩策马奔腾场景使用的音乐，在当时中国观众中产生了巨大轰动。中央及地方广播电台反复播放影片音乐和电影录音剪辑节目，极大地提升了这段音乐和这部影片在中国观众和广播听众心目中的地位，以至于中国电影出版社1981年出版的《外国电影歌曲选》③甚至专门收录了该片的主题音乐。而这部影片的电子合

---

① 王炎，《海内存知己》，见王炎，《穿越时间的纵深》，北京：三联书店，2019，第161-177页。

② 李镇，《爱情往事——20世纪80年代初期"爱情"电影的创作热潮及相关讨论》，《北京电影学院学报》，2020年第11期，第75-83页。

③ 《外国电影歌曲选集》，北京：中国电影出版社，1981，第117-118页。

成器音乐更是影响深远，甚至影响到中央电视台《天气预报》栏目的配乐。①

可以作为这部影片巨大影响的一个注脚的则是《人民日报》1982年刊出的一篇报告文学《一个女工程师的道路》②，这篇报告文学写的是北京毛纺织厂副厂长兼总工程师戴秀生，文中有这样一段表述：

> 她成天活跃在各个车间，科室干部有事找她，不免要一个车间、一个车间地跟踪追寻，因此开玩笑说："咱们的戴总真像罗马尼亚电影《沸腾的生活》中的那位厂长，该给她随身配部报话机。"

由此可见这部影片是如何进入当时中国内地的官方（《人民日报》）和日常话语内部的，进一步的考察就需要借助前文所述的文化研究方法，进行更为细致的历史考察。不过可以确认的是，《沸腾的生活》在改革开放之初的中国，产生了深远的影响，这种影响同时有效地呼应了处于社会转型期的中国人对于新时期生活的热切期待。

四、罗马尼亚译制片与新时期初年的中国电影

目前中国电影史的研究中，对"文革"之后电影的讨论，虽以"新时期电影"一概论之，但详细的讨论通常都是起于1979年；经常被略过的1977—1978年，或被称为"徘徊时期"③，或被称为"复苏时

---

① 作曲家王立平在为纪录短片《潜海姑娘》写作主题音乐时参考了《沸腾的生活》，首次使用了电子合成器音乐。1984年，电子琴演奏家浦琪璋将《潜海姑娘》和传统民乐《渔舟唱晚》两首乐曲改编成一段新的音乐，并被中央电视台的"天气预报"选作背景音乐。

② 金凤，《一个女工程师的道路》，《人民日报》1982年7月19日第7版。

③ 李兴叶，《复兴之路——1977年至1986年的电影创作与理论批评》，北京：中国电影出版社，1989，第12页。

期"①。新时期初年的电影情况，大致包括以下几个层面：创作上撤销"阴谋电影"的制作，但仍以相同或相近的模式拍摄与"四人帮"斗争题材的电影及表现阶级和路线斗争的电影；停映样板戏电影及部分"文革"期间拍摄的故事片，大规模复映"十七年"电影及译制片，部分内参片、香港电影得以公开上映；举办国际电影周并新译制一系列影片；电影期刊陆续复刊并有不少新期刊创刊。此外，与电影相关的出版物和广播节目也得以恢复并有了相当程度的发展。到1979年，一批"伤痕电影"和"文革"反思电影开始出现，电影也就正式进入了"新时期"。

所谓"徘徊时期"的中国电影产量并不高，1977—1978年共生产仅60余部影片（包含舞台艺术片），同时新译制的影片也不多，长影厂译制11部（其中罗马尼亚2部），②上译厂译制19部（其中罗马尼亚2部）③。换言之，1977—1978年间各种渠道的新片加起来不足百部，与彼时观众的庞大观影需求相比，显然是供应不足的。因此，复映影片是彼时的必然选择。

就译制片而言，这一时期公开放映的译制片仍受到中国外交政策的影响，随着中国与英国、日本、美国等国家的关系正常化和建交，"文革"后期的一些以"内参片"为名义译制的美国、英国、日本等国的影片通过"复审"后上映，同时也新译制了一些资本主义国家的电影；而在社会主义阵营电影方面，中国与苏联和东欧国家的关系仍未完全恢复，也与曾经关系密切的阿尔巴尼亚和越南交恶，这导致除了少数苏联电影之外，这些国家的电影并未在这一时期上映，唯有罗马尼亚和朝鲜

---

① 陈荒煤主编，《当代中国电影（上）》，北京：中国社会科学出版社，1989，第353页。

② 此外朝鲜4部，南斯拉夫4部，美国1部。参谭慧，《中国译制电影史》，北京：中国电影出版社，2014，第157页。

③ 此外朝鲜3部，南斯拉夫3部，日本6部，英国2部，法国、墨西哥、美国各1部，另一部法国片以民主德国、法国、意大利合拍的名义译制。参谭慧，《中国译制电影史》，第185-186页。

电影延续了"文革"后期的译制上映，但其影响力已显著下降。另外，因为中国和南斯拉夫的关系恢复，也相应地译制了南斯拉夫电影，并举行了配合外交活动的电影周。

这一时期的几部罗马尼亚电影虽然比起《追捕》《佐罗》等影片影响力相对有限，但因为"文革"后期延续至彼时的观影习惯和群众基础，仍然可谓是广受欢迎。同时，这几部影片也在相当程度上影响到了"徘徊时期"的电影创作与电影观念。前文所述《沸腾的生活》对《血，总是热的》的影响便是一个明确的例子。更进一步的史料梳理表明，1979年罗马尼亚电影周上映的两部影片《政权·真理》（*Puterea şi adevărul*, 1972, Manole Marcus导演，又译"权力和真理"）上下集（上译1979年译制）、《光阴》（*Clipa*, 1979, Gheorghe Vitanidis导演，上译1979年译制），因为涉及"社会主义建设时期罗共党内的斗争"，与彼时国内大气候的松动，以及包括《天安门诗抄》出版、话剧《于无声处》《曙光》上演等文化事件产生了共振。① 尤其是两部影片中因"坚持真理"而蒙冤，又重返工作岗位的"老干部"的形象，为"徘徊时期"及之后几年的"文革"反思题材（并非"伤痕"题材），乃至"改革题材"电影（以及小说、话剧等文艺作品）提供了明确的思想资源。除了《血，总是热的》（话剧先于同名电影），在观众中产生较大影响的还有如《乔厂长上任记》，以及改编电影《钟声》等。

在另一方面，罗马尼亚译制片也成为"电影语言现代化"讨论中

---

① 《人民日报》于1978年11月16日发表曹禺为《于无声处》撰写的剧评，第4版发布《曙光》上演消息；11月18日，在发布党中央"右派全部摘帽"的决定后，第3版发表《于无声处》评论，第5版发表了《权力和真理》的影评：《〈权力和真理〉——一部发人深省的影片》。而这部影片要等到1979年8月的罗马尼亚电影周才上映。在电影周结束后，《人民日报》1979年8月28日第6版又发表影评《深刻的主题，鲜明的形象——罗马尼亚〈政权·真理〉等三部彩色影片观后》，特别指出："我们劝他们去看看《政权·真理》等影片，听听观众的反映，或许对于肃清他们头脑中林彪、'四人帮'的文艺思潮的流毒会有好处。"

被借重的形式资源，如《奇普里安·波隆贝斯库》和《橡树，十万火急》等影片就被作为先进案例，在张暖忻和李陀的《谈电影语言的现代化》中被分别用作论证"现代化的电影语言在色彩运用上的种种探索和发展"，和"现代电影语言中，变速摄影、特别是高速摄影，被用来在故事片中造成节奏上的变化，以取得种种艺术效果"。[1] 如《生活的颤音》（1979，滕文骥、吴天明导演）就明显模仿了《奇普里安·波隆贝斯库》的诸多构图和调度（尤其是片中小提琴演奏场景）。此外，罗马尼亚史诗片的国族历史叙事（罗马尼亚"民族共产主义"的文化表征之一），也为彼时的中国电影提供了滋养。[2] 侠盗片《神秘的黄玫瑰》甚至直接出现了《海狮敢死队》（1990，陆建华、于中效导演）这样的"临摹"仿作。

实际上一部一部地具体分析哪些罗马尼亚电影影响了哪些中国电影，既无可能，亦无必要。一方面，我们难于确认影片创作者的知识谱系和创作意图，另一方面，这些"影响来源"也未必是单一指向罗马尼亚译制片的。本文对这些进行梳理，旨在重返中国电影史上的特殊年代，并打捞这些在当时可能一目了然，但如今却被人遗忘的线索。罗马尼亚译制片的影响当然有其时代性，但以之为线索，可以发现诸多中国电影史问题的新视角，这也是笔者提出电影交流史研究方法的目的所在。

结　语

限于篇幅，本文还未能展开更为丰富的对制度、机构、伴生物等要

---

[1] 张暖忻、李陀，《谈电影语言的现代化》，《电影艺术》，1979年第3期，第40-52页。

[2] 戴锦华、王炎，《返归未来：银幕上的历史与社会》，北京：生活·读书·新知三联书店，2019，第33，34页。

素的全面考察。不过本文足以说明，纳入包括罗马尼亚电影在内的外国电影后，中国电影史的研究会有怎样的新思路和新结论。总之，电影交流史以"关系"为着眼点，可以有效地打开一系列中国电影史的研究领域，对中外电影之间复杂和多层次的互动关系进行分析和描述，在全球电影的视野下，更为充分地解释特定的中国电影史现象及其生成机制。对罗马尼亚译制片与新时期电影关系的勾陈，本身也是对1980年代电影史乃至思想史书写中"西方理论，特别是电影理论全面介绍和引入中国"这一叙述所遮蔽的脉络进行重新显影：罗马尼亚译制片在异域的风景和故事之外，深度参与乃至铭写了中国社会与文化的深刻转型。这也正是"电影交流史"的生产性之所在。

作者简介：

王垚，艺术学博士，北京电影学院中国电影文化研究院助理研究员，主要从事世界电影史研究。

古典学研究

历史·第六卷（节译）*

波利比乌斯　著　聂渡洛　译

内容摘要　波利比乌斯所著《历史》凡四十卷，今完整保存前五卷，其余卷册有残篇存世。全书记载了从前264年至前146年以三次布匿战争为主线的罗马崛起史，其中现存之第一、二卷论述第一次布匿战争（前264年至前241年），第三卷论述第二次布匿战争（前218年至前216年，以坎尼之战为中心），残篇第三十五至三十九卷涉及第三次布匿战争（前149年至前146年，以迦太基的毁灭为中心）。全书随处可见"题外之言"，卷六即其中最著名者。在第六卷中，波利比乌斯重点论述了罗马三种政体及其变体的循环机制，以及罗马得以

---

* 本卷主要内容是罗马民主时代的政治体制与结构及其军事组织，历来为西方学者重视，现将第六卷部分内容据古希腊文译出（共58章，译文译出前18章）。希腊文底本为：*Polybii Historiae*. Edit. a Lud. Dindorfio curatam retractavit Theodorus Büttner-Wobst. Leipzig: Teubner, 1922。另参照Robin Waterfield的英译（Polybius, *The Histories*, Robin Waterfield trans., Oxford: Oxford University Press, 2010）与Frank. W. Walbank（Frank Walbank, *A Historical Commentary on Polybius*, Oxford: Oxford University Press, 1957）的评注。——译者注（本文的所有注释都是译者注。）

登峰造极的政治体制，即执政官—元老院—人民三者的相互制衡。

| **关键词**　波利比乌斯　《历史·第六卷》　罗马政体

Selected Translation of Book VI of Polybius' *Histories*

Polybius

Abstract: Polybius' *Histories* consisted of forty books, five of which are preserved in their entirety as well as some fragments of the rest of the work. The whole work covers the period from 264 BC to 146 BC. Books I and II are on the First Punic War, 264-241 BC; Book III is on the Second Punic War, 218-216BC, and features Hannibal to the battle of Cannae; Books XXXV to XXXIX cover the Third Punic War, 149-146BC, with its emphasis on the destruction of Carthage. Among the greater or lesser digressions, Book VI is certainly the most notable one. In this book, Polybius outlines a political cycle (*anakuklōsis*) in which the three good forms degenerate into their corrupt forms in a natural succession (*kata phusin*), and further recounts the Roman system of checks and balances in the mixed constitution, namely the Senate, the consuls, and the people.

Key words: Polybius; Book VI; The *Histories*; Roman constitution

I. 前言

第2章

我很清楚，有些人会困惑于我为何放弃了保持叙述的连贯，把之前所说的论政治体制的部分推迟到了现在。对于我来说，这个部分是我全部计划中最重要的一个部分，在很多篇幅中我已经说明，尤其是在我写作的这个历史的开始和前言中，我说过，对于那些碰巧想要通过努力来了解和学习罗马是怎样以及凭借何种政体在不过五十三年的时间里征服了全世界，并最终使他们落入罗马的统治之下（这种事情是前所未有的）的读者来说，这个部分是我们的写作安排中最好的，也是最有助益的。解释清楚这一点之后，我觉得没有什么时间比现在更适宜开始检视我即将就政体所说的话。正如那些私下对好人及坏人做出评论的人那样，当准备要对其作出真实判定的时候，他们不会选择评判人生中平静无奇的部分，而会选择那些危难或是成功的部分，并将一个人勇猛而高贵地忍受命运转换的能力视为测定一个完人的试金石，一种政治体制亦应以此视之。因此，当我不能看到罗马的命运发生比我们时代更为巨大的变化时，我将之前说过的对政治体制的叙述推迟到现在。

II. 政体的形态

第3章

对于那些起起伏伏经历完整的命运转换的希腊城邦来说，要描述过去的事情、判断未来的事情，这很简单。因为，传述过去的事情是简单的，试图根据已知的事情预测未来，这也是简单的。但是，由于罗马政体的复杂性，想要通过现在的事情详细叙述罗马并不简单，且由于我们对于罗马先前的公共及私人生活的特性的无知，我们想要预言将来也不简单。因此，如果想要明确地看出罗马政体的不同之处，日常的那种关注和研究是不足的。通常，大部分想要在这个题目上教育我们的人会说有三种政体，他们称之为王政、贵族制，第三种是民主制（τὸ μὲν καλοῦσι βασιλείαν, τὸ δ' ἀριστοκρατίαν, τὸ δὲ τρίτον δημοκρατίαν）。在我看来，我们完全有理由向他们提出问题，无论他们认为这些政体是唯一的政体，还是最好的政体（以神起誓），因为在我看来，这两者都是有误的。显而易见，最好的政体应当是前面说过的三种政体并存的那种政体。我们的理由不仅仅来自言语，而是有事实为据，斯巴达的吕库戈斯（Λυκούργος）就是最先以这种方式建立起斯巴达的政体的。我们也不应该承认这些是仅有的政体，因为我们也确实看到过君主制和僭主政制（γὰρ μοναρχικὰς καὶ τυραννικὰς ἤδη τινὰς πολιτείας），虽然与王政有很大的区别，但似乎在某些方面与它也有相似之处，因此所有的君主制都错用和利用了"王"这个称号。再者，还有很多形式的寡头政制，它们看起来似乎与贵族制有些相似，但它们之间说来也有很大的不同。同样的道理也适用于民主制。

第4章

以下可以看出我所说的是真实的。我们绝不能当下认定一个君主制政体是王政，而只有那种人民自愿承认的，且依靠理性（τῇ γνώμῃ）而不是依靠恐惧与暴力统治的政体才能称之为王政。也不是所有的寡头制都应当被认为是贵族制，只有那种权力掌握在通过选举而产生的、最公正和理智的人（τῶν δικαιοτάτων καὶ φρονιμωτάτων ἀνδρῶν）手里的政体才可以叫贵族制。同样的道理，那种全体民众为所欲为的政体不能叫作民主制，那种依据父辈的传统敬神、尊伺父母、敬爱老人、遵守律条，并在此基础上大多数人说了算、做得了主的政体才能叫作民主制。人们常常挂在嘴边的那三种政体，加之三种并生的政体，即我说的君主制、寡头制、群氓制（μοναρχίαν, ὀλιγαρχίαν, ὀχλοκρατίαν）。最初自然（ἀκατασκεύως καὶ φυσικῶς）产生的是君主制。接着由人干预并矫正（μετὰ κατασκευῆς καὶ διορθώσεως）产生的是王政。王政由于内在的恶而蜕变，我称之为僭主制。以上两者被消灭后，产生了贵族制。后者在自然的法则下（κατὰ φύσιν）变化为寡头制。民众出于愤怒（ὀργῇ），仇视先前建立起来的法律，民主制就产生了。再者，由于民众的暴力与目无法纪（ἐκ δὲ τῆς τούτου πάλιν ὕβρεως καὶ παρανομίας），群氓制就最后完成了整个过程。注意观察以上各种政体依据自然法则的起源、生成以及蜕变（ἐπὶ τὰς ἑκάστων κατὰ φύσιν ἀρχὰς καὶ γενέσεις καὶ μεταβολὰς），就会明确地了解我以上所说的事情的真实性。因为，只有那些看过这些政体如何在自然律下产生并发展的人才有能力了解这些政体的成长、巅峰、变化以及终结，并了解它们可能会再次产生的时间、机缘、地点。这种方法用在罗马政制上很切合，我采用这种方法，因为罗马政制从一开始的发生与成长都是符合自然的（κατὰ φύσιν）。

第5章

或许，这种依照自然不同政体转化的理论（λόγος）在柏拉图和其他的一些哲人那里阐释得更为精确。但因为这种理论复杂精密，所以只能为少数人所领会。因此我尝试提纲挈领地详尽阐述一下，只要我认为它与历史实践和公众认知相关联。如果有什么东西看起来是在阐释中被漏掉了，那么随后的逐条解说将会弥补当下所有的疑惑。我所说的政体的起源是什么，这种政体又是最先从何生成的呢？假设，由于洪水、瘟疫、庄稼无收或其他的原因，人类灭亡了，传说（ὁ λόγος）告诉我们这些都曾发生过，也会再多次发生，伴随而来的是，人类的所有习俗与技艺（τῶν ἐπιτηδευμάτων καὶ τεχνῶν）全都灭失了，那些幸存的人就像种子一样，从他们之中，人口又再一次增长起来，大概在那个时候，他们就如同其他的生灵一样，会聚集在一起。我们有理由推断，由于自然情况下的孱弱（τὴν τῆς φύσεως ἀσθένειαν），这些人会与同自己相同的族类聚集在一起。必然（ἀνάγκη）会产生的是，那些在身体力量与心灵勇气上出众的人会领头和统治，就像其他那些没有理智的生灵一样，我们确实应当考察并认定这种最符合真理的自然的事工（φύσεως ἔργον ἀληθινώτατον），在动物那里我们看到最强壮的动物往往毫无争议地成为领袖，我说的是牛、羊、鸡等。人类最初大概就是这样生活的，像兽群一样，聚集在一起并紧随那些最为勇猛与强壮的。这种统治的标志（ὅρος）是力量，有些人大概会给它起名字叫君主制（μοναρχίαν）。随着时间的推移，同生同长（συντροφία καὶ συνήθεια）在纽带关系中产生，王政的开端（ἀρχὴ βασιλείας）也就产生了，在那个时候，人类第一次有了善和正义（τοῦ καλοῦ καὶ δικαίου）的观念，与善和正义相反的观念也产生了。

第6章

以上所说的开端和产生的方式是这样的。所有促动两性交配（πρὸς τὰς συνουσίας）的行为都是符合自然的（κατὰ φύσιν），从两性交配中产生了后代。当那些到了成熟的年纪的后代子孙，不向那些养育他们的人表示感恩或者保护他们，反而试图说或做些相反的恶事，显然，对于那些见证父母在养育（τὴν τούτων θεραπείαν καὶ τροφήν）上给予孩子的关切与辛苦的亲人来说，这会使之不悦，甚至攻击孩子。因为人类区别于别的生灵的地方在于人类分有（μέτεστι）了理智与思维（νοῦ καὶ λογισμοῦ），很显然，他们不大可能像动物一样忽略这种区别，相反，他们会注意观察当前发生的事情，并表示不悦，也会考虑将来要发生的事，并算计着将来同样的事情也有可能发生在他们每个人身上。回过头来说，当一个人在危急的时刻接受了另一个人的救援或帮助，他并不对施救者报以感恩，却在某个时候试图击打伤害他，很显然，人们会对这个人感到不悦甚至打他，并与他的邻居感受到同样的愤怒，对类似的事情感同身受。从这些事件中，在每个人心中就产生了某种关于责任（τοῦ καθήκοντος）①的重大意义（δυνάμεως）及其观念（θεωρίας）②的想法：这事实上就是正义的起源与目的（ἀρχὴ καὶ τέλος δικαιοσύνης）。再说回来，同样的道理，如果有人在危难的关头为了大家挺身防卫，站定静待最为凶猛的野兽，这样的人有可能会获得人民的青睐和荣誉，做相反事情的人则会被人民鄙视和厌恶。从这里，我们有理由推断，某种关于羞

---

① 本意是指合适、归属，这里引申指每个人身上属于自己的责任。
② 本意是观看，这里指推测、理论、观念。

耻和荣誉（αἰσχροῦ καὶ καλοῦ）及两者区别的观念随后就会在人民中间产生。荣誉应当被超越与效仿，因为这是有益的，可以避开羞耻之事。当拥有巨大权力的领袖（ὁ προεστὼς）总是依照人民的意见（κατὰ τὰς τῶν πολλῶν διαλήψεις）帮助前面所说的人，而且在人民看来这位领袖依据各人所应得的（κατ᾽ ἀξίαν）进行分配（διανεμητικός），人民便不再惧怕武力，更加信任理性（τῇ δὲ γνώμῃ），尽管这位领袖会年迈，但人民会甘当臣属，并且合力维护他的统治，齐心协力保护并与那些想颠覆他的统治的人作斗争。这样，在不知不觉中，他就从独治君主（μονάρχου）成为王者（βασιλεύς），因为理性（ὁ λογισμός）代替了血气与暴力（τοῦ θυμοῦ καὶ τῆς ἰσχύος）的霸权。

第7章

这就是依照自然（κατὰ φύσιν）产生的人类最早关于善与正义及其对立面的想法，也是真正的王政（βασιλείας ἀληθινῆς）的起源与发生。人民（οἱ πολλοί）不仅仅在他们那一代守护这种统治，在后代也一样；他们相信从他们那里生就养就的后代也会有类似的想法。但是，如果他们最终对他们的后代不悦，他们便决定不再依照身体和勇气（σωματικὰς καὶ θυμικὰς δυνάμεις）来选择统治者和王者，而是依照理性和理智（κατὰ τὰς τῆς γνώμης καὶ τοῦ λογισμοῦ）的差别来选择，因为他们已经从实践中（ἐπ᾽ αὐτῶν τῶν ἔργων）证实了人的差别。在古代，一旦一个人被选为王者、拥有权力，他便会一直为王直到老死，会加固城池，扩张领土，一方面为了臣属的安全，另一方面也为了给臣属提供丰裕的物质生活。与此同时，王者们在忙于这些事情的时候，远离了所有的诋毁和猜忌，因为他们不嗜好锦衣美食和饮品，而是过着与其他人一样的生活。但是，如果他们是依靠世袭和种族取得的统治，他们就要为自己的安全做好准备，占有比实际需求更多的食物，接着，他们紧随自己的欲望要求更多的东西，他们认为作为臣属的领导拥有与众不同的华服是必须的，饭桌上要有精美且花样多变的食物，而且在肉欲的需求上，即使再不得体（προσηκόντων），也不允许反对。由此就产生了嫉妒和打击，由此点燃了怒火和充满敌意的愤怒（μίσους ἐκκαιομένου καὶ δυσμενικῆς ὀργῆς），僭主制（τυραννίς）就从王政中产生了。这种政体开始解散，继而产生了反对领导者的起义：起义并不是从卑劣的人（ἐκ τῶν χειρίστων）那里开始的，而是从出身最为高贵、思想最为上等（ἐκ τῶν γενναιοτάτων καὶ μεγαλοψυχοτάτων），也是最为勇敢的人那里开始的，因为，他们最不能忍受他人强加的暴力与侮辱（ὕβρεις）。

第8章

人民（τοῦ δὲ πλήθους），一旦他们有了领袖，他们就因为上述原因与领导者共同起义，王政和僭主制的形式被完全灭除了，民主的形式产生并获得发展。仿佛是为了感谢那些铲除僭主的人，人民（οἱ πολλοί）亲手将自己放置于他们的权威之下，将自己交付给这些领袖。最开始，他们对这种转交（τὴν ἐπιτροπήν）感到很愉悦，且不认为有任何事情比公共事务更为有利（προυργιαίτερον），他们认真地、警醒地处理人民的每一件公私事务。但是，当这些领袖的孩子再次从他们的父辈那里获得这种权力的时候，他们没有经历过苦难，对政治平等和言论自由（πολιτικῆς ἰσότητος καὶ παρρησίας）一无所知，因为他们从小在父辈的权力和领导下成长，其中有人心中冲动，产生了贪婪和对不义之财的欲望，有人沉醉于烈酒和贪得无厌的宴会，有人经常侵犯妇女、强奸幼童，他们将民主制转变成了寡头制。很快，他们就在民众当中引起了类似于前面说过的那种情绪。于是，与发生在僭主头上相似的灾难结束了他们的统治。

第9章

因为，当有人注意到公民间（παρὰ τοῖς πολίταις）存在着对领袖们的嫉妒和仇恨，并敢于针对领袖们言说或做些什么，全体人民（τὸ πλῆθος）都准备协助他。后来，领袖们杀掉一些人，流放一些人，他们不敢设立王，因为他们仍惧怕自己先前的不义；他们也不敢将公众事务转交给多于一个人（πλείοσιν），先前的无知仍旧在脚边；唯一指望的就是将权力留给自己，他们将政体从寡头制变成了民主制，他们承担公众事务管理（τὴν δὲ τῶν κοινῶν πρόνοιαν），且只信任自己。只有那些经历了跋扈与专权而幸存的人，才会对当下的政体表示愉悦，且极为珍视平等和言论自由（τὴν ἰσηγορίαν καὶ τὴν παρρησίαν）。新的一代产生时，民主政权再次交接到了他们的孩子的孩子那里，由于他们太习惯于平等和言论自由，他们开始寻求比民众更多的东西，尤其是那些拥有万贯家财的人滑向了这个错误。当他们开始对统治产生激情，但却不能够通过自己及个人的美德获得权力的时候，他们就挥霍自己的财产，以各种手段诱惑和败坏大众。出于对名誉毫无理智的饥渴，他们让民众习惯于接受礼赠甚至对礼赠心怀欲望，民主的形式就由此开始解体了，民主政体就变成了暴力与暴力统治（εἰς βίαν καὶ χειροκρατίαν）。因为，民众早已习惯靠别人生活，将生活的希望寄靠在邻人身上，一旦他们有了一个傲慢无端为所欲为（μεγαλόφρονα καὶ τολμηρόν）的领导者，由于贫穷，领导者毫无政治的荣誉感（τῶν ἐν τῇ πολιτείᾳ τιμίων），民主政治终结于暴力统治（χειροκρατίαν）。接着，暴民聚集进行屠杀、流放、重新分配土地，直到一切都荒芜颓败之后，民众会再次找到自己的主人与专制君主。这就是政体的循环（ἀνακύκλωσις），这就是依照自然的发生过程，据此，政体变易更迭最终回到原点。如果有人对这些事情一清二楚，他在即将到来的政体的时间上可能会犯错误；但是，如果他不是出于愤怒或者嫉妒作出论断，他在政体的兴衰灭亡及其改变甚至倾覆的时间上，是不大可能犯错误的。将这个检视用在罗马政体上，我们会得到它如何形成、兴起及发展到顶峰的知识，同样还有它在将来如何由此变易而回到原点的知识。因为，正如我前面所说，与其他政体相比，罗马的政体从一开始的形成和扩展都是符合自然的，它将来的变易和回到原点也将是符合自然的。从以下我关于这个话题的言说中，你们自会做出判断。

第 10 章

现在我想简短回顾吕库戈斯的立法，这样的叙述与我的主题并非无关。因为，他清楚地知道我之前所说的种种都是依照必然和自然（ἀναγκαίως καὶ φυσικῶς）完成的，而且他认为，所有依靠一种力量组织起来的政体的形态都是不稳定的，它们会很快转向某种恶，这种转向符合那些政体，且也是出于自然。正如铁锈之于铁，蛀虫之于树木，这些都是共生的毁坏，它们逃过了外在的伤害，却被与它们共生的东西毁灭。某种恶也正是依照同样的方式、依照自然与每一种政体共存共生：在王政中就是君主制（ὁ μοναρχικός），在贵族制中就是寡头制（ὁ τῆς ὀλιγαρχίας），在民众制中就是野蛮的暴力统治（ὁ θηριώδης καὶ χειροκρατικός）。以上所说的种种政体，不可能不在时间的推移下按照刚才的说法发生改变。吕库戈斯颇有先见地没有建立一种形态的政体，而是一并融合了最好的政体的所有优点和特质（τὰς ἀρετὰς καὶ τὰς ἰδιότητας），以免政体在发展中会出于必然（ὑπὲρ τὸ δέον）转向那些共生的恶（εἰς τὰς συμφυεῖς ἐκτρέπηται κακίας）。每一种权力都互相牵制平衡对方，没有一种权力会让另一种倾倒；保持平衡的政治会长久持续下去，就像顶风而行的船只这个比喻所说的那样，一方面，僭越的王权被阻止是出于对人民的惧怕，另一方面，人民出于对长老的畏惧（διὰ τὸν ἀπὸ τῶν γερόντων φόβον）也不敢轻视王权，因为长老们是根据出身和美德（κατ' ἐκλογὴν ἀριστίνδην）经过遴选的，他们所有人一定会坚定地站在正义的一边判决。因此，由于遵循习惯而变得最软弱的部分在长老们的倾斜和平衡下也会变得更好更坚固。吕库戈斯正是采用这样的政体捍卫了斯巴达人的自由，这是我们所知道的最长时间的自由。因为吕库戈斯通过某种理性（λόγῳ τινί）预见了上面所说种种事件是从何产生、如何产生，所以他毫无伤害地（ἀβλαβῶς）建立了以上所说的那种政体。罗马人在自己的祖国所建立的体制也达成了相同的目的（τὸ μὲν τέλος），但却不是经由理性，而是经由许多斗争和困难（διὰ δὲ πολλῶν ἀγώνων καὶ πραγμάτων)，经由在危机时刻获得的反思（ἐπιγνώσεως），这样他们才选择了最好的路径，才得以达成与吕库戈斯同样的目的（ἐπὶ ταὐτὸ μὲν Λυκούργῳ τέλος），这也就是我们今天这个最美好的政体的组合（σύστημα）。

IV. 残篇

第11章

从薛西斯越过（διαβάσεως）去到希腊［阙文］，之后的三十年里，这种体制都是人们的研究之重，特别是到汉尼拔战争的时候，这种政体达到了最为优良和完美的状态，也就是我中断的叙述要处理的东西［阙文］。我很清楚，对于那些从开始就生长在这种政体下的人来说，我的叙述会稍显得有些缺失，因为我在叙述的过程中遗漏了一些东西。他们了解一切事情，并且从孩童时期就耳濡目染罗马的习惯与法律（τοῖς ἔθεσι καὶ νομίμοις），他们有实践经验（πεῖραν εἰληφότες），因此他们非但不会对我所写的东西感到惊诧，反而会要求我将那些遗漏的东西添加上去。他们不会认为写作的人会故意遗漏某些细微的东西，反而会认为写作的人在一些重大事件的起源和发展上保持沉默是出于无知（κατ' ἄγνοιαν）。他们不会对已讲述的东西表示惊诧，因为他们认为那些事情细小且无关紧要；他们追寻那些被遗漏的东西，因为他们认为那些东西非常关键（ἀναγκαῖα），他们想要表现出自己比写作者知道得要多得多。一个好的评断者须得依靠写作者所写的东西做出评判，而不是依靠那些被遗漏的东西做出评判。如果他在写作中发现虚假（ψεῦδος）的东西，那么他就可以说自己知道那些东西之所以被遗漏是出于无知，但是如果他发现所有被写下的东西都是真实的（ἀληθὲς）的话，他就得认定那些被遗漏的东西之所以被遗漏是出于判断（κατὰ κρίσιν），而不是无知。［阙文］罗马政体有三个组成部分，这三个部分我前面都说到了：所有的部分都平等和恰当地（ἴσως καὶ πρεπόντως）被组织和整合在一起，以至于我们很难说这个国家的政体是贵族制还是民主制，抑或是专制。这是很正常的。因为，如果你只关注执政官（τῶν ὑπάτων）的权力，那么这个政体看起来就完全是君主制和王政的（μοναρχικὸν ἐφαίνετ' εἶναι καὶ βασιλικόν）；如果你只关注元老院（τῆς συγκλήτου）的权力，那么它又是贵族制的；如果你只关注人民的（τῶν πολλῶν）权力，这个政体看起来又明显是民主制的。每一种政体的形态都控制着政体的一部分，除去一些小的部分，具体情况如下。

V. 罗马鼎盛时期的政体

第12章

执政官在率领军团离开之前都会留守在罗马，并且掌管一切公共事务。除了保民官之外（πλὴν τῶν δημάρχων），所有官员都臣服于他们，并且执行他们的命令，也是他们将外国使节带入元老院。[①]除此之外，执政官将需要紧急商议的事务提上议程，也是他们全权处理这些事务。对于那些需要人民共同行动完成的事务，他们有责任关注并将这些事务带到公民大会（τὰς ἐκκλησίας），将提议呈送给他们，监管那些恰当的条款在人民中的实施。在战争的准备或者公共事务的管理上，他们几乎有着完全自主的权力。他们可以对盟军（τοῖς συμμαχικοῖς）下达他们认为合适的命令，设立军事护民官（τοὺς χιλιάρχους），募集兵士（διαγράφειν τοὺς στρατιώτας），遴选那些最为合适的人选。此外，他们在任时有权力惩罚任何一个他们想要惩罚的人，只要这个人在他们的掌管之下；他们有权

---

① 本篇中出现的若干机构与官职的希腊文、拉丁文、中文对应如下：ἡ σύγκλητος-senatus-元老院，ὁ ὕπατος-consul-执政官，ὁ δήμαρχος-tribunus-保民官，ὁ χιλιάρχ-ης-tribunus militum-军事护民官，ὁ ταμίας-quaestor-财务官，ὁ τιμητής-censor-监察官。

力处理所有从公共财政中支出的花销，只要有财务官跟随（παρεπομένου ταμίου），且财务官会随时准备执行他们的一切命令。我们似乎可以这样说，如果只关注这一部分的话，那么这个政体就全然是独裁与王政的（μοναρχικὸν ἁπλῶς καὶ βασιλικόν）。如果这些事情，或者是我即将要说的事情在现在或者未来的时间里有什么改变的话，任何东西都不会对我们刚才说的东西构成否定。

第13章

（下面说元老院。）首先，元老院拥有对财政的控制，因为它掌管着几乎全部的财政收入和支出（καὶ γὰρ τῆς εἰσόδου πάσης αὕτη κρατεῖ καὶ τῆς ἐξόδου παραπλησίως）。除非有元老院的命令，除却执政官，财务官不能为任何部门使用之故支出任何［一笔钱］。元老院掌管着至今最大和最为重要的花费——监察官（οἱ τιμηταί）每五年为公共建筑的修缮所使用的花费须经元老院同意，否则监察官不可使用。同样，凡是在意大利犯下的罪行且需要公众审判的（δημοσίας ἐπισκέψεως），比如叛国（προδοσίας）、阴谋（συνωμοσίας）、投毒（φαρμακείας）、设计谋杀（δολοφονίας）等，都需要经由元老院判决。除此之外，任何在意大利的个人（ἰδιώτης）或城邦需要解决争端（διαλύσεως），提出惩罚（ἐπιτιμήσεως），寻求帮助或者庇护，都需要元老院出面解决。对于那些不在意大利的个人或城邦，则需要元老院派出使节调停争端（διαλύσουσαν），或者提出建议（παρακαλέσουσαν），或者强制执行（ἐπιτάξουσαν），或者接受保证（παραληψομένην），或者宣战，这些都属于元老院管辖。同样，如何合适地处理和回复那些到罗马的使节，所有都由元老院决断。以上所说的所有事情都跟人民（πρὸς δὲ τὸν δῆμον）无关。从以上看来，如果一个使节来到罗马，执政官却不在城中，使节会以为这个政体全然是贵族制的。许多希腊人，许多王（ὁμοίως δὲ καὶ τῶν βασιλέων）也都认可这个观点，因为元老院自身管辖着几乎所有事务。

119

第 14 章

由此，有人可能会追问在这个政体中还有什么留下的部分是属于人民的，因为元老院统管着上述我逐条所说的东西，最重要的是，它全权掌控着财政支出；另外，执政官在战争准备与军事行动上（ἐν τοῖς ὑπαίθροις）拥有自主的权力。尽管如此，还是有一部分是留给人民的，而且是最重要的一部分。因为，人民，唯独人民掌控着政体中的荣誉（τιμῆς）与惩罚（τιμωρίας），而且，正是依靠荣誉和惩罚，不同的权力体和政体（δυναστεῖαι καὶ πολιτεῖαι），或总而言之，人类的生活（ὁ τῶν ἀνθρώπων βίος），才被联结到一起。在那些荣誉与惩罚不加区别的地方，或者已认识荣辱之别却没有很好地实践的地方，没什么管理能称得上符合理性（κατὰ λόγον）。更不要谈那些善恶被视以同等荣誉的地方了。人民决断争端，哪怕是课以罚金的案件，人民要看那些罚金是否与所犯下的罪行相匹配，尤其是那些拥有高位的人。生死之断只能由人民做出。对于他们的这种处理方式（περὶ ταύτην τὴν χρείαν），有件事情值得赞扬和注意。因为，对那些正在被判处性命之刑罚的人来说，在他们正在被审判的过程中，他们的习俗（τὸ παρ᾽ αὐτοῖς ἔθος）赋予他们权力可以公开地离开，如果有一个部落（φυλή）还未投票确定判决，这些人可以自愿流放作为惩罚。这些流亡的人在那不勒斯（Naples）、普来那斯特（Praeneste）或是提布尔（Tibur）都是安全的，在其他的一些宣誓保护他们安全的城镇也一样。人民赋予那些应得的人职位：这是城邦对至高美德（καλοκἀγαθίας）的最好褒奖（ἆθλον）。人民有权检视（δοκιμασίας）法律，最重要的是，是人民决定是战还是和。在结盟（συμμαχίας）、停战（διαλύσεως）与议和（συνθηκῶν）等问题上，人民确认并决定是否使之生效。从以上看来，有人可能会说人民的权力占了最大的部分，因此，这个政体是民主制的。

第 15 章

这样，我们就分述了每一种形态的政体是怎样区划的；现在我们要再说一说每一种形态的政体互相之间在有意愿的情况下是如何抗衡（ἀντιπράττειν）与合作的。当执政官（ὕπατος）获得了我上面所说过的那种权力，并利用这种权力发动军事行动的时候，他似乎是有完全的自主权完成目标；但他仍需得到人民和元老院的支持，没有他们，行动是无法完成的。很明显，军营总是需要送派补给（τὰς χορηγίας）：没有元老院的命令，粮食、衣物、军饷都没有办法补给到军营，将军（τῶν ἡγουμένων）的计划就会落空，如果元老院决定要故意疏忽（ἐθελοκακεῖν）或者阻碍的话。将军的想法和目的能否达成都在于元老院，当将军一年的任期届满之后，元老院可以选派他人或者让其再任，元老院都有独权。元老院（τὸ συνέδριον）还有权力表彰（ἐκτραγῳδῆσαι καὶ συναυξῆσαι），或削减和降低（ἀμαυρῶσαι καὶ ταπεινῶσαι）将军的功绩：因为那种被称为凯旋式（θριάμβους）的东西（在凯旋式中，将军的功绩将光耀地在公民面前展示），如果没有得到元老院的财政支持是完全不可能完成的。执政官也必须非常重视人民，且要赢得他们的信任，无论他们离家有多远：因为，前面已经说过，人民在停战、议和上有权让和约生效或是无效。最重要的是，在执政官行使公职的时候，他们要在人民面前为所做的事情召开听证（τὰς εὐθύνας）。这样，执政官（τοῖς στρατηγοῖς）就绝不会毫无顾忌地蔑视元老院和人民的想法。

第 16 章

另一方面，虽然元老院拥有无限的权力，它首先需要做的是处理公共事务，取得民众的信任。对那些最为重大和关键的对国家犯下的罪行（要判处死罪）的审查和矫正（ζητήσεις καὶ διορθώσεις），要是没有人民合议批准，元老院不能单独完成。同样，对那些关涉到元老院的事务，比如有人要引入一条法律取消元老院长期依习俗（κατὰ τοὺς ἐθισμούς）拥有的权力，或是剥夺他们的特权（τὰς προεδρίας）[①]和荣誉，

[①] 这里指的是元老院成员在剧场等公众活动场所的前排坐席的特权。

甚至（νὴ Δία）减少他们的薪资，人民都有全权通过或者拒绝这项法律。最紧要的是，如果一位保民官（δημάρχων）提出反对意见，元老院不仅彻底不能完成提案，而且不能召开会议（συνεδρεύειν）或者是聚众商议（συμπορεύεσθαι）——保民官须得做对人民有利的事情，尤其是要迎合人民的意愿——由于以上所述，元老院畏惧（δέδιε）人民，心系（προσέχει）着人民的想法。

第17章

同样，人民也依附于元老院，且须得为私为公尊重它。就整个意大利来说，有太多的公共建筑的修缮及修建要监察官（τιμητῶν）批准，要数清楚可不容易，如河流、堤防、景观、矿产、土地，总体来说就是所有那些归属罗马管辖的东西，以上所说这一切都需要通过人民操作（χειρίζεσθαι）。这么说吧，几乎所有人都与它们（这些建筑工程）的购买（ταῖς ὠναῖς）及劳力（ταῖς ἐργασίαις）有关。有的人通过监察官购买了这些授权（τὰς ἐκδόσεις）；有的人共同参与（κοινωνοῦσι）其中；有的人为那些购买了授权的人作担保（ἐγγυῶνται）；有的人将财产抵押给这些公共项目。元老院（τὸ συνέδριον）对以上所说这些事务拥有绝对的权力：元老院可以延长时限，如果有紧急事情发生，元老院可以减轻（κουφίσαι）他们的负担，或者直接将无能为力的承包商（συμβάντος）从契约中完全解脱出来。在很多事情上，元老院既可以给接手工程的人很大的伤害（βλάπτει），也可以给他们很大的实惠：因为所有的这些事务最终都会回诉（ἀναφορὰ）到元老院。最重要的是，那些有关公共和私人协约（συναλλαγμάτων）的情节严重的控诉，其审判员都是从元老院中抽取。因此，所有的人都寄望于对元老院的信任，同时因不明元老院的需求而恐惧，因此若想抵抗（τὰς ἐνστάσεις）或反对（ἀντιπράξεις）元老院在这些事情上的决定，他们都保持谨慎。同样的道理，他们也不愿意（δυσχερῶς）反对执政官的决定，因为在军事行动中（ἐν τοῖς ὑπαίθροις），所有人，或私或公，都处在执政官的统辖之下。

第18章

　　这就是各个部分的权力互相之间是如何抗衡（βλάπτειν）或者合作（συνεργεῖν）的，在所有危急的关头（τὰς περιστάσεις），他们必然会合为一体，因此，我们是没办法再找到一个比这一政体组合（σύστασιν）更好的政体了。因为，当有从外而来的共同的恐惧迫使（ἀναγκάσῃ）他们自己互相之间同心协力、通力合作（συμφρονεῖν καὶ συνεργεῖν）时，这个国家的力量就会无比强大，必做之事无一遗漏，面对已经发生的坏事所有人竞相群策群力，且没有什么被决定的事情会错失良机（ὑστερεῖν τοῦ καιροῦ），因为每一个人，或公或私，都在为了解决眼前的事情共同努力（συνεργοῦντος）。正因为如此，这种政体的特色（τὴν ἰδιότητα）使得它在达成决定（τοῦ κριθέντος）上是不可抵抗的（ἀνυπόστατον）。当他们从恐惧中再次解脱出来的时候，他们会享用（ἐνδιατρίβωσι）他们的好运与从胜利中获得的财富（περιουσίαις），在贪享（ἀπολαύοντες）财富（τῆς εὐδαιμονίας）时候，他们被人阿谀奉承（ὑποκολακευόμενοι），行为怠惰（ῥᾳθυμοῦντες），最终走向了骄妄（ὕβριν）与傲慢（ὑπερηφανίαν），这也是常会发生的，尤其在这个时候，我们可以看到这种政体能够自救（αὐτὸ παρ' αὐτοῦ ποριζόμενον τὸ πολίτευμα τὴν βοήθειαν）。因为，当这些部分中的一个膨胀起来变得好斗，且管辖了多于自己分内之事（πλέον τοῦ δέοντος）的事，很明显，根据适才所说的，没有什么权力是可以独自完成事情的（αὐτοτελοῦς），每一种权力的目的（προθέσεως）都能互相被牵制（ἀντισπᾶσθαι）和掣肘（παραποδίζεσθαι），因此，没有哪个部分的权力可以膨胀，变得傲慢无束（ὑπερφρονεῖ）。

作者简介：

　　波利比乌斯（前200年—前118年），生于阿卡迪亚的美伽罗波利斯（Megalopolis of Arcadia），其父吕克塔斯（Lycortas）曾任阿卡亚联盟（Achaean League）将领。后因牵连，波利比乌斯于前167年作为人质被掳至罗马,并逗留 17 年之久。在罗马期间,波利比乌斯因其教养而深受斯基皮奥圈(Scipionic Circle)重用。第三次布匿战争后,波利比乌斯长居罗马著史。

译者简介:

聂渡洛,中山大学国际翻译学院副研究员,研究领域为古希腊、罗马文学,修辞学传统。

赫西俄德《劳作与时日》绎读[*]

伯纳德特 著　黄怡 译　彭磊 审校

内容摘要　《灵魂考古学》是著名古典学家伯纳德特的遗作，从阐释的范围和深度来看，这部评论集令伯纳德特的学术研究完满，证实了他是当代最具思想穿透力的哲学家之一。《赫西俄德〈劳作与时日〉绎读》作为该评论集的第二篇，体现了伯纳德特对古希腊诗人和城邦之间的深刻理解。伯纳德特将《劳作与时日》划分为"序歌""两类不和神""人类不幸的两种说法"等九个部分，依循线性阅读展现诗歌的整体布局。《劳作与时日》本质上以先上升后下降为特征，重视各个诗节之间的互文性，伯纳德特逐章分析了诗歌主题，同时敏锐地指出了诗人"通过建立宙斯的正义从而建立自身的正义"的最终

---

[*] 本文译自伯纳德特评论集《灵魂考古学：古代诗歌和哲学的柏拉图式阅读》之第二篇 "赫西俄德《劳作与时日》绎读"（Seth Benardete, *The Archaeology of the Soul: Platonic Readings of Ancient Poetry and Philosophy*, edited by Ronna Burger and Michael Davis, South Bend: St. Augustine's Press, 2012, pp.19-36）。——译注

笔者十分感谢克里斯蒂安·沃尔夫先生和哈维·曼斯菲尔德先生，一同阅读《劳作与时日》。——原注

意图。其阐释路径反映了他以柏拉图哲学思想阅读古代诗歌的理念，并通过这一理念发明了对人类灵魂的考古学。

| **关键词**　赫西俄德《劳作与时日》伯纳德特

Hesiod's *Works and Days*: A First Reading

Seth Benardete

Abstract: *The Archaeology of the Soul* is the posthumous work of the renowned classicist Bernadete, which completes Bernadete's body of work in terms of the range and depth of its interpretation and confirms him as one of the most penetrating philosophers of recent times. The second of this collection of commentaries and reviews, "Hesiod's *Works and Days*: A First Reading" exemplifies Bernadete's profound understanding of the relationship between the ancient Greek poet and the polis. Dividing *Works and Days* into nine sections, including Proemium, Two kinds of Eris, Two accounts of man's misery, Bernadete follows a linear reading to present the poem's whole structure. *Works and Days* is characterized by an ascending structure followed by a descending structure, while interaction between chapters is emphasized. While analysing the themes chapter by chapter, Bernadete perceptively points out the poet's ultimate intention of "establishing his own justice by establishing the justice of Zeus". The path of interpretation reflects his idea of reading ancient poetry in terms of Platonic philosophy, through which he invents an archaeology of the human spirit.

Key words: Hesiod；*Works and Days*；Benardete

赫西俄德《劳作与时日》可划为九个部分：1.（行1-10）序歌；

2.（行11-41）两类不和神；3.（行42-201）人类不幸的两种说法；4.（行202-285）正义与城邦；5.（行286-341）赫西俄德的劝诫；6.（行342-382）家庭事务；7.（行383-705）季节时令；8.（行706-764）禁律；9.（行765-828）时日。① 本文意在表明，这一布局恰当地说明了赫西俄德的意图，并且赫西俄德的意图只有借着这一布局才能显现出来。我们将尽可能地遵循赫西俄德所标出的路径，以便使赫西俄德的布局及其缘由一同浮现。但《劳作与时日》作为一个整体，仅在最后才会产生意义，正如理解整体需要各部分一样，各部分也需要从整体来理解。② 因此，我们必须尝试保持双重视野。每一个部分必须要按照顺序理解，并且每一部分在一开始所回顾的内容会比它将展开的内容更重要；但仅仅是一开始时更重要，因为《劳作与时日》本质上是渐进的，是"戏剧性的"，而非脱节的或"说教的"，它的结尾正是其开端的指南。劳作需要时日。

序歌分为三部分。前四行诗人呼唤缪斯并且请求她们歌唱、叙说和赞美她们的父亲宙斯，凡人借由他成为"不被人所称道的"（ἄφατοι）和"被人所称道的"（φατοί）、"闻名的"（ῥητοί）和"籍籍无名的"（ἄρρητοι）。缪斯作为宙斯的"代言人"，她们的任务局限于言

---

① 维拉莫维茨（Wilamowitz）也将《劳作与时日》分为九部分，但与笔者的不同，并且他排除了时日，他划分九部分的行数为：1-10；11-40；42-105；106-201；202-326；327-382；383-617；618-694；695-764。参维拉莫维茨，《赫西俄德的〈劳作与时日〉》（*Hesiodos Erga*, Berlin: Weidemannsche Buchhandlung, 1928），第132页。迪勒（H. Diller）的划分与维拉莫维茨一致的地方至201行，接着则是：202-212，213-285，286-380，381-694，695-764；但迪勒认为行42-201本质上属于一部分。见迪勒，《赫西俄德〈劳作与时日〉的诗歌形式》（"Die dichterische Form von Hesiod's *Erga*", Mainz: Verlag der Aakdemie der Wissenschaften und der Literatur, 1962），第2，47-48，58页。（译按：德国学者一般简称赫西俄德的《劳作与时日》为《劳作》[*Erga*]。）

② 参W. J. Verdenius,《〈劳作与时日〉的结构和立意》（"Aufbau u. Absicht der *Erga*", in *Hesiode et son influence*, Genève: Fondation Hardt 7, 1962），第114页。

辞，从这个角度来看，凡人要么被赐予"名声"（φήμη），要么没有。然而，接下来四行宣称"名声"（φήμη）取决于宙斯的行为，他轻易抬举或贬低显赫者或无名者，纠正歪曲者，挫抑骄傲者。缪斯的言辞背后是宙斯的行动，两者似乎有着完美的对应：宙斯贬抑谁，谁就声名狼藉。言辞和行动的双重主题随即在最后两行中出现，尽管略有更改：第一行请求宙斯凭借"正义"（δίκη）平正"法令"（θέμιστες），第二行则说赫西俄德将会对佩耳塞斯讲述真相。因此，作品隐含的题目似乎是"行动与言辞"（Ἔργα καὶ Μῦθοι），即宙斯正义的行动和赫西俄德真实的言辞。缪斯对宙斯颂扬似乎被取代了。赫西俄德准备述说真相的举动将《劳作与时日》与《神谱》区分开来：《神谱》整体都处于缪斯的支配下，她们叙述谎言犹如真相，只有她们愿意才会述说真相（行27-28）。讲述真相的赫西俄德似乎将会解释，至少将会部分解释为什么他现在纠正《神谱》中缪斯关于不和女神的说法："原来大地上不和神不止一位（οὐκ ἄρα μοῦνον ἔην Ἐρίδων γένος，行11）。"[①] ἔην[②]意味着"这里并不像缪斯在《神谱》所说仅有一种不和神"。[③]

有两类不和神（Eris），一个谁若了解她必"称赞"（ἐπαινέσσειε），另一个不受爱戴，可凡人不得不"崇敬"（τιμῶσι）她（行11-16）。称赞与崇敬之间的区别意味着什么？亚里士多德的《尼各马可伦理学》（*Nicomachean Ethics*）详细阐释了这一问题。当讨论幸福是处于"称

[①] 本文中的《劳作与时日》相关诗句由译者自译，参考吴雅凌译文（吴雅凌撰，《〈劳作与时日〉笺释》，北京：华夏出版社，2015）。随文夹注，引用方式为"文献名，行数"，如"《神谱》行100"。除了几处需要区分《神谱》和《劳作与时日》诗行的地方，文中其他未特意标注出处的诗行皆源自《劳作与时日》。——译注

[②] 希腊语"是"动词的过去式。——译注

[③] 参考古注（schol.）；W. J. Verdenius，《〈劳作与时日〉的结构和立意》（"Aufbau u. Absicht der *Erga*"），第119页；H. Diller，《赫西俄德〈劳作与时日〉的诗歌形式》（"Die dichterische Form von Hesiod's *Erga*"），第51页，注1。

赞"（ἐπαινετά）之中还是处于"崇敬"（τίμια）之中时，亚里士多德说，如果某种事物与某些优秀的和善的东西相关，它就会被称赞，"因为我们称赞正义的、勇敢的人，总之一个有德性的人，以及称赞德性本身，是因那种行为及其结果之故"。[①] 在对众神的赞美中他发现："按照人的标准称赞神的确是荒谬的。但我们正是这样称赞他们的。"那么，适合最好的事物的就不是称赞，而是更伟大、更善的东西。"我们赞美神或像神那样的人，并称他们为幸福的；适用于善的事物也同样不是称赞，因为没有人会像称赞践行正义那样称赞幸福，而是认为幸福是某种更神圣和更好的东西。"如果不管诸神的行为是否对我们有利，他们都值得崇敬[②]（参行140-142），那么，缪斯在《神谱》中没有提及好的不和神，就立时变得可以理解了。《神谱》主要揭露了神的本质，凡人必须敬畏诸神，即使他们只会给凡人带来痛苦（参行192）；但《劳作与时日》似乎是属人的劳作与时日——也就是所谓的"论人的"（ἀνθρωπολογιά），而神出现在他们对人的正义或仁慈中。两种不和神居于"大地上"（ἐπὶ γαῖαν，行11），一个更古老、更好——显然也对人类更有益（行19，24）——宙斯将她放置在大地之根，尽管宙斯居住在苍穹中最高的地方，因为他是"从高处打雷的"（ὑψιβρεμέτης）且"高居宝座"（ὑψίζυγος）（行8，18；参《奥德赛》16.264）。[③] 视角由天上至地上的转变，使得《劳作与时日》和《神谱》区分开——《神谱》中宙斯是天空中的神王（行71），而在《劳作与时日》中（行111），克洛诺斯（Cronus）曾经是天空中的王者——这让赫西俄德几乎完全规避了缪

---

① 参亚里士多德，《尼各马可伦理学》，廖申白译注，北京：商务印书馆，2003，第30页。——译注

② 参柏拉图《理想国》386a3, b10。

③ 本文中相关荷马史诗的诗句引用方式为"书名，章节号，行数"，如"《奥德赛》2.34"，文中《奥德赛》相关诗句及词语的翻译参考了王焕生译文（荷马，《奥德赛》，王焕生译，北京：人民文学出版社，2008），另参荷马，《伊利亚特》，罗念生、王焕生译，北京：人民文学出版社，1994）。——译注

斯，但也意味着失去了美、恐惧和宏伟的东西。①《神谱》在对诸神的描述中抽离了善与恶的区别，而《劳作与时日》在对人的描述中抽离了美。《劳作与时日》中既没有出现"美丽的"（χαρίεις），也没有出现"迷人的"（ἐρατός）、"可爱的"（ἐρατεινός）、"充满魅力的"（ἐρόεις），但《神谱》中这些词语却总共出现了19次（参《劳作与时日》行63；《神谱》行879）。②《劳作与时日》中关于好（good）的词语出现了大约60次，而"美"（καλός）只出现了3次（以及3处复合词，行75，653，737），并且是出现在神惩罚或威胁要惩罚人类时：一次是形容被制作成不朽女神模样的潘多拉的形象（eidos，行63）；一次是形容即将离开大地的羞耻女神（Aidōs）和义愤女神（Nemesis）的美丽肌肤（行198）；一次是形容美丽河（fair steam），当时正讲到对不洁净的惩罚（行738）。但《神谱》中"美"（καλός）出现了12次（以及17处复合词），表示好（good）的词语只有11处（行969-974），"最好的"（ἄριστος）则完全没有出现（《劳作与时日》中出现了12次）。《劳作与时日》中对美的抽离产生了两种不同却相关的结果："幸灾乐祸的"（κακόχαρτος）不和神的力量被削弱，而劳作得到了强调。佩耳塞斯要去劳作，如此得墨忒尔（Demeter）也许会喜爱他（行300）；因此，他不可能仅仅因为缪斯的喜爱而家产丰足（《神谱》行96-97；《劳作与时日》行281-282）。"恩惠"（χάρις）和"必然"（ἀνάγκη）在《劳作与时日》中都没有得到应有

---

① 参普鲁塔克，《斯巴达嘉言录》（Plutarch, *Apophthegmata Laconica*, 223A）；金嘴迪翁，《演说辞》（Dio Chrysostom, *Orationes* 2,8）和雅各比的《学说记述》（=89, 90 in Jacoby's *Testimonia*［译按：testimnia是古代所有作者关于该作品的陈述、观点、原史文献片段的汇聚］）。

② 比较"美丽的"（ἀγλαός）在《劳作与时日》中的唯一一次出现（行337）与在《神谱》中的出现（行366，412，628，644）；比较"友爱"（φιλότης）在《劳作与时日》中的唯一一次出现（行712）与其在《神谱》中的26次出现。

的强调（参行349-351，720，732）。① 阿弗洛狄特（Aphrodite）仍然是金色的，但人类不再是；最美的神爱若斯（Eros）和最可怕的克洛诺斯均缺席（《神谱》行120，138）；正义女神（Justice）在场，而她的姐妹命运女神（the Fates）却不在（《神谱》行901-906）。《劳作与时日》漠视恩惠和必然性这两极——正如其中没有怪物，所以美惠女神（the Charites）的出现只是为了装饰"美好又邪恶的"（καλὸν κακόν）潘多拉（行73）——这指引我们看到赫西俄德对正义的理解（正义既不是最高也不是最低），正如《神谱》中对人类的漠视——"正义"（δίκη）出现过但只有两次，"公正的"（δίκαιος）只出现一次（《神谱》行236）。这解释了诗人为什么提及了对破坏誓言的惩罚，而没有对遵守誓言的奖励（行285）。毕竟，缪斯详细地描述了如果神发伪誓而不是人作假誓，会发生什么（《神谱》行775-806）。

两类不和神唤起了人们的两种"贪婪"（πλεονεξία），好的不和神激起他们对邻居财富的嫉妒，坏的不和神引导他们走向法庭上的争辩（行20-39），因为她生下了争端神、谎言神、抗议神（Νείκεά τε Ψευδέας τε Λόγους Ἀμφιλλογίας τε）（《神谱》行229）。每个人都渴望比邻居获得更多，但劳作而非言辞才是正道。《劳作与时日》中的言辞最初表现为虚假和不正义的言辞：潘多拉的"谎言和花言巧语"（ψεύδεά θ' αἱμύλιοί τε λόγοι）似乎代表了这种言辞的语调。言辞充其量是懒惰和无用的（行401-403，453-454）。与此截然相反的是，缪斯向宙斯养育的国王的舌尖倾泻甜蜜露水，当国王公正决断，"言语不偏不倚"（ἀσφαλέως ἀγορεύων）时，国王的言辞便是甜蜜的（《神谱》行81-87）。然而，宙

---

① 例如，"更强的"（καρτερός）从未出现在《劳作与时日》中，却在《神谱》中出现了17次；复合词和相关词在《劳作与时日》中只有一例（行147），但在《神谱》中有16例。"恐怖的"（δεινός）在《神谱》中依次出现了21次，在《劳作与时日》中出现了6次，1次有关青铜时代（行145），4次关于航海（行675，687，691，692），还有1次有关"人传恶言"（βροττῶν φήμη，行760）。

斯养育的国王却成了受贿的国王。国王甜蜜柔软的言语变得严苛刺耳（《神谱》行90；《劳作与时日》行186，332）。诋毁性的言论伴随着某种严酷。言辞是富人的专属领域，他们的财富允许他们公开地沉迷于言辞（行33-34；参行493-501）。言辞大打折扣。另一方面，劳作是神强加于凡人身上的境况，佩耳塞斯或王公们都不能逃避劳作，凭借不公正的行为，他们不需劳作而享有更多。一半比整个多，草芙蓉和阿福花里藏着极大的好处，这两个说法的真实仅仅是因为人们生活在难以根除的贫乏之中（行40-46）。贫乏又反过来决定了人们对正义的需求，宙斯最初剥夺凡人舒适的生活，就赋予凡人正义以补偿这种缺失（行273-285）。然而，如果正义的力量不足以平衡贫乏的境况，那只能是凡人的过错而不能赖给宙斯。赫西俄德因此必须给予两种解释，一种解释对劳作的需求，另一种解释正义明显的脆弱。第一种解释包含在潘多拉的故事中，第二种则包含在人类五纪神话中；第一种解释展示人类境况，第二种解释揭露人的本质。[①]两种解释合在一起，赫西俄德便能将人描述为既是"在劳动的人"（homo laborans），更是"在说话的人"（homo loquens）。赫西俄德将证明，言辞比劳作更为根本。

赫西俄德在第三部分的第一节（行42-105）没有明确回答四个问题：1.对"生计"（$\beta \iota o \varsigma$）的隐藏在于什么？2.是什么将这一隐藏与潘多拉的制作联系在一起？3.为什么宙斯需要潘多拉揭开罐上的盖子？4.为什么希望还待在罐子里？人类最初的生活本没有辛劳，但是普罗米修斯试图欺骗宙斯，导致宙斯向人类隐藏"生计"（$\beta \iota o \varsigma$）和火（行42-50）；而普罗米修斯能偷回的只有火。他只能给予人技艺，却不能使人们回到不需要技艺的生活。宙斯命令降下灾祸替换火种，而这灾祸便是潘多

[①] P. Mazon,《〈劳作与时日〉概述》(Notice sur la vie et les travaux, Paris: Palais de l'Institut, 1944)，第82页。

拉。潘多拉是第一个女人（行88），因而人类最初是不生育的种族：赫西俄德谨慎地称他们"人类"（ἄνϑρωποι）而不是"男人"（ἄνδρες）（行42，51，90；参行82，92）。随后潘多拉引入了家庭，而养家糊口需要更辛苦的劳作（参行376-380，397-400）。①即使大地并不吝啬她之前的慷慨，生活依然变得更艰辛，因为必须在同一片土地养活更多的人（参行704）。潘多拉是"吃五谷人类的灾祸"（πῆμ' ἀνδράσιν ἀλφηστῆσιν）（行82；参《神谱》行512）。她是宙斯造成匮乏的手段（参行49，95；《神谱》行593）。她"美好又邪恶"（καλὸν κακόν）。厄庇墨透斯（Epimetheus）以为她神圣的外表下是美，但实际上她却是邪恶的，甚至更像造她的泥土，一种并未提高其生产力的泥土。她的名字正如她的外表，隐藏着她的真实本性。神明的狡猾掩盖了她实体的匮乏。她被赋予虚假的言辞，这诱使厄庇墨透斯相信他和她在一起将会比之前没有她的时候过得更好。她既是渴望的化身，也是希望的化身（行66）。她揭开的罐子正是她自己，因为所有的苦难都源于她；但她自身蕴藏着拯救和希望，因为只有身处苦难才需要希望。她是可见的灾祸，其他的灾祸则在夜晚接踵而至，宙斯剥夺了它们的声音（行102-104），以至于人们难以察觉它们的到来；但人类意识到了潘多拉，她的嘴唇和她身上存有希望。每当潘多拉充满魅惑地说话，希望就潜藏在罐子的边缘（ὑπὸ χείλεσιν，"在瓶口"），随时准备涌出（ϑύραζε ἐξέπτη，"飞出瓶口"）。希望既好又坏。希望化身为潘多拉，使人类忘记潘多拉迫使他们做更多的苦工，因为源于她的灾祸此时看起来似乎与她无关（αὐτόματοι，"自动"，行103）。一旦人类生活的确定性消失，希望便成了人类新的境况。现在人类希望土地会是"赐予一切的"（πάνδωρος）；"你能赐予也能夺走有死的凡人的生计"（σεῦ δ' ἔχεται δοῦναι βίον ἠδ' ἀφελέσϑαι ϑνητοῖς

---

① 参阿里斯托芬，《马蜂》（Vespa）行312-313。

ἀνθρώποις)。① 然而，只有技艺、劳作和神的恩惠能够弥补如今对土地更大的需求；就像普罗米修斯提供技艺，男人提供汗水，女人提供安慰。媚惑女神参与了潘多拉的装饰（行73）。

接下来的论述聚焦于两点。《劳作与时日》行42-49宣称众神或宙斯藏起了"生计"，这必须被认为是普罗米修斯盗火和潘多拉被制造的结果；赫西俄德首先讲述它们，向佩耳塞斯解释为何他必须劳作，这是第二节的结论（行27-41）。行90-93更简短地描述了其含义，那时即将讲到"潘多拉之瓶"，而厄庇墨透斯已经认识到他对潘多拉抱有的希望是错误的："等遭遇不幸他才明白"（ὅτε δὴ κακὸν εἶχ' ἐνόησεν）。厄庇墨透斯的"真名"是希望。只有他最先受到欺骗；接着每个男人都遭遇了同样的欺骗。"潘多拉之瓶"的故事部分地以另一种方式表述了这一点；但它也揭露了宙斯如何隐匿"生计"：潘多拉的甜言蜜语掩盖了"生计"消失的缘由。潘多拉是欺骗的化身（行375），同时内存希望，她证明一个人不能欺骗宙斯（行105）。潘多拉就是"潘多拉之瓶"，这第二点毋庸置疑，但之后的作家经常把男人比作瓶子，挥霍无度的指控至少也不能排除这一比喻。佩尔西乌斯（Perrsius）的诗行为人熟知："当你敲击它时，半烤制的陶罐由于生泥勉强发出声音：它听起来便有缺陷（sonat vitium percussa, maligne | respondet viridi non cocta fidelia limo）。"② 赫西俄德似乎总是将我们的注意力转移到潘多拉和"潘多拉之瓶"的相

---

① 出自《荷马颂歌集》第30首行6，该诗行的英译文为："Through you, O queen, men are blessed in their children and blessed in their harvests, and to you it belongs to give means of life to mortal men and to take it away." 参 *The Homeric Hymns and Homerica,* with an English Translation by Hugh G. Evelyn-White, Cambridge: Harvard University Press, 1914。——译注

② 相应的英译文为："When you strike it, the misfired pot with its green clay responds grudgingly: it sounds flawed." 参 *Juvenal and Persius,* edited and translated by Susanna Morton Braund, Loeb Classical Library, Cambridge: Harvard University Press, 2004, pp.75-76。——译注

似处。两者都是粘土做的，彼此都具有双重特征：潘多拉既美丽又邪恶，"潘多拉之瓶"既蕴藏希望又容纳不幸。希望之于被释放的灾祸，就像潘多拉的恩赐之于她的粘土。海耶（Heyer）把潘多拉之瓶视为神给予潘多拉的礼物之一，我认为他是正确的；但瓶子不是众多礼物之一，而是潘多拉自身。潘多拉和她的瓶子同样是一切的赐予者，也同样是一切的被赠予者。

潘多拉的故事不仅解释了人类为什么要劳作，还暗示了人类的起源。宙斯命令赫淮斯托斯（Hephaestus）使潘多拉看起来像永生的女神（行62），但这并不意味着我们能够认为诸神皆是似人的，而凡人就是似神的。人有人的形状是因为神拥有人的形状，而不是反过来："他以上帝的形象塑造人（finxit in effigiem moderantum cuncta deorum）。"[1] 佩耳塞斯将从赫西俄德讲述的第二个神话知晓，神和凡人具有同一的起源（行106-108），这一起源将指向神和人共享的形象（eidos）；黄金、白银、青铜、英雄时代象征着诸神塑造凡人的一系列尝试，凡人既不是诸神完全的复制品，也并非与诸神完全不同的种族。[2] 黄金、白银时代由诸神所造，青铜和英雄时代由宙斯所造；尽管诸神的第二次尝试不如他们的第一次尝试，但宙斯的第二次尝试优于他的第一次尝试。[3] 只有黑铁时代不是由诸神所造的（《劳作与时日》行169a-e 通常被认为是伪作）。因此，黑铁时代的人类必然堕落，尽管他们作为英雄的后代没

---

[1] 相应的英译文为："So that his new creation, upright man, was made in image of commanding Gods." 参Ovid, *Metamorphoses*, translated by Brookes More, Boston: Cornhill, 1922, line 82-83。——译注

[2] 通常的观点认为人和神的共同起源是大地（参W. J. Verdenius,《〈劳作与时日〉的结构和立意》["Aufbau u. Absicht der *Erga*"]，第129，163-164页），但这种观点没有考虑到潘多拉的模样与制造她的材料之间的对比（参古注 [schol.] 63），更不用说青铜时代的人类是由梣木制成的。

[3] T.G. Rosenmeyer, " Hesiod and Historiography (*Erga* 106-201)", *Hermes*, vol. 85, 1957, p.272, pp.278-279.

有完全堕落（行179），而英雄种族正是"无垠大地上的先前一代"（行160；参行175，184）。① 宙斯在英雄（半神）身上所实现的决定性修正是促使他们更正义（行158），② 如果今天的人类没能践行正义，他们的毁灭将完全归咎于他们自己。③ 赫西俄德似乎在暗示，如果黑铁时代是正义的，那么英雄时代将得以重现。因为他对正义城邦的描述读起来很像黄金时代，唯一的区别在于，正如在英雄时代一样，现在女人生养孩童，因此劳作是必须的（行112-119，225-237）。那么，如果英雄种族解决了诸神亲自设置的难题，我们必须回过头问问前三个时代在哪些方面存在缺陷。

　　黄金时代是富足的年代，人们像神一样生活，一生中外表从不变化（αἰεὶ δὲ πόδας καὶ χεῖρας ὁμοῖοι，"双手和双脚永远有力"，行114），但他们存在一个缺陷：他们无法生育。④ 他们的永恒类似于奥德修斯在阿尔基诺奥斯（Aleinous）宫殿中看到的赫淮斯托斯之金银狗，"永远不朽和不老"（参《奥德赛》7.91-94）。它们是不能永生的雕像（参《伊利亚特》18.417-420）。诸神似乎因为他们自身是不朽的，所以最初无法找到一种将死亡与永恒结合的方法；当诸神使人类生育后代时，他们给予了人类太多时间来成长。白银时代缺乏黄金时代完美的形体（φυή，"美丽的身材"），人类花费百年的时间留在家中，待在母亲身旁，这对提高他们的认知毫无帮助。他们也不会老去，不是因为他们始终如

---

① Seth Benardete, "Achilles and the *Iliad*", *Hermes*, vol. 91, no. 1, 1963, pp.1-5.

② 如果行124-125是伪作，"正义的"（δίκαιος）在诗中此处就是首次使用（行158，190），充当正义作为下一部分（行202-285）主导性主题的前奏，该词其他时候出现都在下一部分（行217，226，270，271，280）；"不正义的"（ἄδικος）出现在行200，272，334。"正义"（δίκη）则集中出现于这一部分，在21个例子中，除了4个之外（行9，36，39，712)，其他都出现在这里。

③ W. J. Verdenius,《〈劳作与时日〉的结构和立意》("Aufbau u. Absicht der *Erga*"），第164-165页。

④ Wilamowitz,《赫西俄德的〈劳作与时日〉》（*Hesiodos Erga*），第138页。

一，而是因为他们一直是孩童。诸神为了纠正他们的第一个错误，[①]陷入了相反的错误。黄金时代的人类与诸神如此相似，以至于他们变成了精灵和凡人的守护者，而之后白银时代的人类甚至不认识诸神也不祭祀诸神。白银时代的人类太依赖自己的母亲，未能注意到他们对诸神的依赖。但他们仍然首次确立了人类的有死性——诞生、生育和死亡，[②]他们因此被尊称为"极乐凡族"（μάκαρες θνητοί，行141）。黄金时代的人类生活在克洛诺斯的统治下，白银时代的人类则一定生活在他被推翻之前或之后。因此，白银时代人类的毫无虔敬也许是对宙斯推翻其父克洛诺斯的模仿，白银时代人类的漫长童年正类似于泰坦族遭到囚禁待在地下，乌拉诺斯不允许他们见光（《神谱》行154-159）。白银时代似乎重现了早期诸神之间的争斗，因为不服从似乎是始终要为生育付出的代价：儿子要变成父亲。宙斯尝试纠正白银时代的缺陷，他使青铜时代的人类极其强壮，正如白银时代的人类极其虚弱一样，但宙斯纠正过头了。青铜时代人类的肆心仅仅针对他们自己而不是针对诸神，但他们的肆心太过极端，造成他们迅速毁灭而不留痕迹（νώνυμνοι，"不光彩的、无名的"）。战争如今成为人类境况的一部分。维拉莫维茨称青铜时代为"第一个真正的人类"时代。[③]

"横死"自青铜时代进入人类的世界。对于黄金时代的人类来说，死亡如同睡眠（行116），尽管大地掩埋他们，他们却变成了"地上的精灵"（ἐπιχθόνιοι daemones，行123）；当盛怒中的宙斯掩埋了白银时代的人类，他们成了"地下的"（ὑποχθόνιοι，行138-141）；但青铜时代的人类死后则坠入了哈得斯的住所（行153-155），哈得斯身为宙斯的弟弟，黄金时代时还未出生（《神谱》行455）。青铜时代的凡

---

① 此处的错误，指诸神创造的黄金种族太像诸神而缺乏凡人的本质。——译注
② W. J. Verdenius,《〈劳作与时日〉的结构和立意》（"Aufbau u. Absicht der Erga"），第129页，注4。
③ 参色诺芬,《居鲁士的教育》II.iii.9-10。

人同样与诸神相似，但却是与先前一代的诸神相似。一位古注家称他们为巨人族（《神谱》行143b）。他们"可怖且四肢强壮"（δεινὸν καὶ ὄβριμον），正如科托斯（Cottos）、布里阿瑞俄斯（Briareos）和古厄斯（Gyas）是"巨大而四肢强壮的"（μεγάλοι τε καὶ ὄβριμοι）；他们"粗蛮不化"（ἄπλαστοι），正如盖亚与天神乌拉诺斯的三个儿子有"粗蛮不化"（ἄπλαστοι）的手臂；他们有"威力难当和无敌双臂"（μεγάλη βίη καὶ χεῖρες ἄαπτοι），"从粗壮的身躯上的肩膀长出"（ἐξ ὤμων ἐπέφυκον ἐπὶ στιβαροῖσι μέλεσσιν），这同样适用于拥有五十个脑袋的百手神（《神谱》行147-153，671）。当然，不同之处在于，他们虽全然是人类的身形，但他们像上一代的诸神一样难以驯服。① 当赫西俄德说到青铜时代的凡人"不食五谷"（οὐδέ τι σῖτον ἤσθιον，行146）时，他暗示了人类是如何被驯服的。无论这一诗行是否意味着青铜时代的人类以捕猎或其他方式谋生，它都暗示他们不会耕耘土地。② 劳作是对人类肆心的纠正。③ 白银时代凡人的"无所事事"（ἀτάλλων）导致了他们对神的肆心（hybris against the gods），青铜时代凡人的无所事事造成他们对自身的肆心（hybris against themselves）；④ 如果劳作抑制了第一种肆心，正义的劳作便抑制了第二种肆心。因此，正义随着英雄时代的到来而被引入，然而英雄仅有一半属人。全然属人且完全正义似乎是不可能的。⑤ 如果人类打算向他们的英雄祖先看齐，某种其他的事物就是必要的。那就是第四

---

① Wilamowitz，《赫西俄德的〈劳作与时日〉》（*Hesiodos Erga*），第55页。
② Wilamowitz，《赫西俄德的〈劳作与时日〉》（*Hesiodos Erga*），第147，151页。
③ 参柏拉图《法义》，835d8-e1；狄奥多罗斯（Diodorus Siculus）I.14 (18)；莫西翁（Moschion）残篇7N,11.23,39；A. Steitz，《赫西俄德的〈劳作与时日〉》（*Die Werke und Tage des Hesiod*, Leipzig, 1869），第64页。
④ 后者指青铜时代的凡人缺乏正义而沉迷战争，自相残杀。——译注
⑤ 参柏拉图《法义》853b4-d4。

部分所揭示的——城邦。①

如果让赫西俄德暂时以柏拉图的方式说话，那么我们可以这样总结前三个时代的缺陷：黄金时代缺乏爱欲（erōs），白银时代缺乏心智（nous），而青铜时代则因血气（thymos）过剩而受到影响。白银时代纠正了黄金时代的缺陷，但引发了新的缺陷，而青铜时代同样修正了一个缺陷但又陷入新的缺陷。英雄时代达到了完美的平衡，但人类若不想失去其神性部分，便需要与诸神持续不断地交流。赫西俄德似乎想表明，人作为人，必然是不完美的存在。生育使人需要劳作，劳作是必要的，此外劳作也可以抑制人的肆心。正义对于人类容忍匮乏（scarcity）也是必要的，毕竟匮乏最初是由生育带来的。但是，因为正义在人类身上似乎显得过于脆弱，赫西俄德必须证明正义是一位女神（行256）。可以说"正义女神"（Δίκη）取代了英雄们的半神性。②正义女神使人类与神分离，但人类仍与神保持联系。他们与诸神相联系不再主要是因为和诸神有相同的形象（eidos），而是因为他们现在服从于诸神。现在惩罚来自"天上"（οὐρανόθεν，行242）。羞愧女神（Aidōs）和复仇女神（Nemesis）将会返回诸神行列，这表明她们并不像好的不和神那样深植于大地（行197-201）。复仇女神是不和神的姐姐（《神谱》行223），但羞愧女神没有起源。谱系的缺失令人想起《神谱》中的缪斯未能提到好的不和神；但羞愧女神如此遥远，她的起源对人类来说始终是模糊的。羞愧是对神的敬畏的本质（崇敬而非赞美），它表明，一旦神不再展现

---

① "城邦"（πόλις）出现在行189（该行可能是伪作，但可参W. J. Verdenius,《〈劳作与时日〉的结构和立意》["Aufbau u. Absicht der *Erga*"]，第133页，注1），行222、227、240、269、527；在行527城邦与"乡区"（δῆμος）联用，指一个地区而不是一个政治共同体，"乡区"在行261有其本来的含义；"民人"（λαός）出现在行222、227、243、652、764、768，行652中它的意思为"军队"（host）。

② W. J. Verdenius,《〈劳作与时日〉的结构和立意》（"Aufbau u. Absicht der *Erga*"），第132页。

他们之所是，他们就会变得神秘莫测（参《神谱》行535，199-206）。①在赫西俄德那里，诸神从未像他们有时对荷马笔下的英雄那样对人是"可见的"（ἐναργεῖς，行223，255）。因此诸神对人的关注（concern）不再显而易见（参行273）。人类要信服诸神的关注，则需要相信言辞，即赫西俄德的言辞。只有赫西俄德能通过缪斯了解诸神（行483-484，661-662；《神谱》行31-38）。佩耳塞斯必须倾听赫西俄德，才能听到正义的声音，而不是众人的声音（行29）。②赫西俄德开始用神罚威胁佩耳塞斯和王公。他扮演了一个复仇神的角色，他预言黑铁时代的毁灭为这一角色做了铺垫。此时他显得像个"预言家"（vates）。宙斯则显得像正义本身。③

赫西俄德先讲述一个针对王公的寓言（行202-212），接下来转而向佩耳塞斯说话，直到行248-264才再次说到王公，而王公在余下的诗篇中未再出现。④赫西俄德不知为何注意到了王公。一只老鹰抓住了一只夜莺，夜莺可怜兮兮地叽叽喳喳时，老鹰也宣示了自己的强力："我让你去哪就去哪，枉你是个歌手。"（行208）夜莺没有回答老鹰：它的歌声不足以对抗蛮力。如果无法直接求助王公，赫西俄德必须试试对佩耳塞斯歌唱，因为佩耳塞斯不过是王公的谄媚者，他与王公的联盟随时可能破裂。赫西俄德勾勒穷人与富人之间的差异便是为了让佩耳塞斯承认自己劣于王公（行213-216；参行319），这令人联想到梭伦（Solon）对克罗伊斯王（Croesus）所说的话。⑤梭伦说，富有但不

---

① 参 Aratus Solensis,《星象》(*Phaenomena*)，第100-105行。

② 参 Wilamowitz,《赫西俄德的〈劳作与时日〉》(*Hesiodos Erga*)，第213，275页。

③ R. Peppmüller, *Hesiodos*, Halle: Verlag der Buchhandlung des Waisenhauses, 1896, p.167.

④ K. v. Fritz,《赫西俄德作品中的"赫西俄德风格"》("Das Hesiodische in den Werken Hesiods", Genève: Fondation Hardt, 1962)，第41-45页。

⑤ 参希罗多德,《历史》，I.32.6。

幸的人比起中等富有但幸福的人只有两个优点，他们更有能力实现自己的愿望，并更有能力承受住巨大灾难（ἄτη，"祸害"）的冲击。赫西俄德认识到，即使巨大的权力使人对正义视而不见，但世上的佩耳塞斯们并不会与拥有这种权力的人们有任何相同之处——这就好比是小偷与僭主之间的区别；① 此外，如果赫西俄德可以向佩耳塞斯们表明，他们自身的利益取决于他们城邦的共同繁荣（行240-247），他就可以在佩耳塞斯们与王公之间制造分裂，然后利用这一新形成的"民众"（dēmos）威胁王公（行260-264）。② 勤劳且团结的民众犹如宙斯的三万个守卫者（行252-255），是正义有力的看守者。只有通过城邦，才能阻止佩耳塞斯与王公的行为，并使他们各归其位。每个城邦都必然是民主的，但并非严格意义上的，而是因为任何政制都必须是"人民的"，必须得到公民的同意、忠诚和服从才能持久。③ 城邦之中不公正的程度总是有限度的，不仅像佩耳塞斯这样的个人，也包括统治者自身，都受制于这一限度。同意的基础最清楚地表现在宣誓上（行219，282-285）。

本质上具有分裂性的不和神，无论是好的不和神还是坏的不和神，

---

① 参柏拉图，《理想国》348d6-9。

② 如果 εὐεργεσίας ἀποτίνειν（《奥德赛》22.234）意为"（用恩惠）偿还恩惠"，ἀποτείσῃ ἀτασθαλίας（行260）也可理解为"（以恶行）报复国王的恶行"，这最符合语境，说正义女神向宙斯汇报"以便（或直至）人民因为国王的恶行而付出代价"是无稽之谈。因为国王的恶行是他们对人民不公正的判决，而不是他们彼此之间可能犯下的罪行。"无论国王犯什么错，受到惩罚的都是希腊人"（quid quid delirant reges, plectuntur Achivi）与这里并不相关。此外，根据这一观点，也不清楚为什么赫西俄德要对国王们说"要留心这一点，端正言辞"（ταῦτα φυλασσόμενοι ἰθύνετε μύθους，行263），更不用说行265-266，因为人民的痛苦不一定会影响国王的运道。对佩耳塞斯说的话（行231-247）强调的是城邦的统一（因此出现行240-247），与对国王说的话不同（正如行248的 καί 所示），因为必须以不同理由说服国王遵循正义。

③ 参希罗多德，《历史》，III.80.6。

都被她的兄弟所取代（《神谱》行231-232）。誓言神（Ὅρκος）的出现，以及他围绕诸神的旨意所要求的一切，解释了为什么战争最初作为一种灾难出现，现在则是对不正义的惩罚[①]（行14-15，229）。坏的不和神孕育引起纠纷的言辞，从她的角度，战争看起来像灾难，誓言神关注违背誓言的行为，从他的角度看，战争是一种惩罚（参《伊利亚特》4.155-162；11.73-77）。在诸神之中，唯有誓言神始终居于人类之间，因为他司掌正义与不正义的言辞。正义与不正义的言辞不同于真实与虚假的言辞。梅特兰写道：

> 人们可能希望，对真理的尊敬在历史进程中持续增加——但在我看来，正因如此，对誓言的尊敬逐渐减少。我们认为我们应该讲真话，但这一义务如此严格，以致没有任何裁决、禁令可以使它更严厉。把誓言仅仅当作一个誓言敬畏，现在是道德低下的标记。在古代并非这样：对上帝的呼求关系重大；人们不会发伪誓，尽管会随意撒谎；撒谎与伪誓之间有一条鸿沟。[②]

《希波吕托斯》（Hippolytus）的诗行——"我的舌头发誓，但我的心灵没有发誓"（ἡ γλῶσσ' ὀμώμοχ', ἡ δὲ φρὴν ἀνώμοτος）——甚至能导致欧里庇德斯被控告不虔敬，表明这里必须重视宣誓的重要性。[③]

赫西俄德最终给予"老鹰"的答案是，宙斯给予人类正义，从而将人类与动物区分开，而正义最基本的含义是遵守自己的誓言（行

---

① W. J. Verdenius，《〈劳作与时日〉的结构和立意》（"Aufbau u. Absicht der Erga"），第165页。

② F. W. Maitland, *The Constitutional History of England*, Cambridge: University Press, 1908, p.116；参柏拉图，《法义》；西塞罗，《论职责》III.31（111-112）。

③ 希罗多德记录希腊人与野蛮人习俗间的第二个差异，与他们发誓的方式有关（参希罗多德，《历史》，I.74.5）。

279-285）。因此，《神谱》中誓言神的诞生紧接在"不虚假与真实的涅柔斯（Nereus）"的诞生之前似乎并非偶然。涅柔斯从未忘记"法令"（θέμιστες），并通晓正义和温和的忠告（行233-236；参《劳作与时日》行264，275）。那么，赫西俄德的答案否定了王公寓言的基础，即动物能够说话，从而推翻了王公的寓言。当歌手夜莺回答老鹰时，说话的实际是赫西俄德。阿里斯塔克斯（Aristarchus）删去了两行老鹰的话，理由是不应当让一个"无言辞的"（ἄλογον）动物说出"观点"（γνῶμαι），尽管这在文本上是错误的，但在深层意义上却是正确的（行210-211）。动物不会说话，或者如果动物能说话，它们也不发誓，因此它们并不知道正义。亚里士多德说，人是政治性的动物，因为人会说话。"动物之中只有人拥有言辞（logos）。声音是痛苦和愉快的标志，因此其他动物拥有声音（因为它们的本性已经发展到拥有对痛苦和愉快的意识，并能相互表明这些意识），但言辞是用来表明有利和有害的，因此也表明正义和不正义以及其他东西。"[1]赫西俄德的正义是"在集会上讲正义的话"（τὰ δίκαι' ἀγορεῦσαι，行280），王公们的不义在于他"颠倒是非地讲话"（δίκας σκολιῶς ἐνέποντες，行262）；的确，赫西俄德对王公们说，"端正言辞"（ἰθύνετε μύθους，行263），"言辞"（μύθους）不仅仅是如维拉莫维茨所说的"无可指摘"（blameless），而且是正义之辞（mot juste，"正确的措辞"）。人与野兽共有的暴力，仅仅是人类不义的一部分；人类独有的部分在于言辞："或借口舌强取，这种事多有发生"（ἤ ὅ γ' ἀπὸ γλώσσης ληίσσεται, οἷά τε πολλὰ | γίγνεται，行322-323；参行220，710）。在《被缚的普罗米修斯》（Prometheus Bound）中，暴力（bia）是沉默的，而在阿里斯托芬的《云》中，相争辩的并非正义与不正义，而是正义的言辞与不正义的言辞。因此，潘多拉的制作现在有了更深的含义。《神谱》没有提到诸神在制作潘多拉时赋予她言辞能力（《神谱》

---

[1] 参亚里士多德，《政治学》1253a9-18。

行 571-584）；赫尔墨斯（Hermes）没有起任何作用。但《劳作与时日》中，宙斯命令赫尔墨斯给潘多拉灌注"无耻之心"（κύνεος νόος，行 67），赫尔墨斯将这一命令解释成谎言和骗人的言辞（logoi，行 78），① 赫淮斯托斯被命令给潘多拉注入"人的声音"（αὐδή，行 61），但在执行过程中我们看到赫尔墨斯将"声音"（φωνή）及意义模棱两可的名字给了潘多拉（行 79-82）。② 命令与执行间的差异并非在于"人的声音"（αὐδή）与"声音"（φωνή）之间有任何差异，③ 而在于赫尔墨斯连接了言辞与思想（参行 280-281；《神谱》行 262）。"正义女神"（Δίκη）的母亲是记忆女神的姐妹（《神谱》行 135），她向宙斯报告不义之人的"心中所想"（νόος），因此，民众（dēmos）也许会惩罚那些"图谋不轨"（λυγρὰ νοεῦντες）、宣布歪曲裁决的王公。言辞可能比形象（eidos）——传令官赫尔墨斯比陶匠赫淮斯托斯——更多地将人与神相连，因为最能区分人与神的是是否缺乏言辞和思想（参行 102-104；《伊利亚特》15.80-82）。尽管斯威夫特（Swift）笔下的"慧骃"（Houyhnhnms）认为人类主要的缺陷在于他会说"那些莫须有的东西"，但赫西俄德仍然认为谎言具有某种神性。毕竟，缪斯正如她们自己所吹嘘的，能把谎言说得犹如真实，赫西俄德也认为一个月的第六天适宜生男，尽管这天诞生的人"喜欢挖苦，谎言、巧言令色和私议"（φίλεοι δ' ὅ γε κέρτομα βάζειν/ ψεύδεα θ' αἱμυλίους τε λόγους κρυφίους τ' ὀαρισμούς，行 786-787）。所以，分有同一种能力的潘多拉确实是"美好的不幸"。她甚至以滥用言辞揭露人类的

---

① 这里故意没有提到《神谱》中的一段话。赫西俄德在描述赫淮斯托斯为潘多拉制作的头饰时（《神谱》行 581-585）指出，头饰上有许多精雕细琢的野兽（κνώδαλα），"看起来仿佛能说话的动物"（ζῴοισι ἐοικότα φωνήεσσιν）；参《神谱》行 830-835。

② W. J. Verdenius，《〈劳作与时日〉的结构和立意》（"Aufbau u. Absicht der Erga"），第 162 页。

③ Wilamowitz，《赫西俄德的〈劳作与时日〉》（*Hesiodos Erga*），第 11 页，行 77-80。

本质：赫西俄德只在短语"人的声音和气力"（ἀνδρώπου αὐδὴ καὶ σθένος，行61）使用过单数的"人"（ἄνδρωπος）。①

一旦赫西俄德建立起言辞和思想之于人类的首要地位——部分通过诸神，尤其通过誓言神，部分通过城邦——他便为自己胜过佩耳塞斯做好了铺垫："我将对你好言相劝，佩耳塞斯，因为我懂这些而你只是一个蠢人。"（行286）②这是佩耳塞斯第一次但不是最后一次被称为"蠢人"（νήπιος，行397，633）。③赫西俄德迄今已通过威胁抑制了佩耳塞斯，现在则能够开始命令他（行298，316，367，403，536，627，687）。他和佩耳塞斯不同。各方面最优秀的人依靠自己理解一切（赫西俄德），但听从善言者的人也是好人（佩耳塞斯应该如此）；若一个人既不依靠自己理解也不听从他人（佩耳塞斯实际如此），他便是无用之

---

① "赋有言辞的人类"（μερόπων ἀνδρώπων）这个短语出现在行109（黄金时代），行143（青铜时代），行180（黑铁时代），此外没在赫西俄德诗中其他地方出现过（在《理想国》469a，柏拉图把这个短语归于《劳作与时日》行123）。肆心（Hybris）出现在白银时代，可能也表明了言辞等级更高。我所知的关于言辞和正义的类似分析，唯有莎士比亚的《亨利六世》中篇：在那里，言辞被阅读和写作替代，不正义则表现为对法律形式的滥用或无视。国王"书呆子的统治"（bookish rule）是中心主题。杰克·凯德（Jack Cade）作为叛乱的领导人，下令焚烧所有的记录，而他的"嘴将代表英国议会"，他对名叫赛伊的爵士（Lord Say）说：

你建立了一所文法学校，这是最败坏国内年轻人的；在此之前，我们的祖先除了计数和记分之外，根本没有其他书本，而你却印刷成书，还违背国王的王权和尊严，设立一座造纸厂。我要径直向你指出，你任用了许多人，让他们大谈什么名词、动词，以及那些基督徒的耳朵所不能忍受的。你还任用了许多司法官，他们动不动就把穷人们召唤到他们面前，把一些穷人无法回答的事情当作他们的罪过。（见《亨利六世》，7.35-48。[译按：中译文参考《亨利六世·中篇》，第四幕第七场，《莎士比亚全集Ⅴ》，章益译，北京：人民文学出版社，2014，第1633-1634页]）。

② Wilamowitz,《赫西俄德的〈劳作与时日〉》（*Hesiodos Erga*）中对行286的解释。

③ 参E. Meyer,《赫西俄德的〈劳作与时日〉和人类五纪神话》（"Hesiods Erga und das Gedicht von den fünf Menschengeschlechtern", in *Genethliakon Robert*, Berlin: Weidmannsche Buchhandlung, 1910），第162页，注1。

人（行293-297）。赫西俄德命令佩耳塞斯劳作（行298-316）。劳作是第二好的人所做的事，赫西俄德自己却不再劳作（《神谱》行22-23）。他作为诗人歌唱。第五部分是全诗的核心，因为它将赫西俄德与佩耳塞斯区分开来，由此将那些知者与不知者区分开来。[①]第五部分揭示出人类的巅峰超越了劳作的必要性，[②]但这一巅峰只有借助赫西俄德发现劳作在宙斯神意中的位置才会出现。赫西俄德反对那种认为功劳和回报不一致的普遍观点。劳作确实能带来富足，因为宙斯是正义的守卫者，让人们可以在城邦内享受自己的劳动成果（行287-292），并因此排除了长期享受不正义行为果实的可能性，这些不正义的行为是游手好闲的副产品（行320-334）。但正义的力量的根源之一在于人类的言辞，赫西俄德作为缪斯的学生，已经将言辞提升到神曲的水平（参行662；《神谱》行32），他同时超越了劳作与匮乏的领域，建立了劳作与富足为神所佑的一致性。凭借对这种一致性的知识，赫西俄德置身于这种一致性之外："缪斯宠爱的人有福了"（ὃ δ' ὄλβιος, ὅν τινα Μοῦσαι φιλῶνται,《神谱》行96-97）。《劳作与时日》以先上升后下降为特征。赫西俄德以神罚威胁王公和佩耳塞斯，并表明了正义的政治基础在于誓言，之后很快到达了全诗的高峰。可以说，赫西俄德自己的道德权威随着正义呈现为女神而上升，直到他作为佩耳塞斯必须遵从的一个有知的统治者站出来。此时，赫西俄德在他自己身上结合了缪斯宠爱的两种最高的人的类型：诗人和国王（《神谱》行75-103）。当宙斯养育的国王凭借

---

① H. Diller,《赫西俄德〈劳作与时日〉的诗歌形式》("Die dichterische Form von Hesiod's *Erga*")，第63-64页。

② 参 L. Strauss, "The Liberalism of Classical Political Philosophy", *Review of Metaphysics*, vol. 12, n.3, Mar., 1959, pp.402-404。赫西俄德通过在航海部分展示他自己的行动，以表明他与劳作的分离，航海只是农业的一种替代选择（行646-663），他富有诗意的勇气比起从事农业的安定，更像是人们在海上所承担的风险；参见贺拉斯（Horace）C.I.3。利润与风险一样成正比："利上加利"（επὶ κέρδει κέρδος,行644）取代了"劳作再劳作"（ἔργον ἐπ' ἔργω,行382）。

知识（ἐπισταμένως，"熟练的"；参行107）平息公共争端，通过正直的"审判"（δίκαι）裁决"法令"（θέμιστες），以温和的言辞说服，缪斯就使国王言语甜蜜。诗人与国王的目的不同。诗人通过赞美幸福的诸神和先辈著名的事迹，使人们忘记悲伤和痛苦。缪斯分派给某些国王践行正义的任务，分派给诗人安慰人类苦难的任务。但目前缺少这样的国王，赫西俄德就接管了国王的任务，但他也没有抛弃自己的任务。赫西俄德嘱咐佩耳塞斯做必须做的劳作，同时歌唱劳作的原因和劳作带来的富足。正义与诗歌如今结合在一起，并对劳作的必要性提供了双重安慰。如果察觉到诗人们很少是宙斯养育的国王或王者诗人，并且诗人和国王的结合只出现在赫西俄德《劳作与时日》的虚构中，雅各比（Jacoby）追随埃尔杰（Elger）在《神谱》中发现的难题就立即解决了。如果人们愿意的话，可以说这是一个犹如真相的谎言，但它是一个最高贵的谎言。

佩耳塞斯必须劳作并保持沉默。就连他接近诸神也只能通过劳作："敬拜永生神们"（ἔρδειν ἱερ' ἀθανάτοισι θεοῖσιν，行336）。他必须默默地用祭酒和祭品安抚诸神，因为赫西俄德还没有提到祈祷（参行465，724-726，738）。立法的赫西俄德与顺从的佩耳塞斯之间的对比，完全主导了第六部分，这一部分除了赫西俄德自己的命令，几乎没有提到言辞（行367；但参见行370-371），因为此处没有提到城邦，主题也属于私人事务；事实上，此处诸神只出现了一次，而且是作为赫西俄德建议的替代（行379；参行479-492）。一旦城邦、言辞和诸神的界域——劳作与私人生活就可以在其中存在并获益，并从中获得支持——被明确，那么，它们就不怎么需要明确出现了。赫西俄德自己就足够了。第六部分的主题是家庭调节，分为5个容易辨识的小节：1.行342-353，邻居与朋友；2.行354-360，赠礼；3.行361-369，积蓄；4.行370-375，"信任"（πίστις）；5.行376-380，家庭。① 第六部分在很大程度上关注的是情感，即一个人必须发挥影响或被影响的适当程度：《劳作与时日》中只有在这里才出现"友爱之心"（φίλον ἦτορ，行360），只有在这里人才欣喜于人（行353，358；参行58，487），只有在这里人才欢笑（行371；参行59）。如果一个人早晚向诸神献祭，诸神就会对他仁慈，这一部分呈现了与这样的神相对应的人（行340，354-358）。不过，比起亲戚，这一部分更侧重于邻居与朋友（行345，370-371；参行184，707）；比起遥远的希望，更侧重于当下的好处（行364-367）；比起依靠宙斯，更侧重于依赖自己的资源（行376-380；参行320）。诸神已经退去，甚至变得些许陌生。在这方面，这一部分令人想起迷人却可怖的《伊利亚特》第六卷，该卷第一行就宣布了诸神的离去（参《伊利亚特》6.297-312），并提出了两种理解诸神离开的方式。人与人的对抗，就体现于下列两种情境：要么像阿克绪罗斯（Axylus）死去，对人友善，"他的家傍大道，热情款待过往客人"（πάντας γὰρ φιλέεσκεν ὁδῷ ἔπι οἰκία ναίων），死时却没有一个人为他挺身而出（《伊利亚特》6.12-17；参行37-65）；要么像格劳克斯（Glaucus）和狄奥墨得斯（Diomendes）那样友好且热情地交换盔甲（χρύσεια χαλκείων，"用金盔甲交换铜盔甲"，《伊利亚特》6.236）。赫西俄德赞同格劳克斯和狄奥墨得斯，但他十分谨慎，因为如果一个人付出的比接受的多，那是为了未来考虑（行350-351）。毕竟，人作为人能够仁慈的领域是很有限的。物资匮乏，人不可能大肆挥霍（行368-369）。赫西俄德因此在结尾呼吁佩耳塞斯回归"现实"，即需要无尽的辛劳："就这么做：劳作，劳作再劳作"（ὧδ' ἔρδειν, καὶ ἔργον ἐπ' ἔργῳ ἐργάζεσθαι，行382）。促成这一呼吁的是诗人对女人与家庭的提及（行373-380），佩耳塞斯已经了解到，当前男人的苦难首先来自女人

---

① 参 W. J. Verdenius，《〈劳作与时日〉的结构和立意》（"Aufbau u. Absicht der *Erga*"），第144-148页；H. Diller，《赫西俄德〈劳作与时日〉的诗歌形式》（"Die dichterische Form von Hesiod's *Erga*"），第65-66页。

与家庭。第六部分是"劳作的命令"（第五部分）和"关于劳作的忠告"（第七部分）之间重要的插曲。考虑到它开头的突兀，这是一个超出预料的恩惠，是赫西俄德作为统治者和诗人的恩惠。

第七部分标志着《劳作与时日》真正的下降。宙斯现在不以正义之父的身份出现，而是作为一位天神出现（行415-416，488，565，626，676）。不过，即使当赫西俄德关注宙斯的第一种职能时，他也指出了宙斯的第二种职能，因为那些将宙斯描述为天气与季节的主宰的修饰词只出现在前三百行："天上打雷的"（ὑψιβρεμέτης，行8），"喜欢鸣雷的"（τερπικέραυνος，行52），"聚云的"（νεφεληγερέτης，行53，99），"发出巨响的、大打雷霆的"（βαρύκτυπος，行79），"看得远的"（εὐρύοπα，行229，281）。仅仅在表明宙斯正义之后，赫西俄德现在才能证成这些"传统的"修饰词。① 宙斯的双重职能必然结合在一起。如果没有正义的宙斯，一个人的劳动成果便不能属于自己；如果没有"掌管季节的（seasonable）"宙斯，人类劳动的成果永远不会被收集起来（参行242-247）。② 这一部分模仿月份分成12个小节（参行504，557），蕴含着季节性和时间性，同时不确定性逐渐增加：航海的风险比耕作大得多（参行641-642），而婚姻更甚于航海。③ 在赫

---

① 赫西俄德在行220-224改写了《伊利亚特》16.384-392荷马的比喻，其中回避了宙斯惩罚的方式。

② 赫西俄德没有提到河流是灌溉的源头（参《神谱》行346-348），只说河流是神圣的（行737-741，757-759），因而，宙斯对农业是必不可缺的；参希罗多德《历史》II.13.3；《创世记》II.5；U. Cassuto, *A Commentary on the Book of Genesis*, Jerusalem: Magnes Press, 1961, p.104, pp.114-116。

③ 参W. J. Verdenius,《〈劳作与时日〉的结构和立意》("Aufbau u. Absicht der *Erga*"), 第148-152页。12个小节分别是：行383-413，序言；行414-447，秋天；行448-478，十月至十一月；行479-492，十二月；行493-560，冬天；行564-570（译按：原文似有印刷错误），二月至三月；行571-581，五月；行582-596，六月；行597-608，七月；行609-617，九月；行618-694航海，行695-705，婚嫁。注意"适时的"（ὥριος）、"合时节的"（ὡραῖος）、"时刻"（καιρός）在这里共出现12次：行392，394，422，492，543，617，630，642，665，694，695，697。（后有缺失）

西俄德那里，没有任何类似机运的东西，风险的增加意味着知识的减少。尽管存在航海的技艺，但赫西俄德的航海经验甚少，他所知道的大都源于缪斯的教导（行649-662）；[1]但即使是缪斯也没有传授他婚姻的技艺。缪斯对赫西俄德比对苏格拉底吝啬，毕竟缪斯还向苏格拉底歌唱了结婚的周期数。[2]赫西俄德仅仅知道要成为丈夫和妻子必须的年龄；相较于婚姻，他对航海知道更多。然而，赫西俄德对航海技艺的掌握又远远不及耕作：赫西俄德知晓马车各部分具体的尺寸，以及必须用何种木材制作（行424-436；参行456-457）。耕作所具备的更大确定性取决于两个条件：极具规律的天象——昴宿星总是隐藏四十天（行385），以及人对仆人和动物的统治性地位。赫西俄德现在允许佩耳塞斯而不是他自己发号施令（行502，573，597，766；参行459）。唯独赫西俄德能够有资格命令类似佩耳塞斯的公民，佩耳塞斯只能够命令他自己的仆人。赫西俄德现在称富人为"有福的"（μάκαρες），而没有使用任何"男人"（ἄνδρες）之类的同位语（行549；《伊利亚特》11.68），也许是为了表明人已经变得多么自主；因为白银时代的人类此前被称为"极乐凡族"（μάκαρες θνητοί，行141），而英雄现在生活"在极乐岛上"（ἐν μακάρων νήσοισι），此处大地为他们一年三次结果（行171）。尽管人类在宇宙的框架中能够行使一些控制权，但这一框架并不能很好地满足人类的需求以至于人类可以无视诸神（行638-640，718）。人可以观察星象知晓月份和季节，但没有外在的帮助就无法知道时日。人不能仅靠自己了解神圣之物。人类知识的减少意味着人类将更依赖诸神的意愿（行482-490，665-669）。有关神圣禁令的第八部分内容——"当心触怒永生的极乐者们"（εὖ δ' ὄπιν ἀθανάτων μακάρων πεφυλαγμένος εἶναι，行705）是大的宙斯（一年）与小的

---

[1] H. Diller,《赫西俄德〈劳作与时日〉的诗歌形式》（"Die dichterische Form von Hesiod's *Erga*"），第66页。

[2] 参柏拉图《理想国》545d7-547a7。

宙斯（日子）之间的必要联系（行756；参行750-752）。属人的祭仪对应天体的规律运动（参行724-730）。

第八部分类似于第六部分，但它所处理的不是"家庭事务"（τὰ οἰκεῖα）而是"适当"（τὰ πρέποντα），不是"财产"（property）而是"礼仪"（propriety）（参行722）。禁令显示的是何种行为才是适当，遵奉禁令并不一定带来什么好处，禁令只是规避坏事。禁令指出的是人类可能性的下限，而不考虑上限。如果一个人喝酒时将执壶挂在调酒缸上（行744-745），"厄运"（μοῖρα）便会伴随他，但他不这么做，也并没有实在的好处。第六部分的忠告与此非常不同，一瓶酒刚开启与将尽时要慷慨，中间要节省（行368-369）。"开启""中间""结尾"作为三个位置分别指向经济上的审慎，在第八部分被"在上"与"在下"的神圣位置所取代。禁令暗示了某种严苛和强迫，人们服从它们是出于对惩罚的恐惧（行706，741，745，749，755，756，762）。现在我们又回到了坏的不和神的领域，凡人出于诸神的意愿而必须敬畏她（ὑπ' ἀνάγκης / ἀθανάτων βουλῆσιν，凡人迫于神意，行15-16）。诸神在第六部分中缺席，在这里则出现了。这一部分以神的报复开始，以宣称"传言"（φήμη）也是一位女神结束。[①]凡人现在的选择更少。第一个教令是不要把朋友当亲兄弟（行707）；之前类似的劝告是宁愿依靠朋友和邻居而不是亲戚，甚至和兄弟交易也要有证人在场（行342-345，371）。值得注意的是，亲戚（relations）被称为"有必然关系的"（οἱ ἀναγκαῖοι）。现在赫西俄德考虑的是，若朋友虚情假意，该如何双倍报复（行709-711）。友谊基于正义，而非基于爱（行712）——"承欢神"（Φιλότης）是誓言神的姐妹（《神谱》行224；参《伊利亚特》3.256）——而如我们所见，正义既指向行为，同样也指向言辞（行709，710）。第八部分的第

---

① 参Mazon,《〈劳作与时日〉概述》对此的解释；W. J. Verdenius,《〈劳作与时日〉的结构和立意》（"Aufbau u. Absicht der *Erga*"），第154页，注1。

一节（行707-714）呼应着第六部分的第一节（行342-353），因此关于宴请的第二节（行715-723）令人想起第六部分关于给予的第二节（行354-360）。但第六部分"无声的给予"在这里被"言辞"取代。不要被人称作"滥交"（πολύξεινος）或"寡友"（ἄξεινος，行715），不要欺辱好人（行716），不要因为人贫穷而予以斥责，因为贫穷是"极乐神"（μάκαρες）的赐予（行717-718）。① 先前赫西俄德建议给予要"适度"（μέτριος，行349-351），现在则建议言辞上要适度（行719-721）。给予和接受先前被理解为一个人与另一个人之间的行为——"一对一"（μόνος πρὸς μόνον），但现在言辞暗示着一种更大的关联（association），而且赫西俄德谈到了众人共享的宴会（行722-723）。宴请和交谈的双重主题转向了圣洁和对神的祈祷（行724-726），而圣洁随后成为第三节的主题（行724-743）。由于这一部分始终把众神理解为惩罚性的，所以并不认为人与神具有相同的"形象"（eidos），而是认定人与神不同，人本质上的不洁最好地体现出这种不同。人之所以充满排泄物，因为他吃喝拉撒，尽管神也做相同的事，但似乎他们的不朽使他们解脱了排泄物（行735-736；参《奥德赛》7.208-221）。凡人生长，但诸神不会（行742-743），"双手和双脚永远有力"（αἰεὶ δὲ πόδας καὶ χεῖρας ὁμοῖοι，行114）。诸神是美的，而凡人最多只能期望是洁净的。② 凡人必须夜以继日地向诸神隐藏他的污秽，只有这样做他才是虔诚的（行730-732）。我认为，此处比任何地方都强调了人类与居于高处的诸神相比之下的卑微，但这对赫西俄德来说仅仅是一种部分真实。③ 在全诗最中心的部分可以找到对这一部分真实的修正，赫西俄德在那里说自己"深明事理"（πεπνυμένα

---

① Wilamowitz,《赫西俄德的〈劳作与时日〉》（*Hesiodos Erga*），第130页。
② 参希罗多德,《历史》，II.37.2。
③ 参柏拉图,《帕默尼德》（*Parmenides*）130b7-d2。

εἰδώς，行731），其含义与此处虔敬的人很是不同。① 除非将最后四部分视为从第五部分的高度下降，否则第八部分的"迷信"必定被认为是伪作；② 但这无视了人的区别之大。③ 这个世界既有赫西俄德，也有佩耳塞斯，既有"明理者"（ὁ ἴστωρ），也有"众人"（οἱ πολλοί）（行763，768，792，814，818，820；参行826-828）。④

第四节再次处理适当（propriety），即物品的合适放置（行744-759）。⑤ 第四节从物品的角度强化了第三节的主题。人类不仅要使自己

---

① 戈特琳（Goettling）认为"圣洁和洁净"（ἁγνῶς καὶ καθαρῶς，行337）分别指心灵的纯洁和身体的洁净，如果他是对的，这里没有提到心灵的纯洁就值得注意：人仅仅是不断消耗和排泄的身体。即便行740"若有谁经过河流，未净手去恶"（ὅς ποταμὸν διαβῇ κακότητ᾽——ἰδὲ χεῖρας）指心灵的纯洁，那也是就身体而言的；但行740通常被认为难以理解。可笔者疑惑的是，是否可以将"邪恶"（κακότης）理解为"污秽"（κάκκη）（参阿里斯托芬《和平》行162古注："污秽：代替'邪恶'，而且听起来不好"，κάκκης· ἀντὶ τοῦ κακίας· ἔχει καὶ τὸ κακέμφατον）；参 Eustathius of Thessalonica, *Commentary* on the *Iliad*, 950, 954)，并且"未净去恶"（κακοτητ᾽ ἰδὲ χεῖρας ἄνιπτος）是否就是"手被颜料弄脏"（χεῖρας ἔχων κύπρῳ κεκακωμένας）的委婉说法（euphemistic hendiadys）。用属（genus）代种（species）是委婉用语的特征，例如行759的"大解"（ἐναποψύχειν）。

② H. Diller,《赫西俄德〈劳作与时日〉的诗歌形式》（"Die dichterische Form von Hesiod's *Erga*"），第68页。

③ 此处的英文为 but this is to disregard the great range which man occupies，意指世间存在各种品质的人，不仅有像赫西俄德那样"深明事理"的人，也有像佩耳塞斯这样"无知"的人。若将第八部分的"迷信"视为伪作，便忽视了人的多样性。——译注

④ 关于时日的这一部分，似乎以另一种方式暗示了人的高度和深度。人首先被置于与动物同等的位置，机灵的蚂蚁被比作男人，蜘蛛被喻为女人（行776-779）；接着男人与植物区分开来，女人却与植物联系在一起（行782-785）；接下来，阉割群居的牲畜与巧言令色的男性——这与女人十分相像（行78）——联系在一起（行785-789）；阉割非群居的牲畜的日子，则在最适宜生育智者的日子之前（行790-794），这就超越了性别分化（参行811-813）；而生女的好日子则与动物的驯养联系在一起（行795-799），这一天又先于最佳的婚嫁日（行800-801）。

⑤ W. J. Verdenius,《〈劳作与时日〉的结构和立意》（"Aufbau u. Absicht der *Erga*"），第152-153页。

的污秽远离诸神，还必须远离不洁或污秽的事物，就像他们不能嘲弄神圣事物一样。除了献祭所提供的指引（ἱεροῖσιν ἐπ' αἰθομένοισι，"焚烧祭物"，行755），一些神圣事物仍然是模糊的（ἄιδηλα，"不可见的"，行756）。人类需要隐藏自己，这对应着诸神并不完全显露自己。凡人对诸神的无知并非完全由于故意的愚昧：甚至缪斯都包裹在迷雾中（《神谱》行9）。诸神的隐匿这一事实导致人类不得不依赖谣言和传说（行760-764）。"传言"（φήμη）是一位女神和一种力量，就是因为凡人不知道神的意愿（参行268，273，209）。① 凡人知道年份却不知道时日和它们的名字（行765-828）。

第九部分也是最后一部分，其中关于时日的内容揭示了言辞作为"传言"（φήμη）的重要性，正如第四部分把言辞揭示为"誓言神"（Ὅρκος），第五部分把言辞揭示为理解。第一部分至第五部分从"名声"（φήμη）提升至"心智"（νόος），中间通过"劳作"（ἔργον）、"正义"（δίκη）、"誓言神"（Ὅρκος）、"故事"（λόγος）；第五部分至第九部分由"心智"（νόος）下降至"时日命名"（ἡμερῶν ὀνόματα），中间通过"命令"（ἐφετμή）、"劳作"（ἔργον）、"无知"（ἄγνοια）和"传言"（φήμη）。② 赫西俄德借由缪斯的帮助，通过歌唱超越了劳作的领域；当人们试图在没有任何帮助的情况下超越劳作时，他们无法上升到比"传言"（φήμη）更高的地方。他们无法超越关于白日的"传言"（φήμη），因为黑夜属于诸神（行730；参《神谱》行56-59）。赫西俄德一开始时说他将向佩耳塞斯叙述真相（行10），结尾却说很少有人能说出时日真实的名称（行

---

① 参希罗多德，《历史》II.3.2：他对比了"属人事务"（ἀνθρωπήια πρήγματα）和"传说中的神"（τὰ θεῖα τῶν ἀπηγημάτων），另参《历史》II.46.3-4，IX.91.1；柏拉图，《法义》838c8-d2。

② 对比行280-281"谁在集会上肯讲自认公正的话，远见的宙斯会带来幸福"（εἰ γάρ τίς κ' ἐθέλῃ τὰ δίκαι' ἀγορευσαι γιγνώσκων, τῷ μέν τ' ὄλβον διδοῖ εὐρύοπα Ζεύς）与行826-827"有福而喜乐的人啊，必通晓这一切，劳作，不冒犯永生者"（τάων εὐδαίμων τε καὶ ὄλβιος, ὅς τάδε πάντα εἰδὼς ἐργάζηται ἀναίτιος ἀθανάτοισιν）。

818）。真实现在成了道听途说：他们说（φασιν）复仇女神三姐妹在第五天照护了誓言神的诞生（行802-804；参《神谱》行306）。第三十天最适合监督"劳作"（ἔργα），"每当人们领悟真相的名字[①]并遵守它（行768）"。真相和言辞一样意义不明确，行动（doing）则和前两者一样含混。"就这么去做"（ὧδ' ἔρδειν）可以通向号召人们无止尽的劳作（行382），也可以通向警告提防凡人的可怕传言（φήμη，行760）。尽管这部诗真正的标题应该是"行动与言辞"（Ἔργα καὶ Μῦθοι），但"与"（καί）并不是简单地连接了两个异质事物。行为根植于言辞——无论谁发假誓都会受到惩罚；言辞也根植于行为——一个人向诸神祈祷时要祭祀。诸神是言辞和行为的交汇点。缪斯歌颂宙斯，他使得凡人（如时日般）"被人所称道"（φατοί）和"不被人所称道"（ἄφατοι）（fasti nefastique，"吉日与凶日"），同样也使得凡人清晰和模糊。

虽然赫西俄德提到一个月的三十天，但他并没有对全部三十天都做出解释。他没有完全解释一个月，而是反复提及某些日子，填满了一个月。但一个月仍有九天难以解释：第二天，第三天，第十八天，第二十一天，第二十二天，第二十三天，第二十六天，第二十八天，第二十九天（或第二十七天）。这九天无常（ἀκήριοι，"无害的"），且没有任何征兆，但它们有各种阐释且很少人知道它们（行822-825）。人们几乎对一年中约三分之一的日子一无所知。这些日子没有显示宙斯的神意。赫西俄德尝试揭示宙斯的正义，将之应用于佩耳塞斯和自己，而赫西俄德能够解释的日子完全支撑这一尝试。宙斯的正义最初被展现为与一个人的报应（deserts）吻合。他若劳作则亨通，他若偷懒则受惩罚。但第九部分表明劳作不足以确保最重大的亨通。劳作是件好事，也是件坏事（参行311，317-319）。劳作既如"美好又邪恶"（καλὸν κακόν）的潘多拉，又如希望一般。一个人也许诞生于不吉利的日子。他也许命

[①] 例如知道"第三十天"（τριηκάς）的名字。

定劳作，因为他命定不会歌唱或变得智慧（参行314）。如果第三部分的教诲是，人类必然是不完善的，那么第九部分的教诲便是，并非所有人都能达到他们的不完善所可能达到的完善。赫西俄德向佩耳塞斯表明，他自己的更高等级——因此他有权统治和命令佩耳塞斯——是宙斯赋予的等级。赫西俄德可能诞生于第二十天，这天降生"心思缜密的"（μάλα νόον πεπυκασμένος）智者（行792-793）；也许诞生于第七天，那是阿波罗的生辰，而歌者源于阿波罗（参行771；《神谱》行94）；也许诞生于第六天，这天出生的人言语诱人（行785-789）。① 无论如何，佩耳塞斯也不能反抗赫西俄德作为他导师的地位。佩耳塞斯不能嫉妒他。歌者只与歌者竞赛，正如陶工与陶工竞赛，歌者与陶工之间不可能有竞争（行25-26）。命运并非盲目和冷漠的偶然，而是神青睐或不青睐的标志。骰子兴许被灌了铅，但它们是由宙斯灌了铅。② 于是，赫西俄德在确立宙斯的正义同时确立了他自己的正义。"名声"（φήμη）和真实一样彰显了宙斯的正义。

作者简介：

伯纳德特（Seth Benardete），美国著名古典学家和哲学家。20世纪50年代于芝加哥大学求学期间与布鲁姆（Allan Bloom）、罗森（Stanley Rosen）等师从施特劳斯。自1965年起任教于纽约大学四十年，多做古希腊哲学和文学的研究与翻译。他的学养和著作在古典学界有很高声誉，被古典学学者（如Harvey Mansfield和Vidal-Naquet）视为美国当代最伟大的古典学者之一。代表作有《苏格拉底的再次起航》《情节中的论辩》《生活的悲剧与喜剧》《道德与哲学的修辞术》《发现存在者》《美之在》等。

---

① P. Walcott, "The Composition of the Works and Days", in *Revue des Études Grecques*, 1961, p.14 n.1.
② "给骰子灌铅"（load the dice）便能控制掷骰子的结果，比喻结果已事先注定。——校注

译者简介：

黄怡，上海大学比较文学与世界文学研究生。通讯地址：上海市宝山区上大路99号上海大学；邮编：200444。

审校者简介：

彭磊，中国人民大学文学院副教授。通讯地址：北京市海淀区中关村大街59号人民大学文学院；邮编：100872。

学术访谈

有关政治与治疗、静止与混合歌舞表演的一场对话*

罗伯特·威尔逊、弗雷德·纽曼 著
理查德·谢克纳 主持
惠子萱 译 闫天洁 校

内容摘要 2002年2月11日，在美国戏剧教授理查德·谢克纳的主持下，当代先锋戏剧导演罗伯特·威尔逊与弗雷德·纽曼展开了一次对谈。谈话内容围绕何为戏剧、戏剧中文本与表演的平衡、动作与静止间的张力，以及戏剧与政治、治疗之间的关系展开，二人还对美国戏剧与东方哲学思想之间的相关性提出了富有启发意义的看法。

| **关键词** 戏剧 政治 治疗 静止 混合歌舞表演

---

* 原文载于Richard Schechner and Dan Friedman, "Robert Wilson and Fred Newman: A Dialogue on Politics and Therapy, Stillness and Vaudeville," *The Drama Review*, Vol.47, No.2(Autumn., 2003), pp.113-128. 本文为国家社科基金重大项目"中外戏剧经典的跨文化阐释与传播研究"的阶段性研究成果（项目编号：20&ZD283）。本文所有的注释皆为译者注。——译注

Robert Wilson and Fred Newman: A Dialogue on Politics and Therapy, Stillness and Vaudeville

Robert Wilson　Fred Newman

Moderated by Richard Schechner

Abstract: On February 11st, 2002, the American theatre professor Richard Schechner hosted a conversation between the avant-garde contemporary theatre director Robert Wilson and Fred Newman. The conversation centered on the constitutions of theatre, the balance between text and performance, the tension between action and stillness, and the relationship between theatre and politics and therapy. The two also offered enlightening insights into the relationship between American theatre and Eastern philosophical thought.

Key words: theatre; politics; therapy; stillness; vaudeville

谢克纳：这两人是谁？他们为什么要进行对话？这并不是一个可以简单回答的问题，事实上，我也不打算回答。我的出现只是为接下来的对谈做一个铺垫，而我能做的就是概述出他们在表演理念上的异同。

如果你从20世纪70年代中期（甚至更早）就开始关注先锋派、歌剧（opera）[①]和西方剧场，并有幸看到罗伯特·威尔逊的早期作品，你

---

①　opera来源于法国文艺美学家路易斯·阿拉贡（Louis Aragorn），阿拉贡于1970年观看完威尔逊的代表作《聋人一瞥》后，深为震撼，他说道："六十位表演者'毫无声息，只有动作'，如此静默之作，'既不是芭蕾，也不是哑剧或戏剧'，如果一定要归类，只能说它是'无声歌剧'（silent opera）。"法国的其他评论家也步其后尘，索性将威尔逊此后的所有类似作品都称作"歌剧"，理由是："歌剧（opera）一词来自'作品'的拉丁词根，而他所做的正是'戏剧作品'。"（拉丁文

一定会对他的风格非常熟悉。罗伯特·威尔逊的作品享誉全球,不管是出于个人选择还是某种需要,从某种意义上说,他就是全球化的先驱。但在过去,美国无法为威尔逊作品的庞大规模提供资金资助,因此他大部分作品的资助资源都来源于全世界的不同地区,演员也是来自世界各地,他横跨几大洲进行创作,并在各种国际场所进行表演、展出。

威尔逊的作品是华丽的、奢华的、宏大的,但如果追溯至20世纪60年代和70年代初,你会发现他作品的思想来源和他一贯被压抑的世界观的形成与心理治疗方面的一致性。在他的工作坊和诸如《聋人一瞥》(*Deafman Glance*,1970)、《给维多利亚女王的一封信》(*A Letter for Queen Victoria*,1974)和《沙滩上的爱因斯坦》(*Einstein on the Beach*,1976)等成名作中,威尔逊与身患残疾的年轻艺术家一道工作,如雷蒙德·安德鲁斯(Raymond Andrews)和克里斯托弗·诺尔斯(Christopher Knowles),他们是聋哑人、自闭症患者,但他们并不平庸,威尔逊给予他们发声的权利,给予他们地位和尊严。

在职业生涯后期,威尔逊开始与海纳·穆勒[①]合作,他们二人于1986年在纽约大学制作并在美国首演的《哈姆雷特机器》(*Hamlet-*

中以opus指艺术作品,这个词至今在英文中使用);美国戏剧教授玛利亚·谢弗索娃(Maria Shevtsova)则认为,威尔逊的作品具有"音乐性",他善于将语言、声音和音乐融为一体,注重作品的节奏、音高、音质、音调和声音的抑扬顿挫,即便是单一的声音也不忽略,因此她将威尔逊的作品称为有别于轻歌剧和其他音乐剧的"大歌剧"(grand opera)。参见 Henry Sayre, *The Object of Performance: The American Avant-Garde Since 1970*, Chicago: University of Chicago Press, 1989, p.xx; Maria Shevtsova, *Robert Wilson*, pp.42-43。

① 海纳·穆勒(Heiner Müller,1929—1995),继贝托尔特·布莱希特之后德国最伟大的剧作家,他的作品善于将诗意与政治相结合,创造出游离在现实与超现实之间的独特艺术风格,代表作有《哈姆雷特机器》(1977)、《任务》(*The Mission*,1981)等。

machine)是我迄今为止所见过对这部复杂作品改编的完美演绎,它至今仍存活在我的记忆中。威尔逊曾与许多世界级的艺术家共事,包括菲利普·格拉斯(Philip Glass)、卢·里德(Lou Reed)、汤姆·维茨(Tom Waits)、劳里·安德森(Laurie Anderson)和杰西·诺曼(Jessye Norman)。尽管他经常上演自己原创的实验性作品,但他仍重视西方现代戏剧的经典剧目,如易卜生的《当我们死去的人苏醒时》(*When We Dead Awaken*, 1991)和斯特林堡的《梦剧》(*Dream Play*, 1998)都被他改编和搬演。从过去到现在,他持续在多种不同的艺术类型——戏剧、歌剧和视觉艺术——中展开工作。

弗雷德·纽曼的作品则以另一种规模在曼哈顿格林威治街的卡斯蒂略剧院(Castillo Theatre)内的私密空间中制作。除了上演自己的作品外,纽曼也曾执导海纳·穆勒的作品,由于穆勒同这两位导演的紧密关联,他可能会被认为是今晚谈话的"缺席者"。纽曼曾与编舞家比尔·琼斯(Bill T. Jones)合作出演《共产主义安魂曲》(*Requiem for Communism*, 1993),此外,他还对彼得·韦斯(Peter Weiss)的《马拉/萨德》(*Marat/Sade*, 2000)进行了全新的改编与诠释,我觉得非常有趣。

与威尔逊营造的"梦境"(dreamscapes)和"视觉杰作"(visual masterpieces)不同,纽曼的作品是一种"后期现实主义"(latter-day realism),他更为关注普通人在日常生活间(如果也存在政治上和社会上的挑战)的互动。但我认为,纽曼在卡斯蒂略剧院创造的那种广泛意义上的表演更为重要。如果说威尔逊作品的合作者是众多精英——从著名艺术家、富商,到偏爱古典主义的艺术赞助者,那么,纽曼的合作者更多来源于大众阶层。正如我所说,卡斯蒂略剧院的人都是些缺乏资金的奇才,他们在街头呼吁,挨家挨户筹款,采取了新鲜、直接的营销方式。

纽曼通过艺术实践、心理治疗、影像媒体资料和各种政治活动,在卡斯蒂略剧院中建立起个人威望，此外，由于他和莱诺拉·富拉尼[①]以及某些左翼人士的密切关系，一种饱含叛逆情绪的政治倾向也常贯穿在其作品中。事实上，当我开始准备这场主持人的发言时，我很想知道如果威尔逊的资助者与纽曼的合作者见面，并公开讨论艺术、政治、资金和社会秩序，会发生些什么。以财富为矛的社会精英与饱尝贫困的激进主义者之间会发生什么碰撞呢？也许我们会在这儿听到相关讨论。

威尔逊和纽曼的生活经历有显著差别，他们的戏剧也如此。威尔逊出生在得克萨斯州的韦科市（Waco），纽曼则来自纽约北部的布朗克斯（Bronx）。威尔逊的作品规模宏大，是形式主义的，[②]纽曼的戏剧关注平凡生活中的普通人。威尔逊的舞台充满"慢动作"，此外，他还创作歌剧，制造出歌剧景观（operascapes），纽曼刻画了穷人和无家可归者的愤怒和痛苦。威尔逊是先锋戏剧中的实验者，但他从不关心"政治"，他在政治上是空白的，而在我看来，纽曼在戏剧上是保守的，政治上却相当激进。

我们也许会在二人对话中看到社会精英与激进主义者之间的碰撞，我使用"也许"这个词，是因为这种说法可能会遭到质疑。"先锋主义"（avantgardism）在多大程度上是一种政治宣言？政治激进主义（political activism）又在何种程度上算得上一种先锋性行为？也许二者

[①] 莱诺拉·布兰奇·富拉尼（Lenora Branch Fulani,1950— ），美国心理学家、政治活动家。在1988年的美国总统选举活动中，她作为新联盟党候选人成为首位获得五十个州选票的非裔美国女性。

[②] 在威尔逊的戏剧舞台上，形式主义/形式化指一种人物情感持中立、克制，舞台布景强调形式特征的表现手法和艺术风格，用非文字、非语言的视听觉手段如沉默、肢体表演、时空构型与灯光变换来唤起观众情与知的艺术概念。威尔逊将自己视为形式主义者，将他的戏剧称作形式主义戏剧，其核心观念是：首先是形式的思想，即一种抽象的思维方式，其次是要构建形式的语言。参Miguel Morey and Carmen Pardo, *Robert Wilson*, New York: Distributed Art Publishers, 2003, p.197; Maria Shevtsova, *Robert Wilson*, p.29。

存在相交和矛盾之处，我希望今晚来共同探讨。这两位艺术家都从心理疗法中获益良多，也就是说，他们认为心理治疗和其他类型的治疗不仅仅是为病患服务的，也是一种构建个人和社会现实的手段。他们都对戏剧的传统惯例发起冲击，威尔逊一贯依赖的"形式性"（formality）现在被普遍接受，所以"形式"不再是古典意义上的先锋，虽然它曾经是激进的。我记得威尔逊在布鲁克林音乐学院创作的那些早期作品，演出结束时礼堂里只剩下15或20个人，（因他作品冗长）人们曾不愿等太久。但是，当然，现在人们想要入场看他的戏就得排很久的队。纽曼挑战戏剧传统的方式是，将作品置于卡斯蒂略剧院的漫长议程中，我的意思是，卡斯蒂略剧院是集社会、政治、治疗环境于一身的包罗万象的实体，是一个包含所有戏剧人在内的社群共同体。① 威尔逊和纽曼都从一个整体的、全球的视角处理戏剧，而他们与那些"为艺术而艺术"之外的人、事、物的联系，将会如何反过来影响他们的创作？我诚挚地希望，与他们二位合作的伙伴——演员、技术人员、资助者、观众——也是他们谈话的一个重要方面。威尔逊和纽曼上一次公开谈话是在1987年，内容已经发表，其中一部分收录在安妮·博加特（Annw Bogart）关于威尔逊的戏剧《鲍勃》（*Bob*, 1998）中。

现在让我们进入下一环节。

---

① 当代美国先锋戏剧的内部一直具有一种高度自觉的社群精神和共同体意识（community），剧院内部没有明显的等级划分，导演、编剧和演员都可以成为创作者，身份平等，共享学习和工作的时间。这种共同体精神最初来源于美国先锋戏剧的开端——黑山学院，欧洲的流亡艺术家将德国包豪斯学院的团体协作精神带入美国的先锋艺术。诸多学者对美国先锋戏剧中的共同体精神有着精彩的论述，如批评家保罗·古德曼（Paul Goodman）指出："当今的先锋派（20世纪50年代及之后）最重要的是社群的物质重建，人们主动展开双臂拥抱自己、他人和周围的艺术家，这是解决异化最简单的方式。"这种构建艺术共同体的愿景能够创造艺术家和观众之间一种新的关系，这种关系往往先从熟人间的小圈子中形成。参Paul Goodman, "Advance-Guard Writing 1900-1950", *The Kenyon Review*, Vol. 13, No. 3, 1951, pp.357-380。

纽曼（以下简称纽）：首先，我想说的是，我是你（译者按：指威尔逊）的忠实粉丝，你对我的工作产生了巨大的影响。过去十余年里，我作为布朗克斯电视脱口秀的联合主持人曾组织了众多访谈，这些访谈以各式各样奇特的方式（包括受访者）就我的戏剧作品和剧场工作方式展开了一系列讨论。如果今天也是一次这样的访谈，依然是我来采访你，我很想听听你对戏剧工作的看法。

我想问，你认为戏剧是什么？每当我自己写新戏时都会思考这个问题，换句话说，问题的核心在于：人们为什么要创作戏剧？也许这个问题看上去有些肤浅，但它却是我不断思考的问题。这并不是说一个人不该进行创作，而是说，只有一个人完全清楚他为何写戏，这种创作观才会深刻影响他在剧场中的所有行为。每当我观看您的作品时，我对自己为何要进行戏剧创作这件事，会有比以往任何时候都更清楚的体会。

威尔逊（以下简称威）：我认为戏剧是一个论坛（forum），这个论坛能够将形形色色的人聚集在一起进行交流。我之所以被戏剧吸引，是因为它汇集了我对建筑、绘画和某些社会问题的兴趣，直到现在我仍然对这些事物保持着兴趣。戏剧中这种倾听和观察的方式能够营造出一种思想图景（mental landscape）。我最初创作时，便对戏剧场面的静止和静止中的动作非常着迷，在布鲁塞尔执导威尔第的《阿依达》（*Aida*，2002）时，我也加入了大量无声和静止场景。也许世界上最难的事情就是站在舞台上，《阿依达》中几乎没有什么动作，只有演员一动不动地站在那里。埃兹拉·庞德（Ezra Pound）在比萨的监狱里曾说，"第四度，静止度/降服野兽的力量"。玛莎·格雷厄姆（Martha Graham）说，"没有完全的静止，总会发生运动"。某些时候，我们静止不动时，反而比在运动时更能体会到动的力量。

事到如今，我仍对无声和静止感兴趣。执导《阿依达》时，我在一开始就和歌手们谈论倾听的重要性。（听）……一个人咳嗽，另一个人咳嗽，接着是空调的声音。这些声音不会反复出现，如果我此刻在听，然后说话，我的话音只是在继续着当下的声音。因此，只要我们还活着，就不能随意开始或结束任何事情。我站着，然后走开，话语还在继续；我在听，我在唱，当我唱歌的时候，歌词在继续。我的下一部作品《卡利加里博士的内阁》(*The Cabinet of Dr. Caligari*, 2002) 将会是一部完全无声的、没有台词的作品。我早期的作品大多如此。

我之所以对戏剧感兴趣，是因为我所做的一切都是非常私人化的。最好的剧作家、导演和演员都是为自己服务的。当然也是为了公众，但首先要考虑自己，只有这样，公众才会被我们吸引。我之前从未学过戏剧，假设我去耶鲁大学、西北大学或其他任何一所专门的戏剧学校学习，恐怕我的作品如今是另一番面貌了。事实上，我在德克萨斯大学主修工商管理，此外我还学了些建筑和绘画。

1967年是我人生的转折点。当时我正在新泽西州塞姆特的一条街上漫步，突然看到一个警察正要用棍子打一个孩子的头，那是个13岁的非裔美国男孩。我问警察为什么要打他，他说"这不关你的事"。我说："没错，但我是一个有责任心的公民，你到底为什么打他？"最后我们三个一同去了警察局，后来我发现这个男孩是一个聋哑人。

长话短说，男孩名叫雷蒙德·安德鲁斯，后来我收养了他，他开始与我共同生活。他从未上过学，也不识字，人们都认为这样的人没法教育，如果没有我，他很可能会被送到收容所。而我的早期作品在很大程度上都深受这个聋哑男孩和他的听觉方式的影响，他教会我用身体去感受声音。说真的，我从来没听过他发出的那种声音。起初我们用分贝测试他的听力，很显然，他什么也听不到，但能看出他确实在认真听。有一天晚上，在位于春街的阁楼里，我对他大喊："雷蒙德！"他没有转身。我知道如果我（跺脚）在地板上跺脚的话，他会因为感觉到声音的震动而转过身来，但我当时做了件奇怪的事，我用低沉沙哑的声音小声说"雷蒙德，雷蒙德……"，他缓缓转过身向我走来。紧接着，我用同样的声音再次小声说"雷蒙德，你好吗？雷蒙德，你好吗？"，他开始大笑，好像在说："嘿，伙计，你怎么会说我的语言！"可见，他的身体更熟悉声音的振动。

我深受哥伦比亚大学心理学系主任丹尼尔·斯泰恩（Daniel Stern）的影响，他曾拍摄过一部母亲在自然情况下抱起婴儿的影片。我们都知道，当婴儿哭时，母亲一般会伸手去抱起婴儿并安抚他。然而斯泰恩调整了胶片的放映速度，让我们一帧帧地仔细观看，胶片的速度慢到像是把一秒的动作分解成24份。如我所说，大部分情况下，婴儿哭泣时母亲的第一反应是冲向孩子，然后母亲通常会做些别的事情，再往后的时间里再做一些别的事情。然而在影片中，在最后那一秒钟的时间里，母子之间发生的事情变得有些复杂。[1]随后，斯泰恩把影片拿给母亲们看，她们感到无比震惊和恐惧："但我爱我的孩子！"这个案例告诉我们，也许身体的运动速度远比我们想象的要快得多。

正是这些事情让我对"静止"感兴趣。我生活在一个有声世界，但雷蒙德更习惯于"看"，这是我们合作的基础。我的第一部重要作品《聋人一瞥》的诞生源于对雷蒙德的观察，他将绘画与梦境相结合的方式，让我有了构思这部剧的灵感。

我的第一部文字作品是和克里斯托弗·诺尔斯合作完成的，他起初

---

[1] 威尔逊曾多次给演员讲述丹尼尔·斯泰恩围绕母婴关系进行的心理学研究：我们通常认为，母亲面对哭泣的孩子是包容的、充满爱意的，但斯泰恩将拍摄的影片调至慢速时，会发现母亲偶尔一瞬间会在脸上透露出对孩子非常嫌恶的表情。参 Arthur Holmberg, *The Theatre of Robert Wilson*, Cambridge: Cambridge University Press,1997, p.97。这项实验结果成了威尔逊许多作品中的素材来源，例如《聋人一瞥》和《莎乐美》（*Salome*，1987）。《聋人一瞥》中，饰演母亲的谢丽尔·萨顿（Sheryl Sutton）用了45分钟表演杀死自己亲生孩子的场景，她左手给孩子喂牛奶，右手握着一把刀，以极度缓慢的动作刺死了自己的孩子。威尔逊认为"慢动作"能够转化为一种精神的恐惧，能让观众体验到"内心时间停止的感觉"，而"对比"的运用则引发多种歧义，如黑与白、生与死、纯洁与罪恶，这些矛盾中有一种奇怪的张力，加速了时间的静止。参 Quadri Franco and Bertoni Franco, *Robert Wilson*, New York: Rizzoli, 1998, p.6。

住在纽约斯克内克塔迪的一所脑损伤儿童学校。我偶然发现了他写的一些奇怪的文字，后来我得知，学校一直试图阻止和纠正他的这一行为，这也是他后来被送进收容所的原因之一。我很不解，为什么要阻止呢？我还想鼓励他，让他做得更多呢。最后我收养了他，正是因为他，我头一次在作品中试着加入"文字"。克里斯托弗将"文字"视为密码，他从不害怕"破坏"文字，我非常感兴趣。无论在舞台上表演还是日常生活中，一旦他所说的和做的事情变得清晰可见了，他就会试图摧毁，然后用这些被破坏或被解构的碎片重建另一种语言。所以对你的"为什么要创作戏剧"这个问题，我的答案就是这些，这些经历对我的剧场美学产生莫大的影响，即便我执导的是《哈姆雷特》或《李尔王》这样的经典文本，它们仍然是我创作的思想根源。

纽：是的，就像我一开始说的，我对这些一无所知。

威：这样很好。我常说，如果你知道自己在做什么，那就别做了。因为没有理由这么做。

纽：没错。海纳·穆勒也曾这样说过，这很有趣。

威：是的，艺术家要做的是提出"这是什么"（what is it），而不是阐述某物应该是什么（what something is）。

纽：对，但我对戏剧的探索就有些政治化了。我组织了一个贫困群体，这些人过去从不参与集会，他们靠领取社会福利和接受心理治疗过日子，如今我把他们聚集在一起形成一个共同体。从20世纪80年代初到现在，这个社群已经壮大到有数百人，他们还想共同创作戏剧，有时候我都不明白他们到底会做些什么。虽然我一直很喜欢戏剧，但在过去我从未写过戏。我主修哲学，曾获得哲学博士学位，但这个群体内的一些人曾经是戏剧工作者，他们排过戏，有先锋戏剧（avant-garde theatre），也有激进戏剧（progressive theatre），等等。当他们重起炉灶时，我虽表示支持，但一度显出疏远的样子，直到有一天他们找到我说："你可以帮助我们吗？我们希望剧场能以某种方式表达出共同体的内涵，或许你可以尝试来表演。"我对他们说："我不知道该怎么演。"他们说："我们会帮你，我们会教你语言，教你台词，教你该说什么。"我说："好吧，我觉得没问题。"

就这样，我们创立了一个剧院，表达我们所想表达的这种共同体精神。剧院的外观非常简陋，现在也是如此。我们开始在舞台上不断演绎抽象的共同体精神，第一部作品是《一场游行：平民妇女，普通女性的伟大生活》(*A Demonstration: Common Women, the Uncommon Lives of Ordinary Women*, 1986)。我之所以参与这场表演是因为他们对我说："不要因为它是一部戏就感到焦虑，想想看，你已经组织30年的游行了。你只需要在室内再组织一场，这就是我们的作品。"我想了想说："好吧，我能搞定。"

所以我组织了一场室内游行。这部剧围绕两个示威群体的会面展开，表演者都不是专业演员，一方群体是领取福利救济的母亲们，另一方是同性恋活动人士，这部剧表现了两方为拥有这片土地的绝对权力而产生的冲突。故事发生在东佐斯街的一座阁楼里，地处卡斯蒂略剧院的第一片场。没有座位，观众能随时进入并参与游行，来自四面八方的人以各自不同的方式进行着示威活动。我时常感到这场质朴和纯粹的游行演出至今仍存在于我们的生活中，虽然已经过去二十年了，但无论我现在做什么，人们还是倾向于认为我当年组织的是一场真正的游行。

威：嗯，这倒是真的。就如同塞尚（Cézanne）说他总是在创作同样的静物画，普鲁斯特（Proust）说他总是在写同一部小说。有一次，一个记者问阿尔伯特·爱因斯坦："爱因斯坦先生，您能重复一遍您刚才说的话吗？"爱因斯坦说："没必要，都是同样的想法。"

纽：都是同样的游行。

威：都是同样的游行。我对戏剧中的政治不感兴趣，我一直认为政治分离了人类，相反，我感兴趣的是戏剧的社会方面。就像我说的，剧场可以是一个论坛，像雷蒙德这样的人可以在其中被看到、听到，1970

年我们在巴黎共同创作了《聋人一瞥》,这部剧的成功标志着我职业生涯的真正开始。

尽管人们总是说海纳·穆勒是一个政治剧作家,但我们第一次见面时我就对他说:"海纳,我认为你的作品不一定是政治的,而是哲学的。"当我在纽约大学与学生一起执导《哈姆雷特机器》时,他们很难理解任何关于匈牙利革命的事情〔译按:指1956年匈牙利革命被苏联镇压〕,他们甚至不知道那意味着什么。海纳曾表达过他对这部由美国小孩参演的戏的喜爱之情,因为其中多少蕴含着一些"理智主义"(intellectualism)。我想,如果他的戏能流传五百年,戏的意义不会被单纯理解为一种政治声音,而是一种哲学声音。人们对匈牙利革命一无所知,但我想也许你有不同的看法。

纽:没什么不同。

威:没有?

纽:很多年前,大概是1987年,我们曾制作穆勒的《记忆的爆炸》(*Explosion of a Memory*),当时《乡村之声》(*Village Voice*)采访我,他们问我:"这是政治剧吗?"我说:"我不这么认为。我认为这是一出以政治为主题的剧,但这并不意味着它就是一出政治剧。"

威:没错,我也是这样处理莎士比亚的戏剧的。[①]

纽:我倒是创作了很多有关政治局势的戏剧,我和穆勒一样喜欢这一点。他的戏剧中常充满哲学观点,而我是试图揭示人类被迫卷入政治

---

① 原文是"Shakespeare",此处指威尔逊导演的《哈姆雷特:独白》(*HAMLET: a Monologue*, 1995)。威尔逊是指他同意纽曼的说法,即他们对某些经典作品(如莎剧,或穆勒的改编本)的再阐释并非仅从政治角度出发,哪怕剧中表达了政治意义,而更多指向一种哲学维度。例如,威尔逊在执导《哈姆雷特独白》时打破了莎剧原作的顺序,文本长度缩减至一个半小时,删除了福丁布拉斯等与战争相关的角色,仅集中表现哈姆雷特思考其人际关系和他在世界上的位置这一漫长的心路历程。威尔逊以《哈姆雷特》第五幕第二场的台词作为开头和结尾(Had I but time...),为剧中的哲学思考提供了框架。参见 Maria Shevtsova, *Robert Wilson*, p.38。

旋涡这一现象，从而使一切显得不那么政治化。政治是个有趣的话题，我个人也非常热衷于此，但在戏剧中，我不想做过多讨论。我不关心政治的意识形态性，我想做的是让人们了解政治的哲学基础，从而使人们的自身行为和思考模式更具哲理性。比如说，我的治疗工作完全是哲学性的，因为哲学能够帮助人们正确处理自身的感情。某种意义上，我的戏剧不具政治性，但我这一生所从事的工作却饱含政治意味，因为它在某种形式上企图实现社会变革，没法通过一部剧去表达什么是"正确"的事情，让戏剧在意识形态维度上充满政治性的行为完全是对戏剧的扭曲。我们思考问题的方式不同，但核心却是一致的。

威：我的工作常被误解为具有治疗作用，其实我对此根本不感兴趣。我与那些被社会排斥的人一同工作，比如克里斯托弗·诺尔斯，但我从未试图去纠正他的行为，我不想改变他身上的任何品质。在克里斯托弗曾居住的收容所中，他们（指收容所里的孩子）常常胡言乱语，"你不能去……艾米丽喜欢看电视……因为……"，我从他们的交谈中得到很多灵感。我一直鼓励他，希望他做得更多，我还告诉他"我们要把它（译按：指克里斯托弗特殊的行为方式）搬上舞台"。但这不是心理治疗，我从没想过告诉他什么行为才是"正确"的。我向这个社会大声地呐喊："别再说'不'了！他们做的有什么问题吗？"我知道这些行为看上去很奇怪，很不寻常，但戏剧的奇妙之处正在于它的可塑性，舞台上可以有很多不同的声音，时间可以被拉长，可以被压缩，我们可以做任何想做的事。你不能在餐馆或大街上这样做，警察会把你关起来，但你可以在剧场里这样做。这也是我对舞台着迷的原因之一。

纽：我很想帮我的治疗小组创作一场表演，去利用戏剧的自由来帮助他们完成他们正在做的事情。

威：去做一些在别的地方不能做的事情。

纽：没错。其实我对卡斯蒂略剧院的那些戏并不熟悉，在我看来，在治疗工作中创作的那些作品更有趣。每周人们都会来，并尝试性地创作一些表演，在排戏中，他们对自己有了更加深刻的认识，甚至发现自己不同于以往的、具有创造新事物能力的另一面。在我从事三十余年的治疗工作中，戏剧和治疗越来越密切地融合在一起。这非常有趣，你刚才所说的对戏剧创作的看法和我基本一致。

表演已成为我最大的爱好，我喜欢各种类型的表演。我的朋友，也是我的合作者——洛伊丝·霍尔兹曼（Lois Holzman），多年前我们第一次相遇时，她正在洛克菲勒大学工作，专门研究儿童行为。她研究的那些孩子大部分来自贫困地区，要是在校外，他们看起来非常聪明，可一旦进了校园，就显得愚笨。这种情况令人诧异。霍尔兹曼和我一同思考这个问题，我们研究了著名苏联心理学家列夫·维果茨基（Lev Vygotsky）的理论，维果茨基对表演非常感兴趣，我们尝试将他的理论拓展到表演领域，把人的某些行为与表演模式联系在一起，阐释出行为能够赋予人某种身份，让人更加了解自我的身份认同。我强烈主张将表演加入我们在学校和在课后的学业计划中，这虽与戏剧有相异之处，但在某些方面，我认为与你的某些戏具有相关性。

威：是的。

纽：我认为，给人们表演的机会，这一行为充满政治意味，但并非意识形态驱动下的政治，而是哲学视域下的政治。我帮助人们表演他们并不熟悉的东西，让他们加深对自我的了解。

威：这就是我青睐形式主义戏剧的原因之一。在我看来，戏剧完全是人为的，如果你不承认这一点，那戏剧就是一个谎言。我经常觉得，我在舞台上看到的都是谎言。你要知道，一个演员要想在舞台上展现完全的"自然"是完全不可能的，它总是人造的结果。就像你所说的，通过表演去接近真相，了解真实的自己。

我常对演员说的一句话是："我不信，我不相信你，阿依达。我不知道为什么。你必须得做点什么好让我相信你。"尽管它总体上说是人为的，但这个声音，这个动作，这个姿势，演员的一举一动，都得以真实为基础。我触碰这只玻璃杯（伸手触摸玻璃杯），感受到凉意，这是真实。我触摸我的前额（伸手触摸前额），感受到暖意，这也是真实。我可以表演，但它必须基于真实的东西。我发现越是人为的表演就越接近真实。

纽：之前你谈到了声音（sounds）和沉默（silence）。你如何处理声音、沉默和语词含义之间的关系？

威：一个事物周围的留白越多，这个物体就越重要。如果我在这只手上画满了线（快速地在手上涂鸦），然后我用这只手再画一个点（慢慢地用手在空中做点状移动），很显然，这个点比手上的线条要大得多，因为它周围有更多的空间。对我来说，戏剧首先是一件事，然后再是一百万件事，如果不是关于一件事的，那就不好办了。表演《哈姆雷特》这类的文本尤其需要记住这一点。在这之后，你可以选择忘了它，但这件事就像是一面棱镜，能折射出许多东西。我常对演员们说："为了你自己，请学会简化。"首先，在脑海中把表演想象成一件非常简单的事，然后顺其自然，再让它复杂化，但最终还是要返璞归真。从倾听到沉默，表演在文本周围提供了一种精神空间。我的工作总是从一本空白书页或一个简单的头脑开始——从零开始。

你已经为一部剧奋斗了几个月，但现在你必须这样做。你要走到舞台上说："我到处碰见的事物都在谴责我，/鞭策我起来复仇！……/天大的榜样在教我呢：/看这支多么浩浩荡荡的军队，/统领是一位娇生惯养的小王子，/神圣的雄心鼓起了他的精神，/断然蔑视了不能预见的结局。"我能每天都背出这段台词。但这是《哈姆雷特》，总会有不同，也总是不同，因为唯一不变之事就是变化本身。我们必须对此保持开放的心态，才能不断询问自己："我在说什么？这是什么？"当然，你有想法，你有情绪，你有感觉，但你一定不能过分坚持它们。你必须给予它们空间，正如海纳所说："给'理智主义'一个空间。"给个发问的空间："我在做什么？（发出尖叫声）我在说什么？"这就是我创作的原因。

在某些方面，我的戏剧更接近动物的行为。当一只狗跟踪一只鸟时，它的整个身体都在倾听。（表演一只狗的行为）它不是用耳朵或脑袋听，而是用整个身体在听，包括眼睛。

1971年，我住在加拿大不列颠哥伦比亚省的一个小木屋里。那是一个寒冷的冬天，四周冰山连绵，我待了三个半月。一天晚上，天已经黑了（一天只有两三个小时是白天），我隐约听到一个声音，我打开手电筒，只见一头灰熊缓慢地走进了小屋。我们俩对视了很长一段时间，双方都很紧张，它一动不动，我也一动不动。过了很久，我们俩都放松了一点，但仍然死死地盯着对方，最后它终于离开了。这件事让我体会很深。正如克莱斯特（Kleist）所说："一个好的演员就像一只熊，熊永远不会主动攻击，所以你该有足够的耐心等它离开。"你想观察狗是如何跳跃的，但你无法看见它准备跳跃时的姿态。不！肌肉紧绷，它忽地跳了起来。（像一只狗那样跳）所有的一切都发生在一瞬。

纽：如你所说，我指导演员们如何演戏时，第一件要紧事就是告诫他们不要过于沉浸于角色。我想帮助他们学会塑造场景——无论是单人即兴表演还是大的戏剧场面——使他们能够在某个具体维度上深入角色，但是又完全重塑了角色。我们总是被一些事物所定义，实际上，只有我们自己能够决定自己。我们很容易陷入事物的连贯性中。

威：是的，我们总是想得太多了。

纽：（演员）应该避免连续不断地陷入角色，这就是我目前越来越想做的事。你也是这样工作的，不是吗，你与这种传统几乎背道而驰。我的体会是，你的作品虽节奏缓慢，但却蕴藏着一种几乎无法察觉到的运动。我很想帮助演员打破传统表演的惯性和状态，让他们在表演的过程中无需依赖任何东西就可以进入角色。

威：当然了。

纽：如何进入角色便不再是个问题。

威：没错，根本不是问题。

纽：但有一点，角色之外的东西该如何体验？

威：是的。如何体验？体验是一种思维方式。我在德国工作了很长时间——实际在纽约也很久——而德国演员就想得太多了。你知道，他们的头就像，（尖叫）啊！他们的大脑就像，（尖叫）啊！他们一直在思考。思考，思考，不停地思考。不！不！我把手抬起来，我能感觉到什么？我的身体内藏着一些东西。这是一种思维方式。这就是为什么我说我的戏更接近动物行为。猎狗追捕鸟儿的时候，它的整个身体都是有意识的，而不仅仅是这儿（指了指头）。

我最近看了玛莎·格雷厄姆的一些照片——她太美了，令人难以置信。不管她演什么都很自然，就像个婴儿。哪怕是沉重的、非常戏剧性的角色，对她来说也不是难题，她从不把这儿封闭（指着自己的头），她完全是开放的，她能随时和公众交流。当你过于封闭自己，就无法和外界交流，因此需要保持一种开放的心态和思维。对我来说，戏剧显得有些过于"理智"（intellectual）。有时我感觉自己还在上学，像在上高中一样，如果有个演员跟我说话，我必须得先弄清楚这家伙在想什么，我才会有自己的想法，否则没有交流的空间。

纽：也没有表演的空间，我不知道在纽约是否也能这么说，但根据我的经验，你大可不必担心美国演员想得太多。

威：确实如此。如果我问一个德国演员"你能上台表演些什么吗"，他们往往会很惊讶："表演什么？"我说："不知道，什么都行。""但是，到底表演什么呢？"我说："我不知道，随便演些什么吧，任何事情都可以，只要开始了就好，没关系的。"德国演员几乎无法做到。为什么呢？无法完成的原因是什么呢？事实上，你会发现他们在表演动作前都会有个大致清晰的事由或原因，但是我们这些肤浅的美国人，尤其是来自德克萨斯州韦科的美国人——

纽：或者南布朗克斯。

威：——我们做一件事情无需任何理由。我站起来做些动作，但我从不想为什么要这么做，这意味着什么。你可以开始做某事，然后寻找原因，或者你可以从原因开始，最终形成某个结果。因此，从大的方面来看，无论你是德国人还是美国人，都没有什么区别。我认为美国的戏剧更接近远东，比如东方哲学，但在欧洲，尤其是德国，他们更像是希腊人。

有一次，我和杰西·诺曼（Jessye Norman）一起表演，表演结束时，她拿了一壶水，把水倒进一个玻璃杯里（说着威尔逊便从他和纽曼间的桌子上拿起一壶水，把水倒进旁边的玻璃杯里。水溢出了杯子，流过桌子，洒落在舞台地板上）。诺曼一直倒水，水从杯中溢出，流过桌面，再洒在地板上，她哼唱着《奇妙的恩典》（Amazing Grace），大幕落下。第二天，一个德国记者问我："她为什么不断倒水？"我无话可说，我也不知道该说些什么。她又不停地问我："到底是什么原因呢？她为什么一直倒水？"等问到第三次的时候，她明显有些不耐烦了。克里斯托弗·诺尔斯当时与我在一起，他这么回答，"没有理由"。他是对的。这个动作，这件事本身就充满了意义，但如果强行赋予它另一个意义，就会限制我们思考其他事情的可能性。

我认为这种思维方式对美国人来说可能更容易些，因为我们更接近一种禅宗的或与之类似思维模式的哲学体系。但欧洲人与希腊哲学有更为紧密的联系，后者基于另一种思维。

纽：你说得没错，美国戏剧更近似于禅宗的风格，但我认为它同时也与滑稽讽刺剧有着某种类似，毕竟，打翻水也是一种滑稽的动作。

威：是的，贝克特的《等待戈多》（Waiting for Godot）和《快乐的日子》（Happy Days）在某些方面与歌舞杂耍表演异曲同工。《快乐的日子》中，舞台大幕一拉开，你会看到一个女人将脖子埋在沙子里，就像个禅宗信徒。我有两只手，我的左手和右手并不相同，手上的线条不同，其功能也不同。这是一个整体。没有地狱就没有天堂，没有冬天就没有夏天。

纽：和你一样，我也排演了很多穆勒的戏。我们甚至把到卡斯蒂略剧院看戏的观众称为"穆勒拉蒂"（Müllerati），但他们看穆勒的剧总觉得会有一种被冒犯的感受，实际上，这是剧中的滑稽杂耍元素造成的。我曾与穆勒交流过这个问题，但这是穆勒的心头好，他甚至非常鼓励这么做。

威：当然。

纽：我猜穆勒肯定很喜欢他在美国上演的这些戏。

威：完全正确。

纽：这些戏并不沉重。

威：我没有太多理智层面的负担，我不是知识分子。但穆勒是，他对欧洲的历史文化非常熟悉，我想这或许是我们相互吸引的原因之一。他赋予我一种能量，然而每当他不在时，这种能量也随之消失了。我们是非常要好的朋友，很奇怪，因为我们是如此不同。有一次，我们在哈佛参加会议，有人问："穆勒先生，你能告诉我们威尔逊先生和你有什么不同吗？"他说："哦，这很简单，鲍勃喜欢伏特加，我喜欢苏格兰威士忌。"人们谈及海纳作品时常常忽略他的这种幽默。

纽：我在排演穆勒的最后几部戏时加入了一些歌曲，观众感到不太习惯。其实这些歌曲只是为了配合戏中文字的一些简单小调，我虽也不喜欢，但歌曲的加入使剧情更易于理解。观众无需担心这些乐曲会削弱穆勒戏剧的严肃性，它们仅仅意味着你不用再像以前一样让感情非得一步到位不可。

有人曾这样评价我的早期作品："我之所以产生困惑，是因为我不知道这是纯娱乐，还是我该拿出笔记本严肃地做些笔记。"我从中反思了很多，我一直在努力使戏剧"去理智化"（de-intellectualize），但我是个知识分子，这么做对我来说并不容易。我后来发现通过穆勒的戏有时我能做到这一点，观众也乐于接受。在我刚排演的《日耳曼尼亚3死人的幽灵》（*Germania 3 Ghosts at Deadman*，2001）中有一个历史学家的角色，他在舞台上走过，告诉观众此时舞台上表演的是什么事，有些观众对此不买账，他们说："哦，太糟糕了，太可怕了！"我却觉得这样设计非常聪明，否则观众会不停地思考穆勒到底想表达什么。

威：的确，我认为穆勒的作品就像经典一样坚不可摧。它是一块岩石，你可以把它放在高速路的中间，然后开着压路机碾过去；也可以把它放在好莱坞的游泳池里，放在月球上，穆勒让一部作品有足够多的阐释空间。像《哈姆雷特机器》这样的戏，既可以单人表演，也可以让上千名演员演出。你无法真正洞悉穆勒的心思，他也不会告诉你该如何去做。你拥有宽广的解读空间。在《美狄亚》中，护士一出场就透露了整部剧的走向，除了穆勒，谁还会这样做呢？他的作品是不可摧毁的，我想，他如此优秀的原因正是他从不试图去定义什么是对，什么是错。我们当然知道他肯定有自己的喜好，但他很聪明，他很清楚一旦作品诞生，就不再属于作者了，他让剧本自由了。

纽：是的，他几乎是在请求你破坏一部剧的文本。

威：是的，矛盾越多越好，讽刺是他的惯用手法。他仿佛一直在笑，自始至终都在笑。如果你能听到他亲口朗读这些作品，你会发现他"笑"看一切。

纽：没错。早在1992的《记忆的爆炸》中就有了穆勒的声音。为了这部作品，他专门拍摄了一段视频，内容是他坐在柏林的一处屋顶上朗读剧本。我们把这段录像加入到《记忆的爆炸》中，观众也因此看见、听见他，并有所回应。

观众问答

观众：（对威尔逊说）你的戏有时因"重复"过多而受到批评，你如何确定你不仅仅是对于过去循规蹈矩的重复，你如何分辨哪些是新的体验？

威：嗯，我从来不怕重复自己，这是一种学习方式。有一回，《聋人一瞥》在巴黎演出,查理·卓别林(Charlie Chaplin)来到后台,剧院里有个年轻女演员问他:"卓别林先生,在电影《焦点》(Limelight)中你贡献了一出跳蚤戏,你是怎么做到的?"他说:"亲爱的,我这样表演了45年了。"你从两岁开始演奏莫扎特,直到82岁还在演奏,虽然你一直在学习同样的东西,但你从没真正掌握它,所以不要害怕重复。

但在另一方面,也不能完全重复。我曾创作路易吉·诺诺(Luigi Nono)的《伊娥,普罗米修斯的碎片》(Io, frammento da Prometeo, 1995),这是一部非常复杂精细的剧,光管弦乐队就有九个,然而这部剧给人的整体感受却是——静。我以极微妙的方式处理了时空中不同层次的声音和彼此交织移动的声线。这部剧结束后,我和卢·里德(Lou Reed)合作了《诗》(POEtry, 2000),我非常欣赏里德那极具摇滚质感的硬性声音,他与诺诺完全不同。

我讨厌剧场里的自然主义,所以我说:"好吧,我试试,用自然主义的方式排演契诃夫的《天鹅之歌》(The Swan Song, 1989)。"同年,我和汤姆·维茨、威廉·巴勒斯共同合作了《黑骑士》(Black Rider, 1990),这部剧运用了德国表现主义的表演风格。此外,我还复排了莎士比亚的《哈姆雷特:独白》和《李尔王》(King Lear, 1990),以及弗吉尼亚·伍尔夫的《欧兰朵》(Orlando, 1989)。从威廉·巴勒斯到莎士比亚、弗吉尼亚·伍尔夫,再到契诃夫,通过不同作品之间的对比、对照,每部戏的独特性愈加明显。这些作品的诞生都源于我当时的经历,这远比把精力只放在一部剧上(如弗吉尼亚·伍尔夫的《欧兰朵》)要更让人获得成长。我最初与威廉·巴勒斯合作,后来合作者变成海纳·穆勒,这一转变曾使我很不习惯,他们两人相差太多了,但最终,我竟也发现他们之间的共同点。巴勒斯说:"土豆就是这样捣碎的,曲奇饼干也是这样被碾碎的,股市也是这样崩盘的。"这话听起来就像海纳·穆勒说的一样。

观众：（对威尔逊说）在排演《美狄亚》时我与你共事过，这部剧的台词一半是希腊语，另一半是英语，我很想知道语言在你作品中的地位？

威： 我想做的是贝托尔特·布莱希特那样的史诗剧（epic theatre），没错，一个史诗般的戏剧，就像他本人所说的那样。在我的观念中，这杯水也很重要（指着桌子上的水杯），我可以关掉房间里的灯，只保留一束光线照射着这杯水。某种意义上，光、水和玻璃都是戏剧进程中积极的参与者，它们在剧中不停地变换组合，交错叠合勾勒出戏剧空间的每一层。戏剧可以是一个姿态，一束光线，一种声音，一个词语，一种颜色。戏剧可以是任何东西，并通过"对位"（counterpoint）的方式，将这些不同层级的东西结构化。"对位法"是我在戏剧中的惯用手法，它就像一个"巨型"（hero）三明治，里面有生菜、西红柿和奶黄酱，以及奶酪和火腿，每个食物都有不同的味道，位于不同的区域和位置，你可以根据自己的需要将它们组合，相互补充。文本也是其中的一层，我试图让我们看到的与我们听到的一样重要。

我认为西方戏剧的一个困境是，场面效果图册[①]往往只是一种装饰，是我们在剧场中看到的那些场景的平面插图。安德烈·马尔罗（André Malraux）认为西方戏剧尚未开发出真正适合舞台的场面效果图册，如果我们看看东方、非洲或拉丁美洲和爱基斯摩人的戏剧，看看中国的戏曲，再或是印度尼西亚、印度、日本的戏剧，你会发现戏剧的视觉层面竟如此丰富。如果你是一名能剧演员，你从两岁开始就要学习如

[①] 场面效果图册（visual book）是威尔逊戏剧创作的工作方法，是手绘的戏剧舞台上各个场景的草图。威尔逊排戏前会大致勾勒出一出戏需要哪些场景，场景的空间结构和视觉呈现如何分布，有时会配文字做简短说明。实际上，视觉效果的结构与分布大部分包括的是演员的肢体动作，例如如何站立，姿势与手势如何摆放，身体在移动中如何规划线条。所以，场面效果图册可以被视为一种"姿势语言"（gestural language）。参 Maria Shevtsova, *Robert Wilson*, pp.50-51。

何站在舞台上，学习如何"站"，如何走，站在舞台上和站在大街上可是不同的。你想说什么就说什么，但首先必须学会在舞台上行走。我每年都去巴厘岛，在当地的剧场中，演员要学习数百种不同的视眼动作。这是一种戏剧语言。如果我对饰演阿依达的演员说，"你的眼睛应该长在后脑勺上，保持45度角"，她准会觉得我是个疯子。你去茱莉亚音乐学院，或者我们周围的任何一所学校看看，谁会跟孩子们谈论半天在舞台上如何"站"呢？更不必说如何走了。但演员必须从这些最基本的开始学起，这不是智力层面上的东西，智力是表演的一部分，但表演比这要基础得多。

如果我刚才说的那些元素间的排列组合是恰当的，那么舞台上所见的一切都能够帮助我们更好地"听"，我可以说（大喊）"我想杀了你！"，我也可以（温柔地、面带微笑）说"我想杀了你"。也许微笑比愤怒更可怕。关键就在于，视觉上看到的东西能帮助我们听。眼睛和耳朵是上帝赐予我们与人交流的两种主要方式，但你去那些专业的大学或学院里瞧瞧，那些学剧场设计的人都在做什么。啊，太令人讨厌了，完全就是"剧场装饰"（theatre decoration）！不！不！不！剧场里不该有装饰，剧场应该是建筑性的。

观众：（对威尔逊）作为导演，你觉得你对演员的责任是什么？

威： 我的导演风格是非常形式化的。我曾在纽约大都会艺术博物馆（the Met）执导了《罗恩格林》（*Lohengrin*，1991），如你所知，瓦格纳的音乐节奏急促、快速。那我能否在舞台上设置一个120人的合唱团，让他们充当一面"墙"，随着音乐的推进缓慢向观众的方向移动呢？这种对比凸显出音乐的力量。如果他们完全按照音乐的节奏行进，那戏剧就如同一张湿手纸般毫无张力。把舞台上的一切想象成高中的军乐团，在与音乐不断对抗的过程生成戏剧张力。建筑中的张力也是如此。

我常对演员说："目光能否多注意一下身后？（把手放在脑后）我知

道这很难做到，但身后的空间往往比身前的更重要。我们通常会这样做（朝舞台前方看），因为观众在前方。但你一旦意识到身后也存在着空间，你和观众之间就会形成张力。"拉尔夫·费因斯（Ralph Fiennes）饰演的哈姆雷特很迷人，但并不高贵，因为他的面部表情毫无活力，他从不考虑身后的空间，哪怕他能关注半分钟，他都会成为一个高贵的王子。

无论如何，我只对形式提要求。我做了三十多年戏剧，从不告诉演员应该想什么，从不告诉他们要表达什么情感。我只告诉他们这些非常形式上的、严格的动作和要求。至于演员拿什么来填充形式，那是他们的自由。形式不重要，动作不重要，我给他们的结构不重要，你用什么来填充形式——那才是重要的。为什么那个跳《吉赛尔》的女人就特别美？所有人的步法都一样吗？全取决于她如何填充形式。

我会对演员说："我不相信你。"我也会说："你太过相信自己的决定了，但你没有给我表达的空间。一名演员可以有自己的感受、想法，可以凭自己的意愿去做某些事，但不要太过坚持。每件事都是复杂的，演员需要留出一定的空间，与观众对话。"这就是我的导演方式。我提出形式上的要求，其余的我就不管了。我就像一个建筑师：建筑师建造了一座公寓，你住这里，我住这里，弗雷德也住在这，每个人有自己的房间，但同时我们又共同生活在一个有凝聚力、组织性的巨大结构中，我们用各自不同的方式填充它。好的导演就该这样，你建造了一个巨型建筑，就像一栋大楼，然后你有一群演员，他们以自己的方式、以他们独特的感受、观点和想象力去填充它。

观众：你们如何理解"天赋"？"天赋"是存在的吗？

威：我从没想过这个问题。每个人拥有各自不同的身材和声音，这是怎么形成的？都取决于环境。

纽：我向来从发展而非抽象的个人品质角度去看待"天赋"。我不会去想"这个人能做这个，那个人能做那个"。相反，我关注的是一个演员如何"发展成长"（develop）。在我看来，观众最乐意见到的就是演员的"成长"（如果他们有的话）。你看剧的时候也是这样，看到一个演员的"成长"会感到发自内心的高兴。

（对威尔逊说）我喜欢你作品的部分原因是，演员具有"成长"的身体特征。有的演员动作迟缓，我都不知道他们是否在动，但突然间（或者看起来是这样），他出现在舞台的另一侧。我想我们看到的这些表演（无论在哪个角度）都算得上运动（motion）和发展（development）。演员在舞台上具备身体的成长性，我认为这就是一种天赋。这种天赋包含了从舞台一侧到另一侧的能力，包含了身体、情感、社会和文化层面的所有特点。这对我来说是一件很奇妙的事情，这种能力令我兴奋。有多少人有这种天赋呢？演员被训练到这种程度简直太了不起了。所以我经常把一些舞台经验丰富的人和毫无舞台经验的人放在一起，让他们共同表演。

威：这种做法可以鼓励他们，哪怕他们犯了错，他们也会意识到在剧场里是不用害怕犯错的。

纽：合理地利用这些错误，让它们成为演员成长的动力。

观众：你们在不同的领域工作，但因为对海纳·穆勒的兴趣而聚集于此，能否谈谈你们在排演穆勒作品时的不同之处吗？

威：几年前我和海纳·穆勒在德尔菲参加一个有关希腊经典的会议，我们遇到了一个爱斯基摩女人，她谈到她如何只与三个人（有时甚至两个人）一起表演希腊经典。我问她："你是怎么做到的？"她说："嗯，表演场地的中央有一堆火，舞台上的面具环绕着这堆火，表演者在面具后面，站在不同的位置上。演出的不同时刻，几位演员随之变换身份，可以演主角、对手、合唱队或其他任一角色。"后来海纳对我说，这就是一种力量。后来我们合作时，我为他的文字创造了一种面具。他说这为智性主义创造了空间，赋予表演以张力和力量。

观众：你们排演穆勒的戏，都加入了面具吗？

威：是的，因为他的文本深深植根于某种哲学，所以能够戴多副面具，这也是他的戏剧流传很久的原因。我怀疑若干年后我们的电视节目是否还会有人看。但穆勒的戏剧会因某种哲学性内涵，一直流传下去。当然，他的天赋是永远"笑"对一切，如果我们在执导他的作品时无法和他一起笑，这部剧就没法上演。

观众：关于戏剧资金，我有个问题。我知道卡斯蒂略剧院以小规模制作闻名，但威尔逊先生，你的作品大都是大规模制作，在戏剧预算上，哪种规模的制作方式会拥有更大限度的自由呢？

威：我认为这无关紧要。我们在纽约大学制作的《哈姆雷特机器》只用三千美元，《内战》（CIVIL warS，1983—1985）是三百万。钱就像火，可以给你温暖，也可以杀死你。

纽：这个问题我不太清楚，我在资金上没耗费太多。

观众：我很喜欢你们当下谈话的氛围。我的问题是，对你们而言，在舞台上排戏和用录像带录制戏剧有什么区别，两者之间是否有联系？

威：当你通过录像带摄制戏剧时，你得重新思考这部作品，因为媒介不同了。时间不同，空间则不同。电视和录像资料都是特写镜头，但戏剧现场能迫使观众移动眼球，演员从舞台一侧走到另一侧，他（她）的动作能够吸引所有人的注意力。我若把这段表演录下来，张力就会减弱，因为时空变了。一般来说，录像加快了时间感，但缩小了空间感。我曾使用过这种工作方式，但非常不习惯。我更喜欢现场舞台中时间的可构造性与可塑性。不知道这是否回答了你的问题，我想说的是，录像带是与现场表演完全不同的东西。

观众：我想知道你们对艺术和娱乐表演之间的差异有何看法。

威：我认为这二者差别不大，它们能够而且应该同时进行。正如弗雷德在作品中所展示的那样，当你在穆勒的严肃性文本中增加了面具，想使这部作品变得诙谐，它反而变得可怕。我这么导演《哈姆雷特机器》（用孩子的声音），"我用流血的双手撕碎我爱的男人的照片……"，在场的每个人都笑了。然而，在笑到一半的时候，他们可能会停下来想："哦，我在笑什么？"没有笑声，一切就显得很平淡。（用威胁的声音）"我用流血的双手撕碎我爱的男人的照片……"这就是他们在德国时的做法。

纽：我一直尝试对观众做些恶作剧，这是我导演工作的一部分。我所说的"恶作剧"是指帮助观众做出一些反应，让他们一边回应一边意识到自己在当下的体验，从而询问自己"我现在为什么笑"或者"我为什么哭"，也可以是"为什么我感到厌烦"。我感兴趣的与其说来自文本或内容，不如说是现场观众的反应。对我来说，这似乎是戏剧中非常重要的一部分。

威：我最近在苏黎世的一个小剧场看了大卫·林奇（David Lynch）的《蓝色天鹅绒》（*Blue Velvet*），这正是我想要的，当时我被舞台上的表演迷住了，就笑了起来，然后突然停下说："哦，哦……"

（该访谈英文版由丹·弗里德曼［Dan Friedman］转录编辑。）

作者简介：

弗雷德·纽曼（Fred Newman，1952— ），卡斯蒂略剧院的创始人和艺术总监，是美国"海纳·穆勒"（Heiner Müller）作品系列最重要的导演之一，曾执导《哈姆雷特机器》《任务》《记忆的爆炸》等多部作品。

罗伯特·威尔逊（Robert Wilson，1941— ），当代美国先锋戏剧大师。早年学习建筑和绘画，后涉足戏剧领域，并在曼哈顿下城创办了伯德·霍夫曼伯兹学院（The Byrd Hoffman School of Byrds）。代表作有《沙滩上的爱因斯坦》、无声歌剧《聋人一瞥》，并与海纳·穆勒密切合作，创作了《内战》、《四重奏》（*Quartet*，1987）等作品。

译者简介：

惠子萱,中国人民大学文学院博士研究生,研究方向:当代美国戏剧、跨文化戏剧。通讯地址：北京市海淀区中关村大街59号中国人民大学；邮编：100872。

闫天洁，北京语言大学外国语学部讲师，比较文学与世界文学专业博士研究生，研究方向为跨文化戏剧、翻译理论与实践。通讯地址：北京市海淀区学院路15号北京语言大学；邮编：100083。

比较文学研究

论美国汉学家薛爱华语文学研究的特点

田 语

内容摘要 20世纪中叶前,西方汉学的主流方法是语文学。西人运用语文学对古代中国文献开展研究具有绵延的学术传统。美国20世纪著名的汉学家薛爱华的学术研究就体现了典型的语文学特点。本文以美国汉学家薛爱华的语文学研究为个案,以《薛爱华论著目录》为起点,对其论文与专著进行系统收集与研读,进而归纳出其语文学研究结合译注、名物研究的宏观模式,且在翻译、注释、考证、审音勘同等具体方法上达到较高水平。尽管如此,薛爱华的研究也存在不重社科研究、轻视理论探讨、行文结构松散等问题,显示出其语文学方法偏考据而轻义理,重述史而轻发覆,局限于历史事实而忽视对理论追索等特点。

| **关键词** 薛爱华 语文学 汉学 译注 名物研究

On the Features of the Philological Works of Edward H. Schafer

Tian Yu

Abstract: Before the mid-twentieth century, philology has provided the main methodology for sinology, which has had a long history in the study of Classical Chinese Literature. This paper, based on a careful textual analysis on the *Bibliography of Edward H. Schafer* and relating papers, and aiming at revealing the traits and shortcomings of the philological methods performed in the works of Mr. Schafer, concludes that although the philological techniques, such as translation-annotation method, textual criticism and onomastics, has been polished and perfectly conducted through his works, the ignorance of social science knowledge and theory, plus the loose and unorganized structure of his writings also reveals the fallacy of philological study which may partly explain the decline of this school in the field of Chinese Studies, that is, leaning on textual evidences and history retelling while relatively ignoring the roles of rationale and theorical thinking, being confined to the historical facts, and falling short of pursuing the meaning of or the verum behind these facts.

Key words: Edward H. Schafer; philology; sinology; annotated translation; onomastics

一、语文学与汉学研究的语文学范式

汉学（sinology）指的是西人关于中国语言、文献、历史的学问。①汉学内部有多种流派，占主流的是以语文学②研究为主要方法的流派，本文称之为汉学的语文学流派。一些为我们所熟识的汉学大家，如伯希和（Paul Pelliot）、马伯乐（Henri Maspero）、福兰阁（Otto Franke）、夏德（Frederich Hirth）、薛爱华（Edward H. Schafer，1914—1991）等，正是这一流派的杰出代表。

    汉学的语文学流派具有自身特点。它突出表现在该派学者的语文学研究方法与方法论上。他们以文本为中心开展对古代文化的研究，具体包括对古籍的翻译、注解，对文本内容和思想的分析，以及对疑难字词和名物的考证。研究者往往会综合运用文献学、音韵学、校勘学、词源学、语用学、历史学等学术方法，以服务于科研的目标——揭示蕴含在文本中的语言与历史信息。作为一套方法的语文学被雷慕沙、儒莲、沙畹、伯希和等一代代汉学家所用，延绵成为一种语文学学术范式，深刻影响了欧美中国研究的发展。然而，20世纪中叶后，伴随着新兴中国学（Chinese Studies）的兴起，汉学的语文学研究开始出现式微的征兆。荷兰汉学家伊维德（Wilt L. Idema）慨叹：

> 在对学科方法复杂化的需求日益增长的当下，这一对中国文化的基本研究方法（引者按：即语文学方法）难以继续奏效。其原因有二：一是随着学科专业增多，对运用学科方法的要求日益

---

① 张西平，《简论中国学研究和汉学研究的统一性和区别性》，《国际汉学》，2017年第3期，第11页。

② 语文学一词具有复杂面相，本文指狭义的"文本语文学"（textual philology），是一种立足于书面文献，综合利用文献学、历史学、文学等学科的技术方法，深入解读文献及其历史语境的学术范式和传统。参阅 James Tunner, *Philology: The Forgotten Origins of the Modern Humanities*, Princeton: Princeton University Press, pp. 2-15。

增长；二是政府严格控制大学本科教学和研究生工作的时间。①

伊维德所说的困境，事实上适用于整个欧美语文学传统，然而对衰落原因的分析却未得圆满。笔者认为，除却伊维得所提出的原因外，语文学自身在学术方法与理念上的特点及局限性也是导致其相对衰落的原因。考虑到语文学研究的历史地位和价值，为了深入对汉学语文学方法的认识，也为了揭橥其内在局限性，本文选择语文学研究的代表性案例——美国汉学家薛爱华的汉学研究进行专门考察，以期为深入理解汉学的语文学范式提供一些新的启迪。

二、译注与名物研究：薛爱华语文学研究的宏观模式

薛爱华是20世纪下半叶美国汉学家，也是中外交通史和唐代道教、唐代文学研究的专家，被誉为"中古中国研究的代名词"，②为美国汉学界"开拓了唐代研究的新局面"。③从学术传统和方法看，薛爱华是一个典型的语文学者。在求学阶段，薛氏受到其博士导师，俄国裔汉学家卜弼德（Peter Boodberg）的深刻影响，后者曾以重视语文学研究为特点的"卜派汉学"（Boodbergian Sinology）在欧美学界名重一时。④在出任加州大学伯克利分校东方语言与文学系（Department of Oriental Languages and Literature，以下简称"东语系"）讲师不久，薛氏的教学

---

① Wilt L. Idema, "Dutch Sinology: Past, Present and Future", in *Europe Studies China: Papers from an International Conference on the History of European Sinology*, London: Hang-shan Tang Books, 1995, p.107.

② Paul Kroll, "Edward H. Schafer August 25, 1913-February 9, 1991", in *Journal of the American Oriental Society*,1991 (3), p. 441.

③ 程章灿，《四裔·名物·宗教与历史想象——美国汉学家薛爱华及其唐研究》，《陕西师范大学学报》（社会科学版），2013年第1期，第92页。

④ 杨牧，《柏克莱精神》，台北：洪范书店，1979，第98-100页。

与科研便呈现出对语文学研究传统的承继和融汇。东语系刊物《费西塔论集》(*Phi Theta Papers*)如此概括其学术师传及造诣：

> 通过将伯希和、马伯乐和沙畹这样伟大的法国汉学家的考证精神与方法融会贯通，薛爱华为他的学生带来了宽广的文化与历史视野以及对源文本考证的重视。在伯克利师从卜弼德的经历激发了他追求语文学精确性的热情。①

在四十余年的科研实践里，语文学一直是薛爱华得以走进中国古文化，探索中国故实的有力武器。语文学使得薛氏得以在古代文献的海洋中优哉游哉，凭借翻译、注释等方法勾勒古代中国的文化风貌，进而推动欧美学界在唐代中外交通史研究、唐代神女信仰研究、唐代道教与道教文学研究等领域的知识更新，增进了西人对中国文化的理解。

在薛爱华的作品中，语文学研究是如何体现的？1991年，《唐研究学刊》(*T'ang Studies*)第8-9期刊载了柯慕白（Paul W. Kroll）和薛妻菲莉斯（Phyllis B. Schafer）合编的《薛爱华论著目录》(*Bibliography of Edward H. Schafer*)。该目录基于1984年郝大伟和柏夷（Stephen Bokenkamp）所编《薛爱华目录及注评》(*An Annotated Bibliography of the Works of Edward H. Schafer*)整合增补而来，基本完整收录了薛爱华毕生科研的学术成果，为我们全方位了解薛氏的学术研究提供了门径。②笔者以此目录为本，依靠对相关互联网数据库的检索和利用，对

---

① The Oriental Students Association of the University of California, Berkeley, *Phi Theta Papers*, 1985(1), p. 6.

② 该目录遗漏薛氏论文两篇：一是刊载于1986年《印第安纳中国传统文学手册》(*Indiana Companion to Traditional Chinese Literature*)的文章《论杜光庭及其创作》("T'u K'uang-t'ing")；二是发表于1997年《道教文献》(*Taoist Resources*)的《〈太上老君开天经〉译释》("The Scripture of the Opening of Heaven by the Most High Lord Lao")。本文的统计加入了这两篇作品。

其中收录的专著、论文进行了系统性收集，并对所获取的87篇论文[①]的主导研究方法进行统计，得出如下结果，见表1：

表1　87篇论文的主要研究方法统计

译注	名物研究	语言学研究	评论[②]	诗学研究	未计入文章	共计
16	54	3	12	2	46	133

在笔者获取的文章中，除却少数语言学、诗学分析文章和汉学史性质的杂论外，绝大多数文章都以翻译与注释，或以翻译与注释为基础的名物研究展开。这两种方法属于典型的语文学研究范畴。其中，纯粹的翻译与注释将特定文献作为研究的对象，以翻译与注释来对文献进行解读，并配以对作者、历史背景、版本、文献内容、相关研究等的简要介绍。薛氏有16篇文章采用纯粹的翻译与注释方法。例如《李纲〈榕木赋〉翻译与注解》（"Rhapsody on the Banyan Tree"，1953）对宋人李纲《榕木赋》进行了全文英译，并以脚注方式对其中大量的道家、道教典故进行了详细诠释。又如《唐

---

① 剩余收入《薛爱华论著目录》的46篇文章，笔者暂未得到获取途径。包括：薛晚年以"私出版物"形式在伯克利东语系师生和少数学者间流布的《薛爱华汉学论集》（Schafer Sinological Papers）所录38篇文章，另有发表于 Sinologica、Semitic and Oriental Studies、Oriente Poliano、Society for the Study of Chinese Religions Bulletin 这样稀见杂志的文章共6篇；此外，刊载于 Horizon 杂志1971年第1期第20-23页的"Playing Grownup"与刊登于 Wiðowinde 1975年夏季号第14-17页的"St.Dunstan, 909-988"不属于汉学研究的范畴，不计入统计。

② 评论包括的文章内容驳杂，既有对美国汉学历史和现状的评议，如《通讯：论汉学与汉学家》（"Communications: On 'Sinology' and 'Sinologists'"，1958）；有为汉学家所作的悼词和小传，如《卜弼德，1903—1972》（Peter A. Boodberg, 1903—1972, 1974）；有针对具体问题的商榷文，如《通讯：关于芮玛寿对年号问题的评论》（"Communications: On Mary Wright's Comments on Era Names"，1959）；亦有为通识性著作所撰写的文章，如《人类学与历史视野中的中国饮食文化》（Food in Chinese Culture: Anthropological and Historical Perspectives，1977）第85-140页所载《唐代饮食》（"T'ang"）一文。

代土贡》("Local Tribute of the T'ang Dynasty", 1959）一文对《新唐书·地理志》中各地土贡的名称进行了英译，并按照动物、植物、矿物、织物与制成品进行了分类。发表于1981年的《吴筠〈步虚词〉》("Wu Yun's *Canton on Pacing the Void*"）不仅在文章主体部分对吴筠十首代表性《步虚词》进行了英译，还通过对《旧唐书》《新唐书》《宗序先生文集序》等资料的整合编成了英文吴筠小传。

另有54篇文章使用了名物研究方法。这些文章的研究对象涉及人文学科的多个领域，如古代民俗、都城史、物质文化、神话、道教等，但其研究的基点都清晰地建立在翻译、注释之上。例如，很多文章在内容结构上便由对特定文献的译注研究，以及围绕文本的专题研究两部分组成：《唐代鹰猎文化》("Falconry in T'ang Times", 1958）包含对《酉阳杂俎·肉攫部》有关鹰猎部分文本的英文译注，以及随之而来对中国鹰猎文化渊源、唐代鹰猎活动概况、猎鹰种类等问题进行的梳理；《太玄玉女》("The Jade Woman of Greatest Mystery", 1978）一文中包含对道教典籍《上清明堂元真经诀》文本的英文译注，围绕该译本对其成书年代、作者的探讨，以及对存思玉女的玄真法相对于《真诰》《云笈七签》等文献记载的存思法的比较分析。

另外，不少名物研究类文章通过对所选定的研究课题内相关文献的整理、校勘、翻译、注释与细读，在归纳与综合基础上来拓展对某一研究对象的认识。在这一过程中，研究者根据特定的学术主题和目标从相关文献中选取样本，进行阐释工作。这类研究的工作量往往更大，也体现出语文学研究所能到达的高度。《古代中国的暴人礼俗》("Ritual Exposure in Ancient China", 1951）便是一例。该文聚焦于古代暴人礼俗研究，通过对《礼记》《左传》《后汉书》《晋书》《北史》《旧唐书》《全唐文》《明宝训》《广东通志》等相关文献有关"暴人""焚人""肉袒""发胸"等礼俗记录的翻译、引证与注解，总结出相关结论：一、如暴人、焚人仪式在周代灭亡后，逐步由巫术仪式向国家祭祀活动演化；二、中国古代存在的许多仪式性暴人风俗，与祈祷农业丰产与生育繁殖有关。又如《玉真公主》（"The Princess Realized in Jade"，1985）围绕唐代入道修仙的睿宗第九女玉真公主展开考察，揭示这一带有传奇色彩人物的生平事迹。该文充分利用了《旧唐书》《新唐书》《唐会要》《资治通鉴》《唐两京城坊考》《全唐诗》等文献的相关记载，对玉真公主的生平、"玉真"之名的道教内涵、长安玉真女冠观的选址、文学作品中的玉真公主等话题做了细致的梳理。

三、薛爱华语文学研究的微观方法

下面以翻译、注释为起点，谈一谈薛爱华语文学方法的一些微观表现。

（一）翻译。古籍的译注是东方语文学的起点，是理解文本的基础，也是汉学家的基本功。欧美汉学语文学研究的一个常见成果形式就是针对特定古籍的译注本。此外，对于不通中文的学者而言，精准的译本也具有其学术意义。因此，对于翻译，薛爱华尤其重视，他对翻译的看法，可以用直译（literal translation）来概括。在薛爱华看来，好的翻译如同一面"映照传统文化的镜子"，应如实地反映源语文本的内容、字面含义、形式与情韵。①

对于词汇的翻译，薛爱华多以逐字翻译的方式翻译汉语词，以寻求对源词词义、结构、意象特点的精确对应。如将"贵妃"译作"Precious Consort"，"太守"译作"Grand Protector"。对于用常用英语词汇无法准确表达的汉语词汇，薛爱华往往凭借其丰富的词汇储备，用

---

① 参阅 Edward H. Schafer, *Schafer Sinological Papers*, pp.112-142。

少见或中古英语词汇精确对应汉语原词。①在句法层面上，薛爱华奉行忠于原文文法的翻译原则。在他看来，句法本身便蕴含着丰富的信息，通过忠实于汉语文本语序的直译方法，可以在译作中再现原作的语言结构。在实际翻译中，薛爱华体现出逐字对应、意象对应来翻译文句的倾向，对于史传、地志、哲学典籍来说，这一翻译法重在对源语言信息的传递。而对于诗歌的翻译，薛爱华往往会在字对字翻译之后，再附加一个转译版本（paraphrase），以晓畅的英语疏通大意。这种将诗歌直译与转译版本搭配的翻译方法，既可得直译之优势，又方便读者阅读，是薛爱华的一个创格。

（二）注释。陈开科先生认为，西方汉学研究的一个重要特点，在于"学者的研究心血往往主要通过注释表现出来"。②在薛爱华的作品里，注释往往有着数量庞大、解释精审的品质。它们为薛作的学术价值增色不少。在此我们以薛氏1991年发表在《通报》（*T'oung Pao*）上的《邺中记》（"The Yeh chung chi"）为例，来考察其注释法。按功能区别，薛氏著作中的注疏主要可区分为两大类型。第一类注释服务于读者对文本的理解，方便其他研究者的研究。这一类注释包括：

1. 单纯解释名物含义。这类注释在非学术论著中也很常见，主要目的是方便读者对疑难事物的理解。

2. 相关文化背景的介绍。或许是语文学对于将文本放在特定时地背

---

① 例如，在《时间海的蜃景：曹唐的道教诗》中，薛爱华将"玉皇"译为"the Jade Resplendent One"，这里之所以采用"resplendent"指代"皇"，而不是用"splendid""glorious""sublime""superb"等更为常见的词汇，原因在于"resplendent"暗示了一种发光的、闪亮的庄严或宏大特性，考虑到"皇"字的甲骨文、金文字形与太阳的形象密不可分，且有着光明、光亮的引申含义，薛爱华这里使用的"resplendent"不仅贴切原义，亦形象凸显"玉皇"作为道教中的天地主宰普照三界的光芒与德威。参阅 *Mirages on the Sea of Time: The Taoist Poetry of Ts'ao T'ang*, Berkeley and Los Angeles: University of California Press, 1985. p. 96。

② 陈开科，《巴拉弟的汉学研究》，北京：学苑出版社，2007，第65页。

景，进行"语境化""历史化"解读的倾向，薛作注释里常见对重要名物典故历史与文化内涵的挖掘，这些解释往往能帮助读者深入理解文本背后的历史文化。例如《邺中记》178页注174即对"三伏"蕴含的阴阳思想和命名来源进行了解读；① 又如180页注193对"三月三"作了解读。在其中，作者用上百字详细介绍"三月三"的来源、古称、"禊祓"礼俗等相关问题。②

3. 围绕翻译的补充说明。针对英译中遇到的一些疑难字词，薛爱华会注明源语词，或进一步说明自己译法的理据。如185页注235，薛爱华指出正文中"heavy blue silk"是用来翻译原文的"绨"，一种用蚕丝或人造丝制作的厚实织物；③ 注236指出文中"stammel"用来翻译"绯"，一种红色染料染成的织物；④ 页176注167则将对原文"细直女"译作"low-born women on overnight duty"的理由进行说明：细直女或为"直细女"之讹，"细"言出身，"直"通"值"。⑤

第二类注释显示出较强的学术性，它以脚注或尾注提供的文字空间为平台，通过展示语文学各种具体的研究技术，以增进对于所注事物和文本的理解。这些研究技术包括文本对勘、名物考证、审音勘同。由于这些技术本质上和翻译、注释一样，也属于语文学研究的重要方法，且不仅出现在注释里，故本文将其放在"注释"小节后进行一一解读，不在此赘述。

（三）版本校勘。在语文学研究中，对文本的校读与翻译、注释相互配合，共同服务于对文本的理解。如在《邺中记》一文里，薛爱华

---

① Edward H. Schafer, "The Yeh chung chi", in T'oung Pao, Vol.76, Livr. 4/5, 1990, p. 178.

② Edward H. Schafer, "The Yeh chung chi", p. 180.

③ Edward H. Schafer, "The Yeh chung chi", p. 185.

④ Edward H. Schafer, "The Yeh chung chi", p. 185.

⑤ Edward H. Schafer, "The Yeh chung chi", p. 176.

采取文渊阁本《四库全书》所辑《邺中记》为翻译的底本，又广泛对比《太平御览》《太平寰宇记》《古今说部》《文献通考》等类书中所录《邺城记》相应文段，再辨明事理，择善从之。如注182和注212，作者通过对照宋元时代的《文献通考》所收《邺中记》，指出四库版《邺中记》"殿前作乐，高絙、龙鱼、凤凰、五案之属"句或存脱文，"五案"或应为"五桉"或"安息五桉"。① 如遇难辨是非的异文，薛爱华会采取语文学传统方法，在脚注中将不同版本的异文加以罗列，组成一种供研究者甄别比对的校勘资料（critical apparatus），以利后学"构建他们自己的文本"。② 如《邺中记》页172注138对《太平寰宇记》异文的征引。③

（四）名物考证。薛氏对于名物考证研究有一套成熟的范式：对于陌生词汇，薛爱华往往会从词源着手，并且通过对词汇在不同时期文本中意义的列引比较，探讨词汇的历史含义。如在《唐诗中的"青云"》（"Blue Green Clouds"，1982）一文中，薛氏对古文献中的色彩词"青"进行了语源追溯，指出该词在《诗经》等先秦文献中并非专指一种颜色，而是泛指从蓝到绿的宽泛色系。两汉至唐以来，"青"逐渐用来专指蓝色。④ 对于事物，薛爱华首先会对指代事物（动植物、矿产、工业制成品、人物等）的词汇做上述语源和历史语用研究，其次则会结合相关文献，对该事物的属性（attributes）进行全方位考察。这种对属性的研究按对象类型可分为无生命物、舶来品及人物。无生命物如《中古中国云母札记》（"Notes on Mica in Medieval China"，1955）中的云

---

① 参阅上海师范大学古籍研究所、华东师范大学古籍研究所点校，《文献通考》，北京：中华书局，2011，第4417页。
② Walter Ashburner, *Rhodian Sea-Law*, Oxford: Clarendon Press, 1909, p. iii.
③ Edward H. Schafer, "The Yeh chung chi", p. 172.
④ Edward H. Schafer, "Blue Clear Clouds", in *Journal of the American Oriental Society*, 1982 (102), pp. 91-92.

母。针对古文献中的"云母",薛爱华以《抱朴子》《仙经》《本草纲目》等文献为据,细究其产地、工业用途、药用价值。① 如果对象是舶来品,薛爱华还会对其传入中国的时间和途径进行介绍,如专著《撒马尔罕的金桃:唐代舶来品研究》(*The Golden Peaches of Samarkand: A Study of T'ang Exotics*, 1963) 中对"猫鼬"的介绍。作者指出,贞观十六年(公元642年),猫鼬(唐人称褥时鼠)通过方国进贡的方式进入中土。② 如果对象是人物,则会包括该人物的生平事迹、交游情况,以及对有关诗文作品的梳理。典型例子如《说毛仙翁》("Transcendent Elder Mao", 1985)。该文以对杜光庭《毛仙翁传》的译注为起点,通过对中唐以来涉及毛仙翁的文献的比读,勾勒出毛仙翁的基本情况以及社会评价,并总结出了唐人文献中毛仙翁在外貌、言行上的特点。③

(五)审音勘同。语文学研究的重要技术,就是建立在历史语言学与比较语言学知识基础上,对对象文献中的外来音译词汇进行识别和还原,从而得以与相关外语文献比照对勘,这便是审音勘同。傅斯年曾指出西方汉学长于"虏学",虏学很重要的一方面就是运用"审音勘同法"开展对中外交通史的研究。"审音勘同"可用于进行语言学研究、文本校勘、名物研究和历史研究。而在薛爱华的汉学实践里,这种方法主要用来加深对异域词汇或名物特点的认识,因此可说是一种特殊的名物考证法。例如:对于"胡椒"一词,薛爱华根据唐时别称"荜拨梨",识别出其梵语语源"pippali"(一种长胡椒)。根据相关文献记载,他指出花椒大量出产于摩揭陀国,且由于印度当地垄断贸易的存在,进

---

① 参阅 Edward H. Schafer, "Notes on Mica in Medieval China", in *T'oung Pao*, 1955 (3), pp. 265-286。

② 薛爱华,《撒马尔罕的金桃:唐代舶来品研究》,吴玉贵译,北京:社会科学文献出版社,2016,第245-246页。

③ Edward H. Schafer, "Transcendent Elder Mao", in *Cahiers d'Extreme-Asie*, 1985(2), pp. 111-122.

口至唐的花椒往往价格不菲。① 又如，薛爱华将段成式《酉阳杂俎》中的"预勃梨咃"（树脂）一词还原为古闪族语词"khelbanita"。他指出，"khelbanita"一词见于普林尼等古罗马学者笔端，说明公元1世纪前后该种树脂已在地中海地区流通。作者又指出，在古代犹太教祭祀中，"khelbanita"被当作四种圣香的一种。② 依托于审音勘同法，薛爱华使用外语文献材料，丰富了我们对唐代流行的外来名物的了解。

四、薛爱华语文学研究的瑕疵

作为一种典型的语文学研究，薛氏的作品中也展现出一些特有的瑕疵：

（一）不重视对政治、社会、经济、制度等因素的讨论。薛爱华的作品多倾力于对唐五代名物和信仰文化的分析描写，对社会政治制度层面的问题不甚关注，这导致他对特定主题的探讨有时缺乏足够深度。虽在对物质文化的全景式共时研究里屡屡出彩，却薄弱于历时性的纵向考察。虽长于对事物及事物属性、特点、功能的静态化、孤立的描写和分析，却短于对事物动态发展变化和事物之间在大的社会、政治体制和环境中影响互动关系的论述。

如在《撒马尔罕的金桃：唐代舶来品研究》第一章《大唐盛世》中，薛对唐代历史、制度和文化的介绍流于简略，类似于年谱，特别是缺失了对关陇氏族背景及其与北魏亲缘关系的介绍。这种缺失，显示出薛爱华知识结构上的软肋。而恰恰是这种政治历史性的内容，对读者理解唐代中外交通历史颇有价值，能服务本书舶来品研究之主旨。在第二

---

① Edward H. Schafer, *The Golden Peaches of Samarkand: A Study of T'ang Exotics*, Berkeley and Los Angeles: University of California Press, 1963, pp. 122-123.

② Edward H. Schafer, *The Golden Peaches of Samarkand: A Study of T'ang Exotics*, p. 188.

章《人》里，薛氏将视野聚焦于西域、南越等地以俘虏、小丑、人质等身份入唐的外国人，却因为对唐代政治史的忽视而遗漏了一个更有价值的文化现象——唐代统治集团的胡人血统问题。唐代统治者具有少数民族血脉和朝野胡风盛行的事实充分彰显了异域文化对唐代的影响，也与舶来品的流入与盛行关系密切。这说明薛氏对该领域的重要学术成果，如陈寅恪《隋唐制度渊源论稿》《唐代政治制度史略论稿》等与政治、社会、制度相关的作品缺乏关注，也显示出薛氏对事物之间的作用和影响关系认识得不透彻。

（二）重考证、述史，轻发覆之学。薛爱华作品中名物研究类文章最多，这类文章所需要的是审慎的校读、忠实的翻译、细致的注疏，以及建立在此基础上对于名物、事件的历史面貌和特点的描写、归纳。至于基于事实和材料之上运用演绎推导，进而发前人之所未见，在历史事实上孕育新观念的功夫，则不是薛氏所长。在笔者收集到的87篇文章中，译注与名物研究文章便占据了70篇。剩余的17篇语言学、诗学、汉学评论性质的文章，才多存有发明意味。如提倡古籍英译应以直译为上的《音译与意译：汉学二弊》（1954），探讨汉语字典编纂原则的《关于学生用古汉语字典的思考》（1966），批判高友工等人对唐诗存在主谓倒装结构论断的《唐诗无倒装句法论》（1976），以及提出唐诗意象具有象征抽象概念和想象之物能力的《唐诗中的幻与显》（1984）。然而，和绝大多数考证名物、意象分析、文本译注等类型文章相比较，发明新见的文章在薛爱华作品里是绝对的少数。薛爱华所致力的，仍旧是揭示隐藏在古代文献中的具体事实：无论这一事实是暴人礼俗的历史演变（《古代中国的暴人礼俗》），唐末的长安（《长安城最后的岁月》），还是吴筠《游仙诗》的内容与道教意味（《吴筠〈游仙诗〉》）。

（三）部分作品内容编排上不合理。薛爱华倚重述史、轻视发覆学问的思维倾向，影响了其论著写作模式和内容编排。如，1978年发表的《仙药琅玕英》一文缺乏明确问题的引导，导致该文在结构上显得较散乱。全文先追溯与考察"琅玕"一词在不同历史时期和文献中语义的区别，又转而对作为想象性意象的"琅玕"在历代文献中的表现、对作为矿物和魏晋时期流行的高档宝石的"琅玕"作了考证。真正与题目，即一种道教外丹药物的"仙药琅玕英"相关的话题，仅在最后一部分讨论道教仙药炼制程序里才有所提及。这种内容上的安排使得论文主题不明确，结构凌乱，各部分间也缺乏明确的逻辑联系。① 又如《朱雀：唐代的南方意象》一书的结构编排。该书对南越的自然与人文事物的探索在整体上呈现出一种类似博物学笔记或百科全书的框架。它以博物学式分门别类的方式整合对具体事物的研究，缺乏逻辑论证要素，尚无统一的视界。不仅各章之间缺乏联系与呼应关系，每章的篇幅安排也有所失当。如第四章《女人》仅17页，第十章《植物》却达到87页。这种内容上的详略确和相关古籍与材料的多寡有关，但更反映出作者自身对自然界动植物的深厚热爱。② 在《朱雀》第十章《植物》里，薛氏对唐代南越地区的植物作了分类与详细考察和描写，在全书中篇幅最长，亦最为出彩，可见薛爱华对植物学的深厚兴趣。反观《女人》一章，由于薛爱华对此领域重视度不足，故采取了简化和省略的方式，没有细致考察相关古籍的记载。事实上，唐代南越地区女性研究并非缺乏研究价值。由于唐代南越的少数民族多有母系继嗣习俗以及对女巫、女神的信仰，女性在南越民族社会和文化中扮演着重要的角色。对唐代南越女性的研究具有较高史学、人类学价值，有助于我们认识唐代的南越民俗文化。故而薛爱华对南越女性研究上所采取的省略做法不可取。而这种详略失当，不仅与考证当道、缺乏问题引导相关，也展示出个人学术好恶、兴

---

① Schafer, Edward H, "The Transcendent Vitamin: Efflorescence of Lang Kan", in *Chinese Science*, Vol.3, 1978, pp. 27-38.

② 李丹婕，《薛爱华与〈朱雀〉的写作背景》，《明清史研究辑刊》，2016年第1期，第334-336页。

趣所在与语文学研究的联系。

五、对汉学语文学研究的思考

从根本上看，薛爱华语文学研究特点及不足与语文学自身的特性息息相关。薛氏的著作虽多，但也体现出对社科理论的淡漠，亦没有充分发挥演绎的思维方法，往往因重考证、描写而缺乏问题导向，故显得缺乏中心、散漫无端，有时因个人兴趣而纠缠于琐碎微观的研究对象上。这展现出语文学研究内在的特点：偏考据而轻义理，重述史而轻发覆，倚凭直观思维而弱于抽象演绎。

正像其希腊语源"爱语言"（φιλολογία）所昭示的那样，语文学围绕语言（口语及语言承载的文献）为核心展开研究。在语文学者的观念里，语言和文献不仅是科研的工具和资料来源，更是研究的主要对象。语言作为人类文化的产品，具有鲜明的时代性和个体性，每一本文献所记载的语言，都是独特的。揭示语言背后蕴含的历史文化的真相，正是语文学者的职责。

然而，这一真相，与哲学、社会科学乃至自然科学所探讨的自然与人类社会文化之"真相"大异其趣。哲学、自然科学重理性与逻辑，它们的研究旨趣在于从纷繁多样的具体事实、现象中提炼出一般性的知识、法则或理论，即普遍的真理；语文学研究因为聚焦于具体的语言文献层面，且以考证和描述见长，故具有直觉、直观、感性、个性化的特点。它热衷于将文献一字一句看作有研究价值的对象，以文献为出发点看事物，从中得出的是具体历史事实，是历史语境里的观点、态度和视角。德国学者文德尔班（Wilhelm Windelband）指出：

（语文学）从大量素材中把过去的真相栩栩如生地刻画出来。

它所陈述的东西是人的形貌，人的生活，及其全部丰富多彩的特有的形成过程。①

问题在于，语文学研究能否获取关于过去的真相？此外，怎样衡量这种真相的价值？在语文学研究里，"真相"的还原受到主客观多种因素的影响：愈久的时代，愈远的距离，可获取的文献本身就愈不完整、不可靠、模糊。即便依靠校勘辨伪的功夫，除非将研究成果做成资料长编，研究者自身在材料取舍和主题选择中个人态度、学养、情感与价值观念也会在有意无意间介入，影响真相的还原。例如，前文谈到，薛爱华《朱雀》一书在章节安排上显得厚此薄彼，重动植物研究而轻视女性研究。又如，在薛爱华学术生涯后期，他的兴趣点转向了道教，其最后一部专著《时间海的蜃景：曹唐的道教诗》便是落脚到道教文学和道教仙境研究中。然而，薛氏所选择做专题研究的曹唐，本身并不如李白、吴筠、司马承祯等道教诗人有名。同时，薛所致力于对蓬莱、方诸等道教仙境所开展的考证研究，缺乏对《洞天福地岳渎名山记》《云笈七签》等中古道教典籍的关注，而是以道教诗人和诗歌为研究的重心，因而被一些学者批评为"没有承载关于唐代道教的有重要文化价值的信息"，"仅仅是对有神秘主义倾向的文人虚幻想象的记录"。②这类研究所反映的历史知识和真相，犹如被作者个人学术兴趣的哈哈镜所映照而变形的影像，使得语文学研究所建构的真实中掺杂了主观的色彩。薛爱华本人也曾坦承这一问题：

不能否认的是，在某种意义上，这项研究展现的是我自己心中

---

① 洪谦主编，《现代西方哲学论著选辑》（上），北京：商务印书馆，1993，第490页。

② Michael R. Drompp, "Review: Mirages on the sea of Time by Edward H. Schafer", in *Journal of Asian History*, Vol. 21, No. 1, 1987, pp. 90-91.

的往昔，也就是说，这个特殊、具体的过去，在一定程度上是我自身特有的。也许所有对过去的再创造都属于这种类型……这意味着要尝试将唐人眼中的中古世界，看作一个实有的境界，同时也看作一种想象的诠释。①

即便在材料全面而可信、考证科学而细致的前提下，研究者相对保真地还原语言与历史之真相，这种真相也具有局限性，是具体的历史的而非普遍的"真理"层面。唯有将具体的历史事实置于更广阔的视野中，通过演绎的思维过程，研究者才能得出超过对象本身的结论，获得超越其本身的价值。这一结论，或能成就发人深省的史著，来"评判过去，交代现在，以利于未来"；②或能建筑理论，从而"对从大量文本中所观察到的特殊事象具有照明的作用"。③然而，汉学以其对语文学的恪守，先天弱于此道。王静如先生就曾从专门史编撰的角度指出巴黎学派存在的这一问题：

> 我们古哲曾言，生有涯而知无涯，得之此而每失之于彼。所以吾人若盼望沙畹及伯希和诸教授写出一部完整的，这意思就是说比较更完全美善并理论精透的中国文化史，或说深一点中国社会史，简单一点说中国历史，那便有些不可能。因为他们全力是用在写史以前的工作上了。④

---

① Edward H. Schafer, *Vermilion Bird: T'ang Images of the South*, Berkeley and Los Angeles: University of California Press, 1967, p.2.

② Leopold. Von Ranke, *Geschichten der romanischen und germanischen Völker von 1494 bis 1514*, Leipzig and Berlin: Reimer, 1824, p. v.

③ 陈致，《余英时访谈录》，北京：中华书局，2012，第80页。

④ 王静如，《20世纪法国汉学及对中国的影响》，《国立华北编译馆馆刊》，1943年第2卷，第14页。

"写史以前的工作"即校勘、翻译、注释、考证等语文学工作。纯粹的语文学研究是理论的反面,它局限于历史的具体的事实,因而能拓展历史知识,却无法穷极历史"无涯"的真相;能够"究天人之际,通古今之变",却未能"成一家之言",从事实考据上升到综合性的学术建构和理论熔铸。

此外,由于语文学以具体的文本和事物为对象,不同学者的学术积累、对文献的兴趣又是不同的,因此语文学研究常走向冷僻琐屑的道路,变成纯粹的书斋学问,成为沉浸于故纸堆的"古物癖"(antiquarism)。正因研究成果的具体和细琐,汉学的成果往往只局限在狭小的学术社团里共享,与西方学术主流比较隔阂,缺乏与学术界在更高层面的理论与问题上的共鸣与对话,也制约了语文学研究价值的弘扬。自费正清中国学派兴起以来,以"理论先行"为方法论特点的学术新风不仅在现当代中国研究领域披靡,在传统中国文化和历史研究界也成为热门,并促使后者融入了西方人文社会科学的主流语境里。相对地,旧的汉学在新潮流中则逐渐汩没。如薛爱华这样老一辈的语文学者的逝世,"标志着深受传统欧洲汉学影响、重视历史语言文献研究(引者按:即语文学的研究)、学识渊博的那一代美国汉学的式微"。[1]

结　语

上文在考察薛爱华语文学研究基础上,总结出薛氏研究在方法上的特点与局限,并进一步反思了汉学的语文学传统。尽管作为一种学术传统的语文学有着历史的局限,但作为一种方法的语文学仍具有其重要的认识价值,这表现在:

---

[1]　程章灿,《四裔、名物、宗教与历史想象——美国汉学家薛爱华及其唐研究》,第86页。

（一）语文学孕育了专业汉学研究。在1814年法兰西大学创设汉语教席之前，欧美的中国研究主要是由来华旅行家、传教士、商人、政客等业余人士进行，其成果虽丰硕，但大多为对中国的直观观察、记录、想象与演绎，唯有少数典籍翻译和词典编纂成果可作一观，它们体现出语文学研究意识，这就是汉学的萌芽。[1]真正具有高水准的成熟汉学，是经过专业学术训练的沙畹、伯希和、马伯乐等辈开创的语文学研究，这正如傅斯年所说："中国学在西洋之演进，到沙畹君始成一种系统的专门学问。"[2]

（二）语文学贡献出大量高水平的汉学成果，更新了欧美学界对中国的认识与理解。作为一种传统，语文学研究首先产出了大量有关中国经典古籍的西文译本，如儒莲的《大唐西域记》法译本（*Memoirs sur les contrees occidentales*）、帕维的《三国演义》法译本（*San-kque-tchy*）、德理文的《御定全唐诗》法译本（*Poesies de l'epoque des thang*）等，为中国典籍的西传、西方学术界与普通大众了解中国文化提供了基础。以典籍翻译、注释为起点，语文学研究制造了西方关于中国的客观知识。如沙畹在《泰山祭礼》（*Le T'ai Chan, Essai de Monographie d'un Culte Chinois*）中对古代泰山神信仰的考察，[3]或劳费尔在《中国伊朗编》（*Sino-Iranica*）中对由伊朗传入中国的栽培植物、矿物、金属、贵种石材等名物的考证等成果推进了中国研究的整体发展和西方的知识进步。

（三）语文学深刻影响了民国学人的学术思想与研究实践。以傅斯

---

[1] 例如万济国（Francisco Varo）所编《华语官话语法》（*Arte de la Lengua Mandarina*）、公神甫（Joachin Goncalves）之《拉汉词典》《葡汉词典》《拉汉大词典》。

[2] 《法国汉学家伯希和莅平》，见《北平晨报》，1933年1月15日。

[3] 参阅沙畹《泰山祭礼》（*Le T'ai Chan, Essai de Monographie d'un Culte Chinois*）第一章对泰山封禅文化、第六章对泰山民间信仰文化的探讨。

年为例，傅氏在柏林求学期间，正值德国古典语文学（Altertumswissenschaft）隆盛之时，故语文学在傅氏的学术思想中占据了重要位置，也影响了"历史语言研究所"的创建和后续研究的开展。此点已有王晴佳（2007）、沈卫荣（2010）、张谷铭（2016）等学者论及，兹不赘述。[1]陈寅恪与语文学之关系，有沈卫荣在《陈寅恪与语文学》（2020）、《陈寅恪与佛教和西域语文学研究》（2021）等论文中的阐释。可以说语文学与民国的思想学术有深厚渊源。因此，语文学之学统与方法论，其治学特点乃至方法论上的局限，也与傅、陈等民国学人，与史语所的研究有着内在的联系。囿于篇幅限制，有关问题笔者将在后续研究中再加发掘。期盼本文能有抛砖引玉之效，为学界在相关领域的研究提供一些帮助。

作者简介：

田语，男，1989年生，陕西富平人，西北大学文学博士，陕西省社会科学院文化与历史研究所助理研究员，研究方向为西方汉学史。

---

[1] 参阅王晴佳，《科学史学乎？"科学古学"乎？——傅斯年"史学便是史料学"之思想渊源新探》，《史学史研究》，2007年第4期，第28-36页；杜正胜，《无中生有的志业——傅斯年与史语所的创立》，见杜正胜、王汎森编，《新学术之路："中央研究院"历史语言研究所七十周年纪念文集》，"中央研究院"历史语言研究所，1998，第8页；沈卫荣，《寻找香格里拉》，北京：中国人民大学出版社，2010，第16-20页；张谷铭，《Philology 与史语所：陈寅恪、傅斯年与中国的"东方学"》，《"中央研究院"历史语言研究所集刊》，2016年第2期，第375-460页。

历史发展与研究回顾：韩国比较文学发展 70 年研究综述 *

赵渭绒　郑　蓝

内容摘要　韩国比较文学自 20 世纪 50 年代开始萌芽，发展至今大约已有 70 年的时间。遗憾的是，由于国内比较文学多年来受制于西方视角，对于和我国毗邻的韩国比较文学重视不足，以致学界鲜有论文对其关注，更谈不上较为全面及系统的研究。本文在掌握大量第一手资料的情况下，从历史发展与研究回顾、课程设置与教学情况、学会建设与学术活动、学术研究与最新成果等方面，对韩国比较文学进行纵向与横向的全方位考察。研究中既力求纵横捭阖又注重细节深化，以展现韩国比较文学在 70 年间所取得的成绩，使国内学界对其有初步了解，促进中韩比较文学的交流与互鉴。

关键词　韩国比较文学　历史发展　研究综述

---

* 本文为 2021 年度国家社科基金项目"比较文学方法论与话语建构研究（1978—2020）"（21BWW021）的阶段性成果，2022 教育部中外教材比较项目"中外比较文学教材比较研究"项目阶段性成果。

Historical Development and Research Review: An Overview of the Development of Korean Comparative Literature over the Past 70 Years

Zhao Weirong   Zheng Lan

Abstract: The Korean comparative literature has developed for over 70 years since 1950s. However, it is unfortunate that the Chinese academia has long been influenced by the Western scholarship and doesn't attach enough importance to the Korean comparative literature, resulting in the lack of relevant academic papers and systematic researches. With abundant primary sources, this paper delves into the Korean comparative literature comprehensively from the perspective of the historical review, curriculum, academic association and the latest research works. By displaying the achievements of the Korean comparative literature over the past 70 years, we try to enhance the knowledge and understanding of the Korean academia in China and improve the academic communication between the two countries.

Key words: Korean comparative literature; historical development; research review

近代以来，在外来西方文化的冲击下，韩国的政治、经济、文化受到明显的影响，韩国的比较文学就在这股西化浪潮中应运而生。作为一门学科的比较文学在韩国的诞生要从20世纪50年代算起，在至今不到百年的时间里，韩国比较文学经历了自身的萌发、发展及壮大等历史性发展阶段。在这一时期，韩国学者大量翻译外来著作，学习借鉴西方的比较文学方法，逐渐形成了自身的研究特色。在刚刚结束的2022年国际比较文学协会年会第23届大会（格鲁吉亚）上，韩国取得了第24届年会的举办权,这说明韩国比较文学作为一种国际学术声音已不容忽视。然而,无论是国际学界还是中国学界,都对韩国比较文学发展的具体情况及研究态势不甚了解。因此,本文拟从历史发展与研究回顾、课程建设与教学情况、学会情况与学术活动、学术研究与最新成果等方面对韩国比较文学进行较为客观的描述与回顾。

一、韩国比较文学的历史发展及研究回顾

韩国的比较文学伊始于20世纪50年代,金东旭和李庆善是早期最为重要的两位学者。1955年金东旭(김동욱)的《比较文学小考》及李庆善(이경선)的《比较文学序说》同时发表,这两篇文章将法国比较文学的方法论首次系统地引入韩国。金东旭教授是韩国比较文学学会创立成员之一,他于1955年5月20日发表在韩国中央大学的学刊报纸上的论文《新文学研究的方向》(새로운 문학연구의 지향)引起了韩国学界的广泛关注。同年9月金东旭教授又将法国比较文学家梵·第根(P. Van Tieghem)的《比较文学论》(*La Littérature Comparée*)翻译到韩国,这也是韩国最早出版的外国比较文学译著。这两位学者在韩国比较文学学术史上具有开创性意义,遗憾的是李庆善最早发表的文章原文缺失,仅能从金勇值(김용직)的《比较文学的今后》(비교문학의 오늘과 내일)一文中找到参考。[①] 1959年9月,比较文学学科史上另一本名著,美国比较文学学者勒内·韦勒克(René Wellek)和奥斯汀·沃伦(Austin Warren)的《文学理论》由白铁(백철)和金秉喆(김병철)翻译成韩文。因此,韩国比较文学早期学者以金东旭、李庆善、白铁和金秉喆为代表,他们用自己的学术实践在韩国撒下了比较文学的学

---

① 李庆善(이경선),《文学史的方法论序说》,《国语国文学学刊》,第16卷,1957,第635页。

术种子，并促进其生根发芽。

1960年，张世纪（장세기）教授在《关于比较文学的记录》（비교문학에 관한 노트）中阐述了比较文学的方法论并强调了培养学科后继学术力量的重要性。张世纪教授曾任大邱加图立大学的（Daegu Catholic University）英文系教授，也是大邱英语英文学会的创立成员之一。① 随后1962年，金东旭的《国文学概说》（국문학개설）讲解了比较文学的研究重点。②因此，从早期来看，金东旭的学术贡献较大。在两位学者的引领下，韩国的比较文学开始在韩国各类学术期刊、新闻协会、韩国比较文学学会以及各所大学的国语国文学会中得到广泛讨论。

韩国建国大学国语国文系著名教授李昌龙（이창용）于1964年在韩国语言文化学会学刊上发表的《比较文学研究的课题》（비교문학 연구의 과제）一文中介绍了比较文学法国学派和美国学派，进行了韩国与法美两国在比较文学理论方面的比较研究，并指出了比较文学学科内部所存在的西方中心论问题，强调韩国比较文学研究应涉足其中，并倡导韩国古典诗文学和其他文学的比较研究。

到了1973年，由全圭泰（전규태）教授和白铁教授等十位韩国国文学者合写的比较文学方法论研究文集《文艺思潮》（문예사조）在韩国文艺史研究会出版。同年法国著名比较文学学者马里尤斯·弗朗索瓦·基亚（M. F. Guyard）的《比较文学》由全圭泰教授翻译成韩文。1975年9月，韩国比较文学学会经历了领导层的换代，韩国比较文学先驱者金东旭教授担任会长。学会自此积极开展学术研究活动，韩国比较文学的研究领域也在不断拓展。这个时期的主要学术成就有：丁奎福（정규복）的《九云梦之比较文学研究》（구운몽의 비교문학연구），李庆善的《〈三国演义〉的比较文学研究》（삼국연의의 비교문학연구），

---

① 韩国英美语文学会官方网站，韩国英美语文学会沿革 http://www.ballak.co.kr/contents/cpn_02.php.［本文所有的网站访问日期均为：2023-01-05］

② 金东旭（김동욱），《国文学概说》，首尔：普成文化社，1962。

李慧淳(이혜순)的《中国小说对韩国小说的影响》(한국소설에 미친 중국소설 영향) 等。①其中李庆善的《〈三国演义〉的比较文学研究》一文,分析了中国小说《三国演义》和中国明代其他文学作品在韩国的传播史。之后,随着从事比较文学研究的学者逐渐增加,其中代表学者有依然活跃的金学东(김학동)、全圭泰、李慧淳、李相翊(이상익)、李昌龙等,这些学者出版了一系列比较文学理论专著,韩国比较文学在这一阶段取得了不菲成就。

80年代,有一位韩国学者发表的学术研究论文值得关注。曹昌燮(조창섭)在韩国英语文学会上发表的《比较文学研究与文艺学》一文中,②提出欧洲中心论,认为韩国比较文学研究仅局限于西方文化的范围内。他借鉴了斯洛伐克的比较文学家迪奥尼斯·杜里申(Dionýz Ďurišin)的著作《比较文学》(Vergleichende Literaturforschung),③杜里申的这本著作从研究对象、概念、类型、方法等方面系统地介绍了比较文学学科,还探讨了比较文学的理论问题和研究方法。曹昌燮强调,目前的韩国比较文学研究方法都较为片面地强调西方和韩国文化的二元对立,他还指出比较文学是超出异国范围的文学研究,包含多种文化因素。④

进入20世纪90年代,为培养比较文学高级人才,韩国著名高等教育学府如首尔大学、高丽大学、延世大学创立了比较文学学科,为推进韩国比较文学教学与研究发展起到了重要作用。这一时期的学者以李昌龙、石俊、金长好、崔东奎等为代表,出版了李昌龙的《比较文学理

---

① 韩国学术研究信息服务官方网站 http://www.riss.kr/index.do。

② 曹昌燮,《比较文学研究与文艺学》,《德国文学》,第25期,韩国德语德文学会,1980。

③ Dionýz Ďurišin, *Vergleichende Literaturforschung. Versuch eines methodisch-theoretischen Grundrisses*, Berlin: Akademie, 1976.

④ 曹昌燮,《比较文学研究与文艺学》,《德国文学》,第25期,第134页。

论》(비교문학이론)、石俊翻译的法国学家皮埃尔·布吕奈尔（Pierre Brunel）的经典比较文学专著《什么是比较文学》、金长好(김장호)的《韩国诗歌的比较文学》（한국시가문학의비교문학）、崔东奎（최동규）的《屠格涅夫比较文学批评研究》（뚜르게네프 비교문학 비평연구）等。韩国学者李昌龙教授撰写的《比较文学理论》内容丰富、体系完整，不但向韩国学界介绍了比较文学的基本概念、历史、代表人物及各国比较文学研究的情况，还突出了中国古代诗文学对韩国诗人的影响，重点阐释了陶渊明和苏东坡对古代韩国的诗人创作产生的影响，从比较文学的角度深入思考中韩文学的交流及影响。石俊（석준）1993年翻译的《什么是比较文学？》(*Qu'est-ce que la littérature comparée?*) 一书，包括了法国比较文学家皮埃尔·布吕奈尔、文学家皮埃尔·马舍雷（Pierre Macherey）、翻译家克洛德·穆沙（Claude Mouchard）等几位专家的学术研究精髓。《什么是比较文学？》涵盖了比较文学发展历史、国际文学交流、比较文学与文学、一般文学、诗学等几个部分，对西方比较文学理念在韩国的传播起到了积极作用，可惜后来没有再版。

  进入21世纪以来，韩国比较文学涉猎的研究范围更为广泛，学者纷纷以韩国为一端，与中国、俄国、日本、巴西、罗马尼亚等国，充分展开多元文学比较研究。金明均（김명균）和刘在成（유재성）合写的《老舍〈月牙儿〉和托马斯哈代〈德伯家的苔丝〉》（老舍의『月牙兒』과 토마스 하디의『더버빌가의 테스』에 관한 비교연구）的比较研究》，朴莲淑（박연숙）的《中国老虎的故事传说在韩日传播概况比较研究》（중국 호랑이설화의 한일 수용양상 비교연구），严顺天（엄순천）的《在韩俄文学研究现况》（한국의 러시아문학 연구 현황과 문제점 분석），崔海寿（최해수）的《夏目漱石和廉想涉的影响关系研究》（나츠메소세키와 염상섭 문학의 지식인상 비교연구），林索拉（임소라）的《巴西比较文学的动向与展望》（브라질 비교문학의 동향과 전

망),金正焕(김정환)的《韩国和罗马尼亚传说比较研究》(한국,루마니아 구비설화 비교연구의 일 측면),朴元福(박원복)的《从比较文学的角度看影响与接受问题意识》(비교문학 관점에서 본 영향과 수용문제)等研究次第涌现,显示出韩国比较文学研究视野的开阔与研究空间的拓展。

21世纪初,伴随着韩国女性主义思潮兴起,韩国女性文学在近年来取得了丰硕的成绩,出现了以金爱烂为代表的韩国女性作家。韩国女性作家异军突起颇受大众的关注,也引起了比较文学领域的关注与研究,其中重要的学术成果有:徐瑜暻(서유경)的《文学作品中女性的美和丑的描述》(여성의 미와 추에 대한 문학적 재고),金孝正(김효정)的《韩国与意大利女作家的写作特性比较研究——以朴婉绪和莫兰黛为研究中心》(한국이탈리아 여성 작가의 자전적 글쓰기 양상 비교 - 박완서와 엘사 모란테를 중심으로),申根惠(심근혜)的《韩国和泰国文学作品中的女性形象研究》(한국과태국 여성교훈서에 나타난 규범적 여성상 비교연구),李敬美(이경미)的《韩中日古典文学作品中女性的死亡和爱情》(한중일 고전문학 속에 보이는 여성과 꿈),李花兄(이화형)和孔金瓯的《韩中俗话中女性贬低妇女形象的考察》(한중 속담에 나타난 여성비하양상의 비교 고찰)等。

综上,20世纪50年代战争结束后,整个社会开始将目光和关注点投向经济与文化事业发展,韩国的比较文学学科从此迎来了萌发的历史机遇。然而,在发展的早期,韩国如同中国、日本、印度等众多的亚洲国家一样,无论是在比较文学方法论还是比较文学研究实践上多是向西方学习,介绍西方比较文学教材、翻译西方比较文学名著是这一时期韩国比较文学的鲜明特点。随着比较文学在韩国的深入发展,韩国的学者逐渐开始运用西方的比较文学方法论研究国内外文学作品,由此出现了各类研究成果。近年来,在方法论上,韩国的比较文学除了向法国、美国借鉴外,更多地吸收了相邻国家如中国的方法论，并积极地开展具体研究。另外，韩国比较文学较为关注俄国、日本、巴西、罗马尼亚等国的比较文学动态，与这些国家开展多元比较研究，这些研究有助于打破以往比较文学研究中的欧洲中心主义倾向。值得一提的是，进入新世纪以来，韩国女性文学发展迅猛，逐渐引起国际学界的关注，以金爱烂为代表的韩国女性作家逐渐进入比较文学研究视野，韩国与国外女性文学的比较研究可谓独辟蹊径。

二、韩国比较文学的课程设置及教学情况

20世纪90年代开始，韩国的著名学府首尔大学、高丽大学、延世大学、韩国外国语大学、成均馆大学等高校首次开设比较文学课程，早期的比较文学专业教学均着重于比较文学基础知识和基本理论。首尔大学比较文学协同课程包括"比较文学研究方法""文学理论""翻译学理论""文体学理论""西方比较文学""东亚比较文学""世界比较文学""文学与艺术""文学与跨文化研究""比较文学Ⅰ、Ⅱ""文学史思潮比较研究""文学类型比较研究""比较文学研讨""论文研究"。首尔大学规定在攻读硕士研究生三年内要取得24学分，包括论文研究6学分，并通过英语和第二外语及比较文学理论笔试考试、进行专题研究并撰写论文。[①] 高丽大学该系教学课程有"外国文学接受历史""文学与思想""文学理论研究1、2""比较文学比较文化研究Ⅰ、Ⅱ""比较文学练习""比较文学研究演讲""比较文学讲读Ⅰ""东洋近代文学的形成""文学与社会""文学与艺术""翻译文学""世界文学""20世纪文学理论"等。高丽大学要求硕士研究生三年内取得24学分，博士取得36学分，并通过比较文学理论及两门必修课的笔试考试，同时

---

① 韩国首尔大学比较文学协同课程官方网站，http://complit.snu.ac.kr/。

进行专题研究并撰写论文。①延世大学该专业的教学课程有"东亚比较文化论""历史与象征""歌德研究""普鲁斯特与绘画""比较文学入门""东亚人文与思想""批评伦理与实体""神话研究理论与实在"。该系开设硕、博士学位课程。研究生要三年内取得30学分，通过英语和必修课综合笔试考试（一年两次），还要进行专题研究并撰写论文。②韩国外国语大学比较文学学院仅开设博士学位课程，具体课程有"比较文学讲读""比较文学理论与实体I、II""比较文学入门""神话批评；神话与女性""现代美学""文艺学理论""东亚文学研究""文艺思潮史""文学与艺术""东亚文学研究""文艺思潮史""文学与艺术""比较文学讲座""世界文学""小说作品理论""现代文学理论研究"。博士生三年内要取得36学分，并需要通过比较文学入门笔试考试、进行专题研究和论文撰写。③成均馆大学开设的比较文学专业有本科及硕、博士学位课程。攻读本科需取得必选36学分；硕博生每个学期必选最多12学分，在学习期间要参加比较文学大会并发表论文。成均馆大学开设课程有"翻译和文化研究""比较文化思想论""唐宋散文研究""比较文学文化方法论""比较文学研究""古典文学与媒体艺术""现代戏剧及剧本研究""1980年代文学研究""比较文学""符号学""文学哲学研究"。④由以上五所韩国著名大学比较文学硕博专业开设课程的情况，我们可以看到比较文学在韩国高校已经遍地开花，并形成了一定的规模。

虽然以上大学的比较文学硕博课程已经历了二十多年的发展，但目前还未发现有韩国高校专门开设比较文学本科专业，这是其同

---

① 韩国高丽大学比较文学比较文化协同课程官方网站，https://compare.korea.ac.kr/。
② 韩国延世大学比较文学协同课程官方网站，https://yongei.yonsei.ac.kr/yongei/major/literature.do。
③ 韩国外国语大学比较文学课程官方网站，http://cl.hufs.ac.kr/。
④ 韩国成均馆大学比较文化协同课程官方网站，https://skb.skku.edu/cculture/index.do。

国内高校的一个区别。在首尔以外的大学开设比较文学课程的情况也不尽人意,国内学者陈跃红教授曾于2000年在韩国忠南大学中文系任教,他称自己在韩国开设比较文学课程为颇具历史意义的事件:"据说在韩国中部地区的大学中文系还是第一次有人开比较文学课程,事情难道不是颇有点象征意味吗?课虽然还没有开张,可我对自己将要扮演的角色竟然已经有点莫名其妙的历史使命感了。这样说连我自己都觉得有些情绪上的过于敏感和夸大,但历史事件本身不也是常常依赖于人的诠释么,于是我又多少有些释然。"①无独有偶,2017年笔者作为访问教授受邀赴韩时,也调研了韩国各所大学里比较文学的教学情况,当问及韩国外国语大学及其他几所大学的中文系学生时,他们都表示读本科时没有上过比较文学课程。对他们来说学习汉语已经十分困难,即便是高年级的本科生也难以直接阅读复杂的中国文学文本,对此笔者曾指出:"对于了解一国之文化,语言学习是基础也是根本,只有语言关过了,才能循序渐进慢慢地深入下去,否则面对中国乃至世界浩瀚的文学作品海洋,只能望洋兴叹了。而作为语言艺术的文学,其内容包罗万象、涉及广泛,下至器物乡土上至民族精神,无所不及,这样就更需要具有深厚的语言功底。"②可见,外语学习本身的难度也是影响比较文学专业在本科阶段进行普及的一大重要原因。

三、韩国比较文学的学会建设及学术活动

在韩国,与比较文学直接相关的学会有韩国比较文学学会和东西比

---

① 陈跃红,《在韩国教比较文学》,《中国比较文学》,2000年第4期,第132-133页。

② 赵渭绒,《韩国比较文学的概貌和现状——来自一位中国学者的观察》,《中国比较文学》,2018年第2期,第200页。

较文学学会。韩国比较文学学会（KCLA）在1959年6月5日成立，首任会长由异河润教授担任，现任会长为韩国淑明女子大学李炯振教授。韩国比较文学学会迄今已有60余年的发展历史，也已成为国际比较文学学会的会员国之一。早在2010年8月，韩国比较文学学会就在韩国首尔主办了第19届国际比较文学协会年会（ICLA），会议主题为"比较文学领域的新拓展"，邀请到来自全世界65个国家的上千名学者参会，会议主题聚焦前沿理论，丰富多元。韩国比较文学学会历史悠久、成果丰硕，对于推动比较文学在韩国的发展做出了巨大的贡献。

东西比较文学学会（EWCLA）于1997年7月在忠南大学举行成立大会。每年上半年和下半年都会举办学会学术会议，并发行《东西比较文学杂志》（동서비교문학잡지）作为学会学术刊物。2016年5月韩国大邱启明大学举办"第一届行素论坛比较文学学术会议"，以"韩国比较文学的新方向"为主题，邀请来自世界各国的比较文学学者进行学术交流。2022年7月，在格鲁吉亚第比利斯举办的第23届国际比较文学协会年会上，韩国东国大学的金英民教授再次当选执行委员。[①]经过韩国和印度两国的激烈竞争，最终韩国被选为第24届国际比较文学协会年会的主办国。[②]

除此之外，韩国还陆续出现了外国文学相关研究机构，主要研究方向是评价外国文学理论、思潮、流派、重要作家与作品，翻译外国文学著作。其中具代表性的有：

（1）韩国国语国文学会(한국국어국문학회)：1952年9月创立，由几位韩国文人组织的小型聚会形式发展为研究学会，同年11月创立学

[①] International Comparative Literature Association，(2022-08-09)，https: Outcome of the 2022 Elections – International Comparative Literature Association (ailc-icla.org).

[②] International Comparative Literature Association，Event Publications，(2018-07-24)，Congresses – International Comparative Literature Association (ailc-icla.org).

术刊物《国语国文学》（국어국문학）。①

（2）韩国英语英文学会（한국영어영문학회）：1954年10月韩国几所大学的英文系教授共聚探讨后，于1955年7月正式成立英语英文学会并创立学报期刊，而后广泛进行英美文学研究活动。②

（3）韩国德国文学会（한국독일문학회）：1958年9月创立，次年创立《德国文学》（독일문학）学报期刊，一年两度定期举办学术大会。③

（4）韩国法语法文学会（한국불어불문학회）：1965年7月正式成立，每年共出版四期学术期刊，并举办一次学术会议。④

（5）韩国中语中文学会（한국중어중문학회）：1977年成立后每年两次举办学术大会，每一季度发行名为《中语中文学》（중어중문학）的学报期刊和名为《韩国中语中文学优秀论文集》（한국중어중문학우수논문집）的学术论文集。⑤

（6）韩国西班牙语文学会（한국서문어학회）：成立于1981年4月，从1985年开始一年两度举办学术大会，2002年第一次参加国际学术大会（在西班牙），2022年在韩国外国语大学线上举办"第十届亚洲西班牙语文学大会"。⑥

（7）韩国俄语俄文学会（한국노어노문학회）：1987年9月正式成立，次年创刊《俄语俄文学》（노어노문학）。一年两度举行学术大会，发行四期学报期刊。⑦

（8）大韩日语日文学会（대한일어일문학회）：1991年成立，会员

---

① 韩国国语国文学会官方网站，국어국문학회（korlanlit.or.kr）。
② 韩国英语英文学会官方网站，한국영어영문학회（ellak.or.kr）。
③ 韩国德国文学会官方网站，한국독어독문학회 Koreanische Gesellschaft fuer Germanistik（kggerman.or.kr）。
④ 韩国法语法文学会，한국불어불문학회（french.or.kr）。
⑤ 韩国中语中文学会，한국중어중문학회（kacll.org）。
⑥ 韩国西班牙语文学会，페이퍼서치〉학회정보（papersearch.net）。
⑦ 韩国俄语俄文学会，한국노어노문학회（karll.or.kr）。

已达到1500多人，一年两度举办学术大会，与日语学、日本文学、日本学等学科进行互动研究。①

四、韩国比较文学学术研究及最新成果

自1955年金东旭教授在韩国中央大学的学刊报纸发表《新文学研究的方向》一文始，韩国比较文学学术研究正式开启，时至今日，韩国比较文学取得了令人瞩目的成绩。

（1）译著。法国学者梵·第根的《比较文学》1959年由金东旭译成韩文出版。同年勒内·韦勒克和奥斯汀·沃伦合写的《文学理论》（*Theory of Literature*）由白铁、金秉喆翻译成韩文。此外，基亚的《比较文学》、韦勒克与沃伦的《比较文学论》（*Comparative Literature and Literary Theory: Survey and Introduction*）、皮埃尔·布吕奈尔的《什么是比较文学》、曹顺庆的《跨文化比较文学研究》、王向远的《比较文学的钥匙》、苏姗·巴斯奈特的《比较文学批评导论》（*Comparative Literature: a Critical Introduction*）等著作陆续被译介进入韩国学者的研究视野。

（2）专著。韩国西江大学金学东教授的《韩国文学的比较文学研究》（한국문학의비교문학적연구）②是一本比较文学论著，主要内容包括比较文学理论和外国文学对韩国近代文学的影响关系两大部分。金学东教授指出，目前韩国比较文学研究比较重视欧美国家研究的现象，重点突出了法国自然主义及日本自然主义对韩国近代文学的影响，可以说是突破了比较文学研究的欧美局限。此外，20世纪70年代的学术代表性成果还包括：全奎泰的《比较文学理论、方法、展望》（비교문학의 이론과방법 그리고 전망），李裕英（이유영）、金学东、李在善（이

---

① 大韩日语日文学会，대한일어일문학회（jalalika.org）。
② 金学东，《韩国文学的比较文学研究》，首尔：一潮阁，1972。现藏于韩国国立中央图书馆。

재선)合写的《韩德文学比较研究——以1920年为研究中心》(한독문학비교연구-1920년대문학를중심으로),韩国东西文化研究所出版的《比较文学丛书》(비교문학총서)等。20世纪80年代以来,韩国比较文学研究逐渐得到国际学界的关注,李慧淳的《比较文学》(비교문학)、金秉喆的《韩国近代西洋文学移入史研究》(한국 근대서양문학 이입사연구)、金学东的《韩国近代诗的比较文学研究》(한국근대시의 비교문학연구)和《比较文学论》(비교문학론)等是这一时期的代表性著作。同时,李慧淳的《比较文学》和金学东的《比较文学论》皆是对比较文学的方法论进行系统阐释的理论性著作。金秉喆的《韩国近代西洋文学移入史研究》系统梳理了西方文化传入韩国后对韩国文学的影响、西方文化在韩国传播的阶段及其文化特点。

20世纪末,韩国比较文学研究进一步走向纵深,其学术研究逐渐从原有的西方视角转向韩国本身的研究,学者的学术自主性意识逐渐加强。赵东一教授在他的《韩国文学与世界文学》(한국문학과 세계문학)和《世界文学史的虚实》(세계문학사의 허와 실)中进行了韩国文学与外国文学之间的深入比较研究。他指出:"世界文学包括全球所有文学,做世界文学研究时不能局限在西方国家,而是要以世界的眼光、站在世界的角度对世界各地的文学作品进行研究。"[1] 此外,李昌龙的《比较文学理论》、尹浩炳的《比较文学》等开始从方法论的角度反思比较文学学科在韩国的发展。

进入21世纪,韩国学界开始探讨全球视野下的韩国比较文学,出现了李莲淑的《韩日古代文学比较研究》(한일 고대문학 비교연구),朴庚一的《英文学中的东洋思想》(영문학의 동양사상),李明学的《1930年代中韩现代主义小说比较研究》(1930년대 중한현대주의 소설

---

[1] 赵东一(조동일),《韩国文学与世界文学》,首尔:知识产业出版社,1995,第103页。引文为笔者自译。

比교연구),权赫律的《春园与鲁迅的比较研究》(춘원과 노쉰의 비교연구),朴成昌的《比较文学的挑战》(비교문학의 도전),李浩的《韩国战后小说与中国新时期小说的比较研究——以黄顺元和王蒙的作品为研究中心》(한국전쟁소설과 중국근대소설의 비교연구-황순원과 왕멍의 작품을 중심으로),朴南勇的《韩中现代文学比较研究》(한중현대문학비교연구),陈相范的《韩德文学的比较研究》(한독문학비교연구),苑英奕的《韩国民众文学与中国底层叙事比较研究》(한국의 민중문학과 중국의 저층서사 비교연구),韩日比较文学研究会的《比较文学与原文的理解》(한일비교문학의과제)等著作,在韩英比较文学研究、中韩作家比较研究、韩日比较文学研究、韩德作品比较研究、中韩底层叙事研究等方面丰富了比较文学在韩国的发展,形成了多元文学深度比较的研究特点,从而使韩国的比较文学研究向纵深拓展。而笔者在韩国三大书店网站上进行查阅,发现中国的比较文学著作及教材对韩国影响颇大,其中包括曹顺庆的《新编21世纪中国语言文学系列教材:比较文学概论(第二版)》(中国人民大学出版社,2015年),孟昭毅的《比较文学主题学》(北京大学出版社,2022年),尹锡南的《印度比较文学发展史》(四川出版集团,2011年),另有黄怀军的《比较文学教程》(湖南师范大学出版社,2018年)等,数量达到百余种,这些说明了比较文学在韩国当代的繁荣与中韩文学交流与互动的频繁。

（3）论文。在韩国最权威的学术网站[①]上检索到最早的比较文学研究文献是1958年李庆善教授的《〈松江歌词〉的比较文学研究考察》（송강가사의 비교문학적 고찰）[②]，这篇文章以韩国古典诗歌《松江歌

[①] 韩国学术研究信息管网站，http://www.riss.kr/index.do。

[②] 李庆善（이경선），《〈松江歌词〉的比较文学研究考察》，《釜山大学人文学研究所文理大学报》，第1期，1958，第23-27页。

词》为例，在对朝鲜中期郑澈①的诗歌研究中运用了比较文学研究方法。不久，李庆善所著的论文汇编成书《韩国比较文学论考》②（한국비교문학논고）由一潮阁出版社出版。除此之外，成元庆的《〈关东别曲〉和〈赤壁赋〉的比较研究》（관동별곡과적벽가의 비교연구），杨家丽的《松江歌词研究——以中国诗歌为比较研究中心》（송강가사연구-중국시가를중심으로），崔石子的《〈松江歌词〉和李白诗的比较研究》，金善玉的《〈松江歌词〉的比较文学研究》（송강가사의 비교문학연구）等论文还在古代韩国诗人及其作品和中国古代诗人苏轼、李白、杜甫的诗歌作品之间进行了比较文学研究。

从1960年开始，西方文艺思潮的涌入为韩国文学界带来巨大的影响，韩国比较文学界出现了西方文艺思潮专题研究。郑哲仁（정철인）在《韩国自然主义文学及欧美自然主义文学比较研究》（한국 자연주의문학과 영미자연주의문학의 비교연구）中介绍了欧美自然主义文学及其代表作品，并深入分析韩国自然主义文学的产生及渊源。具然轼的《西方达达主义思想对韩国文学作品的影响研究》（서양 다다이즘사상과 한국문학의 영향관계연구）介绍了达达主义的历史背景及其在韩国文学界传播的概况，并研究了达达主义对韩国诗人李箱③作品的影响。具然轼是一名韩国诗人，因他对达达主义陶醉，被学界称为具达达，足见达达主义对其的深刻影响。吴喜淑（오희숙）的《韩国早期现实主义文学研究—西方现实主义比较研究》（한국초기 현실주의문학연구-서양현실주의 비교연구）对西方的现实主义在韩国的传播和对韩国文学的影响进行了清晰的梳理和深入的分析。

---

① 郑澈（정철，1536—1593），朝鲜朝时期著名诗人，主要作品有《关东别曲》《思美人曲》《续美人曲》。
② 李庆善（이경선），《韩国比较文学论考》，首尔：一潮阁，1976。
③ 李箱（이상，1910—1937），本名金海卿，韩国著名象征派诗人、小说家，有作品《翅膀》《镜子》等。

在中韩文学比较研究方面，周药山的《鲁迅和金史良作品中人物形象比较研究——以〈阿Q正传〉和〈在拘留所见到的小伙子〉为研究中心》(노쉰과 김사량작품속 인물형상 비교연구 -『아큐정전』과『구치소에서 만난 남자』를 중심으로) 一文，分别对两部作品中主人公阿Q和王伯爵的形象进行了对比研究。金成在《廉想涉和巴金文学的比较研究》(염상섭과 바금문학의비교연구) 一文中，从宏观的角度分析了两部作品中心思想以及作者的个人经验对其作品的影响。一些中国留学生也开始在韩国进行比较文学研究，如高睿的《韩国现代小说中中国人形象研究》(한국현대소설속 중국인 형상연구)，采用比较文学形象学的研究方法，研究分析了四篇韩国现代小说中出现的中国人的形象。史佳伟的《朴婉绪和迟子建作品中的老年形象研究》(박완서와 츠자젠작품속 노년형상연구) 一文对朴婉绪及迟子建作品中老年的形象进行了比较研究。

除此之外，还有一些其他学术研究成果，如安秉卤的《韩中古典假传文学研究》(한국 가전문학연구)、崔石殷的《韩国开化期翻案小说研究》(한국개화기 번안소설연구)、池贤喜的《韩越两国越南战争小说比较研究》(한국베트남 양국의 전쟁소설 비교연구)、路晓婷的《中日韩三国的"林语堂"翻译及传播情况研究》(중일한 삼국의『린위탕』번역 및 수용에 관한연구)、郑柿勋的《韩国和伊朗战争小说中的存在主义比较研究》(한국과 이란전쟁 소설가운데 나타난 존재주의사상 비교연구) 等，从翻案小说、战争小说、翻译文学及韩国文学中的西方思潮影响等多个角度进行比较文学研究。

韩国比较文学发展70年以来，从最初借鉴西方的亦步亦趋到今天研究的多元与纵深，其发展道路曲折，其中既凝聚着韩国人文学者的学术心血，又体现出韩国社会在文化上的追求上进。从韩国比较文学70年的发展历史和最新动态来看，它已经从萌芽状态逐渐发展到茁壮成长阶段。这些成就离不开韩国学者孜孜不息、朝乾夕惕的勤勉与努力。今天，在国际一流学术期刊与顶级国际学术会议上，韩国比较文学学者身影频现，他们与其他国家比较文学学者之间的交流与互动较之先前愈加频繁。笔者于2019年9月赴美国宾夕法尼亚州立大学参加学术会议并短期访问时，发现有的韩国同行已在美国高校的比较文学系拥有教职，这些均说明韩国比较文学发展的欣欣向荣。从东亚比较文学的发展来看，学界应该重视比较文学的东方视角，规避以往的西方中心主义倾向。比较文学在韩国及东方其他国家的发展有力地证明了西方学界"比较文学的学科之死"预言的失败，宣称比较文学已经死亡的苏珊·巴斯奈特也不得不承认："在世界的其他地方，比较文学，或贴上了其他标签，却一派欣欣向荣。"[①]

当然，我们在梳理韩国比较文学成就的同时，也不能忽视它在发展中存在的不足，如韩国比较文学至今未能建立起自身独具特色的方法论，未能提出为国际学界认可的创新性学科理论，未能像印度那样建立兼具自身文化独特性的梵语诗学理论，如用味论、韵论、曲语论等品鉴西方文学作品以达到双向阐释的可能。韩国的比较文学或许应该从自身的文化特点出发，深挖古代受儒家文化影响，近代以来受西方文化影响的内在文化结构与肌理，认真梳理韩国与国外的文化交流特点与文学影响特点，扎实而细致地进行具体深入的比较文学研究。从历史上看，韩国处于东亚文化圈或者说汉字文化圈，从古代伊始的文化交流与互鉴使其拥有与中国文化互动的丰富资源。中国学者目前在这方面已经取得卓有成效的进展，如南京大学张伯伟教授的朝鲜汉籍研究，以延边大学为代表的中朝文学关系研究等。近代以来，韩国文化深受西方文化的影响，韩西文化交流拥有着丰厚的文化资源，韩国学者如能利用地理位置上的优越与学术资源获取上的便利，在这一研究领域深耕细作，当会产

---

① Susan Bassnett, *Comparative Literature: A Critical Introduction*, Oxford: Blackwell, 1993. p.8.

生丰硕的学术成果。因此，韩国比较文学的未来发展理应抢占先机，重点在中韩比较研究、韩西比较研究方面取得更多的学术成绩。

作者简介：

赵渭绒，四川大学文学与新闻学院教授，博士生导师，主要从事比较文学研究、中外文学关系研究。通讯地址：四川省成都市双流区川大路，四川大学江安校区文科楼一区文学与新闻学院。邮编：610207。

郑蓝，韩国人，四川大学硕士研究生（留学生）。

经典与阐释

斯威夫特关于爱尔兰的政治写作
——以《一个温和的建议》为例

黄薇薇

内容摘要 斯威夫特《一个温和的建议》被誉为讽刺文学的杰出力作，这一修辞殊荣掩盖了其独特的政治含义。这部小册子原是斯威夫特为反思爱尔兰日益严峻的经济困境，尤其是棘手的饥荒问题和殖民危机而作，有着典型的时效性和政治性。文本分析显示，斯威夫特将其政治智慧融入写作过程，辛辣地嘲讽了爱尔兰各种不合时宜的"改革方案"，抨击了英格兰对爱尔兰极尽盘剥的丑恶嘴脸。本文关注文本在多大程度上反映出斯威夫特本人的真实想法，试图通过文本分析揭示斯威夫特如何利用讽刺展示其政治观点。

| **关键词** 乔纳森·斯威夫特　讽刺文学　政治写作　《一个温和的建议》

Swift's Irish Political Writings: An Analysis of *A Modest Proposal*

Huang Weiwei

Abstract: Although Swift's *A Modest Proposal* has been regarded as a masterpiece of satire, the rhetorical praise belies its unique political implications. This pamphlet, written by Swift as a reflection on the increasingly severe economic plight of Ireland, especially the famine and colonial crisis, has its typical timeliness and political character. A close reading of the text will show that Swift integrated his political wisdom into his writing process, bitterly ridiculed various inappropriate "reform programs" of Ireland, and attacked the ugliness of England that exploited Ireland to the extreme. This paper focuses on the extent to which the text reflects Swift's real thoughts, and tries to reveal how Swift uses satire to convey his political views.

Key words: Jonathan Swift; satire; Political Writings; *A Modest Proposal*

> 两个王国都由党派主宰，
> 都曾经悬赏要他的脑袋；
> 没有一个叛徒敢站出来，
> 肯为六百英镑将他出卖。
> ——斯威夫特《咏斯威夫特博士之死》[①]

[①] 1731年，斯威夫特读了法国作家拉罗什富科的一则格言，便幻想自己的身后之事，写下了这首诗，反思自己的一生，引文是该诗的第351-354行。1713年，斯威夫特因写作《辉格党人的公共精神》遭英格兰政府悬赏通缉，1724年又因《布商的信》遭爱尔兰政府悬赏通缉，每次悬赏的奖金都是300英镑。中译本请参斯威夫特，《桶的故事 书的战争》，管欣译，北京：商务印书馆，2016，第293页。

斯威夫特（Jonathan Swift，1667—1745）是个饱受争议的知识分子和政治作家，[①]他的作品也和他本人一样，处于争论当中。一如他前半生一直飘荡在英格兰与爱尔兰之间，他的政治立场也在两者之间游移，直到发现自己始终不为英国政界接受，才毅然回到爱尔兰，至死不渝地为爱尔兰民族的发展呐喊和奋斗。[②]可能有人会怀疑斯威夫特的动机，说他是因为丧失了升迁机会才对英国政府恨之入骨，但英格兰当时对爱尔兰的控制确实令人愤怒，从而激发了斯威夫特的斗志，使他成为爱尔兰具有传奇色彩的爱国者，带领爱尔兰人民反抗英格兰对爱尔兰的殖民统治。[③]对于政治党派，他反对给自己贴任何标签，他认为自己是一个有判断力的独立者，并用一系列睿智的政治作品给予充分证明。[④]

[①] 斯威夫特的政治身份一直受人质疑，作为一个盎格鲁-爱尔兰人，他原本效忠于辉格党，但在同一年又转向了保守党。对于这件事，评论家意见不一。Jeffrey一百年以后仍然对此愤愤不平，称斯威夫特为"卑鄙的叛徒"，参Francis Jeffrey, quoted in *Jonathan Swift: The Critical Heritage*,(ed.) by Kathleen Williams, London: Routledge & Kegan Paul, 2002, p.316；也有比较宽容的批评家，Hazlitt就不同意Jeffrey把政治怨恨延续这么久，他声称可以原谅斯威夫特的政治转向，参Kathleen Williams (ed.) *Jonathan Swift: The Critical Heritage*, p.329。

[②] 斯威夫特一直在为留在英国努力，但安妮女王于1714年去世，托利党下台，他只好返回爱尔兰，开始担任圣帕特里克大教堂的院长。在那里，他用余生慷慨无私地帮助附近的穷人。有关斯威夫特的生平，参Paul J. de Gategno and R. Jay Stubblefield, *Critical Companion to Jonathan Swift: A Literary Reference to His Life and Work*, Facts On File: An imprint of Infobase Publishing, 2006, p.6。

[③] 爱尔兰在18世纪是否称得上英国的殖民地，历史学家对此多有争议。本文认为，纯粹的殖民特征是后世的标签，殖民是一个历史过程，在不同的时段有不同的形式，应该根据其体现出的政治特征来判断，当时的爱尔兰在自然资源和对外贸易上都受到英国的盘剥，毫无独立可言，因而可以算作被殖民的时期。参Oakleaf对斯威夫特的现代性和反殖民主义的分析，David Oakleaf, *A Political Biography of Jonathan Swift*, london: Pickering & Chatto Ltd, 2008, pp.13-30。

[④] 有关斯威夫特与政治党派的问题，参David Oakleaf, "Politics and History", in *The Cambridge Companion to Jonathan Swift*, (ed.) by Christopher Fox, Cambridge Cambridge University Press, 2003, pp.31-47。

一、政治书写

在返回爱尔兰之前，斯威夫特就已经对爱尔兰和英格兰之间的关系感到不满。1707年，他写过一篇很好玩的文章——《受伤女人的故事》(*The Story of the Injured Lady*，此文直到1746年才发表)，以一个被情人骗财骗色的受伤女孩的口吻，痛斥爱尔兰受到的不公正待遇。文章把英格兰描写成一个道貌岸然的伪君子，爱尔兰和苏格兰是待嫁闺中的富家少女，三人卷入了一场"三角恋"关系：爱尔兰对英格兰有情有义，英格兰却偏心苏格兰，对爱尔兰冷酷霸道，致使爱尔兰长期遭受经济虐待和性虐待。原因在于，爱尔兰过于轻信英格兰的花言巧语，对英格兰的趁虚而入毫无防备，更对他的施压手段半推半就。文章非常细致地描写了英格兰在爱尔兰的殖民过程：先是贬低爱尔兰的管理者，说他们是无知的文盲；然后说服爱尔兰接受英格兰派来的管家；再进一步赶走爱尔兰的仆人和佃户，最后完全取代爱尔兰家里的所有人，接管了爱尔兰国内市场、对外贸易和制造业等一切事务，致使爱尔兰及其家人衣不蔽体、食不果腹，过着举步维艰的生活。在这个过程中，爱尔兰一步一步妥协，把最好的土地和食物提供给了新来的移民，但英格兰却对爱尔兰变本加厉，甚至与苏格兰结盟，联合起来压榨爱尔兰。[①] 这种讽刺性的寓言写法赋予了斯威夫特独特的观察视角，有距离地审视爱尔兰与英格兰的政治关系，奠定了他后来写作《一个温和的建议》的基本论调。

在写作《一个温和的建议》之前，斯威夫特还提出过其他建议，直截了当地指出英格兰对爱尔兰的经济摧残。1720年，他发表了一本匿名的小册子，《关于普遍使用爱尔兰制造品的建议》(*A Proposal for the Universal Use of Irish Manufacture*)，大胆呼吁爱尔兰人抵制英国货物，

[①] Jonathan Swift, "The Story of the Injured Lady", in Carole Fabricant and Robert Mahony (ed.), *Swift's Irish Writings: Selected Prose and Poetry*, London: Palgrave Macmillan, 2010, pp.3-10.

敦促下议院宣布穿进口丝绸或国外面料的人为全民公敌。斯威夫特之所以这样建议，是因为英格兰通过了一系列法案，限制爱尔兰制造商出口自己的货物，致使爱尔兰的对外贸易和制造业受到严重打击。之前，为了照顾新移民，爱尔兰人手里的土地已经大面积缩减；而今，羊毛及其制造品也不能从自己的港口售往其他国家，爱尔兰人几乎到了山穷水尽的地步，只好靠偷盗和乞讨为生。斯威夫特义愤填膺，呼吁所有的爱尔兰人联合起来，拒绝使用英国的东西：烧掉一切英国货，除了他们的"煤和人"。可以想见，这样的小册子如何引发了当局的愤怒，他们把印刷商告上法庭，声称作者是要分裂两个国家。因为文章没有署斯威夫特的真名，也没有任何人出来揭发，印刷商和斯威夫特最终躲过一劫。①

但是，斯威夫特并没有因此产生丝毫恐惧，他继续写作与爱尔兰政治事务相关的小册子。1722年，斯威夫特开始以布商的名义陆续写作《布商的信》(The Drapier's Letters，总共七封)，抵制伍德 (William Wood) 在爱尔兰铸造新硬币的计划，呼吁爱尔兰要争取与英格兰平等独立的自治权。伍德本是英国的一个五金贩子，靠贿赂乔治一世的情妇肯德尔公爵夫人 (Duchess of Kendal) 获得了在爱尔兰铸造"半便士"的专利。这件事从未征求爱尔兰人的意见，尽管爱尔兰议会两院一再表示反对，因为爱尔兰货币体系虽严重不足，但批准的铸币数量过于庞大且货币价值缺乏保障措施，伍德这样做是不惜牺牲爱尔兰的利益牟取暴利。在《第四封信》中，斯威夫特号召爱尔兰各行各业要同仇敌忾，为爱尔兰的自由而战，并明确援引培根的观点来解释英国的宪政原则：君王的特权决不可凌驾于法律之上。②《布商的信》发表后，英国政府迫于

---

① Jonathan Swift, "A Proposal for the Universal Use of Irish Manufacture", in *Swift's Irish Writings: Selected Prose and Poetry*, pp. 25-32.

② 参Jonathan Swift, "The Drapier's Letters", in *Swift's Irish Writings: Selected Prose and Poetry*, pp.37-84。中译本参斯威夫特，《书的战争 桶的故事》，第227-254页。

民众的压力只好让步，国王于1725年撤销了伍德的铸币权，斯威夫特由此在爱尔兰获得了空前的爱国声誉。

此后几年，斯威夫特仍旧提出各种政治建议，但效果甚微，直到1729年，他以一种振聋发聩的讽刺方式发表了举世闻名的《一个温和的建议》(A Modest Proposal)。这篇不过三千多字的小册子短小精悍，才华横溢，被称为讽刺文学的代表力作。[①] 但这些声誉只是来自修辞界的评论，反而遮盖了其本身的政治性，因为它原本就是斯威夫特在这段时期写作的政治小册子中的一部，是为反思爱尔兰日益严重的经济困境，尤其是严重的饥荒问题和殖民危机而作。当时法国的一位匿名读者就曾一针见血地指出这部小册子不可思议的时效性：大家都在关注《格列佛游记》和《木桶的故事》，却忽略了《一个温和的建议》，斯威夫特把他的智慧与政治学问结合起来，用一种辛辣而苦涩的方式，令人信服地嘲讽了当今社会上铺天盖地的所谓"改革方案"。[②] 可见，斯威夫特的写作总是关涉他所处的特殊环境，离不开爱尔兰当时的经济危机和政治斗争。

二、爱尔兰的困境

18世纪20年代，爱尔兰无论在经济、政治还是宗教方面，都处于

[①] 昆塔纳认为，《一个温和的建议》是斯威夫特讽刺作品的"完美表达"，参 Ricardo Quintana, *The Mind and Art of Jonathan Swift*, London: Methuen & Co., 1936, p.255；1974年，布斯也提出，《一个温和的建议》在意图和效果上同时具有稳定的讽刺性，称得上"讽刺崇高"的典型之作，参 Wayne C. Booth, *A Rhetoric of Irony*, Chicago, IL: University of Chicago Press, 1974, p.105。

[②] 原文为"A French comment on *A Modest Proposal*"，作者是一个匿名的法国读者，他把《一个温和的建议》翻译成法文，连同一段评论投稿给了《英国日报》，参 *Journal Anglais*, iii, No. 17 (1 June 1777), 4。此文收于 Kathleen Williams, *Jonathan Swift: The Critical Heritage*, p.199。

无序和混乱状况，整个国家陷入贫困的泥淖无法自拔。爱尔兰土地贫瘠，多沼泽和山石，气候寒冷潮湿，耕地情况不佳，即使在气候最好的时节，农民也只能勉强维持生计，加上平日懒散，土地流失愈发严重。① 1710年以来，爱尔兰一直处于歉收状态。天灾影响了收成，粮食库存早已用完，百姓连续几个月颗粒无收。粮食进口是唯一的途径，但价格高得无法企及，且没有任何监管部门限制价格。整个农村一无所有，肮脏、悲惨、凄凉，城市的街道上满是流浪的乞丐和劳工。爱尔兰的处境具有历史典型性，因为爱尔兰当时并非独立王国，因而无法从别国的经验中找到可以借鉴的挽救之道，其问题主要体现在如下几个方面：耕地减少、贸易受限、制造业瓶颈。

首先是土地问题。1728年，斯威夫特在《答"纪念爱尔兰王国贫穷居民、商人和劳工"》(*An Answer to a Paper, called "A Memorial of the Poor Inhabitants, Tradesmen and Laborers of the Kingdom of Ireland"*)一文中指出：农民贫穷、懒惰、无知，既不给耕地施肥，也不给耕地恢复的时间，致使土地遭受严重损害，地主们痛心不已。此时，一些富裕的牧人趁虚而入，用更高的租金从地主手里租走耕地连同耕地周边的住地。在斯威夫特看来，爱尔兰的地主应该为此承担责任。他们原本应该鼓励农民耕作，以确保有限的耕地生产出足够多的粮食来养活众人，但地主为了个人利益，以高价拍卖土地，把耕地变为了牧场。就这样，一两个牧人轻而易举就夺走了上百个农民的生计，致使农民流离失所，沦为乞丐或饿死。②

其次是贸易问题。英国于1663年和1665年分别立法，禁止爱

---

① 参 L. A. Clarkson & E. Margaret Crawford, *Feast and Famine Food and Nutrition in Ireland 1500-1920*, Oxford: Oxford University Press, 2001, p.9。

② Jonathan Swift, "An Answer to a Paper, called 'A Memorial of the Poor Inhabitants, Tradesmen and Labourers of the Kingdom of Ireland'", in *Swift's Irish Writings Selected Prose and Poetry*, pp.109-116.

尔兰出口活牛到英格兰；此外，在1651—1681年之间，英国又颁布了一系列《航海条例》(Navigation Acts)，限制爱尔兰的海外贸易。1699年，英国颁布《羊毛法案》(Woollen Act)，限制爱尔兰羊毛制品进口到英格兰。不仅如此，英格兰还规定，外商必须先到英格兰登陆，从而加重了爱尔兰进口货物的成本，破坏了爱尔兰经济的稳定。① 因此，斯威夫特在1726年发表的《爱尔兰悲惨状况的原因》(A Sermon on Causes of the Wretched Condition of Ireland)中指出，爱尔兰之所以如此悲惨，首要因素并非耕地问题，而是"贸易遭受了不可忍受的困难"。② 被地主收走的耕地，如果能够有效利用，提高牛羊产量，仍可缓解经济压力。但英国限制了爱尔兰的出口贸易，牛羊只能销往固定城市的有限几个港口，且不能制作成牛羊肉的成品或半成品出售，这就导致国内牛羊数量增加。牛羊及其制品若不能顺利出口，国家也就没有足够的钱来购买国外的农产品。如此恶性循环，终使民不聊生。

第三是制造业问题。爱尔兰的制造业并不差，实际上还出现了供过于求的状况，但爱尔兰人民却陷入了严重的贫困。就纺织业而言，随着耕地不断牧场化，国内的羊毛越来越过剩，羊毛制品也囤积起来。究其原因，除了英国对爱尔兰的贸易限制外，也跟爱尔兰本地的消费习惯有关。爱尔兰的富人爱慕虚荣，奢侈成风。他们不愿消费国内产品，而是一味追求英国的舶来品，这直接导致国内制造品过剩。商品没有销路，厂商有时甚至用布料来抵工资，工人为了生活必需品，只好贱卖这些布料，最后造成商人和工人都没有活路。为此，斯威夫特曾引用奥维德笔下的一个寓言来讽刺英格兰对爱尔兰纺织业的

---

① Jane Ohlmeyer(ed.), "Politics, 1692-1730", in *The Cambridge History of Ireland Volume II 1550-1730*, Cambridge: Cambridge University Press, 2018, p.1675.

② Jonathan Swift, "A Sermon on Causes of the Wretched Condition of Ireland", in *Swift's Irish Writings: Selected Prose and Poetry*, p.133.

破坏，他把爱尔兰比作阿拉克涅（Arachne），称英格兰出于妒忌把爱尔兰变作了蜘蛛，爱尔兰的肠子和器官都被英格兰抽走了，失去了自由纺织的权力。①

正如斯威夫特1728年在《爱尔兰概况》（"A Short View of the State of Ireland"）中总结的那样：一个国家要脱贫致富，唯有改善土地、鼓励农业，方可增加人口。没有这些，任何一个国家，无论多么幸运，都将继续贫穷。当时的爱尔兰没有自主决定贸易、制造业、居住权和铸币权的自由；没有产业，不能改善耕地；虽有出口，却收不到钱；虽有税收，却有一半都在为英格兰的教育、养老、医疗、诉讼和公务薪金等买单。换言之，爱尔兰的危机，主要在于英格兰对爱尔兰的蛮横剥削，英格兰榨干了爱尔兰人民身上的每一滴血汗，完全违背一个国家的自然经济法则，这是爱尔兰不可能富有和繁荣起来的真正原因。②

三、温和的建议

面对爱尔兰的惨状，斯威夫特在1729年发表了《一个温和的建议》，全称为《关于防止穷人的孩子成为父母或国家的负担，并使其对公众有益的温和建议》。其主要观点是，为了解决爱尔兰目前的贫困，可以有组织地饲养和贩卖婴儿，并根据婴儿的肥瘦调整炖、烤、烘、煮等烹饪方式，以满足不同口味的需求。斯威夫特模仿一个策士的口吻，以一种沉着冷静的方式提出了"卖婴和食婴"计划，并为之辩护。文章因其骇人听闻的建议而被誉为英国文学上最辛辣的讽刺短文，也是斯威

---

① Jonathan Swift, "A Proposal for the Universal Use of Irish Manufacture", in *Swift's Irish Writings: Selected Prose and Poetry*, p.28.

② Jonathan Swift, "A Short View of the State of Ireland", in *Swift's Irish Writings Selected Prose and Poetry*, pp.93-99.

夫特的讽刺艺术之最。[①]

文章短小精致，全文仅三千多字，大致可以分为五个部分：(1) 序言：提出方案 (第1-5段)；(2) 论证：数据分析 (第6-19段)；(3) 论证：方案的好处 (第20-28段)、(4) 驳斥：方案无诚意 (第29-30段)；(5) 结语 (第31-33段)。

这个计划的缘起，是斯威夫特注意到大街上满是带着小孩乞讨的女乞丐。她们和这些孩子是劳动力最弱的阶层，也是国家最大的负担。如果女乞丐能够养活这些孩子，她们有朝一日或许可以成为有用之人，但靠乞讨养大的孩子是不可能走上正道的。这些孩子未来只有三条出路：盗贼、党徒、奴隶。如果把这些乞丐的数量扩展到全国没有抚养能力的父母和儿童，那这个负担就变成了一个无法承受的巨大包袱。为了解决这个难题，斯威夫特以"策士"的口吻建议，婴儿出生后抚养至1岁便可售卖，供人食用或做衣服，这样既可以处理这些多余人口，又可降低抚养成本，还能解决父母的衣食问题，甚至能够杜绝堕胎和杀子的恐怖行为。随后，策士精确地算了一笔账，并从各种"好处"证明了方案的合理性。

粗略估算，爱尔兰每年大概有12万穷孩子出生。对于这一点，其他经济学家也曾给过建议，但无济于事。因为国内缺少耕地和其他就业机会，这些孩子即便养大了也无法生存。6岁之前的孩子，还不能很好地掌握盗窃技术，因而无法靠偷盗为生；6到12岁的孩子又卖不出好价钱，所得之数还抵不过12年的衣食费用，是亏本买卖。要想利益最大化，就得在婴儿1岁时出售。此时的婴儿肉质鲜嫩，适于各种烹饪手

[①] 关于古典的讽刺风格，大致可以分为两种。一种是贺拉斯式的：宽容、诙谐、机智，针对人的荒谬和愚蠢的行为进行温和的嘲讽，目的是让读者苦笑。一种是朱文纳尔式的：庄重、严肃、尖锐，蔑视人的罪恶和错误，对其进行严厉地抨击。斯威夫特的讽刺更接近于后者。参C. Hugh Holman (ed.), *A Handbook to Literature*, Indianapolis: Bobbs-Merrill Educational Publishing, 1980, p.217, p.240。

法。因此，在12万婴孩中，留下2万备育，其余10万可供国内富人消费。因为"地主们已经吞噬了孩子的父母，因而最有资格享用这些婴孩"。此外，爱尔兰天主教婴儿数量庞大，每年三月货源最为充足。每个孩子可售10先令，婴儿一年所需花费不过2先令，其母卖子后可得8先令纯利，完全可以支付一家的生活费，直到下一年再育一胎。有些勤俭持家的富裕家庭还可以把孩子的皮剥下来，加工成漂亮的手套和凉靴。至于12岁以上的少男，肉质瘦硬，12岁以上的少女，需留用生育，都不适合出售。其他穷困潦倒的老弱病残也早已因为营养不良而奄奄一息，行将就木，用不着针对他们想什么挽救方案。无论如何，这个计划是个一本万利的好事。

方案还会带来很多好处：首先，可以减少天主教徒的数量，降低他们颠覆国家的风险；其次，穷人从此有了值钱的抵押物，富人也因为购买了国货而把钱财留在了爱尔兰；此外，缓解了妇女生产后的生活压力，婴儿菜肴也能提高酒馆的生意；最后，还可以促进婚育，改善夫妻关系。"烤全婴"甚至可以成为稀缺的"主打菜"，放在公务宴席上引人注目。

这个方案与过去的方案完全不同，它别出心裁、又很实在，不用投入资金，也不费力气，具有可操作性，不会触犯英国的法案，也不涉及出口，自产自销。这个方案清白、经济、方便、有效，既能解决10万人口的温饱，又能解决100万人背负的200万债务。关键是，方案能够让爱尔兰人"摆脱永无休止的悲惨不幸——地主的压迫、没钱没工作、缴不起租、衣不蔽体、流离失所"以及世代循环的不幸际遇。[①]

四、政治讽喻

初次阅读这个建议的读者，可能会被它的语言"炸"飞。关于这

[①] 中译文参斯威夫特，《书的战争 桶的故事》，第277-286页。

篇檄文的现代接受，有则轶闻最能说明效果。1984年，演员奥图尔（Peter O'Toole）在都柏林的"欢乐剧场"（Gaiety Theatre）重新开张时当众朗读了这篇文章，结果"促使大批显要人物离场"。[1] 可见，时隔两个半世纪，斯威夫特这个"温和的建议"的轰动效应仍不减当年。然而，读者在震撼之余会满腹疑问：怎么会有如此犀利的写作风格，令人触目惊心，即便发生经济危机和饥荒，提出"人吃人"的建议也让人难以接受。这不是个"温和"的建议，而是个"疯狂和反常"的计划。可是，一旦领悟到这是作者的讽刺笔法（"人吃人"的计划不是斯威夫特，而是"策士"提出的），就会进一步思考，其用意可能不在于让人毛骨悚然的字面含义，而在于背后对攻击目标的鞭笞和揭露。[2]

对于这篇文章的讽刺对象，通常有两种看法：一是认为斯威夫特在讨论当时的经济政策或经济学理论，含重商主义（或重商主义与人口的关系）、税收政策、政治计算、奴隶贸易等问题，针对的是部分经济学家；[3] 二是认为斯威夫特讽刺的是英格兰对爱尔兰的殖民统治，同时也

---

[1] Christopher Fox, *The Cambridge Companion to Jonathan Swift*, Cambridge: Cambridge University Press, 2003, p.7.

[2] Welch结合爱尔兰的历史语境，非常细致地分析了斯威夫特如此极端写作的原因，并指出斯威夫特对政治算计家们的批评，本文深受此文启发，特此表示感谢。参Patrick Welch, "Jonathan Swift on the Lives of the the Poor Native Irish as Seen Through, 'A Modest Propasal' and Other of His Writings", in *Journal of the History of Economic Thought*, Volume 35, Number 4, December 2013, pp.471-489。

[3] 这方面的文章有Louis A. Landa, "*A Modest Proposal* and Populousness", in *Modern Philology* 40 (1942), pp.161-170; George Wittkowsky, "Swift's *Modest Proposal*: The Biography of an Early Georgian Pamphlet", in *Journal of the History of Ideas* 4 (1943), pp.75-104; Clayton D. Lein, "Jonathan Swift and the Population of Ireland", in *Eighteenth-Century Studies*, Summer, 1975, Vol. 8, No. 4 (Summer, 1975), pp.431-453; Sean Moore, "Devouring Posterity: *A Modest Proposal*, Empire, and Ireland's 'Debt of the Nation'", in *PMLA* 122 (2007), pp. 679-695; John Richardson, "Swift, *A Modest Proposal* and Slavery", *Essays in Criticism* 51 (2001), pp. 404-423。

在批评爱尔兰人的道德缺陷，针对的是英格兰政府、爱尔兰当地的地主以及爱尔兰人的德性。① 本文同意以上两种观点，但本文主要关注作品如何反映出斯威夫特本人的政治观点，即斯威夫特如何利用讽刺来揭示爱尔兰的政治现实，抨击英国18世纪对殖民地的政治统治。

《一个温和的建议》第一个部分是绪论，交代缘起。爱尔兰大街上充斥着乞丐和小偷，这个现象已经持续多年。之所以以女性及其孩子开头，是因为他们是弱者中的弱者，但乞丐远不止这些，所以文章很快就从"职业乞丐"扩展到全国的穷人。爱尔兰的贫穷和不幸有多重原因，但我们从爱尔兰的基本状况和斯威夫特前期的作品可以看出，英格兰的盘剥占主要方面，源于爱尔兰无法独立自主的从属地位。当时也有不少策士为挽救爱尔兰的穷困努力，但他们不了解具体情况，提了很多无效甚至愚蠢的计划。斯威夫特曾在《维持穷人生计的考虑》（"Considerations About Maintaining the Poor"）中批评道：

> 我们在过去三十年里被无数的计划愚弄了。这些计划无论是书面的还是谈话中的，无论是在议会内提出还是议会外提出，都是为了维持穷人的生计，让他们工作，尤其是在我们这个城市；但大多数计划都是无稽之谈、囫囵吞枣、异想天开；这些计划都没有效果，其结果显而易见。许多策士愚昧无知，他们把爱尔兰与荷兰和英格

---

① 费格森认为，斯威夫特对爱尔兰又爱又恨，他对爱尔兰并非纯粹的爱国激情，但他确实在生命最后30年不遗余力地为爱尔兰遭受英格兰的剥削不断进行反抗，但他对爱尔兰人的愚蠢和自私也深恶痛绝。参 Oliver W. Ferguson, *Jonathan Swift and Ireland*, Urbana: University of Illinois Press, 1962, p.175; David Nokes, "Swift and the Beggars", *Essays in Criticism*, 26 (1976), pp. 218-235。此外，麦克布赖德认为，《一个温和的建议》攻击的不是英国人，而是爱尔兰的统治阶级（本土精英）。因此，斯威夫特针对的不是殖民主义，而是地主主义，是为了揭露"圈地运动"的野蛮性；参 Ian McBride, "The Politics of *A Modest Proposal*: Swift and the Irish Crisis of the Late 1720s", in *Past & Present*, June, 2019, pp.1-34。

兰作比，也就是拿两个完全自由和鼓励贸易的国家与一个各种贸易都受到限制、最有利的部分被完全剥夺的国家相提并论。①

也就是说，策士大都空谈理论，异想天开，并未结合爱尔兰的真实处境，尤其没有看到英格兰对爱尔兰的严酷压榨致使爱尔兰脱离了正常的经济规律，因而他们提出的拯救方案不切实际。关于爱尔兰人的贫困和流浪，斯威夫特三年前就在《爱尔兰悲惨状况的原因》中做过详细的分析：爱尔兰面临的一个惨状是，她能够生产四倍于需求的必需品，但大街上却满是乞丐和找不到活路的小贩和技工。他总结出四个原因：一、爱尔兰各行各业危在旦夕，因为爱尔兰在给英格兰做长工；二、爱尔兰本地富人愚蠢至极、忘恩负义，他们因贪慕虚荣而放弃购买国内产品，一味追求奢侈的英国货；三、爱尔兰人从小懒惰，孩子不但没有成为父母的帮手，反而是家庭的累赘；四、爱尔兰贪婪的地主见不得自己的佃户吃饱穿暖，致使他们变成乞丐，这违背了"共同的理性和正义"，也违反了其他国家通行的"管理和审慎"，农民被迫流离失所。② 可见，斯威夫特认为，造成爱尔兰贫困的首要原因是英格兰长期的压榨，爱尔兰就像英格兰的"长工"，这是一种奴役和压榨关系，爱尔兰的情况不能靠正常的经济理论和经济策略来挽救。

《一个温和的建议》就是对很多不明就里的策士胡乱提出建议的批评和戏仿，尤其那些主张用经济学原理来分析爱尔兰状况的人。比如，当时一些经济学家就提出一条格言（经济学原则）：人民是国家的财富。他们认为，国家的富裕程度与人口数量相当。这个说法明显是重商主义

---

① Jonathan Swift, "Considerations About Maintaining the Poor", in *The Complete Works of Jonathan Swift*, Delphi Classics, 2013.
② Jonathan Swift, "A Sermon on Causes of the Wretched Condition of Ireland", in *Swift's Irish Writings: Selected Prose and Poetry*, pp. 133-142.

的宣言，其本身带有不可忽视的漏洞。[1] 人是财富的来源，其隐含的意思是：人所从事的劳动是潜在的财富。换言之，如果人口数量与就业机会匹配，那么人口越多，创造的财富就会越多。可是，倘若国家无法给人口提供相应的就业机会，人不能在社会中发挥有效的作用，那么人口多不仅不会带来财富，反而会带来贫穷，也就是人口越多，就越会成为国家的负担。

《一个温和的建议》开篇展示的就是爱尔兰多余的人口问题。满眼望去，大街小巷都是人。但这是一个假象，这些人并非正常的劳动力，他们是没有就业机会或工作能力的乞丐（文中虽然尤为凸显女乞丐和小乞丐，且"温和的建议"主要针对小孩，但因为饥荒，街上也充斥着很多具备劳动能力的无业游民），他们并不能转换成国家的财富，反而成了国家的负担。这无疑从事实上否定了经济学家提出的格言：爱尔兰人口众多，国家和人民却日渐贫困。大街上的乞丐随处可见，什么原因？正如本文在第二节的分析，爱尔兰国内的耕地在不断减少，农民无地可种；变作牧场的土地不需要以前那样多的农民，多余的人口只好流向制造业，但因为制造品的销路被英国控制，无法出口，也就无法容纳农村来的多余人口，农民无计可施，只好上街乞讨或者以偷盗为生。[2] 换句话说，造成爱尔兰经济困境的根源在于英格兰的各项盘剥，英格兰已经损害了爱尔兰的自然经济法则，致使爱尔兰的经济畸形发展，怎么还能按照正常的经济原理来解决问题？简言之，《一个温和的建议》开篇以策士的口吻提出人口和经济学问题，其实是以反讽的方式对昏庸的经济方案提出批评：只关注表面的经济症候而不解剖背后的政治痼疾，不能挽救爱尔兰。

---

[1] Louis A. Landa, "*A Modest Proposal* and Populousness", in *Modern Philology* 40 (1942), pp. 161-170.

[2] Jonathan Swift, "Maxims controlled in Ireland", in *Swift's Irish Writings: Selected Prose and Poetry*, pp. 117-122.

《一个温和的建议》第二个部分，是用详细的数据论证方案的可行性，这是斯威夫特对当时流行的经济算法的模仿和讽刺。1690年，配第爵士（Sir William Petty）在他的《政治算术》（*Political Arithmetick*）中号称要以"数量、重量或尺度"来处理人类事物，拒绝并蔑视非科学的处理方式，认为非量化地处理人类易变的思想、欲望和激情之类的事情毫无价值，因为这缺乏"科学精神"，所以人类自身的价值应该用货币来衡量，而不是用宗教或伦理来衡量。[①] 斯威夫特对这样的看法明显持反对意见。在小册子中，他依样画葫芦，像个经济学家那样非常认真地计算了爱尔兰的出生人口，又似模似样地计算了售卖婴儿的成本和收益。在册子中，策士对于数字的运用近乎是强迫性的，且以一种不带情感、不偏不倚的量化语言来表达一个野蛮恶心的计划，这无疑是斯威夫特把配第按在了靶子上。这些数字越清晰，对这类经济算计者的冷漠揭露就越深刻。斯威夫特以这种戏仿的方式嘲讽配第：造成爱尔兰苦难的根源不是一笔经济账，而是政治账；各项法案已经扭曲了爱尔兰的自然经济，这事关政治道德，而不只是政治算术；从经济上调整只是转移了苦难，而不能根治苦难。

　　《一个温和的建议》第三个部分，论证了方案带来的很多好处。这些"好处"写得非常克制，却字字透出杀机，看似最礼貌的用语却催生出最野蛮的方案，这是斯威夫特模仿"文明"的语气，对英格兰吞食爱尔兰野蛮行径的抨击。这些好处包括：可以减弱天主教徒的势力，让穷人拥有值钱的"抵押品"，还能鼓励富人消费国货，提高酒馆生意，但一切都是以"杀婴和食婴"为前提。这哪里是什么带来好处的计划，不过是违背自然伦理的反常提议而已。这部分内容表明，斯威夫特对爱尔兰的穷人有着极深的同情，对造成这种困境的英格兰政府的无耻及爱尔

[①] Robert Phiddian, "Political Arithmetick: Accounting for Irony in Swift's *A Modest Proposal*", in *Accounting, Auditing & Accountability Journal*, Vol. 9, Iss 5, 1996, pp. 71-83.

兰政府的无能藏着强烈的愤怒。它不仅鞭笞了英国对爱尔兰的压迫，也痛斥了人类愚蠢的殖民行为。英国对爱尔兰的管理是一种野蛮的剥削行径，导致爱尔兰被迫野蛮化，这种野蛮不是战争的结果，但比战争更残酷，这是赤裸裸的奴役，最终的结果是"人吃人"，是文明的退化。这部分内容也是斯威夫特对爱尔兰现状最严厉的评价。所谓的悲惨，是道德的沦丧乃至人性的扭曲。在斯威夫特眼里，爱尔兰与英格兰之间永远存在着比战争更为残酷的斗争，那就是自由与暴政的冲突。在这个意义上说，斯威夫特幻化成了古代的演说家，用他的修辞号召爱尔兰为自由而战。①

《一个温和的建议》第四部分驳斥了对这个方案的诚意的怀疑，斯威夫特也借此解释了自己为何以策士身份如此尖锐地提出建议的原因。在回到爱尔兰的日子，斯威夫特痛苦地反思了爱尔兰的普遍苦难，他这段时期的作品基本都是从这些苦难中生长出来的。从《受伤女人的故事》开始，斯威夫特一直在为爱尔兰的附属地位抗议，但在《布商的信》之后，他的其余作品反响都不大。所以，这部分内容提到：

> 谁也不要跟我说什么别的权宜之计：什么对不在爱尔兰居住的地主征收每磅五先令的税呀；只使用本国生产制造的衣服、家具呀；杜绝使用助长外国奢靡之风的材料和器具呀；改变我们的妇女因骄傲、虚荣、懒散、赌博造成的铺张浪费呀；要养成节俭、审慎、节制的性情呀什么的……多年来，我闭门造车，屡建空言、屡战屡败，已经精疲力竭、心灰意冷，忽然灵机一动，遂有此念。②

---

① Charles Allen Beaumont, "Swift's Classical Rhetoric in *A Modest Proposal*", in *The Georgia Review*, Fall, 1960, Vol. 14, No. 3, pp. 307-317.

② 中译文请参管欣，《桶的故事 书的战争》，第284-285页，引文略有改动。

这段话告诉我们，作者凭靠自己的努力，为爱尔兰的悲惨处境一再奔走，却没有任何回应。斯威夫特本人何尝不是如此？这段话与其说是策士在自证诚意，不如说是斯威夫特在直抒胸臆。斯威夫特常年为爱尔兰的困境发声，他希望出现一个强有力的领导者，能督促爱尔兰建立一个更加独立的经济体系，希望爱尔兰人能够自力更生，却无济于事。斯威夫特曾于1720年在《关于普遍使用爱尔兰制造品的建议》中呼吁：如果英格兰阻止爱尔兰出口羊毛制品，那爱尔兰人就把它们穿起来。自己穿自家的衣服当然合理合法，这对英格兰的无理制度来说，算得上是个"温和的建议"。可是，十年过去了，爱尔兰的经济不但没有得到半点改善，反而每况愈下，"温和的建议"并不奏效。因此，必须有人为此"大声疾呼"。可另一方面，即便他以匿名方式"温和"地提出建议，也已经给印刷商带来了牢狱之灾，若再以真实身份提出更激烈的建议，斯威夫特及其支持者的生命就会受到威胁。为此，他只能隐藏自己，把自己伪装成一个主张经济计算的理性"策士"，以表面的冷静掩盖自己的愤怒，用平静的语气展示英国的无情和霸道，以"卖婴食婴"的合理来揭示"人吃人"的罪恶。斯威夫特只有用这样的方式，才能既保护自己，又让所有人惊醒，认清英格兰对爱尔兰的病态统治，思考切实可行的救国之道。

我们今天再读斯威夫特的政治写作，结合爱尔兰当时复杂的政治语境，就能理解斯威夫特的讽刺力度和思想深度，他以其独特的方式讨论着英格兰的殖民统治、爱尔兰的独立和自治权的合法性问题，讨论着人性本身的问题，这些讨论至今对我们仍有启发意义，激励着我们思考当今时代与陷于经济纠纷和政治矛盾的殖民时代的关系。斯威夫特是独一无二的，他的独特性既在于奇思妙想的人物形象和故事情节，同时也在于辛辣深刻的政治讽喻，他的政治写作严肃、忧郁、苦涩、犀利，又不失风趣，他把幽默和讽刺完美地融合在了一起。

作者简介：

黄薇薇，文学博士，北京第二外国语学院教授。主要研究领域为西方古典学，比较文学。通讯地址：北京市朝阳区定福庄南里1号北京第二外国语学院竞先楼A座305，邮编：100024。

萨德与现代政治

——《朱斯蒂娜》的政治哲学发微

熊俊诚

内容摘要 萨德是活跃在法国旧制度与大革命交汇处的作家，他对自身所处的时代有着敏锐的触感。他的小说虽然惊世骇俗，充斥着大量对色情和罪行的直白描写，但也蕴含着揭露黑暗的颠覆性力量。本文从现代政治哲学的视角出发，通过分析小说《朱斯蒂娜》中关于罪恶问题的讨论，展现萨德的哲学思想以及他与现代政治之间的联系。萨德在小说中塑造了一群无恶不作的放荡者形象，这些无神论者的言行在某种程度上展现了一种现代的政治理性和德行观念。借助放荡者对自然状态与社会契约问题的分析，萨德论证了罪恶的政治社会根源以及社会契约的非理性，以一种最直白的方式撕掉一切新旧道德或宗教的伪装，将政治社会中的罪恶赤裸裸地暴露在人们面前。

| 关键词 萨德侯爵 《朱斯蒂娜》 理性 社会契约

Sade and Modern Politics: An Interpretation in Political Philosophy of Sade's *Justine*

Xiong Juncheng

Abstract: Marquis de Sade was an active writer during the ancient regime and the French Revolution, and had a keen sense of the society in which he lived. While Sade's novels contain many straightforward depictions of pornography and crime, they are also subversive to expose the darkness of political society. This article elaborates Sade's philosophical thoughts and his connection with the modern politics by analyzing the historical contexts of Justine and the discussions on vice and virtue therein. In his novel, Sade portrayed a group of atheistic libertines, whose understanding of nature and providence embody atheism, naturalism, and the rationality of modern politics. Through the libertines' analysis of the State of Nature and the Social Contract, Sade has exposed the political-social roots of crime and the irrationality of the social contract by tearing away the veils of traditional and modern moralities or religions in a very direct way, revealing the crimes of political society.

Key words: Marquis de Sade; *Justine*; reason; Social Contract

引 言

萨德侯爵（Marquis de Sade，1740—1814）是西方文学史上饱受争议的人物：一方面他是"被诅咒的作家"，因放荡的私生活而多次身陷囹圄；另一方面，他对社会黑暗的揭露、对宗教的批判和对时代的反叛也使他成为法国启蒙和大革命的先驱。

在19世纪，萨德的小说虽然给予了许多作家以灵感，但却并未真正受到重视，大多数人都是出于好奇心或追求刺激去阅读他的禁毁小说。直到20世纪初，阿波利奈尔（Guillaume Apollinaire）才还给萨德在法国文学史上的一席之地。①同时，让·波朗（Jean Paulhan）也为萨德的代表作《朱斯蒂娜》（*Justine, ou les Malheurs de la Vertu*, 1791）的早期版本——《美德的不幸》（*Les Infortunes de la Vertu*, 1787）撰写了序言，②这才使得人们开始严肃认真地对待萨德。

二战之后涌现了大量解读萨德的文献：霍克海默和阿多诺在《启蒙辩证法》中将萨德小说中的朱利埃特（Juillet）视为启蒙的化身，并提出了"康德与萨德"命题；③科罗索夫斯基（Pierre Klossowski）讨论了萨德与无神论及唯物主义的关系；④巴塔耶（Georges Bataille）从萨德的信条中提炼出《色情》的禁忌、僭越与暴力；⑤布朗肖（Maurice Blanchot）在《洛特雷阿蒙与萨德》中对萨德的思想进行了忠实的分析⑥……这些解读真正确立了萨德及其作品的重要性。到了20世纪60年代，萨

---

① 西蒙娜·德·波伏瓦，《要焚毁萨德吗？》，周莽译，上海：上海译文出版社，2012，第3页。

② 让·波朗，《可疑的茱斯蒂娜或廉耻心的报复秘密》，见《淑女蒙尘记》，陈慧译，长春：时代文艺出版社，2003，第11-43页。本文对照Marquis de Sade, *Les Infortunes de la Vertu*, Paris: Gallimard Education, 2007, 中译参考两个译本：《淑女蒙尘记》（陈慧译，长春：时代文艺出版社，2003，其中还收录了萨德小说集《情罪》）对应的是1787年初版，以及《贞洁的厄运》（胡随译，长春：时代文艺出版社，2011）对应的是1791年第二版。此外还有《淑女的眼泪》（李政译，中国社会科学出版社，2004）、《朱斯蒂娜》（旻乐、韦虹译，哈尔滨：哈尔滨出版社，1994）、《情之罪/朱斯蒂娜》（尔利编译，北京：大众文艺出版社，1998）等译本。

③ 参见霍克海默、阿道尔诺，《启蒙辩证法》，附论2"朱利埃特或启蒙与道德"，渠敬东、曹卫东译，上海：上海人民出版社，2006，第71-106页。

④ 皮埃尔·科罗索夫斯基，《萨德我的邻居》，闫素伟译，桂林：漓江出版社，2014。

⑤ 乔治·巴塔耶，《色情》，张璐译，南京：南京大学出版社，2019。

⑥ Maurice Blanchot, *Lautréamont and Sade*, trans. Stuart Kendall & Michelle Kendall, California: Stanford University Press, 2004.

德小说已经成为许多学者的重要理论资源：比如福柯（Michel Foucault）将萨德视为古典思想和话语的终结，[1]拉康（Jacques Lacan）将萨德的伦理视为对康德绝对命令的补充完成，[2]以及罗兰·巴特（Roland Barthes）从萨德的语言修辞去分析反象征主义，[3]等等。

如今，萨德的小说已经达到了古典文学的地位，尤其是《朱斯蒂娜》引起了众多的关注和评论。[4]在相关研究中，学者们主要从语言修辞的角度分析萨德的写作手法，[5]或者从女性、身体和欲望的角度分析朱斯蒂娜的人物形象，[6]或者比较《朱斯蒂娜》三个版本之间的差异，以及它们与其他作家的作品之间的文本互涉。[7]在国内研究中，柳鸣九先生从《朱斯蒂娜》去分析萨德的善恶观，认为萨德是一个主善者，是当之无愧的思想家和伦理哲学家；[8]还有学者从"对话的暴力"和"神圣世界"去分析萨德的写作风格，[9]或讨论萨德的"界限书写"。[10]

---

[1] 参见米歇尔·福柯，《词与物：人文学科的考古史》，莫伟民译，上海：上海三联书店，2017，第216-218页。

[2] See Jacques Lacan and James B. Swenson, "Kant with Sade", *October*, Vol. 51 (Winter, 1989), pp. 55-75.

[3] Roland Barthes, *Sade, Fourier, Loyola*. Paris: Minuit, 1957.

[4] See John Phillips, "Sade. état présent", *French Studies*, 2014, Vol.68, No. 4, pp.526-533.

[5] Jean-Marc Kehrès, *Sade et la rhétorique de l'exemplarité*, Paris: Champion, 2001.

[6] Angela Carter, *The Sadeian Women, An Exercise in History*, Penguin Books, 1979.

[7] Will McMorran, "Intertextuality and Urtextuality: Sade's Justine Palimpsest", *Eighteenth-Century Fiction*, 19.4 (2007), 367-90.

[8] 柳鸣九，《对恶的抗议——关于萨德的善恶观》，《书屋》，1999年第1期，第30-33页。

[9] 郑焕钊，《颠覆理性的"萨德风格"——以〈淑女劫〉等哲理小说为例》，《社会科学论坛》，2009年第11期，第64-74页。

[10] 季浩旸，《〈朱斯蒂娜或美德的不幸〉——论萨德的界限书写》，《法国国家与地区研究》，2021年第2期，第67-72页。

本文在既有研究的基础上，从政治思想的角度分析萨德与现代政治之间千丝万缕的联系。之所以选择《朱斯蒂娜》这个文本，既是因为萨德在大革命前后三易其稿（1787年版、1791年版、1797年版），为它倾注了大量心血，又是因为"《朱斯蒂娜》的这个早期版本就像一只蛋，从中即将孵化出萨德式的哲学"[1]，其中不仅有萨德对马基雅维里、霍布斯这些现代政治哲学奠基者的理解和诠释，还有他与18世纪法国（反）启蒙思想家的对话与辩驳。

一、《朱斯蒂娜》与大革命

萨德的小说无情地揭露了人性中的病态、行为上的倒错，并让人们直面这个问题：罪行究竟意味着什么？这个问题源于萨德在其所处的政治社会中体验到的种种不安和痛苦。

萨德是活跃在法国旧制度与大革命交汇处的作家，他的大部分作品也都是在大革命前夕或大革命的十年中完成的。在法国的旧制度下，国王是上帝在尘世间的代表，而封建领主又是国王的附庸；这种等级制度既赋予了贵族以军事、司法和社会职能以及各种权利，同时也使其承担对上帝、国王和人民的义务。这种等级制度的核心是对上帝的信仰，然而随着国王权力的不断集中，它逐渐变得摇摇欲坠。一方面，国王为了中央集权和强化王权，开展了宗教的非基督教化运动，尤其是在18世纪法国出现了围绕"乌尼詹尼图斯（Unigenitus）通谕"而展开的长达半个多世纪的宗教大辩论。它和启蒙运动一起动摇了旧社会的信仰和制度根基，也改变了法国的政治面貌。但是，由于王权本身的神圣性源于上帝，国王在开展宗教的非基督教化运动的同时，实际上也使王权走向了世俗化的道路，

---

[1] 皮埃尔·科罗索夫斯基，《萨德我的邻居》，第69页。

损害了自身的神圣性。

另一方面,王权的集中不仅使贵族丧失了原有的职能,也使他们失去了对社会底层人民和公共事务的责任感,转而专注于个体的自由发展。在启蒙运动和政教辩论的影响下,他们变成了无神论者、唯物主义者,但是他们所享有的种种特权却又是建立在这个被动摇了的等级制度之上的;他们意识到了自己拥有权力,也知道这种权力是岌岌可危的,因此只能转向启蒙时代高扬的理性,利用诡辩将自己的特权(以及罪行)合法化。所以,柳鸣九在讨论"萨德的善恶观"时指出:萨德"并不把恶表现为简单化的、脆弱的恶;他并不把恶人表现为没有思维能力与制造观念形态的能力而只有残忍野性的莽撞野兽,而是把恶人表现为不仅有残酷的兽性,而且善于以谬论悖理来维护自己、证明其存在合理性因而也更为可怕的恶人"。①

萨德的痛苦,首先是一个无神论贵族在良心上的不安,他意识到传统的等级制度实际上已经退化到了一种强者与弱者、富人与穷人的不平等状态,其所处的社会是以专制而非信仰为基础的。然而,大革命的到来也并未让他的痛苦有所缓和。萨德对大革命的态度是复杂的:一方面,他曾一度被视作旧制度监狱的受害者和大革命的先驱,1790年他在巴黎的"长矛分区"登记,还被任命为主席;另一方面,他过去的浪荡行为依然令人生疑,他的贵族脾性也不为革命者所容,更因为他逐渐对大革命中的暴力、恐怖产生了怀疑,所以在1793年12月他又被激进的革命者以人民的名义关进了监狱。

大革命通过弑君完成了对旧制度的扫荡,但是它也以普遍意志或人民的名义犯下了种种罪行。那个自由、平等、博爱的共和国并没有出现;相反,革命带来了杀戮和罪行,并以人民的名义将其合法化,而这引发了萨德的恐惧。波伏瓦指出:"在旧社会中他所憎恨的莫过于它的

---

① 柳鸣九,《对恶的抗议——关于萨德的善恶观》,第32页。

自以为是，他就是这个社会裁断与惩戒的牺牲品：他无法谅解恐怖政策。当杀戮制度化，那它只不过是一些抽象原则的丑恶表述：它变得没有人性。"①萨德在《闺房哲学》(*La Philosophie dans le Boudoir*, 1795)中穿插了一篇讨论宗教和习俗的小册子《法国人，如果你们想成为共和派的话，那就再做出一些努力吧》，表达了他对这个基于杀戮而建立的政府的态度，即大革命将社会推入了一个动荡的、不道德的状态，最终可能导致社会的毁灭。

作为萨德的代表作，《朱斯蒂娜》不仅与他的命运息息相关，也与大革命关系密切。它的初稿是1787年萨德在旧制度的巴士底狱中花了15天完成的《美德的不幸》，它以一简一繁的形式讲述了一对姐妹（朱利埃特和朱斯蒂娜）的故事：姐姐朱利埃特行为浪荡却生活幸福；妹妹朱斯蒂娜恪守美德反而苦难重重。萨德出狱后将其修改扩充，并于1791年公开出版。因为小说新增的内容可能影射了当时的一些行为，在如火如荼的大革命中，《朱斯蒂娜》的实名出版被认为是一个"不慎重"的做法。1797年，萨德不仅更进一步扩充了篇幅，而且还背离了前两个版本的第一人称叙述模式，在小说结构上也做了巨大调整。他将其命名为《新朱斯蒂娜》(*La Nouvelle Justine*)，并与它的姊妹篇《朱利埃特的故事，或恶之繁盛》(*Histoire de Juliette, ou les Prospérités du vice*)合并于1801年出版，但也因此遭到了拿破仑的逮捕，并在牢狱中度过了他生命最后的十三年。

《朱斯蒂娜》本身揭示了这样一个主题：罪恶总能逍遥法外，而美德却总是蒙冤受难。这个问题可以追溯到柏拉图《理想国》中关于正义的讨论，也会使人联想起《约伯记》中对"义人为何受苦"的讨论。萨德将这个问题设置在了18世纪的法国，并且还保留了传统的德行和宗教范畴，或者用科罗索夫斯基的话说，"罪恶的问题被以极其严格的方

---

① 西蒙娜·德·波伏瓦，《要焚毁萨德吗？》，第21页。

式提了出来，而且几乎是以神学的方式提了出来"。① 首先，在最初版本中，朱斯蒂娜遭遇了十种磨难，很可能对应着摩西的"十诫"。十诫禁止杀人、邪淫、偷盗、诬陷、贪财，朱斯蒂娜全部遵守了，但却厄运连连，而放荡者们毫不在意，却升官发财。其次，在朱斯蒂娜最后的独白中，她向上帝发问："啊，天主啊！您允许我怀疑您的公道吗？如果我像那些坏蛋那样，一直做着坏事，您会给我更大的灾难吗？"或许正是这句"咒骂神灵的话"，使得上天用惩罚极恶之人的方式——降下雷霆霹雳——将她带入死亡的深渊。最后，朱斯蒂娜的死也被朱利埃特视为上帝之谜："上苍这样喜怒无常，是我们捉摸不透的迷，但也不应该引诱我们盲目。我的朋友啊，罪恶享有兴旺，无非是上天给予美德的考验，就像是霹雳发出诱人的虚火，美化大气于一瞬间只是为了把看得头晕眼花的人迅速投入死亡的深渊。"②

不难发现，萨德虽然保留了宗教的范畴，但是也对它们提出了深切的怀疑。在某种程度上，《朱斯蒂娜》最初不仅揭露了旧制度的道德、宗教观念的虚伪，而且还以萨德特有的方式反映了革命者的潜在意识。然而，伴随着大革命形势的变化，萨德对《朱斯蒂娜》的改动也将矛头对准了那个宣称建立在理性的社会契约以及人民的普遍意志之上的共和国。科罗索夫斯基指出，萨德"在《朱斯蒂娜》当中，以极其激烈的方式揭露大革命的谎言。必须以某种方式彻底揭露革命群众内心深处的冲动。然而，这种冲动并不是政治表现上的冲动，因为，即使当时人们打死人、淹死人、吊死人、抢劫、放火、强奸的时候，干这些坏事的人也是借了至高无上的人民的名义"。③ 大革命用普遍意志取代了上帝意志，用人民的名义取代了国王的名义。因此，朱斯蒂娜的发问，不仅是萨德向旧制度提出的，同时也是向大革命提出的。

① 皮埃尔·科罗索夫斯基，《萨德我的邻居》，第17页。
② 萨德，《贞洁的厄运》，胡随译，长春：时代文艺出版社，2011，第298页。
③ 皮埃尔·科罗索夫斯基，《萨德我的邻居》，第45页。

二、无神论者的理性

《朱斯蒂娜》中的放荡者都是无神论者。他们不仅在武力、地位、财富等物质方面压倒朱斯蒂娜,而且还能说会道,懂得运用当时法国流行的启蒙哲学、自然科学去论证他们行为的合法性,编造出一系列"犯罪有理""弑母有理""科学杀人有理""忘恩负义有理"等歪理邪说。事实上,放荡者对受害者理性的征服与他们对受害者肉体的虐待一样能够带来快感。

在《朱斯蒂娜》的前两个版本中,杜布瓦太太(Dubois)都是值得关注的角色。她与朱斯蒂娜一样艳丽惊人,但却罪行累累。显然,萨德有意将二者做一个比较;或者说在某种程度上,杜布瓦就是朱利埃特的化身。在小说中,较为年长的杜布瓦对朱斯蒂娜并没有选择直接施暴,而是企图说服、劝导朱斯蒂娜主动犯罪;而朱斯蒂娜也不是一个单纯的、不能发声的受难者,她可以做出选择,并且为自己的选择辩护。从她们前后两次围绕着天命(providence)与德行(法语vertu)的讨论中,能够发现萨德对现代政治理性的敏锐洞察。

第一次辩论发生在朱斯蒂娜身陷囹圄,而同在监狱中的杜布瓦伙同强盗们放火越狱,顺道将她救出,并邀请她入伙的时候。杜布瓦要朱斯蒂娜放弃一切道德准则,因为正是"不适当"的德行把朱斯蒂娜送上了断头台,而杜布瓦的纵火犯罪反而救了她。所以杜布瓦认为,德行不能带来幸福,犯罪才能吉星高照。在朱斯蒂娜尝试用宗教中上帝的审判、此世与来世的学说反驳她之后,杜布瓦正式开始了对德行与天命的论述。她认为,大自然让人们生而平等,但是天命却蓄意搅乱了这个普通法的第一准则。既然社会上有富人穷人、强者弱者之分,那么经济和社会的不平等就使罪行变得可以理解了。其实在朱斯蒂娜第一次上法庭的时候,萨德就阐述了罪恶的社会根源:"在这样的一个国家,人们相信道德与贫穷是不相容的,遭受不幸就是被告定罪的充足证据。……人们如何对待待定罪的犯人，全看他地位的高低：一旦没有金钱或爵位来证实他清白无辜，不言而喻，他就不可能是清白无辜的。"① 因此，一方面，在罪恶的社会中，在缺乏良好法律的情况下，穷困的存在本身就被视为"罪恶"，而只有以恶制恶，"只有罪恶才能为我们打开生活的大门，让我们得以生存，得以保持生命，免于毁灭"；另一方面，既然天命"迫使我们处于只有干坏事是我们的必然，同时又让我们有可能干坏事，那么干坏事就像做好事一样，是顺从它的法则"，所以要顺应天命给予的推动力行事。②

在第二次的辩论中，也就是朱斯蒂娜从伪币犯的城堡中被解救出来，在路上与珠光宝气的杜布瓦重逢之后，后者进一步加强了之前有关天命与德行的论证。她认为，上天不会偏袒德行和罪行，两者实际上都是人世间的行为方式，关键是要顺应外在环境的变化：在全然道德的世界要讲德行，在完全腐朽的世界则依从罪恶，顺之者昌、逆之者亡。更重要的是，她还指出，罪行和德行无非是取决于民族的风尚习俗和人们的观念的，只需要"对于地上一切民族的风尚习俗深思熟虑地加以研究"，就可以避免罪行；"既然没有什么是真正罪恶的，那么后悔就是愚蠢的，不敢做有利于我们自己或者使我们自己愉快的事情——无论有怎样的障碍必须冲破，只要能够达到目的——不这样干，就是怯懦"。③

不难发现，杜布瓦的论证颇有马基雅维里的味道。萨德应该是十分熟悉马基雅维里著作的，在他的小说集《情罪》（*Les crimes de l'amour*，1881，又译《孽之缘》）中有一则意大利故事《罗朗丝与安东尼》（*Laurence et Antonio*）就援引了《君主论》的部分章节。④

---

① 萨德，《贞洁的厄运》，第56-57页。
② 萨德，《贞洁的厄运》，第59-60页。
③ 萨德，《贞洁的厄运》，第260-261页。
④ 参见萨德，《罗朗丝与安东尼，又名意大利故事》，《淑女蒙尘记》，第300页。

马基雅维里被认为是第一个真正现代意义上的政治理论家，也在很长一段时间内被视为传授邪恶政治信条的导师和异教徒，因为他拒斥了古典政治哲学的传统。具体而言，马基雅维里区分了实然与应然、事实与价值、政治与道德，并且以一种政治的德行（意大利语 virtù）去取代古典的德行（virtue）。他在《君主论》第15章宣布："我觉得最好论述一下事物实际上的真实情况，而不是论述事物的想象方面。……人们实际上怎样生活同人们应当怎样生活，其距离是如此之大。"[1]这样做的直接后果便是对德行的重新阐释，或者说，德行实际上转化成了一种能力和手段，它是为了某种目的而存在的。对马基雅维里而言，这个目的便是建立和保有一个国家，也就是所谓的国家理由（raison d'état）。同时，他还提到："因为人们是恶劣的，而且对你并不是守信不渝的，因此你也同样地无需对他们守信……[一位新的君主]常常不得不背信弃义、不讲仁慈、悖乎人道、违反神道……随时顺应命运的风向和事物的变化情况而转变。"[2]更重要的是，虽然命运是不可捉摸的，但是人们可以通过审慎的判断和大胆的行动去征服它。因此，政治社会的建立不仅取决于时运，同样也取决于人的能力对外在环境的征服。既然命运女神可以被征服，那么政治问题也就转变成了技术手段问题。

萨德笔下的放荡者们俨然一副新君主的做派：他们没有谈论应然的事物，不去讨论关于天国、来世的问题，只关注现实的"实际情况"和"必要"的事情。他们认为"德行"是变化的、多元的，并没有普遍的、内在的一致性，而判断事物的标准取决于某种服务于目的的必要性。对放荡者来说，这个目的首先是自我保存，而它也正是霍布斯讨论自然法的起点。

在《利维坦》中，霍布斯认为，所谓的善与恶，无非是引起人的

---

[1] 马基雅维里，《君主论》，潘汉典译，北京：商务印书馆，2013，第73页。
[2] 马基雅维里，《君主论》，潘汉典译，第84-85页。

欲求或厌恶而已："善、恶和可轻视状况等语词的用法从来就是和使用者相关的，……也不可能从对象本身的本质中得出任何善恶的共同准则。"① 换言之，善与恶不过是人们对语词使用的区别，而"正义与不义这两个名称用于人的方面所表示的是一回事，用于行为方面所表示的是另一回事。用于人时，所表示的是他的品行是否合乎理性；而用于行为时，所表示的则不是品行或生活方式，而是某些具体行为是否合乎理性"。②

萨德在一定程度上也持有类似的机械论唯物主义的观点。狄狄耶（Béatrice Didier）指出，萨德将《朱斯蒂娜》从1787年作为哲理小说的《美德的不幸》变为1791年作为"黑小说"的《贞洁的厄运》，其目的是用严谨的科学方法去证明罪恶中的美德是不幸的。小说中的细节逼真与否其实无关紧要，重要的是"《贞洁的厄运》中的人物都同样的用作证明的意图、同样的简略数学演算的意图"。③ 在1787年的初版中，萨德塑造了一个试图用亲生女儿做人体解剖实验的外科医生罗丹（Rodin），而在1791年版中又增添了许多关于囚牢、刑具、虐待的细节，更不用说《索多姆的120天，或放荡学校》（*Les 120 journées de Sodome ou l'école du libertinage*，1785）与《朱利埃特》中大量关于色情、虐待的理论性阐述。这些东西在今天看来是精神分析和人体实验（现代科学）的绝佳素材，而它们的目的都是证明，在表面上放纵的情欲背后实际上是一种冷漠、机械的实践，爱欲被取消了超越的维度而被科学加以解剖和理性化。

放荡者们毫无同情、怜悯和懊悔之心，正是因为他们充满了这种形

---

① 霍布斯，《利维坦》，黎思复、黎廷弼译，北京：商务印书馆，2013，第37页。

② 霍布斯，《利维坦》，第113页。

③ 贝·狄狄耶，《从哲学故事到浪漫主义黑小说》，《贞洁的厄运》，胡随译，第301-302页。

式理性。霍克海默和阿多诺在《启蒙辩证法》中提到:"对形式理性而言,从良知烦恼中解脱出来的自由与对爱憎情感的丧失同样是至关重要的。"① 懊悔被认为是非理性的,道德的冷漠则是现代资产阶级德行的必要前提。如果说,"启蒙运动就是人类脱离自己所加之于自己的不成熟状态,不成熟的状态就是不经别人的引导,就对运用自己的理智无能为力",② 那么萨德笔下的放荡者无疑是理性主义者。他们完全祛除了旧宗教的信仰和道德,严格地按照形式理性的原则行动,追求自身利益的最大化。

三、社会契约的非理性

萨德用《朱斯蒂娜》批判了道德和宗教观念:一方面,他认为宗教、根深蒂固的道德观念,甚至是社会本身,都是强者发明出来去压迫人民的;另一方面,他认为自然的人即便有道德观念,也是自私自利的。这两个方面使萨德倾向于认为,所谓的道德并不是从自然,而是从公民社会中产生的。此外,他还认为,与罪恶所能提供的感觉相比,道德所提供的快乐是平淡的,而罪恶中的美德是不幸的。

在1787年版中,朱斯蒂娜在听了杜布瓦的言论后只有一句内心独白,她认为杜布瓦的话差点让她动摇,是内心的声音使她坚定了信仰。在1791年版中,萨德不仅补充了杜布瓦的同伙"铁石心肠者"(Cœur-de-fer)的论证,还为朱斯蒂娜添加了这一段反驳,从中我们能够发现萨德对现代自然法学说的理解:

……您怎么希望出于盲目自私而单枪匹马危害他人利益的人不

---

① 霍克海默、阿道尔诺,《启蒙辩证法》,第83页。
② 康德,《答复这个问题:"什么是启蒙运动"》,《历史理性批判文集》,何兆武译,北京:商务印书馆,1996,第22页。

至于毁灭？自行孤立的个人怎能与所有人对抗？社会就无权绝对不容忍宣布与它为敌的人存在于它内部？这样的人，要是不肯接受社会公约，不愿为确保他人幸福稍稍放弃自己的利益，还能够自命快乐而安宁？社会得以维持，只是依靠人人不断交换以善举，这才是凝聚社会的韧带；而不愿意这样行善，只奉献罪恶的人，因而被人畏惧的人，如果强大，必定受到攻击，如果孱弱，必定被随便哪个受他冒犯的人消灭，由于强大的理性而被以任何方式消灭，既然理性要求人们保守自己的安宁而打击意图打扰其安宁的人；……即使在一个罪恶团伙中，道德也证明有其必要性……要是这样的团伙没有道德，就一刻也维持不住……①

朱斯蒂娜的反驳从孤立的个人与对死亡的恐惧开始，这是霍布斯的基本理念，也是后来学者讨论自然法和社会契约的起点。但是，在关于自然法与社会契约学说的论述中，萨德援引更多的，其实是卢梭而非霍布斯。

霍布斯认为，自然使人在身心两方面的能力是相等的，即便存在体力上的差距，弱者也可以通过密谋或者联合去消除这种差距。②更重要的是，霍布斯认为政治社会的诞生是出于人的理性和对暴死的恐惧，它不仅有利于每个个体的利益，符合每个个体的理性，而且还是个人权利的保障。卢梭则认为："社会和法律就是这样或应当是这样起源的。它们给弱者戴上了新的镣铐，使富人获得了新的权力，并一劳永逸地摧毁了天然的自由，制定了保障私有财产和承认不平等现象的法律，把巧取豪夺的行径变成一种不可改变的权利。"③正是在此基础上，萨德笔下

---

① 萨德，《贞洁的厄运》，第70页。
② 霍布斯，《利维坦》，第92页。
③ 卢梭，《论人与人之间不平等的起因和基础》，李平沤译，北京：商务印书馆，2012，第101页。

的放荡者们才对道德、法律乃至社会予以批判，并且渴望成为强者。在萨德看来，强者无论在体力还是阴谋诡计方面都明显强于弱者，也就是说，无论是自然状态还是公民社会中的人都是不平等的。因此，他也对社会契约的（合）理性提出了怀疑。

除了放荡者之外，朱斯蒂娜的反驳其实也体现了卢梭的观点，她在论述的最后指出：即便是罪犯团伙，也需要有道德去维持。卢梭在《论不平等》中也提到："我认为这是人类唯一具有的天然美德；这一点，就连对人类的美德大加贬抑的人也是不得不承认的。"① 而这种道德感，其实就是同情或怜悯心，亦即朱斯蒂娜"内心的声音"，它维系了人类的互相保存。

不过，萨德对卢梭抱有一种夹杂着反感的同情，而他也为放荡者反驳朱斯蒂娜（或者说卢梭）做好了准备。实际上，这也昭示了萨德与卢梭之间关于自然与自然法的理解分歧。"铁石心肠者"回应道："维持我们这样罪恶团伙的不是道德，而是利害关系，是每个人的自私自利。"② 值得注意的是，萨德并没有从犯罪团伙的合作中提取出任何公共利益或普遍意志的概念，"铁石心肠者"关注的只是暂时性的共同利益，而不是将个人的权利让渡或授权给一个"利维坦"或者社会的"公意"。他认为：

> 人们所谓的社会利益，无非是各个个人利益的集合，这种个人利益之所以与整体利益协调一致，与之合而为一，绝对不是靠放弃；而一无所有的人，你又能希望他放弃什么呢？要是他这样做，你一定得承认，他更加错误，既然他给予的远远超过他所获取的；这样的话，交易的不平等必定制止他作出这种交换；……我不想谴责这

---

① 卢梭，《论人与人之间不平等的起因和基础》，第72页。
② 萨德，《贞洁的厄运》，第71页。

样的公约，但我主张两种人都不必遵守这样的公约，觉得自己是强者的，无须退让，就可以快活，而那些弱者，只好退让，舍弃的远远超过保证可以获得的。而组成社会的无非是强者和弱者，假如强者和弱者都不满意那个公约，它就根本不能适用于社会，他们都必定宁愿延续此前存在的战争状态。①

如果说，霍布斯的自然法则是出于对自我保存的渴望或对暴死的恐惧，并在此基础上以理性订立社会契约；而卢梭则部分接受了霍布斯的观点，承认了人的自爱之心，但是对人的自然又补充了另一个原则，即同情心；那么，萨德则试图用自私自利去取代恐惧的位置，并且以形式理性去压制内心的同情和怜悯。萨德借"铁石心肠者"道出了他的反社会契约宣言：

第一，社会契约不符合弱者的利益。在这一点上，萨德与卢梭的立场非常接近，他们都认为，人类社会并不是自然的结果；之所以人们会同意建立契约社会，实际上是受到了强者塑造出来的观念（宗教、道德或意识形态）的影响，或者说是弱者受到了强者的欺骗。正如卢梭在《论不平等》中的名言："谁第一个把一块土地圈起来，硬说'这块土地是我的'并找到一些头脑十分简单的人相信他所说的话，这个人就是文明社会的缔造者。"②对他而言，只要存在轻微的不平等，就会首先出现富人与穷人，然后是强者与弱者，最后变成主人与奴隶，社会契约最终变成了主人对奴隶的奴役。萨德则进一步指出，弱者如果遵循了社会契约，那么他不仅无法改变他的生存状态，而且还会为了苟全性命而受到强者的凌辱。

第二，社会契约也不符合强者的利益。在这一点上，萨德与卢梭拉

---

① 萨德，《贞洁的厄运》，第71-72页。
② 卢梭，《论人与人之间不平等的起因和基础》，第85页。

开了距离。卢梭认为社会和法律都是服务于强者利益的；然而萨德认为，强者本身无须对弱者做出让步就能逍遥快活，而如果遵循社会契约，那么他的损失则会远比其他人大得多。真正的强者是敢于破坏这种社会契约并回到战争状态的，因为他自信可以从中得到更大的好处。

尽管卢梭和萨德都主张回到自然，但卢梭向往的是一种"自然人"的生活状态，而萨德的"铁石心肠者"渴望的是回到那个人与人的关系就像动物界中的狼与狼的关系一样的自然状态。其实在《论不平等》中，卢梭已经注意到了这两种自然状态的区别，即最初的自然状态是纯洁的，而以最强者法律为依据的新的自然状态则是腐败导致的结果。① 在后一种自然状态中，最强者的问题被凸显了出来，即只有成为最强者才能够实行统治。这种统治本质上是专制的，因为暴力是决定谁是强者的终极依仗，最强者必定是垄断了暴力的人；同时，这种最强者的统治也只有依靠暴力才能够推翻，而这一切都是按照"自然"的秩序进行的。

需要指出的是，萨德的反社会契约，包括他与卢梭之间的分歧，并不是一个单纯的理论问题，它实际上关系到了一个至关重要的现实问题，即法国大革命。更确切地说，萨德想要借此告诉人们，现代政治社会并不是建立在社会契约基础上的，而是建立在各种被合法化了的暴力和罪行的基础上的。

以罗伯斯庇尔、圣·茹斯特为代表的雅各宾派将卢梭的普遍意志、人民主权、公民道德宗教等政治观念付诸实践，但是萨德却并没有看到一个道德的理想国从中孕育而生。在萨德眼中，所谓的社会契约其实并不可靠，它不仅没能给人们带来自由，反而成了新的枷锁。大革命"侧滑"、国王被处死、教堂遭到劫掠，种种罪行成了大革命中随处可见的寻常之事，而这一切却都以革命、人民的名义被合法化了。科罗索夫斯

---

① 卢梭，《论人与人之间不平等的起因和基础》，第117页。

基认为:"萨德想要恢复完整的人的统治,而大革命却想让自然的人活下去。为了这个自然的人,大革命动员了所有的力量,而实际上这些力量本来是属于完整的人的,这些力量本应该帮助人充分发展。"[1]在科罗索夫斯基看来,萨德与大革命(雅各宾派)构成了一种竞争关系,大革命虽然谋杀了上帝、处死了上帝在尘世间的代表,但它所建立的政府却依然是靠杀戮和罪行来维系的,所以萨德才会说:"一个因杀死上帝而产生的政府,一个只能为了杀戮而存在的政府,一个这样的政府本来就没有权利判决人的死刑,因此也就不可能宣布对任何罪行进行处罚。"[2]

因此,《朱斯蒂娜》对罪恶的无情揭露,不仅是针对旧制度的(1787年初版),也是针对大革命的(1791年版、1797年版)。萨德观察到,现代政治社会有时候会完全心安理得地混淆残暴与正义、罪行和美德的区别,而且没有感到丝毫的怜悯和后悔。就像小说中想要拿年轻女孩做活体解剖实验的罗丹医生,他认为他的"科学实验"与依法杀人没有什么不同,都是通过牺牲一个人去挽救成千上万的人;或者类似于那位想要弑亲的德·布雷萨克(De Bressac)侯爵,用大自然的平等、自然事物的生生灭灭去论证弑亲的合理性,不一而足。在经历了大革命的动荡之后,萨德注意到,通过类似的方式,政治会将人从纯粹的残暴中解放出来,他意识到了罪行可能被掩饰为宗教、道德、法律或其他社会价值。大革命所锻造的现代政治,从它出生开始似乎就带着谋杀上帝、公开弑君、恐怖屠杀的"原罪",而为了掩盖这些罪行,只有不断地继续犯罪,将罪恶推向极致以使人麻木,继而接受,最后甚至乐在其中。

可以说,自始至终,萨德关注的问题只有一个,那就是对各种残暴的罪行进行最为直白地揭露。诚如他所言,"我要让读者看到赤裸裸的

---

[1] 皮埃尔·科罗索夫斯基,《萨德我的邻居》,第46页。
[2] 皮埃尔·科罗索夫斯基,《萨德我的邻居》,第57页。

罪行，让读者害怕它、憎恶它，为此目的，我不知道还有什么别的方法可以做到，我的方法是把罪行充分暴露，显示出表征罪行的狰狞面目"。[①]萨德将那些心怀叵测、蓄意美化恶行的作家比喻成美洲的毒果，而他要做的是撕开那些鲜艳夺目的表皮，暴露出内里的毒液。或许在人们眼中，萨德本身也是一种"毒液"，但是在承认他对人们具有施毒功能的同时，也必须承认，萨德所具有的颠覆性力量能够撕开种种掩饰罪恶的面具，将人心的本相和自然展露出来。

结　语

萨德对正在发生深刻变革的政治社会有着敏锐的触感，并且提出了关于罪恶的问题，让人们去直面人性可以将罪恶发展到何种繁盛的地步。在《朱斯蒂娜》中，他通过小说中形形色色的放荡者的言行，去揭示各种赤裸裸的罪行、论证它们的社会根源以及批判一切虚伪的价值观念。

在2014年，巴黎奥赛博物馆举办了一场萨德200周年的纪念展览，策展人将其命名为"攻击太阳"（"Attaquer le soleil"）。它取自《索多姆的120天》中的一句话。书中的放荡者在表达他对欲望的满足时说，"他要攻击星星，攻击太阳，亲吻宇宙"，而这正是萨德本人的写照。启蒙运动给现代社会带来了"光明"，这是"启蒙"（Enlightenment, Lumière）的本义。然而，有光的地方会有阴影，有阴影的地方也必定有光；理性与欲望、美德与罪行、秩序与混乱，也就像光与影一样相伴而生。如果说伏尔泰、卢梭、康德这些人是沐浴在真理的太阳之中的哲人，他们照亮了现代人的启蒙之路；那么萨德则是隐匿在这启蒙之光阴影处的哲人，他象征着另一种不同的传统，这种传统甚至可以追溯到古

[①] 萨德,《关于小说的随想》,《淑女蒙尘记》,第65页。

希腊的酒神精神，即撕开表象、冲破禁忌、放纵欲望、解除束缚、复归自然。

如今提起萨德，人们始终无法彻底免除对他作为"恶魔哲学家"、"被诅咒的作家"、色情狂和性虐待者的印象，但无论萨德本人的形象经历了何种倒错和翻转，现代政治社会中的人们依然需要直面萨德提出的罪恶问题。

作者简介：

熊俊诚，复旦大学国际关系与公共事务学院博士研究生，研究方向为西方政治思想史，法国革命史，政治学理论。

运斤成诗

——斯奈德《斧柄》与杨牧《巨斧》中的《文赋》及其超越性

罗梓鸿　肖　剑

内容摘要　斯奈德和杨牧作为陈世骧门下的师兄弟,受其启发,都在各自的诗中对陆机《文赋》进行了化用。斯奈德的《斧柄》通过引用诗文,经由聆听英译《诗经·伐柯》和陆机《文赋》,在日常生活中体现出人文技艺的传承。杨牧的《巨斧》则在对《文赋》和威廉·布莱克《猛虎》等诗文的隐晦化用之下,将融合了诗创作与创世的神思提高到以"天工"(伟大匠人)为形象的宇宙论乃至形而上维度。这两首诗体现出各自不同维度的超越性,通过人文之继承和神思之超越的不同路径各自展开,体现出不同国度的现代诗对汉语古典的转化。

| 关键词　《文赋》　记忆　神思　互文　超越性

To Create Poetry in a Whirl of an Axe: The Allusions of Lu Chi's *Essay on Literature* and its Transcendence in Gary Snyder's *Axe Handles* and Yang Mu's *Giant Axe*

Luo Zihong　Xiao Jian

Abstract: As Shih-hsiang Chen's students and inspired by Chen, Gary Snyder and Yang Mu both adapted Lu Chi's *Essay on Literature* in their poems. By citing poems and listening to the English translation of "cutting the handle of an axe" in the *Book of Songs* and Lu Chi's *Essay on Literature* in memory, Snyder's *Axe Handles* represents the inheritance of humanistic skills in daily life. With its ambiguous allusions of *Essay on Literature* and William Blake's *Tyger*, etc., Yang Mu's *Giant Axe* raises the magic imagination fusing poetic creation and world creation to the image of "heavenly craftsmanship" (Great craftsman) as a cosmological and even a metaphysical dimension. Through the different paths of humanistic inheritance and spiritual transcendence, these two poems represent the different dimensions of transcendence and the different ways of transforming Chinese classical resources.

Key words: *Essay on Literature*; memory; magical imagination; intertextuality; transcendence

斯奈德（Gary Snyder）和杨牧分别在20世纪50年代、2000年创作了以"斧"为意象的诗作——《斧柄》（*Axe Handles*）和《巨斧》。从诗的内容来看，斯奈德《斧柄》一诗有一条从《诗经·伐柯》（庞德英译）到《文赋》（陈世骧英译）的明显继承脉络，杨牧《巨斧》一诗的主要意象则有颇多对陆机《文赋》所用意象的现代继承和转化。问题在于，为何两位身在不同国度、使用不同语言的诗人，会不约而同地在现代承接《文赋》，将其化用到其诗作之中？

回顾斯奈德和杨牧的求学经历，二人都曾经在加州大学伯克利分校跟随陈世骧（Chen Shih-hsiang）研究中国古典诗文。换言之，斯奈德和杨牧可以说是同门师兄弟的关系。斯奈德的寒山诗英译在英文世界，尤其是美国具有深远的影响力，而当时真正指导他去翻译寒山诗的，正是陈世骧。斯奈德于1953年进入加州大学伯克利分校学习东亚语言，同时跟随陈世骧学习阅读汉语诗歌。[1] 此前，斯奈德已经通过庞德和阿瑟·威利的英译阅读汉语古典诗文，但真正以汉语阅读且对汉语古典诗文产生深刻理解，还是得益于陈世骧的教导。[2] 后来，斯奈德采纳出版界友人的建议，要在诗集《砌石》（Riprap）后加上寒山诗英译[3] 再版，于是开始跟随陈世骧共同开展这项翻译工作。斯奈德在回忆这一段岁月时还专门提到，当时陈世骧已经英译了陆机的《文赋》，[4] 且以之教导他关于"斧柄"（柯）的成语："伐柯伐柯，其则不远。"[5] 由此可见，斯奈德的《斧柄》并非单纯从《诗经·伐柯》中来，更是直接地从陈世骧的英译《文赋》和教导中来。另外，斯奈德也在讨论中国古典诗

---

[1] Gary Snyder, Afterword to a New Edition of Riprap, in Gary Snyder, *Back on the fire: essays*, Berkeley: Counterpoint, 2007, p. 54.

[2] 盖瑞·斯奈德，《盖瑞·斯奈德诗选》，南京：江苏文艺出版社，2012，代译序第9页。

[3] 斯奈德的寒山诗英译在国内已有中译，见《寒山诗二十四首》，加里·斯奈德英译，柳向阳中译，雷平阳、李少君，《诗收获（2018年秋之卷）》，武汉：长江文艺出版社，2018，第202-217页。

[4] Lu Chi, *Essay on Literature: Written by the Third-Century Chinese Poet Lu Chi*, translated by Chen Shih-hsiang in the Year MCMXLVIII, revised 1952. Portland, Maine: The Anthoensen Press, 1953.

[5] 参见加里·斯奈德，《〈砌石与寒山诗〉后记》，柳向阳中译，雷平阳、李少君主编《诗收获（2018年秋之卷）》，武汉：长江文艺出版社，2018，第212-213页。

歌之特点时引用过陈译《文赋》的"罄澄心"（calm transparency）作为说明。①

作为斯奈德的学弟，杨牧在1966年正式成为陈世骧的比较文学博士研究生。1965年杨牧因为参加《美国现代七大小说家》的中译工作（其他三位译者为张爱玲、於梨华与林以亮）而住在伯克利。他大学时候的恩师，东华大学中文系的徐复观得知此事，即写信告诉杨牧，既然到了伯克利，应该见一见陈世骧。于是，杨牧就到加州大学伯克利分校拜访陈世骧。面谈后，陈世骧希望杨牧能够到伯克利读博。于是，杨牧次年从爱荷华大学毕业获硕士学位后，放弃去哈佛的计划，转而跟随陈世骧在伯克利攻读比较文学博士学位。②相比较斯奈德来说，至少在学术上，杨牧在《文赋》上无疑用功更深："我读《文赋》，最初是获得陈世骧先生的启发，而近二十年来因为教学研究的需要，几乎每年都要温习一过，渐渐有些体会和感悟。"③到1982年，杨牧更将两位老师的成果，即徐复观的《陆机文赋疏释》④和陈世骧的《文赋》英译"加以比较发挥"，写成《陆机文赋校释》⑤。当时与徐复观通信时，杨牧此书尚未付梓⑥，先发表于台湾大学《文史哲》1983年第32期，后于1985年由洪范书店出版。此书可谓凝聚了徐、陈、杨师徒三人在《文赋》研究上

---

① 钟玲，《史耐德与中国文化》，北京：首都师范大学出版社，2006，第120页。

② 杨牧，《柏克莱——陈世骧先生》，杨牧，《掠影急流》，台北：洪范书店，2005，第28-33页。

③ 杨牧，《陆机文赋校释》，台北：洪范书店，1985，自序第vi页。

④ 徐复观的《文赋》疏释有两个版本：《陆机文赋疏释初稿》发表于《中外文学》1980年6月1日第九卷第一期，并于同年8月至11月三次校订后以《陆机文赋疏释》发表。后者可见徐复观，《徐复观全集10：文学论集续编》，北京：九州出版社，2013，第79-131页。

⑤ 其中部分释论亦见张少康集释，《文赋集释》，北京：人民文学出版社，2002。

⑥ 徐复观，《徐复观全集25：无惭尺布裹头归·交往集》，北京：九州出版社，2014，第323页。

的主要观点。

由以上两位诗人在伯克利的学习经历可以看到,《斧柄》与《巨斧》这两首诗之所以会有不谋而合之处,与他们的老师陈世骧及其对《文赋》的重视是分不开的。

一、《斧柄》中的《文赋》:回忆之多重回响

斯奈德《斧柄》[①]一诗对《文赋》的运用非常直接:一是在诗中直接说明哪些是《文赋》(英译本)中的句子,二是整首诗即为《诗经·伐柯》《文赋》之典的再现。从章法来看,这首诗可分为三个部分:一是诗人和他的儿子凯(Kai)一次投掷手斧的游戏及其后动手制作斧柄的叙事(第1-13行前半句),二是他由此聆听到(回忆起)此前庞德所译的《伐柯》和恩师陈世骧所译的陆机《文赋》(第13行后半句-第30行),三是卒章显志(第31-36行),点出人文技艺的传承。[②]

或许是由于斯奈德这种卒章显志的章法,即使在专门讨论这首诗的时候,国内外有的学者也往往多直接引用最后这几行作为斯奈德自身的人文观念表达,而很少对前文的叙事进行分析。[③]那么,此前的叙事不重要吗?相反,斯奈德的这些叙事其实透露出更多的信息。正如廖伟棠所说:

[①] 原文可见于盖瑞·施耐德,《水面波纹》,西川译,南京:译林出版社,2017,第130-133页。这首诗有多个译本,如陈次云(1990)、杨传纬(1996)、西川(2017)、许淑芳(2018)等。

[②] 当然,这样的划分并不是绝对的,他对前人英译诗文的聆听其实是与此前关于斧柄制作的叙事交织在一起的。

[③] 例如多西·克莱茨,《"我们的传承之路":庞德的孔子与斯奈德的〈斧柄〉》,程汇涓译,《英美文学研究论丛》,2011年第1期,第48-57页;奚昕,《〈斧柄集〉的深层生态学思想与中国的儒、释、道文化》,《南京林业大学学报(人文社会科学版)》,2019年第2期。

> 他常常选择以"赋"——以陈述来平静地嵌构一首诗,不用花一枚钉子,像出现在他的京都诗里的木建筑。他像一个轻型的杜甫,而不是更琳琅满目更现代派的李商隐。①

在《斧柄》"伐柯"的叙事过程中,诗人对儿子的言说,是在两次聆听之间发生的。这一点,从斯奈德的用词即可见出。《巨斧》的第四行用的是recall。从英文构词来看,recall一词是由前缀re和词根call构成的,即"唤回"之意。有呼唤,也就必然有听者。儿子是在记忆的呼唤之中想起了一面旧的斧刃。由此来看,这种回忆是一种类似于聆听的记忆,整首诗的行动是由聆听的回忆所驱动的。首先是儿子回忆起(recall)旧斧头,其次是诗人回忆起(rings in my ears)庞德英译《伐柯》,再次是这一回忆之后的言说,最后是诗人回忆起(hear)陈世骧英译《文赋》。在聆听之后,儿子明白了(he sees),而诗人在重新聆听庞德和陈世骧的英译汉语古典诗文时,他也明白了(I see)。从这里的用词来看,甚至对这种聆听的响应也是感官性的see,或者说,近似一种切身体悟之见。这又在相同词语的呼应之中,暗示了其结尾所说的人文技艺之传承,即通过聆听和领悟而通达技艺的实践,由器物而通达人文。

可见,这首诗通过反复,进行了一次寄寓在日常的秘传仪式,这是一种通过聆听而获得召唤的传统,其中的启示,需要诗人在此后的生命里去重新聆听,重新体悟。这种回忆并非艾略特批评的浪漫主义式的事后回忆,而是被从日常事件中直接唤起的"经验的集中":"这种集中的发生,既非出于自觉,亦非由于思考。……他们最终不过是结合在某种境界中,这种境界虽是'宁静',但仅指诗人被动地伺候它们变化

---

① 廖伟棠,《加里·斯奈德诗集:斧柄在手,寒山不远》,《新京报》2018年10月20日第B09版。

而已。"[①] 整首诗是在对《伐柯》与《文赋》的聆听与叙事之中集中发生的，并非学理式地、自觉地从《伐柯》的接受史安排引文：

When making an axe handle

the pattern is not far off.

（庞德英译《伐柯》："伐柯伐柯，其则不远。"）

Look: Well shape the handle

By checking the handle

Of the axe we cut with.

（斯奈德《斧柄》原诗）

In making the handle

Of an axe

By culling wood with an axe

The model is indeed near at hand.

（陈世骧英译《文赋》："至如操斧伐柯，虽取则不远……"）

单看这一部分的韵脚，axe 和 handle 分别出现三次，对应着他在结尾部分提到的三把斧子，而且这两个重复的词就是本诗的题目 axe handles。其中，还有一个与 handle 相近的词，即制作斧柄时的手（hand）。可以看到，英译《伐柯》《文赋》和斯奈德自己对这些诗文的转化言说，三者以韵脚构成了一个完整的"回声"结构。这种通过韵脚来标志内容变化的手法（不仅是转韵）在中西方诗歌中都不乏例子，在

[①] 托·斯·艾略特，《传统与个人才能》，见艾略特，《传统与个人才能：艾略特文集·论文》，卞之琳、李赋宁等译，上海：上海译文出版社，2012，第10页。

杨牧的《巨斧》中也有所体现。

在一次访谈中,斯奈德也强调他在诗创作过程之中对听觉的重视:

> 史:我仔细聆听我自己内部的心灵音乐,大部分时间那里没有特别有趣的事发生。但偶尔我听见某样我认得出是属于诗的范围的东西。我很细心地听那东西。[1]

由这种通过听觉来孕育诗的创作习惯来看,斯奈德将聆听融入叙事之中的手法也就可以理解了。正是通过聆听与叙事的结合,《斧柄》得以成为表现诗孕育过程的对"伐柯"的模仿。斯奈德在同名诗集中有另一首"模仿"诗——《献给比尔和辛迪婚礼的一斧》[2]。这首诗模仿了《伐柯》,即直接运用《诗经》中伐柯与嫁娶的比兴关系。这首诗讲述的是"他"在朋友婚礼上劈一块柴的仪式。如果直接从这个行为来看,在婚礼上将一块木头劈成两半,似乎有暗示分离的意思。这一仪式在不同文化语境中,其实是较易引起莫名其妙的感受甚至误解的。但如果联系《斧柄集》的题词——"伐柯伐柯,其则不远"的英译,就会知道,这种行为是直接在现实世界里模仿《诗经》的行为,即"伐柯伐柯,其则不远"之后"取妻如何?匪媒不得"。由此可见,如果没有后来对《文赋》的聆听,那么《斧柄》和《献给比尔和辛迪婚礼的一斧》一样只是对《伐柯》的简单模仿,因为《诗经》中的《伐柯》非与作诗相关,而是与媒妁婚嫁相关。正是在《文赋》的转化下,伐柯其则不远才真正成为诗文创作的比喻。如前述,也正是在陈世骧的教导下,"伐柯"的成语才留在了斯奈德心中,才有后来模仿"伐柯"且以此为名的《斧柄》一诗。

---

[1] 盖瑞·史耐德,《山即是心:史耐德诗文选》,林耀福、梁秉钧编,台北:联合文学出版社,1990,第13页。其中,"访"指访问者,"史"指史耐德(即斯奈德),下同。

[2] 加里·斯奈德,《斧柄集》,北京:人民文学出版社,2018,第113-114页。

二、杨牧《巨斧》中的《文赋》：神思隐秘之转化

杨牧《巨斧》一诗[1]对《文赋》的运用，则完全不像斯奈德那么直接地将《文赋》的作者及其时代、译者等信息都明白地告诉读者，而是以更隐晦复杂的方式与《文赋》互文。此前已经有相关研究试图阐释这种互文关系，主要是以《陆机文赋校释》为背景，研究与该书写作、发表同时期的诗作，如《秋探》，[2]"新乐府辑"九首[3]。这些研究揭示了同时期诗作与《文赋》研究的互文关系，并非实证性的探索。那么，写于2000年的《巨斧》则完全脱离了那个时期，与《陆机文赋校释》的出版相隔近18年，又何以与《文赋》有关？

《巨斧》对《文赋》的隐晦的运用首先要从这首诗的最后几行来看起，再由此反观前文。

> 理念和欲犹残存于风炉
> 燃烧的肢体，神他留住绵密，紧绷的
> 思维中，等待巨斧破解。[4]

熟悉杨牧的《英诗汉译集》就会发现，这三行诗可以说是源自杨牧翻译的威廉·布莱克之《猛虎》(*Tyger*)：

> 猛虎猛虎，燃烧的光彩，

---

[1] 《巨斧》最初收录于杨牧2001年的诗集《涉事》，后编入杨牧，《杨牧诗集Ⅲ：一九八六—二〇〇六》，台北：洪范书店，2010，第286-287页。

[2] 陈义芝，《住在一千个世界上——杨牧诗与中国古典》，《淡江中文学报》，2010年第23期，第110-115页。

[3] 潘秉旻，《杨牧诗与中国古典的互文性研究》，台湾师范大学2019年硕士学位论文，第39-43页。

[4] 杨牧，《杨牧诗集Ⅲ：一九八六—二〇〇六》，第287页。

逡巡黑夜的森林地带：
是什么神明之手，什么巨眼
力能规擘你的匀称惊人？

……

什么斲锤？什么样的链？
你的心智在鼓风炉里熬煎？
什么铁砧？何等可怕的攫握
胆敢抢拿那凶险的灾厄？①

再看与《陆机文赋校释》差不多同一年（1983年）开始创作的论诗书信集中的《一首诗的完成》②，杨牧于《论修改》一篇的首段中即引陆机《文赋》的"思风发于胸臆，言泉流于唇齿"和"兀若枯木，豁若涸流"。③ 这一篇书信中所举以往修改诗文的范例，其中即包括布莱克修改《猛虎》。然后，杨牧同样是在陆机《文赋》与刘勰《文心雕龙·神思》的烛照之下，反观修改与学养的关系。在杨牧看来，"布雷克（引者按，即布莱克）并不是特别富于古典学养的诗人"。因此，在创作中往往需要进行酝酿和修改，虽然其修改"不见得是为了考义就班"。④ 杨牧此处所言"考义就班"当为《文赋》中的"选义按部，考辞就班"。

而就杨牧的译文来看，"什么斲锤"一语似乎也是有意为之。布

---

① 威廉·布莱克，《猛虎》，杨牧，《一首诗的完成》，台北：洪范书店，1989，第161-163页。该译诗后收入杨牧编译，《英诗汉译集》，台北：洪范书店，2007，第161-163页。后一版本中该诗略有修订。
② 《一首诗的完成》的第一篇《抱负》文末注明年份为1983年3月，见于杨牧，《一首诗的完成》，第8页。
③ 杨牧，《一首诗的完成》，第157页。
④ 杨牧，《一首诗的完成》，第164-165页。

莱克原文为"What the hammer",此前多为"是怎样的槌"(郭沫若)、"什么样铁锤"(卞之琳)一类的直译。杨牧在这里增加了"斲"来译hammer(锤)。斲者,砍也,削也。就翻译来看,这一字之增,与hammer本身是无关的,甚至显得多余。然而一旦将其与《巨斧》的最后三行联系在一起,就可以发现,这一"斲"字可以说是诗中巨斧的根源。由此也可见出,杨牧在《巨斧》所言"理念和欲犹残存于风炉/燃烧的肢体,神他留住绵密,紧绷的/思维中,等待巨斧破解",并非突兀意象,实为在《文赋》与《文心雕龙·神思》的视野之下,对布莱克《猛虎》的转化。

再由此往前观察,诗中出现了一个奇特的时刻——"无韵可寻的片刻"。从音韵来看,《巨斧》第11-12行说,"时间停顿在/文本逆转,无韵可寻的顷刻",也正是从这一行开始,不再如同此前有密集的行末押韵(或押近韵),例如"行""形""成""海""里""息","琴""心","节""缺"等。紧接着,出现了用以比喻抽象概念的自然形象:

想象是昆虫和花籽在推挤
寻到一个赤脚跋涉月光的伴侣今夜
　　　　啊深沉的夜
且相约融化,淡去
如初夏早晨众鸟鸣唱声中无意睁开眼睛
有机地觉醒,理念和欲犹残存于风炉
燃烧的肢体,神他留住绵密,紧绷的
思维中,等待巨斧破解。

已有相关研究注意到《巨斧》中与"无韵可寻"相对应的韵脚等声韵的细微变化,但没有确切阐释这种变化背后的原因,例如,将"无韵可寻"解释为"书写中最危殆悠忽的片刻",也仍然显得比较无着。[1]如果从目前阐释的《文赋》之潜在影响来看,这里远不是"片刻"可以形容的,而是《文赋》所说"六情底滞,志往神留"的阶段。更确切地说,《巨斧》的这几行诗是以诗来表现徐复观对"志往神留"的疏释:

> 然则生理、心理、学力的基本问题都解决了,而天机或有时不能呈现,这又如何解答?我以为写作时有种是"意识层的酝酿",这是《文赋》一开始所竭力描写的;有种是"非意识层的酝酿",甚至可以说是"潜意识的酝酿"。潜意识的酝酿,是蕴藏在生命底层中相关的能力,从睡眠中开始觉醒,以进入意识层的酝酿,这样便天机呈现出来。否则会出现志往神留的现象。作者只有暂时放下,以待潜意识的跃出。当睡觉时想不出写不出的东西,次日一清早便能想出写出,这一方面是生理心理在疲劳后的恢复;另一方面也可能是在睡眠中有潜意识的酝酿。我这里只能作尝试性的解答。[2]

杨牧在这里不用直接的术语"潜意识",而代之以"想象";将"蕴藏在生命底层中相关的能力"具象为"昆虫和花籽"、伴侣之寻到、初夏鸟鸣等自然生命,最终是"有机地觉醒"。从狭义上看,诗中这一"无韵可寻"正是处在"六情底滞,志往神留"的阶段,文本音韵发生变化,转而进入酝酿的阶段,乃至神思终于在创作的酝酿之中得以成形,等待创造者/创作者破解其困厄之境,如同生命诞生。

经过对《巨斧》最后三行与《一首诗的完成》中评价布莱克时引用《文赋》,再反观整首诗,其中许多意象与文辞都在与《文赋》(乃至刘

---

[1] 《巨斧》音乐性(声韵)的专门分析参见孙伟迪,《杨牧诗的音乐性研究》,台湾成功大学2007年硕士学位论文,第77-79页。
[2] 徐复观,《徐复观全集10:文学论集续编》,第129页。

飆《文心雕龙·神思》)、《猛虎》相互对应，兹尝试注明如下：①

巨 斧

或许留下夕阳辉煌的海（《猛虎》：在何等遥远的海底）

有鱼在结构里潜行（沉辞怫悦，若游鱼衔钩，而出重渊之深）

在绵密，紧绷的思维里

神他记认的路（揽营魂以探赜）。什么讯息——

潮水闪光摇荡，相对拍打着（或沿波而讨源）？形与无形（课虚无以责有）

以七原色（炳若缛绣，凄若繁弦）琐碎扰攘（纷纭挥霍，形难为状）。一张寂寞的琴

依稀鼓起意志，单音敲响波心（课虚无以责有，叩寂寞而求音）

将前后错落的故事收拾，组成

一个不完整的情节

存在着不少失误，点点欠缺（竭情而多悔）

如天上星。而时间停顿在

文本逆转，无韵可寻的顷刻

想象是昆虫和花籽在推挤

寻到一个赤脚跋涉月光的伴侣今夜

　　啊深沉的夜

且相约融化，淡去

如初夏早晨众鸟鸣唱声中无意睁开眼睛

有机地觉醒（徐复观疏释），理念和欲犹残存于风炉（《猛虎》：你的心智在鼓风炉里煎熬）

---

① 括号中为可能指涉的前人诗文，其中，《文赋》词句直接注出，其他则注明篇目如《神思》《猛虎》。

燃烧的肢体（《猛虎》：燃烧的色彩），神他留住绵密，紧绷的思维中（志往神留），等待巨斧破解（操斧伐柯，虽取则不远；开塞之所由；《神思》：元解之宰，寻声律而定墨；独照之匠，窥意象而运斤？《猛虎》：什么斲锤）

在《神思》《猛虎》，尤其是《文赋》的烛照之下，《巨斧》的各种意象便可以得到更为紧密的联系和丰富的意义。前七行如同神思初发之际，各种思索和意象在"琐碎扰攘"之中从无形到有形，如此被拨动如一张无音无声的琴，神思创作的意志也终于被唤醒；第8-12行则是文本形成之时遭遇的困境，不是所有神来之思都能够顺利进行创生，总有"六情底滞，志往神留"的时候；余下则是通过想象和瘖痖的相互作用表现呼之欲出的神思运作，等待传承而来的巨斧来破解，最终创造成形。

可见，杨牧的《巨斧》虽然距离《陆机文赋校释》写作与发表已有多年，但几乎可以视为对《文赋》的拟作。同时也可以看到，《巨斧》看似不像《斧柄》那样直接聆听《文赋》人文记忆和教导，似乎是一次封闭的创作自白，其实却隐藏着诗人对《文赋》及两位老师——陈世骧英译、徐复观疏释的继承和再造。

三、《斧柄》与《巨斧》作为"论诗诗"的超越性：人文和神思

《斧柄》之中经由聆听而形成的诗体验，可以说与斯奈德的诗观是一致的。斯奈德曾经在一次访谈中表达他有关超越个体自我和聆听灵感之声的诗观。在他看来，诗本身就是"一种社会和传统的艺术"，而语言即通向传统的重要方式。同时，在当下的维度，诗是我们人接触自身无意识深处的"交通工具"，他引用道元禅师的话说："我们研究自我来忘掉自我。当你忘掉自我时，你和万物合一。"可见，深入自己的无意

识，并非为了宣泄自身未被满足的个人欲望，而恰恰在于对这些个人性的超越。由此可见，在历时（过去的传统）和共时（当下无意识）这两个维度的超越角度，斯奈德认为："一位伟大的诗人并不表达他或她的自我，他表达我们全体的自我。为了表达我们全体的自我，你必须超越你的自我。"①

在《斧柄》一诗中，他聆听到的恰恰是经过翻译而来的语言和声音——中国古典诗文的声音，是从斯奈德自身的美国思想传统之外、他个人之外传来的诗教之声。正如他所说的，"诗勾连并汲取它的过去；诗是跟我们自己无意识深处接触的交通工具"，是勾连的过去，是遥远而古典的中国。"一位伟大的诗人并不表达他或她的自我，他表达我们全体的自我。为了表达我们全体的自我，你必须超越你的自我。"这正是《斧柄》所体现的超越性之所在。

这一点对斯奈德来说不是口号而已。在与《巨斧》的相互映照之中，《斧柄》也可以被视为一首"论诗诗"，是关于诗在聆听与事件的契合中自然发生的诗。这首诗通过"斧柄"这一意象凝结了诗人现实中的一次"伐柯"实践，这并非诗人独立的实践。老师的教导的出现，令诗人进入灵感的聆听中。《斧柄》一诗的章法表明，斯奈德自己关于伐柯的教导，是放置在庞德和陈世骧的《诗经》和《文赋》的英译伐柯典故中的，而且所占用的行数（三行）更是少于后两者（六行），并不凌驾于二者之上。而从上文的音韵分析可见，斯奈德自己的言说，也以押韵的方式，和庞德与陈世骧的英译诗文呼应。如此一来，具体的"伐柯"终于在汉语古典诗文的回响之中被定位，成为一次呈现灵感来临的事件，事件本身也为"伐柯"这一典故重新赋予意义，成为人文技艺传承的体现，也是《斧柄》卒章所显之志。

斯奈德相当重视这一典故，写完《斧柄》三十多年后，他仍然引用

---

① 盖瑞·史耐德，《山即是心：史耐德诗文选》，第24页。

这个典故。斯奈德在1987年11月28日致中山大学外国语学院区鉷教授（当时正在中大外院攻读博士学位）的一封信中，直接用"美国斧子"来描述自己与生活世界和诗歌传统的关系。他说，除了现实生活之中所用形形色色的在森林伐木的斧子外，他还有"另一面的斧子"，也就是英美诗歌传统中的各位诗人，比如布莱克、霍普金斯、惠特曼、弗罗斯特、艾略特等。[1]

与斯奈德的人文传承不同，杨牧的《巨斧》则完全进入一个神思创造的世界。杨牧对诗之超越性的观念，无疑继承于徐复观与陈世骧。杨牧曾在《陆机文赋校释》对"住中区以玄览"至"聊宣之乎斯文"的校释中言道：

> 徐先生于"中区"阐发极详，着重作者所处的"时代活动的中心"，勾勒出文学创作和现实生活社会的密切关系；陈先生则较强调文学创作者的抽象或甚至可以说是形上的地位——诗人所处不仅只在时代活动中心，犹在精神宇宙之中心，以人情世故的荒漠迷茫为背景；故文学之太初大道，是有意志而无意志的，则其发生乃是超越的举拔，炼入历史社会的关怀之中。疏守中国传统所限定于文学的固定位置，载道，反映时代，并且直接迅速地参与历史社会；译则扩大文学超然的精神以及无限的潜在本质。按李善曰："中区，区中也"，大可称宇宙时代之范畴（cosmos），小可指作者为自己限制的特定小世界（microcosm），久立区中深思远览，犹创作前之沉潜冥默，接近《文心雕龙·神思篇》"寂然凝虑，思接千载；悄然动容，视通万里"之义，以小世界趋大宇宙，反扣时代的精神。疏译合观，去文学发动的真理不远。[2]

---

[1] 区鉷，《加里·斯奈德面面观》，《外国文学评论》，1994年第1期。
[2] 杨牧，《陆机文赋校释》，第12-13页。

《巨斧》所承接的，正是此一由徐疏、陈译所揭示的具体时代现实和形上超然精神，杨牧也经常在其"论诗诗"中论及诗的超越维度。杨牧深谙古典诗文之中的"论诗诗"传统，从杜甫《戏为六绝句》到元好问《论诗三十首》等，再到现代汉诗的时代，杨牧继承了这一传统，他写有《论诗诗》[①]《与人论作诗》[②]等题目明显有论诗之意的诗作，更有直接与杜甫诗作同名的《戏为六绝句》[③]。杨牧也常常在其他诗作中论及诗，例如《岁末观但丁》[④]、《怀古——for Anthony》[⑤]等。

相比之下，这首不言"论诗"之名且隐晦的《巨斧》诗不同于杨牧其他"论诗诗"的地方，在于其中对神（神秘）之超越维度的突出表现。杨牧不用刘勰《文心雕龙》之中影响深远的"神思"一词，而直接用更含混、更包含多重意义的"神"字。可以说，杨牧通过"解字"来"说文"和论诗，也就是说，将"神思"分解为"神"和"思维"，"神"之为"精神"和"神明"的两个层次由此重新交织为一体。斯奈德在聆听《文赋》时，联想到的是更早的《诗经·伐柯》，而杨牧则融合了《文赋》及其疏释与译文，还有深受《文赋》影响的《文心雕龙·神思》。在此基础上，"神"也以"天工"的形象表现在杨牧《巨斧》所呼应的《猛虎》汉译之中。在《猛虎》诗中，这一"大匠"——最伟大的工匠，尤其在西方传统之中，可以说比喻的就是神，造物主。与此相对应，杨牧译《猛虎》还常常增加"神"字，如 art 译作"神工"，immortal hand 译作"神明之手"。

由此观之，《巨斧》之"等待巨斧破解"，仿佛就是在等待创造之神

---

① 杨牧，《杨牧诗集Ⅲ：一九八六—二〇〇六》，第214-219页。
② 杨牧，《长短歌行》，台北：洪范书店，2013，第36-37页。
③ 杨牧，《杨牧诗集Ⅲ：一九八六—二〇〇六》，第178-181页。
④ 杨牧，《长短歌行》，第112-119页。
⑤ 杨牧，《微尘》，台北：洪范书店，2021，第78页。

思成熟的那一刻。继承《文赋》与《神思》而来的这一独照之匠，也可以经由《猛虎》，直接通达西方传统造物主的观念，成为中国与欧美思想乃至诗文之中以伟大匠人形象出现的创造之神。

余 论

《斧柄》和《巨斧》二诗对《文赋》的运用，一则继承了陈世骧《文赋》研究（英译）影响下的"斧柄"（"伐柯"）典故，二则斯奈德与杨牧在具体的诗中展开人文之继承和文心之超越的不同路径，可以说是《文赋》在中美现代诗歌中的一次奇特盛放。现代诗往往不注重典故的运用，而一般容易继承的总是浮光掠影的文言词藻。词藻总是容易"拿来"的，但对古典精神的体悟并非如此简单，正如杨牧在《一首诗的完成》里翻译的艾略特《传统与个人才具》中言："传统非继承便能赢得，如果你想要它，你还必须经过心志的努力始能获取。"[1] 无论是斯奈德对汉语古典诗文熟识于心而后得的自然领悟，还是杨牧密集而隐晦地融汇《神思》和《猛虎》而后对《文赋》进行的拟作，都既是现代诗用典（互文）的典型例子，也是古典精神如何在现代得以继承再造的文学实践。斯奈德和杨牧，这两位现代诗人都不是固守于各自的文化传统，而是以开阔的跨文化融合视野超越狭隘的目光，探索出更新传统的多元路径。

---

[1] 杨牧，《一首诗的完成》，第55页。

附录　斯奈德《斧柄》英文诗与杨牧《巨斧》

Axe Handles

Gary Snyder

One afternoon the last week in April

Showing Kai how to throw a hatchet

One-half turn and it sticks in a stump.

He recalls the hatchet-head

Without a handle, in the shop

And go gets it, and wants it for his own.

A broken-off axe handle behind the door

Is long enough for a hatchet,

We cut it to length and take it

With the hatchet head

And working hatchet, to the wood block.

There I begin to shape the old handle

With the hatchet, and the phrase

First learned from Ezra Pound

Rings in my ears!

"When making an axe handle

　　　the pattern is not far off."

And I say this to Kai

"Look: We'll shape the handle

By checking the handle

Of the axe we cut with—"

And he sees. And I hear it again:

It's in Lu Ji's Wên Fu, fourth century

A.D. "Essay on Literature"——in the

Preface: "In making the handle

Of an axe

By cutting wood with an axe

The model is indeed near at hand."

My teacher Shih-hsiang Chen

Translated that and taught it years ago

And I see: Pound was an axe,

Chen was an axe, I am an axe

And my son a handle, soon

To be shaping again, model

And tool, craft of culture,

How we go on.

巨　斧

杨　牧

或许留下夕阳辉煌的海
有鱼在结构里潜行
在绵密，紧绷的思维里
神他记认的路。什么讯息——
潮水闪光摇荡，相对拍打着？形与无形
以七原色琐碎扰攘。一张寂寞的琴
依稀鼓起意志，单音敲响波心
将前后错落的故事收拾，组成
一个不完整的情节

存在着不少失误，点点欠缺

如天上星。而时间停顿在

文本逆转，无韵可寻的顷刻

想象是昆虫和花籽在推挤

寻到一个赤脚跋涉月光的伴侣今夜

     啊深沉的夜

且相约融化，淡去

如初夏早晨众鸟鸣唱声中无意睁开眼睛

有机地觉醒，理念和欲犹残存于风炉

燃烧的肢体，神他留住绵密，紧绷的

思维中，等待巨斧破解

作者简介：

罗梓鸿，中山大学中文系比较文学与世界文学专业硕士研究生，研究方向为德语文学。

肖剑，中山大学中文系副教授，主要研究领域为西方古典与中古时期文学与哲学、莎士比亚戏剧、中西比较诗学。

通讯地址：广州市海珠区新港西路135号中文堂；邮编：510275。

书评

走向精神的丰富性
——评《幻想的自由：现代悲剧文体研究》

孙甜鸽

内容摘要 陈奇佳的《幻想的自由：现代悲剧文体研究》是一部以悲剧研究为载体，通观现代艺术体制的整体进程之书。通过对名家名作的艺术观念、手法、趣味之详解，现代悲剧文体的范式确立轨迹有所显露。在反思、体察现代人的悲剧困境之际，本书对人性欲求的宽容立场开启了精神丰富性的可能之门。

| **关键词** 悲剧 现代艺术 文体 文化 精神

Toward Richness of Spirit: Review of Chen Qijia's *Freedom of Fantasy*: *A Study of the Modern Tragic Genre*

Sun Tiange

Abstract: Professor Chen Qijia's work *Freedom of Fantasy: A Study* *of Modern Tragic Genre* uses tragic studies as a vehicle to survey the overall process of the modern art system. Through detailed explanations of the artistic concepts, techniques and interests of famous writers, the trajectory of the establishment of the paradigm of the modern tragic genre is revealed. While reflecting on and examining the tragic dilemmas of modern man, the book's tolerant stance on human desires opens the door to the possibility of richness of spirit.

Key words: tragedy; modern art; genre; culture; spirit

  2022年9月，中国戏剧出版社出版了陈奇佳教授的《幻想的自由：现代悲剧文体研究》。这本书收录了作者近十年来在戏剧领域的代表性成果。按照研究类型，这些成果大致被分归为文本与文体研究两类。细致看来，全书所涉主题、作家众多，时间跨度较大，作者研究触角之广成为其在悲剧领域的个人标识。这样一种舒张的姿态与作者对艺术体制的整体性思考密不可分，称该书为现代艺术观念演进中的戏剧考或更为合适。

  在前言中，作者将现代艺术体制的形成节点划至1870年左右，这一重要判断为现代艺术驳杂、绵续的进程提供了重要的观察据点，也是作者剖析艺术地质的重要坐标。熟悉艺术研究领域的学者可知，厚重、多维的社会意识与艺术主题的化约关系，艺术观念变革下对形式创新的恰当领会，这两点是艺术研究的基本面向。优秀的艺术家与评论家能够兼顾这两点，并在具体的艺术门类中恰当展示，这是需要丰沛的素养与独立的审美判断力的。

  基于对传统价值、审美趣味、表现手法等的反复确认、探索、重构，现代艺术的表达方式普遍具有强烈的杂糅特征。作者采用了微观拆解的手法，对现代悲剧领域重要的名家作品，以及具有普范性意义的重要论题进行详细论证。同时作者还指出这些对象为现代艺术体制的确立所贡献的观念、手法之不可替代性。因此，这部悲剧研究著作不仅具备一般意义上的文本细解价值，也兼具珍贵的艺术史料价值。

纵观全书，其中最大限度地容纳了一切促成悲剧文化保有如今之姿的元素，但受篇幅所限，此项工作还表现出一种未竟之势。值得一提的是，作者的戏剧研究系列近期已陆续出版或即将出版：《技术市场与中国——当代中国的文化问题》（中国戏剧出版社2022年9月版）、《影像的辩证法——当代艺术体制中的戈达尔问题》（人民出版社2023年即将出版）、《批判的维度——西方当代左翼剧学理论》（人民出版社2023年即将出版）。以此，作者试图构建观察现代艺术体制的多面镜像。

一、悲剧之眼的艺术通观

由悲剧这一具体艺术来通观整个现代艺术体制，这是作者在悲剧领域常年的研究之路，具有深厚的学理价值。

"悲剧"的概念常令人联想起崇高的情感、节制的理性与典雅的姿态，但这仅是前现代艺术领域中悲剧艺术最典型的一些审美特点。现代悲剧的谈论仍然适用这些范畴吗？这种迷离的背后毫无疑问正与一个更大的问题的显现相关——现代艺术体制下悲剧的形态及其理据。今天，悲剧到底意味着哪些以为悲之物呢？作者通过整本书所回答的正是这个问题，围绕此问题，全书的研究架构宏阔而饱满，具备以下三个特点：

第一，开阔的研究格局。全书内容尽管整体上以现代悲剧作品的文本分析为重，但内容广泛涉及戏剧研究的多种面向，包括西方戏剧正典的传承与创造（《如Episches Theater/"史诗剧"的汉译名问题》《启蒙精神与大众戏剧》）、中西戏剧文化碰撞交流（如《因革命之名：〈雷雨〉的悲剧叙事及其美学价值》《"悲剧"的命名及其后果》，文体研究部分多篇文章涉及文化融合问题）、戏剧与当代人文学科建设的反思（如《新的知识学面向——当前戏剧与影视学科建设的若干思考》）、戏剧文化与人类社会文明形态的演进之关联（如《司法正义及生命政治的问题——迪伦马特的叙事之道》《欲望的分裂与兽性的剩余：田纳西·威廉斯的悲剧主题——以〈蜥蜴的夜晚〉为个案》《在自由之境中谛视人生的黯淡底色——奥尼尔后期剧作的悲剧主题及其他》）等。能够兼顾文本性、理论性、体系性、实践性、地域性，创造性等诸多要素于一个集中领域，足见作者本身思维架构的开阔性与全面性。这也是本书能够承担艺术体制研究的一个重要原因。

第二，作者对艺术家与作品的分析研究具有鲜明的判断、定位意识，并内在构建了现代悲剧的别样文化序列。作者择取了经典到新近的一批代表艺术家（包括塞万提斯、奥尼尔、布莱希特、贝克特、田纳西·威廉斯、迪伦马特、斯卡利等），有意识地跳出了学界旧有的判断限制，从更长远的政治经济发展格局、艺术潮流变化、文化影响力的流转等方面，分析艺术家复杂的思想来源，对其艺术影响力中的主导力量作出更为精准的概括性评价。比如指出贝克特的"反叙事性"原则之于现代艺术界的示范性意义，田纳西·威廉斯对于欲望的深刻叙写是其私人悲剧之所以出彩的内在因由，斯坦贝克艺术主题中"因贫称义"的贯穿性存在等。这些判断理据充足，并较学界的通行判断更具新颖性、精要性。对于读者而言，通过其中几乎每一篇文章都可直观领会作家的整体艺术风格，并与学界通行的认识互补，立体再现了现代艺术评价体系的前后语境。

第三，注重不同艺术门类间的横向研究，以比较文化的思维探寻了艺术构成的隐蔽思想来源。作者对于跨地域、多类别文化间的深层关联非常敏锐，如通过对堂吉诃德决斗对象的分析，指出了基督教信仰文化的多样存在方式。作者对于相似的文化形态特别关注，其分析在某种程度上常带有原型考察的风格。如在迪伦马特的正义主题分析中，通过对神圣人的献祭讨论，觉察到一种类似于普尔奇内拉的例外性存在。作者极善于捕捉文化心理上的此类通行状况，为艺术研究提供了突破思维壁垒的方法启示。因此，全书的大多数单篇研究均包含了极大的文化信息，常常从一个人出发，抵达一个时代的文化积累模式，趣味性与价值性共在。

二、生命的星座与光谱

现代艺术调动的元素之多前所未有。同时，这些元素相互融合、制约，促成了现代艺术整体活跃、缠绕、琐碎的话语环境。根植于此语境中的艺术评论，常有穿梭于繁林之感。常见的评论多具有侧面性、即时性等特征，整体代谢旺盛但浮感较重。相比较而言，作者的评论路线感很强，重点问题突出，生命感触真诚，解释令人信服，整体风格厚重而质朴。其阐释特色具体又表现为以下三点：

第一，研究主题的择取具有纵深的讨论空间与深厚的学术价值。作者常年深耕于戏剧艺术领域，至今已形成了较为集中的话题研究丛，包括绘画性，身体性，语言与法律，动物性，以暴力、爱、自由等为代表的人类根性力量等。这在本书所收录的作品中多有表现。这些话题彼此虽有关联，但作为人类物质、精神领域中最为根本性的要素所在，状如夜空星点，多具有成体系并相对独立的讨论空间。部分话题在当下已成为人文学科的热点，如阿甘本对动物性的关注目前已引起研究热潮。而作者在相关问题上的感应与反思是较为超前的。比如在《欲望的分裂与兽性的剩余：田纳西·威廉斯的悲剧主题——以〈蜥蜴的夜晚〉为个案》中对于动物性/兽性的关注已经谈论得比较深入。而彼时，动物性之于现代艺术的动力性（中性含义）力量尚未被学界重视，对于兽性的批判，或将其与异化联系讨论是前期比较常见的。此外，结合当前社会的政治经济走向等来看，作者对于法律、身体及共同体等问题的讨论都显示出一定的前瞻性，学术判断能力可见一斑。

第二，在文本分析中对多重要素出色的调动与均衡能力。全书涉及大量、细致的本文分析，对作家（如迪伦马特、贝克特）的分析不只立足于该作家的大部分作品，同时还用哲学、法学、政治学、宗教学、艺术学等多种思想文本进行互文阐释。在《反叙事性：论贝克特戏剧的形式问题》一文中，被引用的各类经典文本已逾50种，但却不显沉冗。作者对于大量文本的调度得心应手，能够从容地在鲜活、新异的文化现象与深层次的精神本质间，察觉到其中曲折又柔韧的联系，兼顾研究的脉络与肌理。此外，独到的研究主题的提炼常令人耳目一新，如因贫称义、幻觉的幸福、欲望的分裂、幻想的自由等均精要到位。这些主题对相关作家的大部分作品都具有通行的覆盖力，直指创作根源，因而不显理论制造痕迹，在给人以深刻的阅读印象的同时亦提供了一些理论概括的方法启示。

第三，根源于生命体验的阐释总是能够直抵人心。敏感的生命体验是滋养艺术批评的珍贵养分，是能够令人信服、通达不同艺术门类的通行力量。现代艺术尽管常出现一些争议性极大的作品，但能够得到公认的佳作基本上都具有一些非结构性的生命直观特征。好的批评尽管不能做到对此种体验全然转述，但至少应体察，而不至于冷漠、贪婪、粗暴地去把控、命名、扭曲。将心比心，尊重生命的直感，是艺术批评能够贴近生存，而不沦入繁琐论证、语言惯性、辩证推理陷阱的重要前提。书中《蜥蜴的夜晚》《堂吉诃德》等文的分析，对于人性真实形态的宽容，对孤勇者一往无前的祝福，都为这无尽的人生存留了希望的光。

三、人性之光的雅奏

作者强烈的现实关怀意识为本书的写作铺设了温暖的底色，书中主要表现为对人类精神沉浮的忧虑与对民族文化建设的思考两类。对于现代以来，人类在精神与物质追逐中的诸多价值困境、伦理难题，作者没有采取疏离、回避的姿态。在辩证看待价值碰撞的同时，对于现代艺术的价值取向表达了一些明确的态度，如对人性复杂构成的尊重，对自由限度的警惕等。从当前艺术风尚的走向来看，作者的思考不无道理。

第一，对生命的尊重与对人性的守护是作者的基本立场。现代艺术的主题、创作手法与格调，全面折射了时代环境下人类生存新的精神欲求，现代文明的生机与活跃，以及其中蕴含着的颠覆性、破坏性的倾向，这些共同构成了作者的反思对象。比如在一个过分将兽性剩余当作主体绝对实存的时代，原始的动物性既作为反拨虚无生存的路径，同时又带有绝对的欠缺与破坏性。此外，自由作为现代个体的至上信仰，其对主体的放逐揭露了绝对自由的反噬力量。又如对于正义的追求却往往要借助暴力的手段，这其中不乏悖谬。针对此类问题，作者不光在哲学、法律、历史、政治等层面作出辩证思考，同时始终坚持一个重要的原则：以对生命的尊重与对人性之光的坚守来评判不同要素力量的结合后果。换言之，对于个体最容易被忽视的、被牺牲的部分是作者进行宏大论述的一个基本底线。这一点通过《人性的退行：疼痛与西方现代绘画——以伊莱恩·斯卡利思想为中心》一文的主题也可以被更好理解：人所遭遇的身体上的疼痛正是生命存在的根本现实，其绝对性与根本性都意味着，人之为人的不可描述性应唤起一种最基本的敬畏感。

第二，作者对于艺术问题的聚焦点均有其现实性考虑。在作家评价方面，书中提到的重要作家（如奥凯西、福克纳、斯坦贝克、加缪、萨特、田纳西·威廉斯、伯格曼、伯尔、戈尔丁、伍迪·艾伦等等），其中部分人物在艺术史上还未得到足够的认识，作者对于这些人物思想分量的再估，在当前逐渐展露出其现实意义。比如贫困之于人类的绝对意义。对于全面脱贫的中国而言，艰苦的奋斗历程与未来的工作方向都意味着，贫困绝不是一个可以简单被隔断、告别的问题。另外，现代社会的法治建设问题直指公平与正义，如何推进生命个体与共同体之构建已成为世界课题。过度发达的科技医疗改变了人类对于身体的认知，伦理道德的观念更迭已逐渐展开。与现实问题比照观之，部分艺术家目前还有进一步讨论的必要性。

另外值得单独提及的是，作者对于中国文化的独立性之考虑贯穿着全书。这一点的重要性在今天愈发得到了印证。在本书后半部分，关于悲剧重要概念的汉译名研究与文体转植创作研究中，均能见到作者的文化建设心态。近代以来，以戏剧艺术为代表的西方文明对于中国文化虽然产生过巨大影响，但学者在梳理概念时一方面应细致考察其文化来处，另一方面更应审视文化融合过程中隐存的思维惯性，在具体的学术问题中积极思考本土文化的脾性与潜力。作者于此方面的自觉意识是显见的。

第三，对艺术雅致格调的坚持。作者能够自由出入于经典、新生的各类艺术现象，对大众文化的影响力亦拥有足够的认识。不过，从文化概念的根源考究、艺术形式的创新手法，以及对艺术观念的推崇来看，作者具有较为正统的研究观念，并内在认可一种雅致的格调。这对于矫正现代艺术在趣味放纵中的某些失度行为应是有所裨益的。

除上面所述的三大方面外，作者的其他优点也是不胜枚举的。比如富于坚定判断的同时仍不乏辩证立场，广阔的知识面与严谨的知识态度等，令人受益良多，此处便不再赘述。

书中也还存在一些不足，大致包括以下几点：

一、尽管本书对于现代悲剧的谈论已足够开阔，但仍有一些重要的艺术问题未被多加讨论，如疾病、女性、科技等话题。不过考虑到个人研究精力有限及兴趣、篇幅所致，这一点也仅为参考。

二、本书的研究重心几乎皆在西方戏剧领域，对于其他地域的戏剧文化关注似有不够。虽然本书并非戏剧史，但应以囊括全地域、国别、民族的戏剧创作为基本任务，对于现代艺术具有重要影响的第三世界或可投入更多注意力，以进一步完善研究视角。这一点作者在前言中亦有提及，于行文中表现得相对较弱。当然可能是考虑到文化影响与篇幅的问题。

三、研究在广征博引间有时略显跳跃，在艺术素材丰富之余，文化接洽处会有缝隙过大的问题。若加以调整，论证的严密程度与行文的节奏感或会更加完美。

最后，笔者对于戏剧领域了解有限，但受到此书内在基调感染，试作此粗浅评论供读者参阅。愿不辜负幻想的自由。

作者简介：

孙甜鸽，女，文学博士，现任职于中国作家协会创研部。主要研究方向为西方文论、图像理论、文化研究。

理论建构与现实实证的多维探索
——评《中华文化的跨文化阐释与对外传播研究》

王同森

内容摘要 《中华文化的跨文化阐释与对外传播研究》一书在跨文化阐释的理论架构下，以具体的文化交流活动为对象，通过对接受现象的实证调研，进而从跨文化阐释的理论建构和传播、接受的现实实证双向维度，为中华文化走出去带来了新的提示和启发。

关键词 跨文化阐释 文明互鉴 空间 实证精神

Multidimensional Exploration of Theoretical Construction and Realistic Demonstration: Review on *Intercultural Interpretation and Communication of Chinese Culture*

Wang Tongsen

Abstract: Under the theoretical framework of intercultural interpretation, *Intercultural Interpretation and Communication of Chinese Culture* takes specific cultural exchange activities as the object, and through empirical research on the phenomenon of acceptance, it brings new hints and inspiration on the spread of Chinese culture overseas from two-way dimensions with theoretical construction of intercultural interpretation and actual empirical evidence of communication and acceptance.

Key words: intercultural interpretation; mutual appreciation of civilizations; space; spirit of empirical evidence

"文明因交流而多彩，文明因互鉴而丰富。"[①]不同文明之间的交流互鉴有效推动着人类文明走向繁荣。无论是中华文化还是西方文化，在这场文明交流互鉴的对话过程中，都同时扮演着传播者和接收者的双面角色，不同文明也正是在"对外传播"和"接收内化"的张力与合力之间获得滋养与革新。新时期以来，随着中国国际地位和经济实力的不断提升，中国以更积极有为的姿态融入世界，并不断向世界发出中国声音，提供中国智慧。可如何来梳理、界定和推动不同文明之间的交流互鉴？特别是如何推动中华文化走出去？这些问题从来都不是不言自明的。由杭州师范大学李庆本教授领衔著述的《中华文化的跨文化阐释与对外传播研究》在跨文化阐释的理论架构下，以具体的文化交流活动为对象，通过对接受现象的实证调研，进而从跨文化阐释的理论建构和传播、接受的现实实证的双向维度，为中华文化走出去带来了新的提示和启发。

---

① 习近平，《习近平谈治国理政》第一卷，北京：外文出版社，2018，第258页。

一、重申"阐释"的空间维度

中华文化的对外传播并非"点对点"的线性承接,必须经由对话、协商、互鉴的跨文化阐释这一中介。

跨文化阐释学不是对西方哲学阐释学的横向照搬,跨文化阐释在国内的发展主要经历了西方阐释学研究、中国阐释学研究和跨文化阐释学研究三个阶段。从20世纪80年代开始,随着大量西方阐释学经典著作被翻译到国内,西方阐释学逐渐受到学界的关注和讨论,海德格尔的《存在与时间》、伽达默尔的《真理与方法》、姚斯与霍拉斯的《接受美学与接受理论》等,都极大丰富了国内学界对西方阐释学的认知和理解。在研究西方阐释学的过程中,国内学界试图运用西方阐释学的方法,重构我国自己的阐释学传统。如果说中国阐释学最初将关注的目光主要放在阐释学在中国哲学和传统注释理论中的发展,那么跨文化阐释学则在此基础试图通过总结中外文化交流过程中所发生的跨文化理解,进而探寻跨文化阐释的一般规律。

跨文化阐释学的发展受益于国内外多方合力,不管是研究者在理论建构方面的努力还是对跨文化阐释现象的发掘研究,都极大推动了跨文化阐释学的发展。可在跨文化阐释学的发展中,两个关键性的问题却未得到足够的关注和重视。第一个问题是跨文化阐释学与西方哲学阐释学之间的复杂关系未得到厘清。一部分学者认为跨文化阐释学迥异于西方哲学阐释学,因此西方阐释学不仅无法为跨文化阐释学的发展提供理论支持,反过来会钳制跨文化阐释学的当代进程,因此跨文化阐释学的发展必须在不同于西方阐释传统的基础上进行。但是,相当一部分研究者则认为,跨文化阐释学与西方阐释学始终处在"剪不断,理还乱"的复杂关系中,"跨文化阐释学也不应该完全放弃西方阐释学的学术资源"[1]。

---

[1] 李庆本等,《中华文化的跨文化阐释与对外传播研究》,北京:经济科学出版社,2022,第12页。

第二个问题是从马克思主义哲学视阈来看，跨文化阐释学的当下建构偏重于理论"畅想"，缺乏实证精神的介入和对跨文化传播实践的细致分析。显然，跨文化阐释学的研究和推进并不仅仅是为了满足理论的抽象推演，不同文化交流过程中的跨文化阐释现象始终是跨文化阐释学最鲜活和最具生产性的资源。《中华文化的跨文化阐释与对外传播研究》一书对以上问题给予了高度的关注，该书的研究者试图在理论和实践、局部和整体等多组对应关系的张力与合力之间，探求中华文化的跨文化阐释与对外传播的研究命题。

西方哲学阐释学由来已久，无论是语言学、认识论、心理学、本体论意义上的阐释，还是解构论意义上的阐释，都可以被视作阐释学对不同时期西方特殊文化语境的积极回应，西方哲学阐释学也以多元、多面的姿态为达成理解和解释提供了多角度的侧写。不过，西方哲学阐释学，特别是海德格尔所讲的"先见"和伽达默尔所关注的"前理解"更多是从时间的维度来建构阐释学的，西方哲学阐释学也在这条道路上越走越远。时间的确是理解和解释的重要维度，无论是对自然环境或社会环境的因果关系还是对人类意识生成过程的认识，都离不开时间维度的介入。阐释有时间和空间两个维度，如果说阐释的时间维度是对不同时期有待解释的对象作历时性考察，那么阐释的空间维度所关切的则是异质文化空间语境下的主体如何达成对异域文本的有效解释。不同区域间的文明是丰富和多元的，地理空间的区隔未能阻断不同文明交流互鉴的需求，因此从空间维度对跨文化现象的考察和研究是必需的，也是迫切的。《中华文化的跨文化阐释与对外传播研究》通过梳理和建构跨文化阐释学的学理脉络，将跨文化阐释学置于西方哲学阐释学的历史经纬之下，以"跨文化阐释的空间性"凸显跨文化阐释学的功能及特点，并将西方本体论阐释学的时间阐释扩展至空间阐释。由此来看，该书所说的跨文化阐释学虽然直接受惠于西方阐释学，却并不受制于西方阐释学，毋宁说是阐释学的突破和发展，同时也为跨文化阐释学的合法性和有效性提供了一个扎实的理论基底。

跨文化阐释学以重申"空间性"的鲜明姿态介入不同文明的对话和协商之中，这实际上也是对"中西二元论"的解构和超越。文化的生命力在于传播和交流，不同时期不同文化间的交流境况虽有高潮和萧条之分，但是却从未中断。如中国近现代知识分子和实业家在救亡和启蒙的二重变奏下，出于本土文化的自身需要而大力引进西学，以期达成文化革新和社会变革。与此同时，西方也处于自然主义和现代主义的变轨时期，为了推动现代艺术的发展，西方也将目光投向了远东的中国。这本是文明互鉴的普遍现象，可在国内引进西学的过程中，在部分本土知识分子和西方学界的共同建构下，却逐渐形成了"中"即传统、"西"即现代的刻板印象，并最终衍变成"中为古""西为今"的中西二元论模式。原本分属时间维度的"古""今"和空间维度的"中""外"被"理所应当"地叠加起来。这种观念模式不仅在文艺美学领域影响甚广，甚至在很长一段时间内形塑着社会民众对中国和西方文化关系的认知。而这本书倡导的跨文化阐释的空间性则恰恰致力于打破这种僵化的"中西二元论"模式，"解除古今时间维度对中西空间维度的绑架，复原其原初的空间涵义"，[①]并以立体的时空关系来重塑"扁平"的时空坐标系，为东西方文化平等交流奠定基础。

二、对影响研究的突破与超越

如果说"跨文化阐释的空间性"质疑和剖析了"中西二元论"脆弱的内在逻辑，那么"跨文化阐释的三维模式"则在此基础上直指"影响研究模式"背后的地方中心主义暗流。所谓"影响研究"，简单来讲就是"A"影响了"B"，"我"影响了"你"这种单线条的传接模式。这

[①] 李庆本等，《中华文化的跨文化阐释与对外传播研究》，第42页。

种研究模式的确在某种程度上揭露了部分文化现象,如中国的唐代文化深刻影响了日本及周边国家,近代中国的发展受到了西学的影响,诸如此类的例子不胜枚举。可影响研究的模式虽然能够以其实证性特点重构部分文化现象交汇的历史场景,但这并不意味着它能够有效解释文化间交流互动的复杂关系。影响研究实际上也将意义假定为一个先决性的封闭实体,而漠视意义的开放性特征。换言之,影响研究的模式将文化间的交互关系简化为A与B的线性关系,偏重于对A影响B的实证考据,而忽视了接受者的能动作用,同样这种影响研究模式也暗含了各种地方文化中心主义的取向。跨文化阐释的三维模式则试图摆脱影响研究的束缚,以意义的开放性为基点来研究文化交流过程的转移、挪用和改造,参与各个文化交流环节的主体也被给予了充分的尊重。

从跨文化阐释的三维模式出发,研究所要追究的对象不再仅限于影响的"源头"或"源点",异质空间下的"历史"和"情境"乃至接受者肉体的和精神的状况,也都被视为考察和关注的重要因素。恩格斯在揭示杜林等实证主义者逻辑缺陷时曾指出:"事实上,世界体系的每一个思想映像,总是在客观上受到历史状况的限制,在主观上受到得出该思想映像的人的肉体状况和精神状况的限制。"[1]恩格斯清楚地认识到了各类思想形成的复杂性,无论是客观的历史状况还是主体的精神状态都在思想产生的过程中发挥作用。因此偏废和忽视客观历史状况或主体精神状态任何一方的研究,都不足以彰显马克思主义美学的多面性和整体性。虽然一条经典的数学公式向我们证明了"两点之间线段最短",可当我们将这种高度理性科学化的数学公理用于社会文化研究时,显然不能获得满意的答案,因为跨文化研究所追寻的是文明互鉴的复杂过程,而并非仅仅是结果或结论。

---

[1] 恩格斯,《反杜林论》,见《马克思恩格斯选集》第三卷,中共中央马克思恩格斯列宁斯大林著作编译局编译,北京:人民出版社,2012,第412页。

从马克思主义美学的理论视阈来看，跨文化阐释的三维模式不再将不同区域的文学、艺术等视作相互隔离的异质实体，它不仅从主客观两个方面考察发生在文化交流过程中的挪用、重塑和变异等现象，而且试图在立体的时间和空间维度下将不同文化间的交流互动视作平等对话协商的过程，并以跨文化视野来"疗愈"各种地方中心主义，最终将文化研究从僵硬的中西二元论推向世界文化多元论的轨道。

三、跨文化阐释之途的实证精神

自"语言学转向"以来，语言在文学、艺术和文化研究中取得了毋庸置疑的重要地位，批判和解构一切宏大叙事以及"经典"的浪潮也随之席卷整个人文学界。无论是结构主义对文学性的追求还是在解构主义思想引领下的各种后现代主义思潮，语言、观念而非物质实践逐渐成为解释文本和文化的关键密匙。其中最具代表性的便是福柯的"话语理论"，在福柯看来"话语"之外别无他物，真理和知识也只存在于话语之中。主体在现实世界的物质实践不再构成知识的有效来源，话语和主体之间的建构性关系才是知识产生的唯一凭证。福柯的话语论实际折射出后现代文化研究方法论的重要特征，即偏重文本话语的学理分析而缺乏物质实践的实证精神。可是，跨文化阐释学从来都不是理论研究的专利，毋宁是以人为中心的各类社会文化交互实践的必需品。围绕中华文化的跨文化阐释与对外传播展开的研究不仅需要依靠跨文化阐释学的学理引导，更离不开扎实的物质实践和实证精神的支撑。

《中华文化的跨文化阐释与对外传播研究》并不是脱离具体文化传播实践的高空作业，在注重跨文化阐释理论界定和建构的同时，中华经典文本的域外传播以及域外接受的现实实证也同样构成了本书的核心内容。研究者通过将目光聚焦于《易经》《诗经》《四书》和《离骚》等中华经典文本的外译历程和译者对文本的跨文化阐释，探究了中华经典文本"走出去"的深层运作模式和可供借鉴的经验价值。经由中华经典文本的外译历程可以发现，源自不同文化背景的译者在翻译中华经典文本时总是依据特殊的标准进行翻译，不同的标准与译者自身的文化结构和历史文化语境有着直接联系。与此同时，不同文本在不同时期、地区的翻译和传播境况也不尽相同，如西方研究者对《易经》的翻译和理解过程就与《诗经》的外译历程有着显著差异，而《诗经》在西方的传播和研究也经历了从以欧洲为中心到以美国为中心的转移。因此对不同经典文本的外译考察，不仅能够折射出中西方文化交流互动的具体情境，也可以带出西方汉学体制内部的演化特点，西方对中华文化认识视阈的历史变迁。理论概括只能演绎出一般性的规律，而真正丰富鲜活的始终都是处在互动协商中的跨文化阐释活动本身。

在传播的经典文本选取上，研究者不仅选择了儒家经典文本和以《楚辞》为代表的先秦诗歌，也兼顾了《三国演义》和《西游记》这样经典的章回小说，有效拓宽了中华经典文本的域外受众群体。值得注意的是，不同文化间的交流互动并非只有文本到文本这一种形式，特别是随着视觉文化的兴起和新媒体技术的提升，跨媒介的传播手段也同样成为中华文化在跨文化旅行途中与其他文化相互映发、相互借鉴的最具活力和生产性的途径之一。研究者紧扣《木兰辞》《三国演义》和《西游记》的跨媒介对外传播，追问了中国古典艺术资源是如何达成跨媒介转换的迫切问题。无论是《木兰辞》的影视改编，还是《三国演义》的电子游戏演绎，在中华经典文本的跨媒介转变和跨文化传播过程中，中国经典文化资源逐渐演变为一种以文化符号为载体的"公共的财产"，并成为"世界的文学"。马克思和恩格斯在《共产党宣言》中早已指出："过去那种地方的和民族的自给自足和闭关自守状态，被各民族的各方面的互相往来和各方面的互相依赖所代替了。物质的生产是如此，精神的生产也是如此。各民族的精神产品成了公共的财产。民族的片面性和局限性日益成为不可能，于是由许多种民族的和地方的文学形成了一种世界的文学。"①马克思颇具前瞻性的论断深刻揭示了在资本主义社会架构下，生产力与文化发展之间的辩证关系。随着生产力的变革，各民族和地方的精神产品将不再是局限于某一民族或区域的私有财产，各民族的精神产品也将会在相汇、相知的过程中逐渐克服自身的片面性和局限性。在经济全球化、文化多元化深入发展的当下，《木兰辞》《三国演义》和《西游记》等中华经典文本的跨媒介转变和跨文化传播境况也是如此，作为中华民族优秀的精神产品，在现行的市场资源配置中逐渐成为"公共的财产"。

诚然，在当今世界文明交流互鉴不断加深的全球语境下，以开放、包容的态度来取代各种封闭、保守的文化策略是大势所趋。中华文化在为世界文明贡献中国智慧和中国方案的同时，也极大推动了中华文化走出去。《木兰辞》《三国演义》和《西游记》等中华经典文本的跨媒介转变和跨文化传播所能带给我们的启发和思考，绝不止步于此。中国古典艺术文化资源经由跨文化、跨媒介的历程而转变为新的文化资本，当这种文化资本重新回到更具活力的中国消费市场时，它无疑给我们本土的文化市场带来了新的提示和挑战。该如何应对这种文化交流中的现象，如何积极开发利用本土文化资源并完成中华文化的现代性转换和创新性发展，这也正是《中华文化的跨文化阐释与对外传播研究》所追究的深层问题。

中华文化的域外接受显然同样是研究中华文化对外传播的重要一环。可国际中国文化研究已经推进到怎样的地步？不同文化区域对中华文化的研究又呈现出怎样的分层和趋势？这本书的研究者引入了科学量化的分析手段，对众多来华留学生与世界各地孔子学院学员进行调查和采访，并依托互联网和新媒体技术对信息数据进行分析处理，由此整合

---

① 马克思、恩格斯，《共产党宣言》，中共中央马克思恩格斯列宁斯大林著作编译局编译，北京：人民出版社，2018，第31页。

国际中国文化的研究现状和趋势。这种实践调研的方式有效规避了理论的空谈和想象，研究者也得以厘清了中华文化在不同文化地区传播和接受的内在肌理，并为国内外中华文化的研究者提供了必要的参考。这本书中跨语际、跨媒介传播机制和科学实证精神的介入，使得研究者从多维、多面研究中华文化的跨文化阐释和对外传播成为可能。

作者简介：

王同森，东北大学艺术学院博士研究生，主要研究方向为文艺美学。通讯地址：辽宁省沈阳市和平区文化路3号巷11号东北大学艺术学院；邮编：110000。

会议综述

融通、繁荣与兼容

——"跨文化论坛2022：《当代比较文学》与比较文学学科建设"综述

杨和晴

2022年12月3日，由北京语言大学比较文学研究所主办的"跨文化论坛2022"在线上举行，论坛以"《当代比较文学》与比较文学学科建设暨比较文学研究所建所25周年座谈"为主题，汇聚了来自北京大学、清华大学、中国人民大学、北京师范大学、北京外国语大学、中国社会科学院、复旦大学、上海交通大学、上海外国语大学、杭州师范大学、福建师范大学等高校的专家学者，以及部分权威期刊、核心期刊、辑刊和出版社的主编、副主编，一同探讨学术前沿问题，共商《当代比较文学》的辑刊建设与北语比较文学的学科发展。北京语言大学比较文学研究所所长陈戎女教授主持了论坛开幕式，北京语言大学副校长聂丹教授首先致辞，向北语比较文学研究所送上"融""荣""容"三个字，希望北语比较文学实现学科间的互通交"融"，辑刊《当代比较文学》建设繁"荣"壮大，比较文学研究所兼"容"学术，广纳新思。中国比较文学学会现任会长叶舒宪教授肯定了北语比较文学研究所的学术实绩、业界地位、师资力量、科研团队和跨学科多语优势,并对学科建设提出建议和希望。北京语言大学文学院院长钱婉约教授回顾了北语比较文学的发展历程,对学校的支持、历任所长和现任所长的操持表示感谢,介绍了北语文学院的历史与现状。中国比较文学学会荣誉会长乐黛云先生、上海交通大学人文学院院长王宁教授和中国人民大学高旭东教授发来贺信,祝贺北语比较文学所成立25周年,肯定了其学术成绩,展望了其未来发展。本次论坛分为主旨发言和座谈会两个环节,参与主旨发言的六位学者在比较思维、跨文化研究与阐释、莱辛研究、古典语文学和比较文学学科建设方面发表了真知灼见;座谈会上,各位专家学者的讨论与思辨则为《当代比较文学》和北语比较文学学科提供了切实可行的良言益策。

一、多元互鉴与跨文化

论坛的主旨发言环节由北京语言大学周阅教授主持,北京大学出版社外语部张冰研究员和北京外国语大学顾钧教授评议。中国人民大学杨慧林教授首先论述了有关比较和语言的思考,比较思维在学术研究中具有重要地位,不通过比较,就无法获得正确全面的知识,这也印证了比较文学的学科特性,北京语言大学的比较文学学科应当继续秉持跨文化和跨学科的研究理念,在学科的交叉中寻找新的对话空间。语言对于学术研究的重要性不言而喻,比如宗教研究发现,许多宗教争端实际上源于语言上的误读,而以文本细读为基础的"经文辨读"可以避免偏误,增进理解。语言与思想的关系密不可分,语言甚至可以左右思想,在此意义上,北语比较文学应当继续发挥语言优势,整合学术力量,跨越学科藩篱,实现繁荣发展。

北京师范大学方维规教授的发言讨论了跨文化转向与世界文学研究的新趋势。"跨文化"消弭了原有的文化界限,生成了新的文化形态,如今已成为一种必然趋势。全球化进程加快了不同文化的交互与混杂，"传统文化"的概念已经过时，跨文化与我们的日常生活水乳交融，在跨文化社会中成长的人，其本身也具有跨文化的特性。世界文学的新形态正在生成，由少数族裔、移民、难民和被殖民者等人写就的文学，以及长期受到忽视的地区的文学，将是未来世界文学的关注点。由此，世界文学是全球各地区族裔的文学，当代文化也是一种跨文化，是每个社会与个人必然会遇到的进程。

北京大学张辉教授对莱辛的《犹太人》《为卡尔达诺正名》《智者纳坦》文本进行了对读。中国传统中的"文"和"仁"都体现了他者的存在，我们应当在列维纳斯伦理学的意义上建立一种尊重他者和文化多元的思维模式。"宽容"是文化与文化之间的适用，莱辛的这组文本审视了社会的不宽容和宗教之间的不宽容是如何上升到神明之间的矛盾的，将对"宽容"的思考纳入如何克服宗教的不宽容的讨论中，其立足点是破除空想、积极行动，将决定权留给未来的法官。在"宽容"的思想背景下，跨文化研究者应注意坚持正确的价值导向，避免虚无主义。

中国社会科学院外国文学研究所梁展研究员的发言回溯了尼采和维拉莫维茨之间的古典语文学之争。维拉莫维茨是尼采的同校师弟，出版了《未来的语文学家！》，反驳尼采的《悲剧的诞生》，他不赞同尼采所用的研究方法，认为后者背弃了历史主义方法论，过分强调了理性主义和乐观主义对古希腊悲剧的冲击。古典学家查理·卡恩认为维拉莫维茨的判断是正确的，但是，维拉莫维茨对尼采的攻击具有较强的主观色彩。梁展研究员认为，尼采的古典语文学研究对人类个体有较多关注，古典语文学也应当活在当下的历史中，在由个体精神和物质生存状况组成的历史和现实中寻求更新。

杭州师范大学弘丰研究中心和艺术教育学院李庆本教授对跨文化阐释进行了思考，认为可将跨文化阐释法视为中国比较文学的范式。比较的问题向来是一个难解之题，克罗齐认为比较只是一种方法，而不是一个学科,虽然法国学派和美国学派分别尝试了影响研究和平行研究,但两者都未解决这个问题。潘尼卡提出的"内比法"可以成为比较文学的内在逻辑和跨文化阐释的可行之法,这种内比哲学基于人类共同的需求和人性,在内部开展异同比较,尊重差异的存在,从而是一种适用于"文化间性"的方法,跨文化阐释本身就是一种内在比较,我们应当在此基础上实现多元文明的沟通交流和平等对话。

最后,北京语言大学陈戎女教授回顾了北语比较文学与世界文学学科的发展历程,展望了学科的前景。北语比较文学与世界文学学科于1998年获批硕士点,2000年获批博士点,2002年被评为北京市重点学科。比较文学研究所于1997年创立,在本领域保持着较大影响力。北语比较所举办"跨文化系列讲座"已超过十年,至今已有一百多讲;比较所申请并承担了一系列与本专业特色密切相关的高层次科研项目,全面提升了研究所的整体学术水平和业界影响力;师资队伍实力雄厚,前任所长中有两名为长江学者,现任教员中有两名教师获得北京市教学名师称号,一名教师获得北京市青年教学名师称号;学科致力于培养具有跨文化沟通和研究能力的高层次人才,至今已培养超过五百名硕博研究生和高层次人才;《当代比较文学》辑刊于2017年创刊,以北京语言大学比较文学研究所建所20周年的所庆献礼为契机,五年来一直保持较高的学术质量,开设了"古典学研究""古学新知""经典与阐释""中外学人研究""跨文化戏剧""跨媒介研究""中外神话研究""学术访谈"等特色专栏,在同类学术刊物中具有较强的创新性。北语比较文学将在师资建设和辑刊建设两个方面继续努力,再创辉煌。

二、辑刊发展与学科建设

论坛座谈会以"辑刊发展与学科建设"为主题,由北京语言大学张华教授和黄悦教授主持,众多专家学者就北语比较文学与世界文学学科的发展与建设进行了有益的探讨。北京语言大学阎纯德教授谈论了跨文化传播中异质文化多元共存、相互借鉴的现象,汉学研究是比较文化的一部分,展现了中西文明的碰撞,他认为中西两种不同的政治文化即便不能融合,也应当和平共处。北京语言大学张西平教授认为海外汉学是北语比较文学的科研增长点,北语是汉学家的摇篮,可继续做好汉学的基础文献研究,另外还应关注中国历史上的跨民族交流现象,以文献为基础,总结中国本土的跨文化经验。北京语言大学华学诚教授认为做刊物应当秉持宽阔的心胸,广纳言论,坚守稿件质量,保证学术水平,刊物要有栏目特色,建议可以开设比较文学学科建设的专栏;在学科建设方面,他认为应当认真总结过去的经验,做好师资整合工作,汇聚各方人才。南方科技大学陈跃红教授认为北语比较文学多年来默默耕耘,可发挥留学生的力量形成自己的特色,并提出三点建议:一是多关注亚非拉地区的研究,二是延续汉学研究的传统,尤其是非主流地区的汉学,三是勤做总结,以中国比较文学为格局来构建北语特色。复旦大学刘耘华教授提出了两点建议:一是聘请外国教授来校进行短期的访问,通过讲座等形式丰富学术研究,二是办好刊物,提升质量,辨明跨界、跨文化中的一些问题。上海外国语大学宋炳辉教授认为在辑刊建设方面可以组建特色专栏,邀请学者就某一主题进行讨论,以此扩大影响;他还从外语类大学的角度出发,提出可通过语言谱系开展比较研究,探索同一语种跨区域、跨国别的分布情况,由此引入翻译和传播研究,整合各语种的学科力量。北京大学出版社外语部主任张冰研究员肯定了刊物建设对学术传播和学科发展的重要性,赞扬了《汉学研究》和《当代比较文学》的辑刊工作,并介绍了期刊《中国俄语教学》,表达了合作意愿。北京外国语大学顾钧教授认为刊物建设需有充足的资金作为保障,《当代比较文学》可保持学术译文特色,增加非英语的译文种类,延续栏目特色,关注亚非拉等非主流国家。北京外国语大学张洪波教授在《当代比较文学》中看到了古今中外的对话与协商,建议"经典与阐释"栏目可关注中国经典，在中外经典的译入和译出方面做更多的工作。福建师范大学周云龙教授首先对比较所25周年庆和陈戎女所长表示祝贺，认为北京语言大学学术氛围浓厚，《当代比较文学》品质优良，低调稳健，辑刊的约稿难度极大，陈戎女主编为保证刊物质量，做出了长期的精细规划和不懈努力。中国社会科学院外国文学研究所贺方婴研究员向比较所25岁生日表示祝贺，认为《当代比较文学》学术质量高，堪称精品，尤其在纵深层面有较大推进，以期反思现代性，她还转述了《古典学研究》主编刘小枫教授在办刊中常思考的两个问题：刊物的读者是谁？办刊的目的是什么？以此给出启示。《外国文学评论》张锦编审认为《当代比较文学》的主编和团队辛勤耕耘，实属不易，陈戎女主编在每一辑"编者的话"中介绍每一篇稿件，同时给年轻人提供发文的平台，体现了其学术人格和魅力。华夏出版社王霄翎主任回顾了与《当代比较文学》的合作历程，认为辑刊具有广阔的时间跨度、空间跨度、文学体裁跨度和学科跨度，并对陈戎女主编认真严谨的编审工作表示感谢。清华大学生安锋教授是北语比较文学研究所培养的第一批博士研究生，他认为陈戎女教授自上任以来，在北语比较文学学科建设、师资队伍建设、论文发表、项目申请和学生培养等方面都做出了非常突出的贡献。北京语言大学张浩教授同样是比较所培养的第一批博士生，她对比较所的培养表示感谢，认为北语比较文学可继续发挥人才培养的基础作用、新文科建设的支撑作用以及中华文化对外传播的作用。北京语言大学陆薇教授认为北语比较文学可以整合不同语种资源，形成北语特色，同时关注中国文学文化的理论与实践研究。

最后，北京语言大学韩经太教授在闭幕式上致辞，祝贺北语比较文学研究所取得的成绩，并对专家学者们的发言做出积极回应和高度评价。多元异质文化的共同体建设需要寻求共识，这是比较文学学者未来可以研究的问题，他希望北语比较文学未来能够吸纳各方人才，整合多语种资源，与其他优势学科协同发展，共同创新，形成独特的风格。

本次论坛通过腾讯会议和哔哩哔哩网站全程直播，参会169人，最高实时观看人数达1900人。中国新闻网、《新华每日电讯》、《中国出版传媒商报》、中国社会科学网等媒体报道了论坛盛况，其中《社会科学报》进行了专题报道，中国新闻网报道阅读量达到66.2万。"跨文化论坛"为北语比较文学研究所的品牌论坛，自2012年起，至今已成功举办过六届。本届"跨文化论坛2022"借庆祝北京语言大学比较文学研究所成立25周年的契机，传播前沿思想，推进学科发展，多语言和多学科的融合助力北语比较文学继续扬帆起航。

论坛结束后不久，2023年1月12日中国社会科学评价研究院公示中国人文社会科学学术集刊评价结果，并发布《中国人文社会科学学术集刊AMI综合评价报告（2022年）》，《当代比较文学》被评为文学类核心集刊。入选AMI核心集刊是《当代比较文学》发展历史上的一个里程碑，辑刊建设由此进入一个新的历史阶段。

作者简介：

杨和晴，北京语言大学比较文学与世界文学专业在读博士生，浙江外国语学院西方语言文化学院意大利语系讲师。通讯地址：北京市海淀区学院路15号；邮编：100083。

《当代比较文学》征稿启事

　　《当代比较文学》是由北京语言大学主办、中国比较文学学会协办的综合学术辑刊，每年出版两期，主要聚焦于近年来以比较文学与世界文学为核心的人文社科研究热点和前沿讨论。如蒙赐稿，敬请注意并遵循下列约定：

　　一、本刊只接受首次发表的学术论文和学术译文的投稿，已发表过的论文和译文（包括网络发表），恕不接受。

　　二、本刊暂不接受任何大型语言模型工具（例如：ChatGPT）单独或联合署名的论文。如论文中使用过相关工具，需详细说明。如有隐瞒，将对论文进行直接退稿或撤稿处理。

　　三、来稿以12000-15000字为宜，欢迎高质量的长文。请在正文前提供中文论文摘要200-300字，关键词3-5个。同时请提供论文题目、摘要、关键词三个部分的英文译文。如所投稿件是作者承担的科研基金项目，请在标题页注明项目名称和项目编号。文末请提供作者简介，包括姓名、学位、任职机构、职称、主要研究方向等信息。

　　四、论文不区分注释和参考文献，采用当页脚注。脚注用上标形式①②③数字表示，每页重新编序。注释的著录项目及标注格式如下例所示（不需要加文献标识码）：

　　专著：责任者与责任方式/文献题名/出版地点/出版者/出版时间/

页码。

译著：责任者与责任方式/文献题名/译者/出版地点/出版者/出版时间/页码。

期刊论文：责任者/文献题名/期刊名/年期（或卷期，出版年月）。

报纸：责任者/篇名/报纸名称/出版年月日/版次。

析出文献：责任者/析出文献题名/文集责任者与责任方式/文集题名/出版地点/出版者/出版时间/页码。

五、脚注中的外文参考文献要用外文原文，作者、书名、杂志名字体一致采用Times New Roman，书名、杂志名等用斜体，其余采用正体。

六、请将来稿电子本发至本刊编辑部邮箱ddbjwx@163.com。纸质本并非必要，如需寄送，地址如下：北京市海淀区学院路15号北京语言大学文学院比较文学研究所《当代比较文学》编辑部；邮编100083。

七、本刊采用匿名审稿制度，审稿时长为三个月，来稿恕不退还，也不奉告评审意见，敬请海涵。

Call for Papers

Contemporary Comparative Literature (hereafter referred to as Journal), sponsored by Beijing Language and Culture University, is an academic journal published semi-annually focusing on contemporary studies of Comparative Literature and World Literature. It also covers related heated topics and frontier discussions of humanities and social sciences. The Journal welcomes submissions based on the following guidelines:

1. The Journal welcomes submissions of academic articles and translations and requests that the work is original and has not been previously published elsewhere (including online).

2. Large Language Models (LLMs), such as ChatGPT, do not currently satisfy our authorship criteria. Use of an LLM should be properly documented in the manuscript. If there is any concealment of using it, the manuscript will be rejected or withdrawn directly.

3. Research article should be limited to 12000-15000 words in length, but we also welcome longer ones with high quality. Research article should include abstracts of 200-300 words and keywords of no more than 5 words in both Chinese and English. Chinese and English title, author's occupation, position and contact information should also be included at the end of the

article.

4. Papers written in English should follow the MLA format.

5. Please submit the article in electronic form to ddbjwx@163. com. The electronic file should be either in Microsoft Word or PDF format. The hard-copy version is not a necessity.

6. All articles are subject to anonymous peer review which will last 3 months.

7. Inquiries are to be directed to ddbjwx@163. com or to this address:

Editor of *Contemporary Comparative Literature*

Institute of Comparative Literature

Beijing Language and Culture University

15 Xueyuan Road, Haidian District

Beijing 100083, P. R. China.